A

James Runcie

Die Schrecken der Nacht

Sidney Chambers ermittelt

Aus dem Englischen
von Renate Orth-Guttmann

Atlantik

Die Originalausgabe erschien 2013 unter dem Titel
The Grantchester Mysteries. Sidney Chambers and The Perils of the Night
im Verlag Bloomsbury, London.

Die Übersetzerin dankt Christina Gough
für ihre kompetente Unterstützung
bei der Eindeutschung der Cricketbegriffe
in der Erzählung *Der Hattrick*.

Atlantik Bücher erscheinen im
Hoffmann und Campe Verlag, Hamburg.

1. Auflage 2020

www.hoffmann-und-campe.de
www.atlantik-verlag.de
Einbandgestaltung: Sarah M. Hensmann,
© Hoffmann und Campe
Einbandillustration: Chris Wormell
Satz: Arnold & Domnick GbR, Leipzig
Gesetzt aus der Trump Mediäval LT
Druck und Bindung: GGP Media GmbH, Pößneck
Printed in Germany
ISBN 978-3-455-00350-5

HOFFMANN
UND CAMPE

Ein Unternehmen der
GANSKE VERLAGSGRUPPE

Für Marilyn

Inhalt

Die Schrecken der Nacht

Wenn der Tag über dem Dorf Grantchester sich verabschiedet, schüren seine Bewohner Feuer im Kamin, ziehen die Vorhänge zu und versperren die Türen vor der gefährlichen Dunkelheit. Die Schwärze dort draußen ist ein *memento mori*, ein nächtlicher Bote aus jenem düsteren Land, von dem kein Reisender je zurückkehrt.

Doch Canon Sidney Chambers verspürte keine Angst. Er mochte Winternächte. Es war der 8. Januar 1955. In der Ferne lag Cambridge wie zweidimensional unter dem trügerischen Zauber des Mondes. Die Silhouetten der Collegegebäude wirkten vor dem dunkelnden Himmel wie aus einem Märchenbuch und ließen Sidney an gefangene Prinzessinnen denken, an Ritter, die in gefährlichem Auftrag durch die Wälder unterwegs waren, und an Holzfäller, die Nachschub für die Feuerstellen der großen mittelalterlichen Hallen heranschleppten. Der Fluss Cam war zu Eis erstarrt, in dem abgebrochene Äste, verstreute Zweige und welkes Laub steckten. Auf dem Geländer der Clare Bridge saßen runde weiße Kugeln, die aussahen wie Schneebälle eines Riesen. Südlich davon, jenseits des weiß überpuderten Rasens, leuchtete der Schnee auf dem Dach und den Türmchen der King's College Chapel in einem intensiven Weiß. Der Wind jagte um das alte Gemäuer und wehte weiße Schwaden auf die Gesimse und Fensterkreuze. Die Bleiglasfenster wirkten düster und schienen auf etwas zu warten – eine neue Reformation vielleicht, einen Luftangriff oder gar das Ende der Welt. Nur hin und wieder drang ein Geräusch durch die Stille der Nacht – ein Auto fuhr vorbei, ein Betrunkener krakeelte, man hörte die Schritte der Aufseher, die ihre Runden machten. In Corpus Christi, Sidneys College, hingen Eiszapfen an den Regenrinnen, und dicke Schneeplatten rutschten von den Traufen des Old Court. An den Geländern lehnten Fahrräder mit vom Raureif überpuderten Speichen. Es war ein Abend, an dem man die Vorhänge zuzog, sich einen Grog machte und im Lieblingssessel am Kamin ein gutes Buch las, den treuen Hund zu Füßen.

Sidney hatte sich mit seinem Freund Inspector Keating im Eagle zwei Bier gegönnt und war jetzt auf dem Heimweg. Es war nach zehn, und die meisten Studenten saßen in ihren Colleges fest. Bis Mitternacht erhielten sie nach Zahlung einer Verspätungsgebühr noch Einlass durch den Pförtner, danach kamen sie auf legalem Wege nicht mehr in ihre Häuser. Wer in den frühen Morgenstunden auf sein Zimmer wollte, musste sich als Fassadenkletterer betätigen. Sidney hatte als Student einmal diesen Weg gewählt – etwa zehn Jahre bevor er Pfarrer von Grantchester geworden war, war er von der Free School Lane über den Zaun an der St. Bene't's Church, an einer Regenrinne hoch, über die Dächer und das Gewächshaus und durch ein offenes Fenster der Master's Lodge geklettert. Kurz nach diesem Abenteuer hatte Sidney erfahren, dass die Route bekannter war, als er geahnt hatte, und dass Sophie, die Tochter des Rektors, häufig ihr Fenster offen ließ in der Hoffnung auf ein kleines nächtliches Techtelmechtel. Das verbotene Nachtklettern galt als großer Jux und war in Cambridge zum Sport geworden. Zwiebeln wurden über das Schrägdach der theologischen Fakultät gerollt, Regenschirme auf dem schwankenden Turm der Old Library deponiert, und ein kanadischer Student in King's arbeitete an dem Plan, eine Ziegenherde auf sein Collegedach zu treiben.

Die Gefahr, entdeckt und früher oder später relegiert zu werden, hatte Sidney davon abgehalten, sich weiter an solchen Aktivitäten zu beteiligen, aber Gerüchte über tollkühne Gebäudekletterer waren nach wie vor ein großes Thema in den Gemeinschaftsräumen der Colleges. Die Hochschulbehörde hatte die nächtlichen Patrouillen verstärkt, aber die Studenten setzten noch immer im Namen von Freiheit und Abenteuer ihr Studium aufs Spiel und berieten sich flüsternd darüber, wie sich am besten ein Foto schießen ließe, während sie das Great Gate in Trinity, den New Tower von St. John's oder die Nordfassade von Pambroke erklommen.

Die größte Herausforderung für die Gipfelstürmer waren die vier achteckigen Türme der King's College Chapel. In dieser Nacht führte Valentine Lyall, wissenschaftlicher Mitarbeiter in Corpus, eine Expedition auf einen der Türme an, was fatale Folgen haben sollte.

Sidney horchte auf, als er auf der King's Parade einen Tumult hörte, und bog von der Bene't Street nicht wie gewohnt nach links, sondern nach rechts ab. Lyall war einer der bekanntesten Kletterer an der Hochschule. In seiner Begleitung befanden sich Kit Bartlett, sein Doktorand, ein blonder, durchtrainierter Cambridge Blue, und Rory Montague, ein eher untersetzter Student im dritten Jahr, der die Expedition mit der Kamera für die Nachwelt festhalten sollte.

Alle drei trugen Rollkragenpullover und Turnschuhe. Die Klettertour sollte in zwei Phasen vor sich gehen – von der Straße bis zum Dach und vom Dach auf den Nordostturm. Lyall übernahm die Führung, indem er seine Hände zwischen die Befestigungsklemmen des Blitzableiters schob und sich nach oben zog. Über die Schulter hatte er sich zwei Seilrollen gehängt. Mit den Füßen stemmte er sich gegen die Wand.

Die Studenten folgten mit Taschenlampen und schoben sich nach kurzer Pause auf einem breiten abschüssigen Sims zwischen zwei Wänden hoch. Der steinerne Flansch, gegen den sie die Füße stemmten, war zehn Zentimeter breit. Sidney sah, wie einer der Kletterer innehielt und zu dem schmiedeeisernen Gitter heruntersah. Er befand sich fünfzehn Meter über dem Boden und hatte noch zwölf vor sich.

Die Aufseher waren schon zur Stelle. »Kann ihnen jemand nachgehen?«, fragte Sidney.

»Das wäre lebensgefährlich«, hieß es. »Wir notieren die Namen, wenn sie runterkommen. Kann sein, dass sie gar nicht aus diesem College sind. Vermutlich haben sie sich versteckt gehalten, während die Pförtner ihre Runde machten. Das muss aufhören, Canon Chambers. Für die da oben mag es ein Jux sein, aber uns gibt man die Schuld.«

Die Kletterer versammelten sich am Sockel des achteckigen Turmes, der in sechs Stufen vom Dach aufragte. Die ersten Abschnitte boten keine größeren Schwierigkeiten, denn das steinerne Maßwerk bot genug Haltegriffe, aber danach wurde es kritisch. Lyall umrundete den Sockel und entdeckte über dem ersten Überhang mehrere Lücken in einer Kreuzrose, die er wie eine kurze Leiter nutzen konnte. Er war jetzt über dreißig Meter vom Boden entfernt.

Er kletterte weiter bis zu dem schachbrettartigen Mauerwerk knapp unter der Spitze. »Vorsicht, Leute«, rief er den anderen zu, »das Gemäuer hier ist mürbe. Seht zu, dass ihr an drei Stellen Halt habt, mit zwei Händen und einem Fuß oder einer Hand und beiden Füßen.«

Rory Montague verlor die Nerven. Am zweiten Überhang merkte er, dass er über fünfzehn Zentimeter keinen Halt mit den Händen hatte. »Das schaffe ich nicht«, erklärte er.

Bartlett redete ihm gut zu. »Nicht aufgeben. Nimm die Knie zu Hilfe. Halt dich dicht an den Stein. Lehn dich nicht zurück.«

»Ich werde mich hüten.«

»Es sind nur noch drei Meter.«

Lyall war schon auf dem zweiten Überhang. »Wir brauchen ein Foto.«

»Nicht jetzt«, zischte Bartlett.

»Hilfe!« rief Montague. »Ich komme nicht weiter.«

»Schau nicht nach unten.«

»Es ist stockfinster.«

Lyall leuchtete ihm mit der Taschenlampe. »Halt dich rechts, da ist eine Regenrinne.«

»Und wenn sie nachgibt?«

»Wird sie schon nicht.«

»Sie hört aber vor der Brüstung auf.«

»Dann sind es nur noch zwanzig, dreißig Zentimeter.«

»Ich brauche das Seil«, rief Montague hoch.

»Moment.« Lyall hatte die letzte Brüstung erreicht, hielt sich mit beiden Händen daran fest und zog sich hoch, bis er mit den Füßen die oberste Spalte im Mauerwerk erreichen konnte.

Bartlett folgte, und die beiden warfen das Seil nach

unten. Montague fing es auf und machte sich an die letzte Steigung.

Sidney war ein Stück an der Nordseite des Kirchenschiffs weitergegangen, um besser sehen zu können. Schnee fiel ihm in die Augen, während die fernen Gestalten dort oben vor dem Licht des Mondes und der Taschenlampen wie Schattenrisse wirkten. »Wenn sie fallen, gibt es nichts, was sie auffangen könnte«, sagte er.

»Die fallen nie«, sagte einer der Aufseher.

»Der Abstieg ist bestimmt noch schwieriger«, vermutete Sidney.

»Wenn sie erst mal zurück auf dem Dach sind, gehen sie innen durch – das heißt wenn sie einen Schlüssel haben, und das ist ihnen zuzutrauen.«

»Und Sie warten dann unten?«

»Unterm Dach können sie sich verstecken, bis sie glauben, dass die Luft rein ist. Letztes Jahr waren zwei stundenlang drin. Da haben wir einfach das Treppenhaus von außen versperrt und gewartet, bis der Hunger sie uns in die Arme getrieben hat.«

»Einen anderen Fluchtweg gibt es nicht?«

»Bisher hat niemand einen gefunden.«

Der Wind hatte sich gelegt. Lyall gab Rory Montague Anweisungen für den Abstieg: »Halt dich am Seil fest und lass dich langsam herunter. Stütz dich mit den Füßen an der Rosette ab und halt dich dann links. Da sehen wir dich zwar nicht, aber wir spüren dich.«

Alles lief gut, bis Montague mit einem Fuß ins Leere trat. »Mist!« Er stieß sich von der Wand ab und hing nun mit dem ganzen Gewicht am Seil.

»Was zum Teufel machst du da?«, rief Lyall.

»Ich hab keinen Halt mehr für die Füße.«

»Nimm eine Hand zu Hilfe, ich kann nicht dein ganzes Gewicht halten.«

»Ich brauche beide Hände am Seil, mit einer schaffe ich es nicht.«

»Stemm dich mit den Füßen an die Mauer, nimm die Last von dem Seil.«

»Ich bin zu weit weg.«

Montagues linker Fuß schwebte über dem Absatz und versuchte einen Halt zu finden.

Ein Portier rief hoch: »Kommen Sie sofort runter!«

Montague glitt mit den Händen am Seil herab, seine Handfläche brannte, der rechte Ellbogen stieß an einen Wasserspeier. »Lass das Seil nach«, verlangte er.

»Was soll denn das?«, fragte Lyall.

Montague seilte sich kurz an der Mauer ab, fand Halt mit den Füßen, ruhte sich kurz aus und zog dann wieder an dem Seil.

»Was machst du denn da?«, rief Lyall nach unten »Du musst uns sagen, wann du das Seil nicht mehr brauchst, damit ich mich losbinden und absteigen kann. Dazu brauche ich kein Seil.«

»Aber ich«, gab Montague zurück und überlegte, wo Freund Bartlett wohl abgeblieben war.

»Gut, ich schwinge mich jetzt nach außen, damit du mehr Seil bekommst. Bist du außer Gefahr?«

»Ich denke schon.«

»Gut. Ich will nur ... zum Teufel ... warte ... oh ...«

Und dann stürzte er – stürzte rücklings durch Nacht und Schnee, vorbei an den grimassierenden Wasserspeiern, immer schneller, immer schneller, bis er auf dem Boden aufschlug, der nicht weich genug war, um seinen Tod zu verhindern.

Man hörte keinen Schrei, nur den dumpfen Aufprall ohne Widerhall. Einen Moment schwiegen alle fassungslos.

»Mein Gott«, stieß einer der Aufseher hervor.

»War das Mr. Lyall?«, fragte Montague. »Das Seil ist schlaff. Wo ist Bartlett? Ich bin allein. Ich weiß nicht, wie ich runterkommen soll.«

»Lassen Sie sich Zeit«, rief einer der Pförtner.

»Ist Mr. Lyall gestürzt?«

»Klettern Sie aufs Dach runter, dann holt Sie jemand. Kennen Sie die Innentreppe?«

»Wo ist die?«

»Im Dach ist eine Falltür. Warten Sie dort, wir kommen.«

»Ich weiß nichts von einer Falltür. Wo ist Kitt? Was ist mit Mr. Lyall? Ich will nicht sterben!«, rief Montague.

»Wer ist bei Ihnen?«

»Kit Bartlett, das sag ich doch die ganze Zeit. Aber ich weiß nicht, wo er jetzt steckt. Ist Mr. Lyall gestürzt?«

»Aus welchem College sind Sie?«

»Corpus.«

Montague kletterte mühsam nach unten, sprang die letzten beiden Meter aufs Dach und suchte nach der Falltür, die zur Innentreppe führte. Hatte sein Freund Kit sie schon gefunden, oder versteckte er sich irgendwo? Wie hatte er es geschafft, so schnell zu verschwinden?

Auf der King's Parade näherte sich mit hoher Geschwindigkeit ein Rettungswagen.

Sir Giles Tremlett, der Rektor von Corpus, war zutiefst erschüttert über den Tod seines Fellows und bat Sidney am nächsten Abend zu sich. »Sie sind sicher bereit, die Trauerfeier zu übernehmen?«

Es war in diesem Jahr schon Sidneys dritte Beerdigung. Die Sinnlosigkeit dieses Todesfalls machte ihn traurig. »Ich habe Lyall nicht gut gekannt.«

»Aber es wäre angemessen, wenn ein Fellow aus unserem College in Grantchester seine letzte Ruhe fände.«

»Er war vermutlich kein Kirchgänger?«

»Heutzutage sind das die Naturwissenschaftler selten.« Der Rektor schenkte einen großzügigen Sherry ein und hielt dann inne. »Tut mir leid – ich vergesse immer, dass Sie das Zeug nicht mögen. Einen kleinen Whisky?«

»Mit Wasser. Es ist noch ziemlich früh.«

Der Rektor von Corpus wirkte nervös. Normalerweise hätte er die Getränke von einem Diener servieren lassen, aber ganz offensichtlich lag ihm an einem ungestörten Gespräch. Sir Giles war ein hochgewachsener Mann mit langen sauberen Händen und eleganten Fingern. Seine Ausdrucksweise war so glatt und gepflegt wie sein Hemd, er trug einen dunkelblauen Anzug mit Weste aus der Savile Row und den Regimentsschlips der Grenadier Guards. Im Ersten Weltkrieg hatte er Seite an Seite mit Harold Macmillan gekämpft und war gut befreundet mit Selwyn Lloyd, dem Außenminister. Seine Frau, Lady Celia, trug nur Chanel, die beiden Töchter hatten in den niederen Adel eingeheiratet. Mit Anfang fünfzig mit dem Order of the British Empire ausgezeichnet, galt der Rektor von Corpus als eine der Schlüsselfiguren des britischen Establishments, sodass Sidney sich manchmal fragte, ob er ein College in Cambridge nicht als zu provinziell empfand.

Als früherer Diplomat kannte sich Sir Giles mit den Mehrdeutigkeiten im politischen Diskurs und juristischen Formalitäten aus, und er hatte feststellen müssen, wie persönlich Akademiker ihre Streitigkeiten nahmen und wie schwer es fiel, zufriedenstellende Lösungen für ihre Probleme zu finden. Jetzt, nach dem Tod eines der Ihren unter rätselhaften Umständen, würde er all seinen Takt und seine Diskretion brauchen, um die Dinge wieder ins Lot zu bringen. »Ich hatte gehofft, wir könnten den Fall intern regeln, aber daraus wird wohl nichts. Sie kennen Inspector Keating von der Polizei Cambridge?«, fragte er Sidney.

»Wir waren erst gestern Abend zusammen, er wird sich sehr für den Fall interessieren.«

»Das tut er bereits. Heute Nachmittag will er Rory Montague befragen.«

»Und Bartlett?«

»Die Situation ist heikel. Es war unverantwortlich von Lyall, an so einem Abend mit Studenten loszuziehen. Gewiss, einige von uns haben sich schon mal an einer Klettertour versucht, aber damals waren wir noch Studenten. Man sollte denken, dass unser Kollege inzwischen aus diesen Dummheiten herausgewachsen ist. Rory Montague behauptet, dass er sich an nichts erinnern kann. Es wäre gut, wenn Sie mit ihm reden könnten, Sidney.«

»Für ein seelsorgerliches Gespräch wäre wohl eher der Collegekaplan zuständig.«

»Ich möchte aber gern, dass Sie mit ihm sprechen. Sie waren schließlich dabei. Kit Bartletts Verschwinden macht alles natürlich noch schlimmer.«

»Nach wie vor kein Lebenszeichen von ihm?«

»Nein. Seine Eltern haben bereits angerufen. Sie wittern offenbar, dass irgendwas nicht stimmt, und werden irgendwann selbst anfangen Nachforschungen anzustellen. Womöglich gehen sie sogar an die Presse, und das möchten wir natürlich tunlichst vermeiden.«

»Allerdings.«

»Montague sagt, dass Bartlett plötzlich weg war, ehe er den Abstieg begonnen hat. Und noch etwas Eigenartiges: Sein Zimmer ist leer.«

»Als hätte er von Anfang an geplant sich abzusetzen?«

»Ganz genau.«

»Demnach wäre Lyalls Tod kein Unfall?«

»Zu diesem Schluss wird die Polizei bald kommen. Keating ist nicht dumm, er wird bestimmt mitmischen wollen. Ich kann nur vermuten, dass Bartlett untergetaucht ist. Wir werden natürlich mit all seinen Freunden sprechen müssen.«

»Hat Montague gesehen, was passiert ist?«

»Er weiß noch, dass ihm das Seil zugeworfen wurde, danach hatte er angeblich einen Filmriss.«

»Noch etwas?«

»Er hat Höhenangst und ein schlechtes Gewissen deswegen. Wäre er nicht mit von der Partie gewesen, sagt er, hätten sie nicht mit dem Seil gearbeitet.«

»Da fragt man sich aber, warum er überhaupt mitgegangen ist.«

»Er war der Fotograf«, erklärte der Rektor. »Und er wollte wohl den anderen imponieren. Kit Bartlett ist eine charismatische Persönlichkeit, und Lyall war sein Tutor.«

»Pazifisten haben sich im Krieg manchmal ausgesprochen leichtsinnig benommen, um zu beweisen, dass sie keine Feiglinge sind.« Sidney erinnerte sich an zwei Freunde, die als Krankenträger arbeiteten, um nicht töten zu müssen, an einer normannischen Küste aber unglaublichen Wagemut bewiesen, ehe sie vor seinen Augen in die Luft gejagt wurden.

»Ob Montague bei seiner Aussage bleibt, weiß ich natürlich nicht, und ob es uns weiterhelfen würde, wenn er sich zu seiner Verantwortung bekennt, kann ich auch nicht sagen. Das könnte zu einer Anklage wegen Totschlags führen, und das wollen wir ja nicht.«

Sidney trank seinen Whisky aus. »Aber es geht schließlich um die Wahrheit.«

Der Rektor reagierte einigermaßen gereizt. »Einen Skandal kann das College nicht gebrauchen. Unser Spendenaufruf zum sechshundertsten Jubiläum hat ein erfreuliches Echo gezeitigt, und dieses Ergebnis möchte ich nicht gefährden.«

»Wir müssen herausfinden, was geschehen ist.«

»Sehr richtig. Wir werden den Fall fair und kompetent behandeln – das wird meine offizielle Position sein.«

»Soll ich daraus schließen, dass Sie eine inoffizielle Position haben?«

»Die Sache ist sehr diffizil, Sidney.«

»Dann muss man sie mir wohl näher erklären.«

»Inspector Keating wird bestimmt tätig werden. Ermitteln. Fragen stellen.«

»Ja, sicher. Und?«

Der Rektor warf Sidney einen vertraulichen Blick zu. »Ich möchte Sie bitten, mir zu sagen, was er denkt. Ich hätte gern eine Vorwarnung, wenn seine Ermittlungen zu detailliert werden, besonders im Hinblick auf das Privatleben der Beteiligten. Es wäre mir nicht lieb, wenn er sich zu genau mit ihren persönlichen Beziehungen oder ihren politischen Belangen befassen würde.«

»Ich denke, Lyall ist verheiratet?«

»Er war verheiratet. Allerdings war das wohl eher Augenwischerei. Muss ich noch deutlicher werden?«

»Sie möchten also, dass ich die polizeilichen Ermittlungen kritisch im Auge behalte?«

»Ich hätte Sie gern als Verbindungsmann des College. Inspector Keating kennt Sie und vertraut Ihnen.«

»Mit dem Vertrauen dürfte Schluss sein, wenn er merkt, dass ich ihn ausspioniere.«

»Mit diesem Wort würde ich hier vorsichtig sein. Das führt leicht zu unerfreulichen Spekulationen, und davon gibt es schon mehr als genug.«

Sidney wusste, dass die Universität sich noch nicht von der Schmach der ›verschwundenen Diplomaten‹ erholt hatte, der früheren Studenten Burgess und MacLean, die sich vor vier Jahren mutmaßlich nach Moskau abgesetzt hatten. Man hatte Keating in dem Fall zu Rate gezogen, und er hatte sich beschwert, dass man ihm nur unzureichenden Zugang zu den Ermittlungen ermöglicht hatte. Inzwischen war die Geschichte weitergegangen. Gerüchtweise verlautete, dass Kim Philby, ein weiterer »Cambridge Apostle«, nach seinem Ausscheiden bei MI6 im Jahre 1951 zum »dritten Mann« geworden war, und Keating hatte kein Hehl daraus gemacht, dass seiner Meinung nach der neu gegründete KGB unter Führung des »Schrecklichen« Ivan Serow die Universität als fruchtbaren Nährboden für Anwerbungen sah.

»Dass Lyall für die Nachrichtendienste arbeitet, wusste ich nicht.«

»Das habe ich auch nicht behauptet.«

Sidney wartete vergeblich auf eine weitergehende Erklärung.

»Zu Einzelheiten in dieser Angelegenheit kann ich

mich nicht äußern. Manches bleibt besser im Dunkeln. Es muss doch eine Möglichkeit geben, den Fall diskret zu klären.«

»Das sehe ich nicht ganz so, Master. Nach einem Todesfall ...«

Sidney wusste um die etwas undurchsichtigen Beziehungen zwischen der Hochschule, MI5 und MI6, hatte sich aber immer gehütet, zu viele Fragen zu stellen. Ihm war durchaus klar, wie wichtig es war, intelligente Agenten zu rekrutieren, aber es wäre ihm lieber gewesen, wenn man mit der Anwerbung bis zum Studienabschluss gewartet hätte. Es war zu einfach, junge Menschen auszunutzen, die die Konsequenzen ihrer Begeisterung für Intrigen nicht absehen konnten und die, wenn sie erst einmal Geschmack an Heimlichkeiten und Täuschung gefunden hatten, nicht immer auf der richtigen Seite blieben.

»Ihr Pfarrer bewegt euch doch ständig in der einen oder anderen Grauzone. Moralische Zwangslagen präsentieren sich selten nur in Schwarzweiß. Es ist eine Frage des Vertrauens. Und der Loyalität.«

Die Anspielung missfiel Sidney. »Ich weiß sehr genau, wo meine Loyalitäten liegen, Master.«

»Für Gott und Ihr Land, Ihr College und Ihre Freunde.«

Sidney stellte sein leeres Glas auf das Tablett zurück. »Mögen sie nie miteinander in Konflikt geraten. Guten Abend, Master.«

Es hatte wieder angefangen zu schneien, der Schnee auf den vereisten Fahrbahnen und Gehsteigen machte jeden Schritt hochgefährlich. Die meisten Passanten blickten kaum auf, wechselten nur kurze Grüße mit Bekannten und konzentrierten sich darauf, unbeschadet heimzukommen. Wie anders hatte er das gesehen, als er vor dem Krieg mit Bruder und Schwester auf dem Primrose Hill gerodelt und die Gefahr ein Nervenkitzel gewesen war. Jetzt, mit Mitte dreißig, hätte er gern die winterlichen Wetterbedingungen als Ausrede benutzt, um daheim zu bleiben und an seiner nächsten Predigt zu feilen.

Eine weitere komplizierte Ermittlung war das Letzte, was er sich wünschte. Gerade war er von einem Kurzurlaub bei seiner Freundin Hildegard Staunton in Berlin zurückgekommen. Einmal seine Verpflichtungen als Seelsorger und seine Kriminalfälle zu vergessen, war eine Wohltat gewesen. In dieser Nachferienstimmung war ihm mindestens ebenso wie dem Rektor daran gelegen, dass der Vorfall auf dem Dach der King's College Chapel ein Unfall war und nichts Schlimmeres.

Rory Montague wohnte im New Court auf einem Aufgang nahe der Pförtnerloge. Sidney sah dem Gespräch nicht ohne Bedenken entgegen, denn es würde sicher nicht einfach sein, den jungen Mann zu trösten, ihm aber gleichzeitig Informationen zu entlocken.

Dazu kam das eigentliche Dilemma: Dass ein Amateur sich aus reinem Jux auf gefährliche Klettertouren einließ, verstand er durchaus, das hatte er ja selber mal gemacht. Aber dass ein Fellow seine Studenten mitten im Winter in einer dunklen Nacht und bei Schneefall zu einer so riskanten Besteigung anstachelte, war schierer Wahnsinn.

Was hatte sie dazu getrieben? War es nur die erregende Vorstellung, dass Action Leben sei und so eine Klettertour die Gefahr in reinster Form? War es – wie er sich das Bergsteigen vorstellte – der hypnotisierende Schrecken, der schmale Grat zwischen Leben und Tod, die Tatsache, dass ein Ausrutscher, eine unkonzentrierte Sekunde das Verhängnis bringen konnte?

Montague war ein nervöser Typ mit breiter Brust und krausem braunem Haar, Hornbrille und einem kleinen Muttermal auf der linken Wange. Er trug ein Tweedjackett und einen senffarbenen Pullunder über einem Viyella-Hemd mit dunkelgrünem Schlips. Ein kühner Kletterer, geschweige denn ein Mann, der bewusst den Tod eines Mitmenschen plant, sah anders aus, fand Sidney und entschuldigte sich für sein Kommen. »Ich weiß, dass Sie es in den letzten Tagen nicht leicht hatten.«

»Warum sind Sie hier?«, gab Montague zurück. »Bin ich in Schwierigkeiten? Denken die Leute, dass es meine Schuld war?«

»Ich wurde gebeten, mit Ihnen zu sprechen.«

»Von wem?«

»Vom College. Und ich darf Ihnen volle Vertraulichkeit zusichern.«

»Ich habe doch schon eine Aussage gemacht. Hätte mir denken können, dass das nicht reicht. Habe keine Ahnung, wieso es passiert ist.«

Sidney wählte seine Worte sorgfältig. »Wenn Sie Ihrer Aussage nichts hinzufügen wollen, habe ich dafür Verständnis. Diese Geschichte ist sicher sehr belastend für Sie. Lassen Sie mich nur eins sagen: Wenn Sie darüber hinaus noch etwas mit mir besprechen wollen, stehe ich zu Ihrer Verfügung. Ich habe einige Erfahrung mit der Polizei. Man hatte wohl gehofft, ich könnte helfen, die Sache auszubügeln.«

»Da gibt es nichts auszubügeln, Canon Chambers. Es war ein Unfall. Mr. Lyall ist gestürzt. Dass ich mitgemacht habe, war eine Dummheit, zumal ich Höhenangst habe. Wir hätten gar nicht da oben herumklettern dürfen.«

»Und warum haben Sie es getan?«

»Für Kit war es ein großer Jux. Er wusste, dass sein Tutor solche Sachen macht. Sie waren gut befreundet.«

»Ebenso wie Sie und Bartlett?«

»Alle mögen Kit.«

»Und wissen Sie, wo er jetzt ist?«

»Ich nehme an, er ist heimgefahren.«

»Offenbar nicht. Jetzt machen sich seine Eltern große Sorgen, und Ihnen geht es sicher genauso.«

»Er denkt wahrscheinlich, dass ich auf mich selber aufpassen kann.«

»Und stimmt das?«

»Ich weiß nicht.«

»Wie sind Sie eigentlich in diese Sache hineingeraten?«

»Mr. Lyall wusste, dass ich aus einer Bergsteigerfamilie komme. Mein Vater war einer der jüngsten Erstbesteiger des Ben Nevis – im Winter und auf Eis. Jetzt haben das meine Brüder auch alle geschafft. Ich bin da nicht so erpicht drauf.«

Sidney sah zu dem Schuhgestell mit den ordentlich aufgereihten Stiefeln hinüber. »Sie haben auch ein Paar Kletterschuhe?«

»Das ist in meiner Familie ein Muss.«

»Hatten Sie schon immer Höhenangst?«

»In den Tälern und auf den Höhen des Lake District komme ich gut zurecht, aber alles, was steiler ist als eins zu fünf, halte ich nicht aus.«

»Und wie war das auf dem Dach von King's?«

»Da hab ich Panik gekriegt.«

»Obwohl Sie nicht bis ganz nach unten sehen konnten?«

»Dadurch wurde es noch schlimmer.«

»Warum haben Sie sich überhaupt darauf eingelassen?«

»Um mich zu beweisen. Um die Angst loszuwerden.«

Die Antwort war zu schnell gekommen, fand Sidney. Er bohrte nach. »Wissen Sie noch, was passiert ist?«

»Ich hatte das Seil zu fassen gekriegt, aber keinen Halt für meine Füße. Ich sagte zu Mr. Lyall, er solle mir mehr Seil geben, und hörte einen Schrei. Dann war mir, als ob Kit nach unten kraxelte, aber ich konnte ja nichts sehen, es war dunkel.«

»Trotz Mond und Schnee?«

»Ich konnte nur das erkennen, was in meiner unmittelbaren Nähe war.«

»Und Sie sollten die Fotos machen?«

»Ja, aber ich hab nicht mal meine Kamera rausholen können.«

»Sie haben keine einzige Aufnahme gemacht?«

»Nein. Ich wollte gerade loslegen, aber dann ist alles in die Hose gegangen.« Rory Montague hielt einen Augenblick inne, dann fügte er noch einen Satz an, den er womöglich gar nicht laut hatte aussprechen wollen. »Ich hasse das alles hier.«

Dieser unerwartete Gefühlsausbruch verblüffte Sidney. »Haben Sie das immer schon so gesehen? ›Hass‹ ist ein starkes Wort.«

»Kit war nett zu mir. Mr. Lyall auch. Er hat gesagt, dass es keine Rolle spielt, woher man kommt, Hauptsache, man steht zu seinen Überzeugungen.«

»Und wie sieht es damit bei Ihnen aus?«

»Zum Chorknaben eigne ich mich jedenfalls nicht – wenn Sie das meinen.«

»Ich dachte an politische Überzeugungen.«

»Ich glaube an Gleichheit. Wir können nicht in einem Land leben, das ein Gesetz für die Armen und eins für die Reichen hat.«

»Verstehe«, sagte Sidney. Er kannte den Reiz, den radikale politische Strömungen auf die Jugend ausüben.

»Das sagen Sie so«, gab Rory zurück. »Aber die Kirche ist Teil des Establishments. Irgendwann muss man sich entscheiden, auf welcher Seite man steht.«

»Ich glaube nicht, dass es eine Frage der einen oder anderen Seite sein sollte«, erwiderte Sidney schärfer, als er beabsichtigt hatte. »Meiner Ansicht nach ist es eine Frage von Fairness und Gerechtigkeit.«

»Dann müssten wir einander eigentlich verstehen.« Rory Montague lächelte schwach. »Auch wenn ich Mitglied der Kommunistischen Partei bin.«

»Manch einer würde das lieber verschweigen. Ich bewundere Ihre Offenheit.«

»Ich schäme mich nicht dafür. Eines Tages, Canon Chambers, kommt die Revolution auch zu uns, darauf können Sie sich verlassen.«

Sollte das eine Drohung sein, oder wollte Montague sich nur wichtigmachen? Dass er so eine Erklärung freiwillig abgab, war erstaunlich. Sollte eine Verbindung zum KGB bestehen – so unwahrscheinlich das auch sein mochte –, war nicht anzunehmen, dass der Junge seine Mitgliedschaft in der Kommunistischen Partei so ohne weiteres herausposaunen würde. Andererseits war so ein Schritt, wäre er auf »unserer Seite« angeworben worden, eine ebenso offenkundige versuchte Infiltration. Demnach war Montagues einziger Fehler – wenn man von Fehlern sprechen konnte –, dass er politisch naiv war.

Sidney ließ sich im College das geschmorte Lamm

schmecken und machte sich erst spät auf den Weg zurück ins Pfarrhaus. Auch wenn er sich nach dem Essen länger als gedacht bei Nüssen, Obst und Alkohol aufgehalten hatte, würde er noch rechtzeitig heimkommen, um Dickens auszuführen. Während er vorsichtig über die gestreuten Straßen radelte, dachte er daran, dass sein Hund ohne große Begeisterung in den Schnee hinausgegangen war. Er war überhaupt in letzter Zeit ein wenig lustlos, hoffentlich kränkelte er nicht. Die letzte Untersuchung beim Tierarzt lag schon eine Weile zurück.

Das Haus lag im Dunkeln, nur in der Küche brannte noch Licht. Dickens begrüßte ihn, einen von Sidneys Hausschuhen in der Schnauze, mit der üblichen Mischung aus Zuneigung und freudiger Erwartung und umrundete seinen Fressnapf in der Hoffnung auf ein zweites Abendessen.

Auf einer kleinen Gasflamme wärmte sich Leonard Graham, Sidneys Hilfspfarrer, Milch für seinen Kakao. »Wir haben ein Abenteuer hinter uns«, bemerkte er.

»Ihr beide?«

»Allerdings. Ich war bei Isabel Robinson. Wusstest du, dass sie krank ist?«

»Ja, aber als Frau eines Arztes ist sie ja in guten Händen.«

»Da bin ich mir nicht so sicher. Ärzte vernachlässigen manchmal gerade diejenigen, die ihnen am nächsten stehen. Im Übrigen nicht nur Ärzte …«

Sidney überlegte, ob diese Bemerkung auf ihn gemünzt war. Sein Hilfspfarrer fuhr fort: »Als ich zurückkam, stand das Fenster deines Arbeitszimmers weit offen, und der Wind wehte herein. Zuerst dachte ich, Mrs. Maguire hätte gelüftet, aber nach Anbruch der Dunkelheit kommt sie ja nicht. Dann sah ich, dass Unterlagen von dir auf dem Boden lagen. Die konnte natürlich der Wind verstreut haben, aber dann stellte sich heraus, dass irgendjemand Dickens ein Exemplar der *Wolke des Nichtwissens* ins Maul gesteckt hatte, um ihn zum Schweigen zu bringen. Dabei ist er überhaupt kein Kläffer.«

»Wir hatten Einbrecher im Haus?«

»Ja, aber anscheinend fehlt nichts. Vielleicht habe ich sie durch meine Rückkehr gestört. Die Sache ist rätselhaft.«

»Hast du die Polizei verständigt?«

»Ich hab angenommen, du wärest gerade dort. Und ich konnte nicht sicher ein, dass es sich um einen Einbruch handelt. Wie gesagt – ich glaube nicht, dass etwas gestohlen wurde. Am besten siehst du selber nach.«

Sidney betrat sein Arbeitszimmer. Auf den ersten Blick schien tatsächlich nichts zu fehlen. Die silbernen Manschettenknöpfe, die er verloren geglaubt hatte, lagen auf seinem Schreibtisch, seine geliebten Jazzplatten waren neben dem Grammophon gestapelt (der Einbrecher war offenbar kein Fan von Acker Bilk), und das Porzellanfigürchen des Mädchens, das die Hühner füttert, ein Geschenk von Hildegard, stand an seinem Stammplatz auf dem Kaminsims.

»Erstaunlich«, sagte Sidney, als er, gefolgt von Dickens, wieder in die Küche zurückgekehrt war.

»Wie jemand auf die Idee verfallen könnte, in ein Pfarrhaus einzubrechen, ist mir unerklärlich«, meinte Leonard, »zumal bei so scheußlichem Wetter. Dass es hier nichts zu holen gibt, dürfte sich inzwischen herumgesprochen haben.«

»Vielleicht haben deine dicken Dostojewski-Bände sie abgeschreckt«, versuchte Sidney sie beide aufzuheitern.

Leonard tat, als hätte er die Bemerkung nicht gehört, und pustete auf seinen Kakao. »Noch zu heiß«, stellte er fest. »Vielleicht suchten sie etwas Bestimmtes, oder aber jemand wollte uns Angst einjagen. Oder es war als Warnung gedacht. Gibt es da etwas, was ich erfahren sollte?«

Jetzt musste Sidney entscheiden, wie viel er seinem Hilfspfarrer anvertrauen durfte. »Nicht, dass ich wüsste.« Dann schlug er einen Haken. »Warum, glaubst du, verraten Menschen ihr Land, Leonard?«

»Das ist eine sonderbare Frage in diesen Zeiten. Denkst du an die Kommunisten?«

Sidney setzte sich an den Küchentisch. »Vor dem Krieg hätte ich es noch verstehen können, es gehörte einfach zum Kampf gegen den Faschismus. Zu viele Mitglieder des britischen Establishments begeisterten sich für Hitler, viele waren Antisemiten. Sie von innen zu bekämpfen gehörte zum Einsatz für das Allgemeinwohl. Aber warum manche Menschen heute so etwas tun, ist schwer zu verstehen.«

»Ich glaube nicht, dass das britische Establishment, wie du es nennst, sich allzu sehr geändert hat«, bemerkte Leonard. »Der Kommunismus wird immer seine Reize haben. Die Vorstellung der Gleichheit beflügelt die Menschen. Sie wollen die Welt verändern. Manchmal, denke ich, wollen sie auch Rache.«

»Ich frage mich, ob manche Leute so tun, als wären sie Kommunisten, wenn sie es gar nicht sind.«

»Das wäre doch aber widersinnig«, wandte Leonard ein. »Wer käme denn auf so was?«

»Genau das werde ich wohl herausfinden müssen.«

Auf seinem Rundgang mit Dickens versuchte Sidney, Ordnung in seine Gedanken zu bringen. Er fühlte sich unbehaglich, ohne recht zu wissen warum. Nicht nur der Tod von Lyall ging ihm nach oder der rätselhafte Einbruch – wenn es denn einer gewesen war. Er spürte, dass hier ein Ungemach drohte, das er weder voraussagen noch einplanen konnte.

Er verließ das Pfarrhaus, ging die breite Hauptstraße mit ihren reetgedeckten Häusern, der Dorfschule, den Pubs und der Tankstelle entlang und schlug dann den verschneiten Fußweg hinter dem Green Man ein, der zu den Wiesen und dem vereisten Fluss führte. Nur wenig war von den Spuren des Tages geblieben – ein Schneemann mit Knöpfen, Augen und Mund aus Kohle und einer Karottennase, Schlittenspuren, eine kreisförmige Ansammlung von Fußspuren, vielleicht Reste einer Schneeballschlacht. Am östlichen Rand des Dorfes stand eine Gruppe zerbombter Häuser, die mit ihren Schneedecken aussahen wie Möbel unter Abdeckfolie, die ein Umzugstrupp vergessen hatte.

Sidney mühte sich um erfreulichere Gedanken, stellte aber fest, dass er sich mit seinen Erinnerungen an Hildegard und seinem Besuch in Deutschland nicht weniger schwertat. Er überlegte, ob es dort wohl schneite, was Hildegard gerade machte, wann er sie wiedersehen würde. Sie fehlte ihm viel mehr, als er erwartet hatte, und er wünschte, sie wäre hier.

Nach dem Tod ihres Mannes war Hildegard schon ein paarmal freiwillig oder unfreiwillig in Sydneys Abenteuer verwickelt gewesen, und zwischen ihnen hatte sich eine tiefe, noch nicht genau definierte Nähe entwickelt. Sie verstand seine Gedankengänge besser als jeder andere. Sie konnte ihm auch Fragen stellen, die er sonst nicht zugelassen hätte.

»Glaubst du, dass es dich insgeheim belastet, Pfarrer zu sein?«, hatte sie ihn in Berlin gefragt.

Sidney überlegte, ob sie vielleicht recht hatte und ob er sich weniger Sorgen machen (und sich weniger von Kriminalfällen ablenken lassen) würde, wenn er einen anderen Status hätte, womöglich sogar Bischof wäre.

»Ein Pfarrer darf nicht hochmütig sein«, gab er zurück.

»Nein, natürlich nicht. Aber er muss selbstsicher genug sein, um gut in seinem Beruf zu sein. Wie ein Arzt.«

»Natürlich gibt es auch ehrgeizige Priester.«

»Und wie ehrgeizig bist du, Sidney?«

»So ehrgeizig, wie ich es guten Gewissens verantworten kann.«

»Das klingt fast zu schön, um wahr zu sein.«

»Es ist eine ehrliche Antwort, hoffe ich.«

Hildegard nahm seinen Arm. Der Abend war kalt. Sie schlenderten durch den Tiergarten, vorbei an Buden, die Bockwurst, gebrannte Mandeln, Maronen und Glühwein verkauften.

»Ich bin gern mit dir zusammen«, sagte Hildegard. »Manchmal habe ich den Eindruck, dass du dich in einer anderen Welt bewegst. Ich wünschte, ich könnte auch dorthin.«

»Ich nehme dich gern mit«, erwiderte Sidney. »Aber was ist mit dir? Was hast du für Pläne?«

»Die Zukunft ist weit weg. Hier und jetzt genügt mir das Zusammensein mit dir.«

Als er jetzt in Grantchester an dieses Gespräch zurückdachte, war ihm klar, dass er sich davor hüten musste, die Berliner Tage zu verklären. Die Stadt war ja auch beängstigend gewesen. Ständig musste er seinen Ausweis zeigen, ständig verlangten Bewaffnete an den Kontrollposten von ihm den Beweis, dass er wirklich der war, der er zu sein vorgab.

Während er mit Dickens über die verschneiten Wiesen den Heimweg antrat, dachte er über das Problem der Loyalität nach und wie schwierig es war, zwei Leben gleichzeitig zu führen – das eine in England, das andere in Deutschland. Allerdings stand ja die Dualität auch im Zentrum des Christentums. Man musste Mensch und Christ zugleich sein, und im Fall eines Konflikts zwischen den beiden war es seine priesterliche Pflicht, als Mann des Glaubens sein eigentliches Wesen hintanzustellen.

Wie weit ihm das gelungen war, wusste er nicht. Manchmal wäre es viel einfacher gewesen, seinem Instinkt zu folgen, aber der höheren Berufung musste man eben Opfer bringen.

Ob Menschen, die geheimdienstlich tätig waren, ähnlich dachten? Ob sie in Umkehrung der religiösen Motivation ihr Gewissen über ihr Land stellten, im Glauben an einen höheren Zweck oder ein anderes Schicksal, für das sie bereit waren, alles zu verraten, was ihnen teuer war?

Zehn Tage nach seinem Tod wurde Valentine Lyall beerdigt.

Sidney hatte ihn zwar nur flüchtig gekannt, konnte sich aber nach Gesprächen mit Kollegen ein recht gutes Bild von ihm machen. Lyall, 1903 in Windermere geboren und begeisterter Bergsteiger, war für den Ersten Weltkrieg zu jung gewesen. Seine Arbeit auf dem Gebiet der Radiologie im Strangeways Research Laboratory in Worts Causeway hatte ihm internationale Anerkennung verschafft.

Was er über die schädlichen Wirkungen radioaktiver Isotope und den biologischen Einfluss von Atomexplosionen herausgefunden hatte, war für das Verteidigungsministerium von unschätzbarem Wert gewesen, aber Lyall war es auch ein Anliegen, den Nutzen dieser Technologie in Friedenszeiten aufzuzeigen.

Damit hatte Sidney den Grundgedanken für seine Trauerrede gefunden – dass auch aus dem Bösen Gutes erwachsen, dass Dunkelheit in Licht verwandelt werden konnte.

Er war versucht, einen Text aus dem Buch Jesaja zu benutzen: *Dann werden sie ihre Schwerter zu Pflugscharen und ihre Spieße zu Sicheln machen. Denn es wird kein Volk gegen das andere das Schwert aufheben und werden hinfort nicht mehr kriegen lernen.* Allerdings war das für seine Trauergemeinde kritischer Akademiker vermutlich zu augenfällig, und er entschied sich deshalb – besonders im Hinblick auf Valentine Lyalls Liebe zu den Bergen – mutig für einen Text aus Matthäus 14,20: *So ihr Glauben habt wie ein Senfkorn, so mögt ihr sagen zu diesem Berge: Hebe dich von hinnen dorthin, so wird er sich heben, und nichts wird euch unmöglich sein.*

Es war ein Wagnis, aber das war es wert. Wenn Sidney sich an die Skeptiker unter seinen Universtiätskollegen wandte, ertappte er sich dabei, dass er seinen Glauben immer aggressiver verteidigte.

Nicht alle Trauergäste kannte er. Auch wenn unter der Hand über Lyalls Privatleben gemunkelt wurde – er war tatsächlich verheiratet gewesen. Seine Frau hatte ihn kurz nach dem Krieg verlassen und lebte in London, auf der Beerdigung ihres Exgatten saß sie neben seiner Schwester in der ersten Reihe. Zu den beiden Frauen hatten sich der Rektor von Corpus gesellt, mehrere Hochschullehrer und Mitarbeiter des Strangeways Research Laboratory.

Sidneys Predigt kam gut an. Aus Erfahrung wusste er, dass man Ungläubige am erfolgreichsten verunsichern kann, wenn man mit Gewissheit argumentiert, Zweifel zulässt und dann mit der Notwendigkeit des Glaubens überzeugt.

Das Traueressen fand in Lyalls Haus in der Cherry Hinton Road statt. Lyalls Schwester Hetty reichte leicht angetrocknete Käsesandwiches herum, danach gab es Tee und Kuchen, Whisky oder Sherry. Sidney nutzte die Gelegenheit zu einem vertraulichen Gespräch.

Alice Lyall, jetzt Bannerman, war eine überraschend große, elegante Erscheinung mit einer üppigen Tizianmähne, der man anmerkte, dass sie ohne weiteres einen ganzen Raum beherrschen konnte. Hier aber bemühte sie sich um Zurückhaltung, entweder aus Befangenheit oder weil sie der Wirkung müde war, die sie auf Männer hatte. »Als wir hier einzogen, dachte ich, wir würden für immer hierbleiben«, erklärte sie. »Ich sah schon die Kinder in die Leyes School oder die Perse School gehen, sah mich als eine dieser Professorenfrauen, die auf ihren Fahrrädern durch die Stadt sausen und so tun, als gehörten auch sie in diese Welt der Männer.«

»Sie hatten keine Kinder?«

»Nicht mit Val, aber das ist ja nicht verwunderlich. Inzwischen habe ich zwei Söhne.«

»Und Ihr Mann hat nichts dagegen, dass Sie heute hier sind?«

»Ich wollte eigentlich nicht kommen. Aber wenn man verheiratet war, muss man irgendwie versuchen, sich mit dem Geschehenen zu arrangieren. Letztlich muss man einander verzeihen.«

»Gab es bei Mr. Lyall viel zu verzeihen?«

»Mit einem Lügner verheiratet zu sein, ist nicht leicht, Canon Chambers. Ich bin froh, dass Sie in Ihrer Rede nicht darauf eingegangen sind.«

»Sie meinen wohl …«

»Sie brauchen nicht deutlicher zu werden. Alle wussten, dass ihm Männer lieber waren.«

»Alle vermuteten es, das ist ein Unterschied.«

»Ja, an der Uni liebt man die klaren Worte nicht …«

»Entschuldigen Sie, wenn ich Sie belästigt habe.«

»Im Gegenteil, ich bin Ihnen dankbar, und es tut mir leid, wenn ich kurz angebunden war. Es ist kein leichter Tag, und ich hasse Cambridge.«

»Ging es Ihrem Mann auch so?«

»Dass er Cambridge gehasst hat? Nein, er hat es bestimmt geliebt. Viele Menschen stören sich an der fehlenden Privatsphäre und den getrennten Welten – hier die Stadt, dort die Universität – und dass niemand die Regeln ganz durchschaut. Ich muss gestehen, dass ich meinen Mann auf der subatomaren Ebene nie verstanden habe.«

»Sie sind Naturwissenschaftlerin?«

»Ich war Forschungsassistentin bei Val.«

»Das wusste ich nicht.«

»Wenn man aussieht wie ich, Canon Chambers, trauen einem sehr wenige Menschen Intelligenz zu. Selbst an dieser hochlöblichen Alma Mater zählt für die meisten nur das Aussehen.«

»Als Priester versuche ich das zu vermeiden.«

»Selbst als Priester haben Sie noch einen recht langen Weg vor sich, wenn ich das sagen darf.«

Das war mehr als deutlich und ein regelrechter Schock für Sidney. Ihm war plötzlich übel. Vielleicht lag es an den Käsebroten?

»Wenn Sie mich kurz entschuldigen würden …«, sagte er.

Alice Bannerman reagierte prompt. »Das Badezimmer ist eine Treppe höher rechts.«

An der Wand neben der Treppe hingen Messtischblätter und Fotos von Berglandschaften in Schwarzweiß. Im Badezimmer wusch sich Sidney mit kaltem Wasser das Gesicht. Das Gästehandtuch, das an einem Ring neben dem Waschbecken hing, war feucht. Er sah sich nach einem zweiten um und entdeckte einen kleinen Badezimmerschrank. Vielleicht hatte Lyall darin Alka-Seltzer oder Lebertranöl, mit dem er seinen Magen beruhigen konnte? Das Schränkchen war zur Hälfte mit rezeptpflichtigen Medikamenten gefüllt. Sicherheitshalber, beschloss Sidney, würde er seinen Vater anrufen, um in Erfahrung zu bringen, was die einzelnen Namen bedeuteten, er war sich aber fast sicher, dass es sich um Krebsmittel handelte.

Er machte das Fenster auf, holte tief Luft und trank ein Glas Wasser. Er musste nach Hause – so schnell wie möglich.

»So bald?«, wunderte sich Alice Bannerman.

Jetzt, am frühen Nachmittag, war es schon fast dunkel, nur die Straßenbeleuchtung und der Schnee verbreiteten ein wenig Licht. Im Pfarrhaus würde er sich eine Tasse Tee machen, sich im Halbdunkel ans Feuer setzen und still für sich beten. Dann würde er mit Leonard sprechen.

Wie benimmt sich ein Mensch, wenn er weiß, dass sein Tod unmittelbar bevorsteht?

Im Krieg hatte Sidney erlebt, wie sich das Verhalten von Männern, die wussten, dass sie jeden Augenblick sterben konnten, plötzlich völlig änderte, hatte ihre Tapferkeit und Bedenkenlosigkeit gesehen. Aber wie war das im Frieden, wo es nicht so viele Gefahren gab? Spielte es eine Rolle, wie viel auf dem Spiel stand, oder war der Zusammenhang unwichtig? Und machte sich ein Mensch im Angesicht des sicheren Todes weniger oder vielleicht sogar mehr Gedanken um die moralischen Folgen seiner Taten? Fürchtete der Mörder die Todesstrafe?

»Eher selten, würde ich sagen«, erwiderte Leonard, einen Krapfen in der Hand. »Ich schätze, dass das Morden ein Trieb ist, vor dem alles andere in den Hintergrund tritt. Dostojewski stellt diese Frage in *Verbrechen und Strafe*. Für die Hauptfigur Raskolnikow ist Mord ein moralisches Experiment.«

»Mag sein, aber ...« Sidney kam es manchmal so vor, als hätte Leonard eine Wette mit sich selbst abgeschlossen, Dostojewski in jedes Gespräch einzuschleusen. »Ich meine mich zu erinnern, dass er eine gewisse Bedenkenlosigkeit an sich hat.«

»Man kann auch sagen: Den Willen, ein sinnvolles Leben zu führen und eine letzte Tat zu begehen, Wiedergutmachung zu leisten oder ein Opfer zu bringen – eine letzte Chance, Edelmut zu zeigen oder Rache zu üben. Allerdings kann ich mir Valentine Lyall nicht als einen Raskolnikow vorstellen.«

»Zumal er nicht der Mörder, sondern das Opfer ist.«

»Aber wieso hätte sein Wunsch oder das Wissen zu sterben sein Verhalten auf dem Dach ändern sollen?«, fragte Leonard.

»Er hätte mehr Risiken eingehen können.«

»Und damit die Chance erhöht, einen Unfall herbeizuführen oder vorzutäuschen.«

»Warum ist dann aber Bartlett verschwunden?«

»Panik?«

»Möglich. Aber dass er so schnell und so raffiniert vorgegangen ist, legt etwas anderes nahe.«

»Warum aber einen Mann ermorden, der ohnehin gestorben wäre?«

»Vielleicht weil man seine Bedenkenlosigkeit fürchtet, weil man begreift, dass ein Mann auf der Schwelle des Todes zu allem fähig ist.«

Inspector Keating war schlechter Laune, was sich zeigte, sobald sie sich wie jeden Donnerstagabend zu ihrer Backgammonrunde in der Bar des Eagle zusammengesetzt hatten. Er habe kalte Füße, nörgelte er, seine Handschuhe waren zu dünn, in der Stadt kam man kaum vorwärts, zu viele Kollegen hatten sich krankgemeldet, und seine drei Kinder gaben ihre Erkältungen ständig untereinander weiter, sodass nie eins richtig gesund war. Seine Frau war fix und fertig, und ihm ging es nicht viel besser.

Nachdem diese Litanei abgespult und das erste Pint getrunken war, kamen die Fragwürdigkeiten eines Studiums in Cambridge an die Reihe und sein Ärger darüber, dass die Herren Professoren glaubten, nach Gutdünken handeln zu können. »Akademische Bildung ist nicht alles, Sidney«, erklärte er, »besonders wenn es um Straftaten geht. Man muss wissen, wie die Menschen ticken, muss ihren Charakter durchschauen. Allein auf Buchweisheit kommt es nicht an. Deshalb verstehen wir beide uns auch so gut.«

»Allerdings braucht es außer Intuition auch Wissen.«

»Nicht zu vergessen Geheimwissen ...« Inspector Keating konnte es kaum abwarten, seine Gedanken zu dem Fall loszuwerden. »Wir müssen die Wahrheit über Valentine Lyall herausbekommen. Wer war der Mann, und was hatten die drei auf dem Dach zu suchen? War es wirklich nur ein Streich mit fatalen Folgen, oder hatte einer oder hatten mehrere der Beteiligten finstere Hintergedanken? Ist Lyall gestürzt, oder hat Bartlett ihn gestoßen? Hat man Lyall bewusst auf das Dach und in den Tod gelockt? Und zu welchem Zweck? Und warum gerade so?«

»Damit es wie ein Unfall aussehen sollte.«

»Es gibt bequemere Möglichkeiten, einen Menschen umzubringen. Nächste Frage: Hat Rory Montague wirklich so wenig gesehen, wie er behauptet, und ist er so harmlos, wie er sich gibt? Fällt ihm vielleicht noch das eine oder andere ein, und in welcher Beziehung stand er zu den anderen beiden? Warum ist er noch hier, während Bartlett das Weite gesucht hat? Und warum liegt dem Rektor deines College so viel daran, dass ich ausschließlich mit dir spreche?«

»Er fürchtet, du könntest glauben, dass Spionage im Spiel ist.«

»Würde mich nicht wundern. Meine Kontakte zum Außenministerium warnen mich seit Jahren, dass sich an der Uni so einiges tut. Trotzdem bekomme ich nicht immer die Informationen, die ich brauche.«

»Schwer zu sagen, was gespielt wird und wie viel die Einzelnen wissen«, meinte Sidney. »Ich selbst halte nicht viel von Verschwörungstheorien. Die Menschen an dieser Hochschule – typische Akademiker – sind meist viel zu sehr mit ihren eigenen Problemen beschäftigt, um weit über den Tellerrand hinauszusehen. Aber ob Unfall oder nicht – ungewöhnlich ist es auf jeden Fall, dass von drei Männern, die zusammen auf einem Dach sind, einer zu Tode kommt und ein Zweiter spurlos verschwindet. Ich teile deine Bedenken in Sachen Rory Montague. Vermutlich versteckt er sich irgendwo.«

»Wir müssen ihre Schritte so genau wie möglich nachvollziehen, was leider bedeutet, dass wir selbst aufs Dach steigen müssen.«

»Das habe ich erwartet«, sagte Sidney wenig begeistert. »Allerdings können wir hoffentlich auf Kletterseile verzichten? Es gibt nämlich eine sehr brauchbare Innentreppe.«

»Und du weißt, wie man dorthinkommt?«

»Mein Freund, der Kantor, gibt uns einen Schlüssel. Gut, wenn man höheren Ortes Freunde hat – im wahrsten Sinne des Wortes.« Sidney leerte sein Glas und nahm sich fest vor, auf ein zweites Bier zu verzichten.

»Hast du denn überhaupt Zeit für so was, Sidney? Früher hast du mich immer sehr schnell an deine Pflichten erinnert.« Sidney sah betrübt in sein leeres Glas und zögerte. Zahlreiche Krankenbesuche standen an (Mrs. Maguires Mutter hatte nicht mehr lange zu leben), Leonard hatte ihn um Ratschläge gebeten, ehe er zum ersten Mal selbständig den Konfirmandenunterricht übernahm, und die alljährliche Baubegehung war fällig, eine nicht ungefährliche Unternehmung im Winter, wenn der Schnee auf das undichte Kirchendach drückte. Obendrein hatte heute Vormittag Amanda Kendall angerufen und ihm einen Besuch in Grantchester angedroht, um »alles über die deutsche Eskapade zu hören«, und das kostete erfahrungsgemäß mindestens einen halben Tag.

Keating sah seinen Freund fragend an.

»Das meiste hat vermutlich Zeit«, erwiderte Sidney. Es klang nicht sehr überzeugend.

Sie verabredeten sich für den nächsten Vormittag vor dem Polizeirevier in der St. Andrews Street. Ehe sie auf den Turm stiegen, wollte Keating noch einen Abstecher ins College machen, um sich Kit Bartletts Zimmer anzusehen.

Auf der Petty Cury hatte Sidney kurz das Gefühl, sie würden verfolgt. Ein Mann in dunklem Regenmantel und Filzhut, den er meinte, schon am Vorabend auf dem Weg zum Eagle gesehen zu haben, tauchte zweimal hinter ihnen auf und machte keine Anstalten, sie zu überholen oder in eine andere Richtung einzuschwenken. Es war ein ungemütliches Gefühl, aber er wollte nicht als Angsthase dastehen und sagte nichts.

Kit Bartletts Räumlichkeiten lagen im zweiten Stock eines Aufgangs direkt im Old Court. Sie enthielten das typische Collegemobiliar – zwei Sessel, Schreibtisch, Stuhl und Beistelltisch. Das Bett war gemacht, die Vorhänge waren zugezogen, persönliche Gegenstände nicht zu sehen.

»Was hat er studiert?«, fragte Keating.

»Medizin, Spezialgebiet Radiologie, soweit ich weiß. Lyall war einer der großen Experten auf dem Gebiet. Bartlett wird sich weder hier noch im Ausland Sorgen um einen Arbeitsplatz machen müssen.«

»Warum sagst du Ausland?«

»Ich habe nur überlegt, wo er wohl abgeblieben ist.« War es zu weit hergeholt, dabei an Moskau zu denken?

»Wir haben keine Beweise dafür, dass er das Land verlassen hat.«

»Und keine dafür, dass er noch hier ist. Warum verschwindet ein Mann so plötzlich, wenn er keine Straftat begangen hat? Welches Motiv für den Mord an Valentine könnte er gehabt haben?«

»Wenn du meinst, ich hätte etwas übersehen, kann ich dich beruhigen: Inspector Williams in Scotland Yard ist bereits verständigt und lässt alle Grenzübergänge und den Flughafen überwachen.«

»Er reist höchstwahrscheinlich mit falschen Papieren. Deine Leute haben alles gründlich durchsucht?«

»Davon kannst du ausgehen. Ich wollte mich vor allem selbst hier umsehen, weil meine Mitarbeiter berichtet haben, dass das Zimmer sauber ist. Zu sauber.«

»Wie meinst du das?«

»In einer Studentenbude findet man gewöhnlich zumindest irgendetwas, ein zerlesenes Buch, einen Zettel hinter einem Sessel, eine alte Zeitung oder dergleichen. Hier war ein Profi am Werk.«

»Und das bedeutet?«

»Dass er das Zimmer nicht selbst ausgeräumt hat.«

»Wer dann?«

»Jemand, der keine Spuren hinterlassen wollte.«

»Hast du nicht eben gesagt, dass es immer irgendwelche Spuren gibt?«, fragte Sidney.

»Allein dass wir nichts gefunden haben, lässt tief blicken. Wer weiß, was hier im Spiel ist – dunkle Mächte, Staatsgeheimnisse, das nationale Interesse …«

»Verstehe.«

»Im Krieg war es viel einfacher. Da bist du nicht eines Morgens aufgewacht und hast festgestellt, dass einer deiner Kameraden bei den Northumberland Fusiliers ein Nazi ist. Im Frieden ist alles komplizierter. Da kann man sich leichter verstellen und vorgeben, jemand zu sein, der man nicht ist.«

Sie gingen über den Old Court zurück und überquerten die King's Parade. Für Sidney war das Fächergewölbe von King's eine der größten architektonischen Leistungen in Cambridge, dem Kreuzgang in der Kathedrale von Gloucester oder der Lady Chapel von Henry dem Siebten in der Westminsterabtei weit überlegen. Es erinnerte ihn immer an das Innenleben eines schönen Bootes oder einer makellosen Violine.

Wenig später standen sie am westlichen Ende und sahen zu dem Kunstwerk aus Weldon Stone hoch – fünfundzwanzig Meter bis zum Scheitelpunkt.

»Man nimmt an«, sagte Sidney, »dass Bartlett in die Hohlräume des Gewölbes gekrochen ist und dort gewartet hat, bis die Luft rein war. Aber ich denke, es muss noch andere Ausgänge geben.«

»Außer der Innentreppe, die Montague benutzt hat?«

»Mein Freund Robin kann uns sicher Näheres dazu sagen.«

Ein Mann mit frischem Gesicht in roter Soutane übergab Sidney den Schlüssel. »Natürlich müssen wir jetzt das Schloss austauschen lassen«, erläuterte er. »Es sieht so aus, als hätte einer unserer Besucher einen Seifen- oder Wachsabdruck gemacht und einen Zweitschlüssel anfertigen lassen. Das bedeutet, dass es in Zukunft keine unbegleiteten Ausflüge aufs Dach mehr geben wird.« Der Kantor hatte es eilig, denn er erwartete vor der Abendandacht noch den Chor zu einer Probe. »Es wäre schön, wenn ihr wieder unten sein könntet, ehe wir anfangen. Und bitte schließt hinter euch ab, damit niemand euch folgen kann.«

Sidney lächelte. »Allzu lange bleiben wir sowieso nicht, keine Ahnung, wie schwindelfrei der Inspector ist.«

»Das schaff ich schon«, beruhigte Keating ihn. »Wann hat man sonst schon mal die Chance, dem Himmel so nah zu kommen? Aber wahrscheinlich ist es verdammt duster da drin.«

Sidney drehte den Schlüssel in dem verrosteten Schloss. »Versuch nicht zu fluchen, auch wenn's schwerfällt. Der Lichtschalter ist hier. Soll ich vorgehen?«

»Ja, bitte. Bist du hier schon mal hochgeklettert?«

»Leider nein. Über die Anfängertouren – die Südfassade von Caius und den Sprung vom Senate House bin ich nicht hinausgekommen, das war schon aufregend genug. Und ich war zweimal auf diesem Weg oben auf der Chapel, der Blick ist atemberaubend.«

»Da muss man sich fragen, warum jemand ausgerechnet nachts da herumklettern will?«

Sie machten sich an den Aufstieg über die Wendeltreppe. Auf halbem Wege blieben sie kurz stehen, um Luft zu schnappen. »Mich faszinieren immer die Steinmetzzeichen«, sagte Sidney. »Sie sind das einzig Individuelle in einem sonst so anonymen Bauwerk.« »Mich erinnern sie immer an Gefangene, die eine Fluchtroute markieren«, sagte Keating. »Ich kann mir nicht vorstellen, dass Bartlett sich hier länger aufgehalten hat. Er muss doch gewusst haben, dass sie ihn hier letztlich erwischen würden.«

»Es sei denn, dass er bereit war, mehrere Stunden zu warten, oder dass er von einem anderen Ausgang wusste. Dass die Pförtner so lange unten gelauert haben, wie sie sagen, kann ich mir nicht vorstellen. Ich schätze, dass er gegen drei oder vier rausgekommen ist und den ersten Zug nach London genommen hat.«

»Den um vier Uhr vierundzwanzig? Dann hätte er nach Dover fahren und eine der ersten Fähren erwischen können.«

Sie traten auf das Dach hinaus. Neuschnee hatte alle Spuren der nächtlichen Kletterpartie getilgt, und das mit Raureif überzogene Gemäuer wirkte aus der Nähe eher fragil. Sidney versuchte, sich in die Lage der ersten Steinmetze zu versetzen, die oft unter ähnlichen Bedingungen und im dürftigen Winterlicht hatten arbeiten müssen. Er ging zur nordöstlichen Spitze hinüber. »Ich vermute, dass Rory Montague seinen Abstieg mit dem Seil von der ersten Brustwehr aus begonnen hat, auch wenn es nicht der kürzeste Weg ist.«

Keating warf einen Blick nach unten. »Es ist Wahnsinn. Dass angeblich intelligente Menschen sich auf so etwas einlassen …«

Sidney wandte rasch den Blick ab. »Ich würde mit Sicherheit zögern«, sagte er.

»Interessant. Wenn ich dich gut kennen würde …«

»Du kennst mich doch gut.«

»Könnte ich dann dein Zögern womöglich voraussagen?«

»Gut möglich.«

»Dann könnte ich es nutzen.«

»Wie meinst du das?«

Keating ging vorsichtig zur südwestlichen Ecke der Chapel hinüber. »Montague hat ausgesagt, dass Bartlett über das ganze Dach gelaufen ist und sich dann durch eine Geheimtür in der südwestlichen Zinne davongemacht hat. Durch Montagues Zögern, seine Panik hat sein Freund Zeit gewonnen. Vielleicht war das alles Teil eines Plans.«

Sidney hatte Mühe, Keatings Gedankengang zu folgen. »Willst du unterstellen, dass sie alle unter einer Decke steckten, dass der Mord an Valentine Lyall – oder vielleicht sein Selbstmord –, das Verschwinden von Kit Bartlett und die Höhenangst von Rory Montague Teil eines Komplotts waren? Dass der Vorfall bewusst in Szene gesetzt wurde?«

»Jedenfalls kann ich nicht glauben, dass es sich um einen simplen Streich gehandelt hat, dafür war die Unternehmung viel zu gefährlich.«

»Aber gibt es nicht unkompliziertere Möglichkeiten, einen Menschen umzubringen? Warum dieses Melodrama?«

»Weil man die ganze Sache so öffentlich wie möglich machen wollte. Ich glaube, du musst dem Rektor noch einen Besuch abstatten.«

»Du meinst also, dass er mir nicht alles gesagt hat?«

»Ich meine, dass wir uns über verschiedene Fragen Klarheit verschaffen müssen. Waren diese drei wirklich auf unserer Seite? Und haben sie in der Öffentlichkeit ein anderes Spiel gespielt, um jemanden auf eine falsche Spur zu locken?«

»Und du glaubst, dass ich dem Rektor trauen kann?«

»Wahrscheinlich nicht, aber ich würde gern wissen, was er zu seiner Verteidigung zu sagen hat. Ich werde versuchen, meine Kontakte im Außenministerium anzuzapfen, aber ohne dich kommen wir nicht weiter. Diese verdammten Colleges lassen nie was raus und schalten uns immer erst ein, wenn es zu spät ist.«

Während des Abstiegs vom Dach blieb Keating plötzlich stehen. »Und macht es dir auch wirklich nichts aus, mit ihm zu reden, Sidney? Wie wird sich das auf deine Position gegenüber dem College auswirken?«

»Wie heißt es so schön: Am Ende ist nichts ohne Furcht als ein gut Gewissen.«

»Es könnte schwierig werden. Sie werden versuchen, dich so lange wie möglich hinzuhalten, aber du weißt natürlich, auf wessen Seite du stehst?«

Inzwischen hatte Tauwetter eingesetzt, aber der scharfe Wind drang nach wie vor durch die wärmsten Mäntel und dicksten Schals. Jeder Schritt ins Freie wurde zu einer Herausforderung. Der Mensch braucht etwas, worauf er sich freuen kann, überlegte Sidney, auch wenn er wusste, dass das Mittagessen mit seiner Freundin Amanda Kendall vor seiner nächsten Begegnung mit dem Rektor ebenfalls zu einer Herausforderung werden konnte.

Es war schon zur Gewohnheit geworden, dass Amanda einmal im Monat den Zug um 11.24 ab Liverpool Street nahm und Sidney mit dem Rad von Grantchester herüberkam und sie um 12.39 abholte. Zusammen gingen sie dann zur Mill Road hinüber und aßen in ihrem Lieblingsrestaurant, dem Le Bleu Blanc Rouge.

Sidneys Radfahrkünste ließen zu wünschen übrig, weil er unterwegs entweder an seine nächste Predigt oder an andere Dinge dachte, die ihn gerade beschäftigten. Jäh wurde er aus seinen Gedanken gerissen, als der Lieferwagen eines Metzgers links vor ihm in die Bateman Street einbog, auf die verschneite Bordsteinkante geriet und dann in hohem Tempo davonfuhr. Sekunden später hätte er Sidney erwischt.

Das war ein heilsamer Schock: Nur eine kurze Unaufmerksamkeit – und er hätte tot sein können. Er musste in Zukunft wirklich besser aufpassen – es sei denn, der Fahrer hatte ihn absichtlich über den Haufen fahren wollen. Hatte es wegen seiner Ermittlungen im Todesfall Valentine Lyall etwa jemand auf ihn abgesehen? Wieder überlegte er, ob man ihm gefolgt war und ob er Inspector Keating von seinem Verdacht erzählen sollte. Vielleicht aber machte ihn einfach Amandas bevorstehender Besuch nervös?

Amanda war berüchtigt dafür, dass sie kein Blatt vor den Mund nahm, und Sidney hatte sich noch nicht genau überlegt, wie offen er mit ihr über die neuesten Entwicklungen im College oder seinen jüngsten Besuch in Deutschland sprechen sollte. Amanda schätzte klare Antworten. Mehrdeutigkeiten und Ungewissheiten waren ihre Sache nicht. Sidney hatte sich früher stark zu ihr hingezogen gefühlt, aber nach seiner Ordination hatte Amanda verkündet, dass nach dieser Entscheidung, »Gott an die erste Stelle zu setzen«, an romantische Entwicklungen nicht mehr zu denken war, und er hatte sich auf ihre Römernase und einen abgebrochenen Zahn rechts oben konzentrieren müssen, um seine Verliebtheit in die Schranken zu weisen.

Geblieben war eine beidseitige, tiefe Zuneigung. Sie hatten sich kurz nach Kriegsende kennengelernt, als Sidney gewissermaßen als Ersatz für Amandas Lieblingsvetter Charles hatte herhalten müssen, der in El Alamein gefallen war. Beide hatten viel Sinn für das Lächerliche, vergnügten sich gern in netter Gesellschaft und hassten es, wenn man ihre Vornamen abkürzte (sie war ebenso wenig ›Mandy‹, wie er ›Sid‹ war). Sie hatte nichts für Jazz übrig, die Cricketregeln waren für sie ein Buch mit sieben Siegeln, und der Klerus, fand sie, müsste sich größere Mühe geben, die Predigten unterhaltsamer zu gestalten, war aber unwiderstehlich von Sidneys Charme und Loyalität angezogen. Besonders liebenswert fand sie seine kleinen Eitelkeiten und die Geduld, die er an den Tag legte, wenn sie ihn damit aufzog. Er war, wie sie fand, menschlich und verletzlich. Außerdem konnte er, im Gegensatz zu anderen Geistlichen, die sie erbarmungslos als Schmierenschauspieler bezeichnete, eine anständige Predigt halten. In dieser Mischung aus Anstand und Optimismus erinnerte er sie an den Darsteller Kenneth More in *Die feurige Isabella.* Sie erkannte auch offen an, dass Sidney der einzige Mann in ihrem Bekanntenkreis war, der ihre Intelligenz zu würdigen wusste (Studium am St. Hilda's in Oxford, Courtauld Institute, Forschung über Holbein und die Geschichte des britischen Porträts) sowie ihre Liebe zur Musik (sie spielte Oboe und sang im Bachchor) und der Verständnis für ihre komplizierte gesellschaftliche Stellung als reiche Erbin hatte.

Trotz der Schrecken einer schauderhaften Fahrt in einem eiskalten Zug, wie Amanda es ausdrückte, war sie bei ihrer Ankunft bestens in Form und versorgte Sidney mit Neuigkeiten über seine Schwester Jennifer und eine Silvesterparty, auf der es von ›gutaussehenden Männern, die sich nicht die mindeste Mühe gaben, interessant zu sein‹ nur so gewimmelt hatte. Sie sei heilfroh gewesen, wieder an ihren Arbeitsplatz in der National Gallery zu kommen, sagte sie, und ihrem früheren Tutor Anthony Blunt bei seiner Forschungsarbeit über die späten Gemälde von Nicolas Poussin zu helfen.

Sidney entfaltete seine Serviette. »Was für ein Zufall – Blunt hat erst vor ein paar Tagen bei uns im College gespeist.«

»Aber er ist doch dort nicht Mitglied?«

»Er war Gast des Rektors, glaube ich.«

»Gesprochen hast du aber nicht mit ihm? Wusstest du übrigens, dass sein Vater Pfarrer ist?«

»Ich war nicht so ganz bei der Sache, Amanda.«

»Ist etwas vorgefallen?«

»Nichts Besonderes, nein.«

Amanda wartete, bis die Kellnerin ihr Wein eingeschenkt hatte, dann sagte sie: »Das nehme ich dir nicht ab, Sidney. Ich kenne diesen Gesichtsausdruck bei dir, und er macht mir Sorgen.«

»Einer unserer Juniorprofessoren ist gestorben. Ein trauriger Fall …«

»Ein Juniorprofessor – also ein noch junger Mann?«

»Es war ein Unfall.«

»Auch das nehme ich dir nicht ab.«

Dann kam ihr Essen. »Es ist eine komplizierte Geschichte«, räumte Sidney ein.

Amanda setzte das Weinglas an die Lippen und sah Sidney scharf an. »Bekommst du wieder Ärger?«

»Ja, aber es ist nicht meine Schuld.«

»Kann ich etwas tun?«

»Ja.« Sidney stocherte lustlos in seinem Soufflé herum. »Du kannst mich auf andere Gedanken bringen. Was hast du erlebt?«

»Nichts Aufregendes. Von den Partys habe ich dir erzählt. Deine Schwester ist noch mit Johnny Johnson zusammen …«

»Und was ist mit dir?«

»Da gibt es einen Burschen, der sich besonders um mich bemüht, aber ob er in Ordnung ist, kann ich jetzt noch nicht sagen. Seit der Katastrophe mit Guy bin ich vorsichtig geworden.«

Erst vor einem Jahr hatte Amandas damaliger Verlobter

sich mit einem heftigen Auftritt bei einer Londoner Dinnerparty blamiert, und es hatte Monate gedauert, bis sie sich von der Peinlichkeit erholt hatte. »Im Augenblick bin ich mit den Männern durch. Außerdem habe ich in der National Gallery zu viel zu tun. Im Übrigen sollten wir nicht über meine Liebsten reden, sondern über deine – war da nicht eine gewisse Witwe …«

Sidney schob die Vorspeise zur Seite. »Das musste ja kommen. Wir sind gute Freunde, mehr nicht.«

Amanda schwieg vielsagend, sodass Sidney notgedrungen weitersprechen musste. »Es war eine sehr schöne Zeit«, erklärte er und dachte daran, wie er mit Hildegard durch den Tiergarten zum Jazzclub Badewanne geschlendert war, wo sie das Johannes Rediske Quintett gehört hatten. Er war froh, dass Hildegard Jazz fühlte und verstand. Danach waren sie bis zum Ku'damm spaziert, vorbei an der zerstörten Gedächtniskirche. Es hatte angefangen zu regnen. Als Hildegard sich an ihn schmiegte und mit unter ihren Schirm nahm, war das für ihn das Natürlichste von der Welt gewesen.

Amanda sah ihn an. »Hast du mir nichts zu sagen?«

»Ich wüsste nicht was …«

»Das nehme ich dir nicht ab. Du willst nur nicht mit der Sprache heraus. Sie ist musikalisch, wenn ich mich recht erinnere.«

»Sie gibt Klavierstunden. Sie spielt täglich Bach.«

»Eine sehr ernsthafte Person also.«

»Nicht unbedingt. Sie ist auch ein großer Fan von Jimmy Cagney.«

»Du warst mit ihr im Kino?«

»Sie hat mich mitgenommen. Wir haben uns *13 Rue Madeleine* angesehen.«

»Wie spannend.«

»Es hat Spaß gemacht.«

»Und ist sie schön?«

Sidney mochte sich nicht auf Vergleiche einlassen. »Ich finde schon.«

»Also keine klassische Schönheit. Wann lerne ich sie kennen?«

»Zu gegebener Zeit.«

»Das heißt, sie kommt nach Cambridge?«

»Eingeladen habe ich sie.«

»Wann?«

»Im Lauf des Jahres, hoffe ich.«

»Klingt ziemlich unbestimmt.«

»Ich will nichts überstürzen.«

»Bist du in sie verliebt?«

»Das ist eine sehr direkte Frage.«

»Du kannst dir die Antwort bei deinem Coque au vin überlegen. Tut mir leid, dass dir die Vorspeise nicht geschmeckt hat. Du hättest die *Soupe à l'oignon* nehmen sollen.«

»Ehrlich gesagt weiß ich selbst nicht recht, was ich denken soll. Es ist – wie soll ich sagen – ein durchaus angenehmer Wirrwarr der Gefühle.«

»Das bedeutet doch wohl, du bist es.«

»Verliebt, meinst du? Ich weiß es nicht, Amanda. Aber ich fühle mich am lebendigsten, wenn ich mit ihr zusammen bin.«

»Ich dachte, das geht dir bei mir so.«

»Du bist die größere Herausforderung.«

»Das finden fast alle meine Verehrer. Glaubst du, es schreckt sie ab?«

»Ich glaube tatsächlich, dass viele Männer Schwierigkeiten mit Frauen haben, die gescheiter sind als sie. Noch ein Glas Wein?«

Die Kellnerin kam mit zwei Tellern. »Wer bekommt die *Daube*?«

»Die bekomme ich«, sagte Amanda. »Mir ist immer noch kalt. Wirst du sie heiraten?«

Sidney zögerte. Seit seiner Priesterweihe hatte er sich darauf eingestellt, alleine zu bleiben. Das Leben mit einer deutschen Witwe konnte er sich ebenso wenig vorstellen wie das mit der charmanten jungen Frau, die ihm gegenübersaß. Überhaupt zweifelte er an seinen Qualitäten als Ehemann. Die typisch männlichen Aufgaben des Alltagslebens meisterte er mehr schlecht als recht. Herodot aus dem Griechischen zu übersetzen, traute er sich noch zu, nicht aber das Autofahren. Er konnte sich die dunkelsten Ängste seiner Gemeindemitglieder anhören und sie trösten, aber mit dem Auswechseln einer Sicherung war er überfordert. In Geldgeschäften war er hoffnungslos, denn er hatte immer Dringenderes zu tun, als zur Bank zu gehen oder seine Rechnungen zu bezahlen. Nein, hatte Sidney sich bisher gesagt, die Ehe war nichts für ihn. Er würde so viele Trauungen vornehmen, wie seine Gemeinde wünschte – aber ihm selbst war es bestimmt, Junggeselle zu bleiben.

»Hildegard ist Witwe. Ich glaube kaum, dass sie schon bereit ist zu heiraten.«

»Im Gegensatz zu dir?«

Sidney sah sich in seinem Arbeitszimmer sitzen, während Hildegard in einem Zimmer gegenüber Klavier spielte, sah sogar ein Kind, eine Tochter vielleicht, in der Tür stehen, die ihn bat, einen Drachen zu reparieren.

»Ich warte auf deine Antwort, Sidney«, sagte Amanda.

Der Schnee lag schwer auf den Ziegeldächern, den Türmchen und Brüstungen des Corpus Christi College und ließ die Lichter und Gauben des Old Court, des ältesten aller Innenhöfe in Cambridge, umso deutlicher hervortreten, als Sidney vom Bahnhof zurückkam.

Er dachte an den Astronomen und Mathematiker Johannes Kepler, der fasziniert von Schneekristallen gewesen war und eine Abhandlung über die Symmetrie von Schneeflocken verfasst hatte. 1611 stellte er die grundlegende Frage: »Es muss einen bestimmten Grund geben, warum bei Einsetzen des Schneefalls die Anfangsformationen unverändert die Form eines sechseckigen Sternchens haben. Sollte es durch Zufall erfolgen, warum fallen sie dann nicht mit fünf oder sieben Ecken?« In seiner Abhandlung verglich Kepler die Symmetrie von Schneeflocken mit der von Honigwaben, und Sidney hatte einmal eine Predigt gehört, in der das Wunder der Schneeflocke als Beispiel für die Schlichtheit und doch Vielschichtigkeit von Gottes Schöpfung angeführt wurde. Vielleicht, dachte er, sollte ich auf diese Vorstellung zurückkommen – besonders bei diesem Wetter. Statt den Schnee als Masse zu sehen, könnte er die Gemeinde ermuntern, sich in kleinste Details der weißen Pracht zu versenken, um Gott zu finden.

»Halt!«

Sidney blieb stehen.

»Bleiben Sie, wo Sie sind!«

Ein dicker Mauerbrocken fiel vom Dach des New Court ihm direkt vor die Füße.

»Um Himmels willen, der hätte Sie umbringen können«, rief der Pförtner.

Sidney war der Schreck in alle Glieder gefahren.

»Das war knapp. Wir haben furchtbaren Ärger mit dem Schnee, Sir. Die alten Gemäuer halten das nicht aus. Das Wasser dringt in den Stein, friert und taut, dehnt sich aus und zieht sich zusammen ... Ich schicke einen meiner Leute zum Wegräumen. Sieht fast aus, als hätte es jemand auf Sie abgesehen.«

»Nicht ausgeschlossen.«

»Als Priester stehen Sie wahrscheinlich unter besonderem Schutz. Die Engel verlieren eben nicht gern einen der Ihren.«

»Einen Engel würde ich mich nicht gerade nennen, Bill.«

»Aber besser, als ein Teufel zu sein, oder nicht?« Der Pförtner zwinkerte ihm zu.

Sidney ärgerte sich. Er mochte es nicht, wenn man ihm zuzwinkerte, das Gespräch mit dem Rektor lag ihm auf der Seele – und jetzt musste er auch noch befürchten, dass jemand ihn umbringen wollte. Doch nicht etwa Kit Bartlett? Nein, das war dann doch zu abwegig. Was zum Teufel ging hier vor?

Sidney war entschlossen, mit dem Rektor Klartext zu reden, aber als sie einander endlich gegenübersaßen, wirkte der Rektor unkonzentriert. Er wühlte in den Schriftstücken auf seinem Schreibtisch, sah unter die Bücherstapel, die auf den Tischen und Stühlen, auf dem Boden und sogar auf den Stufen der Bibliotheksleiter lagen.

»Haben Sie etwas verlegt, Master?«

»Ja, sonderbar ... Aber es sind nur Notizen.«

Sidney wusste nicht recht, was er sagen wollte. »Sie tauchen bestimmt wieder auf.«

»Es ist ein bisschen unangenehm, denn sie enthalten die eine oder andere scharfe Formulierung, deshalb wäre es mir nicht lieb, wenn sie in falsche Hände geraten würden.«

»Vielleicht hat Ihre Sekretärin sie weggeräumt?«

»Miss Madge weiß, dass sie in diesem Zimmer nichts anzurühren hat«, erklärte der Rektor. »Ich habe sie gut erzogen.«

Sidney empfand heimliche Bewunderung. Seine Haushälterin, Mrs. Maguire, kannte derlei Rücksichten nicht, vor ihrem Staubsauger musste alles weichen.

»Es ist wirklich ärgerlich«, fuhr der Rektor fort. »Nicht genug damit, dass Lyall so tragisch umgekommen und Bartlett spurlos verschwunden ist – jetzt auch noch diese Ungewissheit. Da soll man nicht nervös werden ...«

»Wir wünschen uns eben alle einen Anschein von Ordnung in unserem Leben.«

»Einen Anschein? Entweder herrscht Ordnung oder Chaos. Das lehren wir an unserem College. Geschichtsbewusstsein, Kontinuität. Akademische Exzellenz.«

»Und Sie glauben, dass der Vorfall auf dem Dach unserem Ruf schaden wird?«

»Ja, sofern wir die Umstände des Unfalls nicht eindeutig aufklären können. Lyall war einer unserer bekannteren Juniorprofessoren, um den sich bisher schon so einige Gerüchte rankten, und das wird jetzt natürlich vermehrt der Fall sein.«

»Andeutungen, Vorwürfe sexueller Art?«

»Sie kennen das ja. Es gehört nicht viel dazu. Wenn ich nur diese Notizen finden könnte!«

»Könnte man sie Ihnen gestohlen haben?«

»Das wohl kaum.«

»Diebstahl ist eine Straftat, Master, Sie könnten die Polizei verständigen.«

Der Rektor sah von seinen Papieren auf. »Wie kommt denn Ihr Mann zurecht?«

»Inspector Keating?«

»Sie selbst haben nichts zu berichten, haben in jüngster Zeit nichts Ungewöhnliches erlebt?«

Sidney erschrak. Wie kam der Rektor auf so eine Frage? Weil er wusste, dass Sidney verfolgt wurde? Dass jemand versuchte, ihn abzuschrecken?

»Ich glaube nicht«, erwiderte er.

»Sind Sie sicher?«

Sidney zögerte. »Ganz sicher.« Er wollte dem Rektor keinen Wissensvorsprung verschaffen, solange nicht klar war, wem er vertrauen konnte.

»Sie wissen, dass Rory Montague heimgefahren ist?«

»Mitten im Trimester?«, wunderte sich Sidney.

»Eine kleine Atempause wird ihm guttun«, meinte Sir Giles gespielt lässig.

»Es war Ihre Idee?«

»Nur ein paar Tage, bis sich die Situation hier beruhigt hat.«

»Glauben Sie, er könnte uns zu Bartlett führen?«

»Möglich. Bartletts Eltern hoffen das jedenfalls. Ich habe ihnen allerdings angedeutet, dass hier Staatsgeheimnisse im Spiel sind.«

»Das haben Sie gesagt? Auch wenn wir unserer Sache gar nicht sicher sein können? Das dürfte die Sorgen der Eltern eher noch verstärken. Haben Sie der Polizei von Montague erzählt?«

»Die werden es bald genug herausfinden.«

»Er gilt als Zeuge, ja als Verdächtiger, Master. Ich muss Keating informieren.«

»Das habe ich befürchtet«, meinte der Rektor trocken.

Sidney hatte ein mulmiges Gefühl, als er sich auf den Weg zu seinem gewohnten Donnerstagstreff mit Inspector Keating machte. Inzwischen war er überzeugt davon, dass man ihn absichtlich im Dunkeln ließ. Außerdem verfolgte ihn der dunkelgrüne Lieferwagen, der ihn vor seinem Essen mit Amanda geschnitten hatte. Was wollten die von ihm? Er bog von der Silver Street in die Queen's Lane ab. Als er an seinem College vorbei war und den Eagle betrat, war der Wagen immer noch da.

Nachdem sie sich begrüßt, sich auf ihren Stammplatz gesetzt, ihr Bier bestellt und mit dem Backgammon angefangen hatten, kam Sidney sofort auf sein Thema.

»So wie ich es sehe«, fing er an, »hat Lyall Mitglieder für den Geheimdienst angeworben.«

»Das glaube ich auch«, bestätigte Keating. »Aber für welchen? Im Übrigen sollten wir hier nicht darüber reden.«

»Uns hört doch keiner.«

»Womöglich ist der Raum verwanzt.«

»Im Eagle? Das wüsstest du doch bestimmt.«

»Du würdest dich wundern, was ich alles nicht weiß. Sprich wenigstens leise und nenne keine Namen.«

»Ich seh mich schon vor.«

»Dein Wort in Gottes Ohr … Was meinst du, auf welcher Seite unser Mann war?«

»Genau das ist der Knackpunkt. Nehmen wir an, das Opfer – nennen wir es, da wir uns schon in einem ornithologischen Umfeld befinden, den Falken – gehörte zu unserem Geheimdienst. Die anderen beiden – nennen wir sie Bussard und Merlin …«

»Du meinst also, dass sie zusammengearbeitet haben?«

»Ich glaube schon. Der Merlin liebt den Bussard, so viel ist klar.«

»Meinst du wirklich?«

»Der Merlin will den anderen imponieren, will dazugehören und tut deshalb so, als litte er an Höhenangst. Der Falke lehnt sich von der Zinne weit nach außen, und als er aus dem Gleichgewicht gerät, stößt der Bussard ihn vom Dach. Dann rennt er über die Wendeltreppe nach unten, wobei er den Nachschlüssel nutzt, den er sich bei einer früheren Begehung gemacht hat.«

»Während er den Merlin dort seinem Schicksal überlässt, damit das Ganze nach einem Unfall aussieht?«

»Nicht nur das. Der Merlin muss dafür sorgen, dass sich die Ermittlungen ganz auf ihn konzentrieren, während sein Kumpan flüchtet. Er hat die Unterlagen des Rektors gestohlen und ist auch jetzt mit dem Bussard zusammen. Ich glaube nicht, dass sie bei ihren Familien sind, wie der Rektor behauptet. Meiner Meinung nach sind sie entweder in Berlin oder in Moskau.«

»Demnach arbeiten sie für den KGB?«

»Ja, aber nicht nur das.«

»Was willst du damit sagen?«

»Warum werde ich verfolgt? Wer hat versucht, mir den Weg abzuschneiden? Doch nicht einer deiner Leute?«

»Nein.«

»Und warum haben sie mich nicht kurzerhand umgebracht? Für einen Profi wäre das nicht schwer gewesen.«

»Damit hast du leider recht.«

»Und deshalb glaube ich, dass es pures Theater war, Geordie. Sie wollten mir drohen, uns zeigen, dass unsere Ermittlung gefährlich ist.«

»Und wer hätte daran ein Interesse?«

»Unsere Seite natürlich.« Sidney zögerte. »Ich kann mich irren – aber nehmen wir einmal an, dass all das eine

Verschwörung war mit dem Ziel, den Falken zu opfern. Er wusste, dass er todkrank war, und war deshalb bereit, für sein Land zu sterben – es war seine letzte Mission.«

»Sprich weiter.«

»Das Ganze war eine Falle, die der Mann an der Spitze unseres College den Russen gestellt hat. Der Rektor spielt ein doppeltes Spiel.«

»Demnach wären unsere Leute Doppelagenten?«

»Die Russen glauben, die Jungs hätten einen der erfolgreichsten Anwerber umgebracht, den der Geheimdienst je hatte, und dass sie jetzt über die Akten sämtlicher MI6-Mitglieder in Cambridge verfügen.«

»Die verschwundenen Notizen des Rektors …«

»Die natürlich gefälscht sind.«

»Möglich, dass sie das herausbekommen. Meinst du nicht, dass man es ihnen etwas zu leicht gemacht hat? Von dem Falken weiß man, dass er seine Rekruten auf die Probe zu stellen pflegte. Deshalb haben alle bei den nächtlichen Kletterpartien ein Auge zugedrückt, und deshalb hat man auch keinen gesteigerten Wert darauf gelegt, die Polizei einzuschalten. Wenn es aber eine Falle war, in die der KGB tappen sollte, muss noch ein KGB-Mann in Cambridge arbeiten – derjenige, der die beiden Studenten angeworben hat, die in jener Nacht auf dem Dach waren.«

»Ich fürchte, du hast recht.«

»Und wir wissen nicht, wer das ist?«

»Bisher nicht.«

Inspector Keating trank nachdenklich einen Schluck Bier und rückte seinen Stuhl vom Feuer weg. »Man hat mich nie in diese Spionagegeschichten eingeweiht, aber mir ist der Fall zu einfach und zu kompliziert zugleich.

Was meinst du, könnten die Raubvögel vielleicht Dreifachagenten sein?«

»Angeworben vom KGB und zum SIS übergelaufen, für den sie jetzt zwar vorgeblich arbeiten, in Wirklichkeit aber den Russen die Treue halten?«

»Und uns in unserem eigenen Spiel schlagen?«

»Aber was versprechen sie sich davon?«

»Eine sichere Passage nach Moskau, bezahlt vom britischen Steuerzahler.«

»Möglich wär's.«

Keating sah in sein Notizbuch. »Offiziell ist meine Aufgabe simpel. Ich muss entscheiden, ob der Falke gestürzt ist oder ob er umgebracht wurde. Nach wie vor gibt es eine ganz einfache Erklärung: Ein skrupelloser und leichtsinniger Mann, der weiß, dass er ohnehin sterben wird, steigt mit zwei Studenten in einer Nacht bei Schnee und Wind auf die King's College Chapel und stürzt. Ende.«

»Diese Erklärung würde der Universität gefallen.«

»Aber mir nicht, Sidney.«

»Doch was ist die Alternative? Eine gründliche Untersuchung der Arbeit des britischen Geheimdienstes?«

»Willst du damit sagen, dass ich lieber beide Augen zudrücken soll?«

»So läuft das doch oft im Establishment. An unbequeme Wahrheiten rührt man nicht. Wenn du einem Gentleman keine unangenehmen Fragen stellst, wirst du nicht enttäuscht.«

»Und das macht uns zu Briten?«

»Es ist das Gesicht, das wir der Welt zeigen«, gab Sidney zurück. »In der Mehrzahl sind wir zivilisiert, charmant und authentisch. Manche aber haben ihre

Zurückhaltung zu einer Art raffinierter Täuschung weiterentwickelt. Eben das finden die Leute so spannend an uns, Geordie. Nur wenig trennt den Gentleman vom Mörder.«

Keating trank sein Bier aus. »Da halte ich mich doch lieber an regelrechte Schurken – da weiß man wenigstens, woran man ist.«

Am nächsten Tag beschloss Sidney, vor der Abendandacht den einen oder anderen Punkt mit dem Rektor zu klären. Wieder war es ein bitterkalter Abend, und obendrein stellte Sidney mit Missfallen fest, dass Sir Giles Besuch hatte. Auf dem Sofa saß, einen Arm elegant über die Lehne gelegt, der britische Außenminister. Sidney entschuldigte sich für den schlecht gewählten Zeitpunkt seines Besuchs.

»Keine Ursache, Canon Chambers, Sie sind immer willkommen. Ihr kennt euch schon?«

»Nur aus Erzählungen. Freut mich, Sie endlich auch einmal persönlich zu treffen. Sie haben mit meinem Vater im Krieg gekämpft, wenn ich nicht irre. Er war Kommandeur Ihres Regiments.«

»Stimmt. In der Normandie.«

»Nun, wir schlagen jetzt unsere eigenen Schlachten. Die internationale Diplomatie ist ein sehr viel subtileres Spiel. Ich habe gerade mit dem Rektor über unsere Probleme mit den Russen gesprochen.«

Sidney war politisch nicht so beschlagen, wie ihm lieb gewesen wäre, aber er wusste natürlich, dass die Sowjets Vorschläge zur deutschen Wiedervereinigung zurückgewiesen hatten und sich bemühten, die Bestrebungen der Bundesregierung zum Beitritt in die NATO zu blockieren. »Das ist sicher eine große Sorge für den Premierminister.«

»Er misstraut allen fremden Mächten, aber selbst Churchill kann nicht ewig an der Macht bleiben.«

»Sie haben vermutlich Pläne?«

»Eden übernimmt natürlich, er ist der Kronprinz. Und wir brauchen Kontinuität. Sonst müssen wir am Ende noch eine weitere Konferenz in Berlin abhalten. Wie mir der Rektor sagt, kennen Sie die Stadt gut?«

»Ich war nach dem Krieg da.«

»Ja, richtig. Und ich höre, dass Sie dort eine gute Bekannte haben?«

Sidney zögerte. »Dass der Rektor davon weiß, war mir nicht bewusst.«

»Er lässt sich nicht gern in die Karten schauen.«

»Offenbar wissen Sie beide mehr über mich, als mir lieb sein kann. Beschattet man mich deshalb?«

»Das haben Sie bemerkt?«, fragte der Außenminister.

»Es war nicht zu übersehen.«

»Ich versichere Ihnen, dass Sie niemals in Gefahr waren. Die Polizei wusste Bescheid.«

»Auch Inspector Keating?«

»Nein, der nicht. Damit wäre das Spiel aufgeflogen.«

»Ein Spiel nennen Sie das, jemandem Angst einzujagen?«

»Ich verstehe Sie ja«, räumte der Außenminister ein. »Aber genau das wollten wir erreichen – dass man Ihnen den Schreck anmerkt.«

»Und weshalb?«

»Um zu zeigen, dass Sie nicht für uns arbeiten.«

»Aber ich habe für Sie gearbeitet«, widersprach Sidney entnervt.

»Wir mussten Ihnen auch einen gewissen Schutz bieten.«

»Vor wem?«

»Können Sie sich das nicht denken?«

»Soll das heißen, dass ich womöglich von zwei verschiedenen Seiten beschattet wurde?«

Der Rektor warf dem Außenminister einen vielsagenden Blick zu. »Wie wär es mit einem Drink, Sidney? Bevor bald die Fastenzeit anbricht.«

»Die Jahreszeit, in der es besonders um die Vergebung der Sünden geht«, betonte Sidncy.

Der Rektor schenkte ihm einen kleinen Whisky ein. »Allzu schlimm dürfte es bei Ihnen um die Sünden nicht bestellt sein.«

»Wir beten für die Sünden der Welt.«

»Und die sind vielfältig.« Der Außenminister stand auf. »Ich muss leider zurück nach London.«

Der Rektor zögerte. »Du bleibst nicht zum Essen?«

»Mein Wagen wartet. Ich bin dir sehr dankbar, Giles. Es war eine vertrackte Angelegenheit, aber zum Glück ist sie jetzt erledigt.«

Sidney fand, dass bei weitem noch nicht alles erledigt war. »Einen Augenblick noch. Soll das heißen, dass Bartlett und Montague unsere Leute sind, aber so tun, als seien sie KGB?«

»Davon können Sie ausgehen«, sagte der Außenminister fast verwundert.

»Und deshalb haben sich Bartletts Eltern nicht besonders über sein sogenanntes Verschwinden aufgeregt?«

»Nun ja, ich habe mit ihnen gesprochen ...«

»Und Lyall war MI6?«

»Gewisse Leute sind der Meinung, ja.«

»Also war er es. Hat er sich freiwillig umbringen lassen?«

»Es ist wahrscheinlich gesünder für Sie, wenn Sie Ihre Frageflut ein wenig eindämmen, Canon Chambers.«

»Ich weiß, dass Lyall todkrank war.«

»Er ist gestürzt. Es war ein Unfall.«

»Ja, das ist nun wohl die offizielle Version.«

»Es ist das, was passiert ist«, betonte der Außenminister. »Im Übrigen war der Eifer, den Sie und Keating an den Tag gelegt haben, wirklich bemerkenswert.«

»Das war unser Job.«

»Nicht ganz. Wir hatten Sie gebeten, über Ihre Beobachtungen zu berichten, nicht aber, eigene Ideen zu entwickeln.«

»Das hat sich so ergeben.«

»Gewiss. Aber hin und wieder kann Nichtwissen auch ein Segen sein.«

»Mir gefällt es nicht, dass man mich im Dunkeln lässt.«

»Sie haben so viel erfahren, wie nötig ist, Canon Chambers. Keating ist bereit, Lyalls Tod als Unfall zu akzeptieren. Der Fall ist abgeschlossen, sodass Sie sich jetzt guten Gewissens wieder voll und ganz Ihrer seelsorgerlichen Tätigkeit widmen können.«

»Ist das alles?«

»Sie sagen es«, sagte der Rektor mit Nachdruck. »Das ist alles.« Sidney nahm seinen Mantel und trat über den New Court seinen Heimweg an. Es fing wieder an zu schneien.

Ihn ärgerte, dass man sich seiner bedient hatte, um Unternehmungen zu verschleiern, die er selbst noch immer nicht ganz durchschaute. Von der Wahrheit war er so weit entfernt wie zuvor. Er setzte sich – ein einfacher Kirchenbesucher unter vielen – in eine der Bänke der King's George Chapel. Die Kerzen flackerten in dem Luftzug, der durch schmale Ritzen im Mauerwerk kam.

Der Kantor begann den Gottesdienst mit einem Text aus Hesekiel: »Wenn sich der Ungerechte abkehrt von seiner Ungerechtigkeit, die er getan hat, und übt nun Recht und Gerechtigkeit, der wird sein Leben erhalten.«

Sidney betete in der Dunkelheit. Er dachte an den unbekannten Verfasser der *Wolke des Nichtwissens*, der versuchte, Gott durch das zu definieren, was er nicht war, und verlangte, dass der Gläubige das Wissen um alle menschlichen Eigenschaften abtun müsse, um die göttlichen zu begreifen, so wie wohl ein Spion all seine bisherigen Bindungen vergessen muss. Diese negative Theologie, die *Via negativa*, schenkte die Weisheit des Nichtwissens.

Er rief sich die Definition von Gott in Erinnerung, die derselbe Verfasser ans Ende seiner mystischen Theologie des heiligen Denis gesetzt hatte: ›Gott ist weder Finsternis noch Licht, weder Irrtum noch Wahrheit, noch kann er bekräftigt oder geleugnet werden, seine unbegreifliche Erhabenheit ist über alle Bekräftigung oder Verneinung unbegreiflich.‹

Vielleicht, überlegte Sidney, musste er sich von allen weltlichen Belangen lösen und auf das Detektivspielen verzichten, um ein besserer Priester zu werden. Musste alle sinnlichen Wahrnehmungen und verstandesmäßigen Argumente hinter sich lassen und sich in jene Wolke des Nichtwissens, in jene Dunkelheit begeben, in die hin und wieder Lichtblitze fielen. Das war das Paradox des Glaubens – dass man die Dunkelheit annehmen musste, um das Licht zu finden.

Er betete mit der Gemeinde: »Erhelle unsere Dunkelheit, wir bitten dich, o Herr. Und in deiner großen Gnade behüte uns vor allen Schrecken und Gefahren dieser Nacht.«

Draußen fiel der Schnee auf die Architrave und Pfeiler der Kirche, ihre gewaltigen Türme und das elegant ausbalancierte Dach, fiel auf die Mützen, Mäntel, Schals und Tücher der Heiligen und Sünder der Stadt, die in ihre Straßen, Dörfer und Häuser zurückkehrten, fiel scheinbar unaufhaltsam, sacht und ohne Hast, alles mit seinen zarten weißen Flocken bedeckend, bis er zu dem Grab von Valentine Lyall kam, wo er still liegen blieb.

Liebe und Brandstiftung

Es war ein warmer Sommerabend Mitte August, und Sidney war bester Laune. In letzter Zeit hatte es nur wenige Ablenkungen gegeben, ein großer Teil seiner Gemeinde war auf Urlaub, und er hatte Zeit für sich. So hätte wohl ein viktorianischer Pfarrer gelebt, dachte er, als er mit Dickens über die Wiesen und am Fluss entlang zu dem nahen Wäldchen ging. Seine Pflichten waren überschaubar, kriminelle Machenschaften waren weit und breit nicht in Sicht, er konnte sich also guten Gewissens an den Gaben freuen, die Gott ihm geschenkt hatte – und an der Zuneigung seines Labradors.

Schuljungen spielten auf einer frisch gemähten Wiese Cricket. Sidney blieb stehen und wartete, bis ein Durchgang vorbei war. Am liebsten hätte er mitgemacht. Schließlich war seine eigene Schulzeit auch noch nicht allzu lange vorbei, und noch immer fragte er sich manchmal, wer er eigentlich werden wollte.

Ein mittelalterlicher Kanon kam ihm in den Sinn, den er in der Schule gelernt hatte, und er sang leise vor sich hin:

Sumer is icumen in,
Loudly sing, cuckoo!
The seed brows and the meadow blooms
And the wood springs anew,
Sing, cuckoo!

Der Sommer ist gekommen,
Kuckuck, singe laut!
Es wächst die Saat, die Wiese grünt,
Und das Gehölz schlägt aus,
Singe, Kuckuck!

Den Rest hatte er vergessen. Amanda kannte bestimmt den ganzen Text. Sie war zum Glorious Twelfth, dem Beginn der Rebhuhnjagd, nach Schottland gefahren und würde ihm nach ihrer Rückkehr von reichen Gastgebern erzählen, die auf die Namen Angus, Hector oder Hamish hörten. Alle diese Herrschaften besaßen Jagdhäuser im schottischen Hochland, in denen ausgiebig getanzt und gefeiert wurde – eine für ihn fremde Welt. Umso besser, dass er sich so gut mit Hildegard verstand. Sie waren einander sehr viel ähnlicher.

Seit dem Tod ihres Mannes, Stephen Staunton, war Hildegard nicht mehr in Grantchester gewesen, und Sidney hatte sie auch nicht dazu gedrängt. Lieber reiste er zu Kurzbesuchen nach Deutschland. Zum ersten Mal war er zum Jahreswechsel 1955 dort gewesen, seither noch zweimal. Sie waren zusammen nach Hamburg gefahren, wo sie die Michaeliskirche, den Michel, besichtigt hatten und die Trostbrücke. Im vergangenen Jahr hatten sie ein paar Tage in Koblenz verbracht und eine Bootsfahrt nach Boppard und durchs Rheintal bis nach Rüdesheim gemacht.

Auch wenn Freunde und Kollegen ihm ständig mit Fragen zusetzten, hütete Sidney sich, die Art ihrer Beziehung genauer zu bestimmen. Allerdings nahm er inzwischen Unterricht in deutscher Konversation bei Marcus Gruner, einem älteren Herrn aus seiner Gemeinde, und hatte Hildegard bei seinem letzten Besuch mit einem deutschen Zungenbrecher überrascht: *Fischers Fritz fischt frische Fische, frische Fische fischt Fischers Fritz.*

Allerdings war die Situation noch lange nicht geklärt. Anders als Amanda, die mit allem heraussprudelte, was ihr in den Sinn kam, war Hildegard eher zurückhaltend. Er wusste zum Beispiel nicht, ob sie Verehrer in Deutschland hatte oder vielleicht nach ihren Erfahrungen auf eine neue Liebe und eine zweite Ehe ganz verzichten wollte. Um sie war immer etwas Geheimnisvolles, obgleich sie mit einunddreißig sicherlich zu jung für ein Leben als einsame Witwe war. Konnten sie so weitermachen wie bisher, oder würden sie sich für die eine oder andere Richtung entscheiden müssen? Seine Beziehung zu Amanda war einfacher – vielleicht erwartete sie nicht so viel von ihm, oder es stand nicht so viel auf dem Spiel, oder seine Fehler fielen nicht weiter ins Gewicht. Auf jeden Fall hatte sie keinen Zweifel daran gelassen, dass sie nie einen Pfarrer heiraten würde. Amanda war launenhaft, leicht eingeschnappt und schnell wieder versöhnt, Hildegard dagegen ruhig, nachdenklich, schwerer zu deuten. Sie zwang ihn, gründlicher über seine Handlungen und seine Verantwortung nachzudenken. Kurzum, sie erwartete mehr von ihm, und deshalb hatte Sidney das unbehagliche Gefühl, er könne sie am Ende enttäuschen.

Als er sich dem Wäldchen näherte, wurde Sidney durch Jerome Benson, der zu seiner Gemeinde gehörte, die Kirche aber selten von innen sah, aus seinen Gedanken gerissen. Benson stand im Schatten einiger Kastanienbäume. Er trug eine Schiebermütze aus Tweed, eine dazu passende Reitjacke, Cordhose und abgewetzte Jagdstiefel. Der ungepflegte Bart war röter als sein Haar, auch sein

Gesicht war rot angelaufen, als könnte er jeden Moment explodieren. Er hielt eine nicht gespannte zwölfkalibrige Flinte in der rechten Hand, das Magazin hatte er mit dem Schaft an die Schulter gestützt. Aus der Patronentasche, die an seiner linken Schulter hing, schauten zwei Rebhühner. Sidney wünschte ihm einen schönen Abend. Die Beine von Bensons Cordhose, stellte er fest, waren mit Bindfaden hochgebunden.

Wenige Meter weiter kam Sidney an einem geparkten Wagen vorbei, einem Triumph TR3 Roadster, in dem ein junges Pärchen sich vergnügte. Sidney sah nur kurz hin und erkannte Abigail Redmond, die hübsche siebzehnjährige Tochter seiner Labradorzüchterin. Das flotte Fahrzeug gehörte wohl ihrem Freund Gary Bell, dem Sohn des Tankstellenbesitzers.

Plötzlich fiel ein Schuss. Dickens lief los und kehrte mit einem Waldkauz im Maul zurück, den er Sidney zu Füßen legte.

Sidney erschrak. »Du lieber Himmel, das ist doch bestimmt verboten.«

Dickens sah auf und erwartete offenbar Zuspruch und eine Belohnung, aber ehe sich Sidney für das eine oder andere hatte entscheiden können, trat Jerome Benson aus dem Schatten der Kastanien ins Licht, seinen Hund, einen Lurcher, an der Seite. »Was hat Ihr Hund da im Maul?«

»Haben Sie diesen Kauz geschossen?«, fragte Sidney.

»Eine Schnepfe. Ihr Hund hat sich offenbar geirrt.«

»Das würde mich wundern.«

»Ich kann Ihnen versichern, dass ich eine Schnepfe geschossen habe. Zeigen Sie mal den Kauz her.« Benson bückte sich, hob das Tier auf und besah es prüfend.

»Keine Schussverletzung. Wahrscheinlich natürlicher Tod. Ich kümmere mich darum. Jetzt muss ich erst mal meine Schnepfe suchen. Ihr Hund ist ja ein ganz Eifriger.«

Sidney wusste nicht recht, wie er reagieren sollte. In der Stille hörte er einen Wagen Gas geben, der gleich darauf vor ihnen scharf bremste. Gary Bell lehnte sich aus dem Fenster und schrie: »Perverse Typen.« Dann fuhr er mit quietschenden Reifen davon.

Was hatte sich der Junge wohl dabei gedacht? Er würde im Eagle mit Keating darüber sprechen müssen. Seine friedliche Sommerstimmung war dahin.

Cambridge war im August relativ ruhig. In der Stadt befanden sich nur wenige Studenten, und die Anwohner waren entspannter. In dieser Zeit konnte man den Ort fast für ein beliebiges Marktstädtchen im Osten Englands halten. Cambridge verdankte seine historische Bedeutung den imposanten Universitätsgebäuden, bei deren Anblick sich der Betrachter ins Mittelalter versetzt fühlte, aber jetzt, ehe im Herbst die nächste Studentengeneration anrückte, herrschte hier gewissermaßen ein Winterschlaf im Sommer, eine lange Siesta.

Sidney hatte sich auf die Backgammonpartie mit Keating gefreut, aber seine Stimmung verdüsterte sich weiter, als sich herausstellte, dass sein Freund Geordie Keating sich vorgenommen hatte, ihn ein wenig zu piesacken. Damit konnte er normalerweise gut umgehen, doch die ärgerliche Begegnung mit Benson und Gary Bells Beschimpfung hatten seine gute Laune vertrieben.

Keating hatte am Vorabend einen Film mit Doris Day gesehen und jetzt nichts Eiligeres zu tun, als Sidney nicht nur die Handlung in allen Einzelheiten zu erzählen, sondern sich überdies zu erkundigen, wie der Freund es mit der Romantik im Allgemeinen und seiner Doppelfreundschaft zu Amanda und Hildegard im Besonderen halte. »Cambridge ist auffallend ruhig ohne Miss Kendall«, frotzelte Geordie. »Hast du ihr den Laufpass gegeben?«

»Keineswegs. Sie macht Urlaub in den Highlands.«

»Gibt es in Schottland nicht viele Mücken?«

»Die dürften sie kaum belästigen.«

»Eher schon umgekehrt …«

»Sie ist mit Freunden auf der Jagd.«

»Hoffentlich schießen die sich nicht gegenseitig tot. Zum Glück fällt Schottland nicht in meinen Bereich.«

»Da wir gerade vom Schießen sprechen …«, setzte Sidney an.

»Was um Himmels willen ist jetzt schon wieder los?«

»Keine Angst, es ist bestimmt nur eine Lappalie, aber was ich heute Abend erlebt habe, geht mir doch nach. Was weißt du über den gesetzlichen Schutz von Wildtieren?«

»1947 wurde ein entsprechendes Gesetz erlassen …«

»Und ich nehme an, dass das Schießen von Eulen verboten ist?«

»Allerdings.«

Sidney berichtete von seiner Begegnung mit Benson, und der Inspector versprach, einen Kollegen hinzuschicken. Einen Wildvogel, also auch den Waldkauz oder Strix aluco (dass Keating den lateinischen Namen kannte, hätte Sidney ihm nicht zugetraut) zu töten, zu verletzen oder zu stehlen sei verboten; dagegen sei in den meisten Fällen nichts dagegen einzuwenden, Wildtiere und -vögel aufzuheben, die eines natürlichen Todes gestorben waren.

»Darüber lässt sich vermutlich streiten.«

»Zugegeben – aber wenn du den Vorfall nicht beobachtet hast oder sich nicht herausstellt, dass Schrot in dem Vogel steckt, können wir wenig machen. Dass jemand sich verdächtig benimmt, bedeutet noch nicht, dass er Böses im Schilde führt. Wenn wir jeden Menschen verhaften würden, der sich merkwürdig aufführt, wären die Gefängnisse voll, und du wärst einer der Ersten, der hinter Gittern säße.«

»Dann würdest du mir aber hoffentlich beistehen?«

»Vielleicht säße ich dann auch im Knast. Meine Chefs haben schon Bemerkungen über unsere Freundschaft gemacht. Unzulässige Einflussnahme und so weiter ...«

»Aber ein Gespräch mit einem Priester dürfte doch unverdächtig sein?«

»Heutzutage nicht mehr. Pfarrer sind für Korruption ebenso anfällig wie andere Menschen.«

Sidney stand auf, um die zweite Runde zu ordern. »Da bin ich anderer Meinung, Geordie. Wir haben unsere Grundsätze.«

»Und wie war das mit dem Pfarrer von Stiffkey?« Der Inspector musste die Stimme heben, um sich in dem allgemeinen Lärm verständlich zu machen. »Dem ›Prostituiertenpater‹? Der hatte eine sehr zupackende Art, mit gefallenen Frauen umzugehen.«

»Er wurde missverstanden.«

»Hat er sich nicht als Manager des Fußballklubs von Blackpool und als Löwenbändiger beworben?«

»Verboten ist das nicht, Geordie.«

»Ich habe gehört, dass seine Tochter Seiltänzerin geworden ist und ein Techtelmechtel mit Joseph Goebbels hatte.«

»Das denkst du dir aus!«

»Durchaus nicht.« Keating kam jetzt erst richtig in Schwung. »Ich schwöre auf die Bibel. Man sieht eben daran, wie viel der Klerus glaubt, sich erlauben zu können. Ich habe gelernt, euch ebenso sorgfältig zu beobachten wie alle anderen.«

Sidney kam mit dem Bier zurück. »In meinem Fall dürfte eine allgemeine Unschuldsvermutung greifen.«

»Du sagst mir ständig, ich sollte mit meinen Vermutungen vorsichtig sein, Sidney, das nehme ich mir eben zu Herzen.«

Es blieb heiß und trocken. Die kleinen Vorgärten und die stolzen englischen Rasenflächen waren braun und dürr, die Rosen, die so üppig geblüht hatten, entblätterten sich, und am Nachmittag, wenn sich kein Luftzug regte, waren viele Leute zu schlapp zum Unkrautzupfen oder zum Gießen.

Am Ende eines solchen Tages, an dem die Sonne erbarmungslos auf die Südfronten der Häuser brannte, wurden zwei Löschzüge aus Cambridge zu einem alten Gartenhaus am Ende eines Feldes hinter der Tankstelle beordert. Das Haus war an Daniel Morden vermietet, einen Fotografen, der gerade in London Aufnahmen bei einer Hochzeitsfeier machte, und der Notruf war so spät eingegangen, dass das Feuer schon weit um sich gegriffen hatte und nichts mehr zu retten war. Flammen züngelten seitlich an der Hauswand hoch und ergriffen die Balken und Dachsparren, die Fensterscheiben sprangen, Glas klirrte, und die Haustür fiel nach außen auf die Straße.

Als die Feuerwehr eintraf, drohte das Obergeschoss bereits einzufallen. Die Hitze war den Flammen so weit voraus, dass es unmöglich war, an den eigentlichen Brandherd heranzukommen. Wechselnde Winde trieben die Flammen in drei verschiedene Richtungen. Helfer füllten Eimer an einem Wasserhahn vor dem Haus, während Gary Bell und seine Eltern vor allem die Angst umtrieb, die Flammen könnten auf die Tankstelle mit ihren Benzinvorräten überspringen. »Wir hätten die Bude nie vermieten dürfen«, grummelte Thomas Bell, »ich habe doch gleich gesagt, dass dieser Fotografenfritze uns nur Ärger machen würde.« Verantwortungslos wie immer sei dieser Daniel Morden einfach nach London abgebraust. »Wahrscheinlich war eines seiner verdammten Zigarillos schuld«, rief er wütend seinem Sohn zu, aber der konterte, zu machen sei jetzt sowieso nichts mehr.

Plötzlich gab es einen Überschlag. Das brennende Haus saugte die Luft rundherum an und explodierte in einem gewaltigen, alles verschlingenden Feuersturm. Das Dach stürzte ein, man hörte weithin das Knacken von Holz, das Poltern von Backsteinen und das Heulen des heißen Windes.

Eine halbe Stunde später war das Haus ein Gerippe. Ein paar Pfosten hoben sich rauchend und dampfend vor dem mitternachtsblauen Himmel ab. Funken und Ascheflocken flogen durch den Rauch, der nach versengtem Holz, verbranntem Stoff und Chemikalien roch.

Erst zwei Stunden später waren die Flammen unter Kontrolle, und als es hell wurde, sah man nur noch Backsteine, Schutt und glimmendes Holz, das hin und wieder kurz aufflammte. Nur wenige Gegenstände waren darin erkennbar – die verbogenen Reste eines Vergrößerungsapparates, ein geschmolzenes Metronom, ein gesprungener Glasaschenbecher, Reste eines Hirschgeweihs.

Als Sidney vor der Frühmesse die Brandstätte besichtigte, war Mark Bowen, der zu seiner Gemeinde gehörte, schon mit schweren Stiefeln und dicken Gummihandschuhen bei der Arbeit. Er war Brandermittler.

»Brennt es noch?«, fragte Sidney.

»An manchen Stellen könnte man in der Glut eine Kartoffel garen. Ich glaube, das Feuer ist an den großen Fenstern entstanden, aber Genaueres kann ich noch nicht sagen.«

Sidney konnte keine Spur von Fenstern mehr entdecken, und ein Fremder hätte große Schwierigkeiten gehabt, die Struktur oder die Ausrichtung des Hauses zu erkennen.

»Die Zerstörung ist viel größer, als man bei einem gewöhnlichen Wohnhausbrand erwarten würde. Ich vermute, dass das Feuer von den Chemikalien, Tonern, Entwicklungsflüssigkeiten und Säuren ausgegangen ist. Der Mann hatte eine Menge unerfreuliches Zeug im Haus. In der Nähe habe ich auch einen Benzinkanister gefunden, aber das muss nichts heißen …«

»Wegen der Tankstelle?«

»Wäre allerdings ziemlich leichtsinnig, Benzin so einfach herumstehen zu lassen.«

»Was darauf schließen lässt, dass …«

Mark Bowen stand auf und streifte die Handschuhe ab. »Dass jemand das Feuer mit einem Benzinkanister in Gang gebracht hat und dann weggelaufen ist, oder …«

»Jemand den Benzinkanister absichtlich dort hingestellt hat.«

»Genau. Allerdings sieht mir das nicht nach einem Benzinbrand aus.«

»Sondern?«

»Muss etwas Stärkeres gewesen sein.«

Sidney war auf dem Weg in die Kirche gewesen, um die Lesungen für den zehnten Sonntag nach Trinitatis durchzusehen. »Sie glauben also nicht, dass es ein Unfall war?«, fragte er.

»Der Fotograf war nicht im Haus, er weiß noch nicht, was passiert ist. Muss ein ziemlicher Schock für ihn sein, wenn er zurückkommt.«

»Es könnte auch ein elektrisches Gerät gewesen sein. Hat das Haus Strom?«

»Sieht nicht so aus.«

Sidney begriff, dass er so nicht weiterkam, doch die Sache ließ ihm keine Ruhe. »Warum werden Menschen zu Brandstiftern, Mark?«

»Ich sage nicht, dass es Brandstiftung war, Canon Chambers.«

»Natürlich sollte man keine voreiligen Schlüsse ziehen. Aber wie ist es in der Theorie?«

»Meist sind es junge Männer. Brandstifterinnen sind selten. Manchmal sind es echte Pyromanen. Das häufigste Motiv ist nach meiner Erfahrung Rache. Aber das wissen Sie sicher alles selber, Canon Chambers, Ihnen brauche ich wohl nicht zu sagen, dass hinter den meisten Problemen in der Welt die Liebe und das Geld stecken.«

»Und manchmal steckt vielleicht auch jemand das eigene Heim an?«

»Nicht aus sechzig Meilen Entfernung. Ich habe keine Spuren eines Zeitzünders gefunden.«

»Ausschließen können Sie demnach nichts?«

»Der Täter könnte auch professionelle Brandstifter angeheuert haben, das hat man oft, wenn ein Unternehmen finanzielle Schwierigkeiten hat. Der Besitzer streicht dann die Versicherungssumme ein, allerdings kann ich mir nicht vorstellen, dass dieses Haus viel wert war.«

»Dann müsste man sich Daniel Mordens Versicherungspolicen ansehen?«

»Was wohl nicht in Ihre Zuständigkeit fällt, Canon Chambers. Bei Ihren Fällen geht es immer dramatischer zu.«

»Ich suche sie mir nicht aus.«

»Sie müssen auch bedenken, dass manche Menschen einen Brand legen, um Beweismittel loszuwerden.«

»Was für Beweismittel?«, fragte Sidney.

»Raten Sie mal ...«

»Sie meinen belastende Unterlagen, wichtige Hinweise oder dergleichen?«

»Ich meinte eigentlich etwas anderes, Canon Chambers. Ich dachte an Leichen.«

Ein paar Tage später konnte Keating seinem Freund den neuesten Stand der Dinge berichten. Daniel Morden war zur Zeit des Feuers tatsächlich in London gewesen und hatte Aufnahmen bei der Hochzeit eines seiner besten Freunde gemacht. Das Gartenhaus hatte er von den Bells vor etwa drei Jahren gemietet und benutzte es als Atelier, während er selbst in der früheren Wohnung seiner Mutter an der Hill Road wohnte. Er war geschieden (seine Exfrau war inzwischen gestorben, allerdings nicht unter verdächtigen Umständen, soweit der Inspector wusste), und er hatte einen Sohn, der im Ausland lebte.

»Er wollte die Versuchungen Londons meiden, hat er gesagt. Der Mann hat ein bewegtes Leben geführt, wie das in seinen Kreisen heißt. Fotografen und die Frauen –

man weiß ja, wie das geht. Sie sind wie Pfarrer, nur mit Sexappeal.«

Sidney wollte schon protestieren, merkte aber noch rechtzeitig, dass Keating ihn wieder mal aufzog. »Hier konnte er ungestört leben«, fuhr der Inspector fort. »Ohne die Ablenkungen von Soho, das du so liebst.«

Sidney hütete sich, auf Keatings Anspielung einzugehen. »Vermutlich hat er in der Wohnung seiner Mutter mietfrei gewohnt. Ob er Geldsorgen hatte?«

»Eine Scheidung ist immer kostspieliger, als man denkt. Aber eine Freundin scheint er nicht gehabt zu haben. Oder sie ist auch abgehauen.«

»Soll das heißen, dass seine erste Frau ihn verlassen hat?«

»Das machen Frauen ebenso oft wie Männer, Sidney. Manchmal halten sie es mit ihrem Partner einfach nicht mehr aus, davor warnt mich meine Frau oft genug.«

»Dass Daniel Morden sein eigenes Atelier angezündet hat, hältst du aber nicht für sehr wahrscheinlich?«

»Es gehört ja nicht ihm, sondern den Bells.«

»Hast du mit ihnen gesprochen?«

»Im Augenblick sind sie nur wütend, aber vielleicht ist das auch nur Theater. Bestimmt können sie das Geld gut gebrauchen, außerdem ist das Feuer eine Möglichkeit, Morden loszuwerden.«

»Sodass sie die Brandstifter sein könnten?«

»Ich sehe nichts, was dagegen spräche.«

»Und sie sind versichert, sagst du?«

»Das Haus hatten die Bells versichert, die Einrichtung Morden. Allerdings fließt erst dann Geld, wenn wir herausgefunden haben, was wirklich passiert ist.«

»Viel kann es aber nicht sein, was?«

»Nein, aber genug, um ein Feuerchen zu riskieren, wenn man ungestraft davonkommen kann. Es sei denn, dass noch etwas anderes im Spiel ist.«

Sidney zögerte. »So was hat Mark Bowen anklingen lassen.«

»Von Leichen gibt es keine Spur, falls du das meinst.«

»Und wenn jemand geglaubt hat, Morden sei im Haus?«

»Ein Mordversuch, Sidney? Nein, ich bin mir ziemlich sicher, dass es ein Versicherungsschwindel ist. Du kannst ja selber mit ihm sprechen, wenn du willst.«

»Dazu müsste ich mir was einfallen lassen ...«

»Darin bist du doch sonst so groß. Schließlich ist es deine Pflicht, denen, die vom Schicksal geschlagen sind, zur Seite zu stehen. Würde mich interessieren, was du aus ihm rauskriegst.«

»Möchtest du, dass ich zu ihm gehe?«

»Ich bin immer dankbar für deine Hilfe, Sidney, das weißt du ja.«

»Dann habe ich also deinen Segen?«

»Den gebe ich dir gern. Ein interessanter Rollentausch.«

Auf dem Heimweg ließ Sidney sich den Fall durch den Kopf gehen. Er hatte Dickens mitgenommen, um ihm ein wenig Auslauf zu verschaffen. Die Freundschaft mit seinem Hund war eine der großen und unerwarteten Freuden seines Lebens. Hin und wieder schlug Dickens immer noch über die Stränge (Schafe versetzten ihn nach wie vor in Aufregung, und die Zeit des Lammens war eine gehörige Herausforderung für Herr und Hund), aber alles in allem fand Sidney Dickens' Geduld und seine Zuneigung geradezu beispielhaft. Während anderer Leute Hunde jaulten und hochsprangen, sabberten und bellten, bezähmte Dickens seine Neugier, streunte weit weniger als früher herum und schien mit seinem Los zufrieden. Sidney konnte noch viel von dem ausgeglichenen Wesen seines Hundes lernen.

Umso mehr befremdete es ihn, dass Dickens plötzlich, nachdem er zunächst vorausgerannt war, laut bellend vor dem Gatter stehen blieb, das zu den Meadows führte. Es war fast dunkel, und als Sidney sich näherte, sah er Jerome Benson, gefolgt von seinem Lurcher, an ihnen vorbeilaufen. Eine junge Frau in taubenblauem Baumwollkleid ging mit gesenktem Kopf rasch in entgegengesetzter Richtung davon. Ihre linke Hand strich das blonde Haar über der linken Schläfe zurück, ihre rechte Hand zitterte. War das nicht Abigail Redmond? Und womit hatte Jerome Benson sie derart aus der Fassung gebracht?

Daniel Morden, ein gutaussehender Endfünfziger mit olivfarbener Haut, trug einen weißen Leinenanzug, der schon bessere Tage gesehen hatte. Die braunen Schnürschuhe waren ausgetreten, den Panamahut hatte er auf einen abgewetzten Sessel geworfen. Jetzt saß er an seinem Schreibtisch, einen stark verdünnten Whisky vor sich, und klopfte sein Zigarillo in einen vollen Aschenbecher ab. Zu trinken bot er Sidney nichts an. Stattdessen ließ er durchblicken, wie sehr es ihn verwunderte, dass ein Pfarrer ihm einen Besuch abstattete. Dass hier kein erfolgsverwöhnter Mann wohnte, wurde Sidney schnell klar, aber er begriff auch, dass es im Leben seines Gastgebers früher einen gewissen Glanz und Glamour gegeben hatte. In seiner Blütezeit mochten ihm sein gutes Aussehen und ein natürlicher Charme das Leben leichter gemacht haben.

»Heutzutage brauche ich für alles so viel Kraft«, seufzte Morden. »Als junger Mann war ich ehrgeizig, aber jetzt muss ich mich anstrengen, um auch nur auf der Stelle zu treten, und das kann recht lästig sein. Das kennen Sie sicher auch.«

»Kommt drauf an, wie man es sieht.«

»Wenn es zum Beispiel um ein hübsches junges Mädchen geht …«

»Und Sie fotografieren hübsche Mädchen, Mr. Morden?«

»Wenn sich die Gelegenheit bietet. Heutzutage fotografiere ich meist Hochzeiten.«

Morden war in den zwanziger Jahren im Filmgeschäft gewesen, zunächst als Assistent des berühmten englischen Kameramanns Charles Rosher. Danach hatte er selbst in zwei, drei Stummfilmen Regie geführt, aber Ärger mit den Geldgebern bekommen, und mit der Karriere war es stetig bergab gegangen – von Standfotos und Modeaufnahmen zu Werbefotos und Hochzeiten bis hin zu schlecht bezahlten Privataufträgen. Sidney sah eine leere Whiskyflasche im Papierkorb und fragte sich, inwieweit der Alkohol bei diesem Niedergang eine Rolle gespielt hatte.

Ganz war Morden die Lebenslust offenbar noch nicht verloren gegangen, besonders wenn er über Themen sprach, die ihn interessierten, aber das Alter und die Enttäuschungen im Berufsleben hatten seine Züge gezeichnet. Die Wangen hingen herunter, der Mund war ein gerader Strich, der Blick ging ins Nirgendwo.

Er sei aus reiner Gefälligkeit nach London gefahren, erklärte Morden, um bei der Hochzeit eines Freundes zu fotografieren (allerdings vermutete Sidney, dass es eher der Bräutigam war, der seinem Freund einen Gefälligkeitsauftrag verschafft hatte). »Natürlich muss man die Zähne zusammenbeißen und dem Paar gratulieren, auch wenn man meist genau weiß, dass die Ehe früher oder später in die Brüche gehen wird. Wahrscheinlich ist das bei Ihnen nicht anders, Canon Chambers. Sie sehen eine Braut zum Altar schreiten und denken: ›Da wird wieder ein Lamm zur Schlachtbank geführt.‹«

»Ich versuche, die Paare gewissenhaft auf die Ehe vorzubereiten …«

»Aber Sie selbst sind nicht verheiratet«, fiel ihm Daniel ins Wort. »Vermutlich haben Sie einschlägige Erfahrungen gemacht.«

»So würde ich das nicht ausdrücken.«

»Ich staune immer, wie die Leute ihre Töchter herausputzen, um sie an den Mann zu bringen. ›Love for sale‹ – käufliche Liebe. Ich habe gutes Geld damit verdient, sie zu fotografieren und die Aufnahmen in *Country Life* unterzubringen. Heute sind die Reichen und Schönen ohnehin dünn gesät. Allerdings habe ich einmal Ihre Freundin Miss Kendall fotografiert.«

»Woher wissen Sie, dass ich mit ihr bekannt bin?«

»Das weiß doch jeder, Canon Chambers. Sie ist eine dieser Ladys aus der höheren Gesellschaft, die eine Schwäche für Pfarrer haben und sich einen Geistlichen als eine Art Versicherung halten für den Fall, dass es mal ernst wird.«

»Wo wir gerade von Versicherungsschutz reden …«, unterbrach ihn Sidney.

»Nur gut, dass ich brav meine Prämien gezahlt habe. Dürfte ein hübsches Sümmchen einbringen. Muss aufpassen, dass ich beim Feiern nicht über die Stränge schlage.«

»Ist das Geld nicht als Ersatz für die Ausrüstung gedacht, die Sie verloren haben?«

Morden nickte. »Stimmt. Aber ich gedenke meine Zukunft anders zu gestalten.«

»Sie wollen also keinen Neuanfang in Ihrem Beruf wagen?«

»Ich war ohnehin drauf und dran, ihn aufzugeben. Wenn das Telefon nicht mehr klingelt, weiß man, dass man endgültig zum alten Eisen gehört und Hollywood in unerreichbarer Ferne liegt.«

Sidney machte einen neuen Anlauf. »Ich wüsste gern, warum Sie das Gartenhaus überhaupt gemietet haben.«

»Keine sehr exotische Adresse, zugegeben, und eine ausgesprochene Bruchbude, aber es hatte wunderbares natürliches Licht, das man mit Gaze noch dämpfen konnte, und bodentiefe Fenster.«

»Brauchen Fotografen nicht eine Dunkelkammer?«

»Ich habe alle Filme hier vor Ort entwickelt. Das Haus hat ein Bad und im hinteren Teil eine Art Gästezimmer.«

»Ich wollte Sie auch nach Ihrer Familie fragen.« Keating hatte ihn in großen Zügen informiert, aber er wollte wissen, was Daniel Morden selbst zu sagen hatte.

»Sie sind erstaunlich interessiert an meinem Leben. Machen Sie das bei allen Gemeindemitgliedern so?«

»Ich versuche, ihnen zur Seite zu stehen, das gehört zu meinem Job, finde ich.«

»Manche würden das wohl eher als Schnüffelei bezeichnen.«

»Mag sein, das ist eben das Berufsrisiko.«

»Kommt wohl drauf an, welchen Ihrer Berufe Sie meinen.«

»Ich bin Pfarrer.«

»Und Freizeitdetektiv, wie ich höre. So was spricht sich herum.«

»Ich hoffe, dass das eine nicht das andere beeinträchtigt.«

»Ansichtssache. Aber ich kann Ihnen gern von meiner Familie erzählen. Nicht, dass ich so viel Familie hätte. Ich habe einen Sohn, der in Frankreich lebt und zu dem ich keinen Kontakt habe.«

»Das tut mir leid.«

»Es gab Meinungsverschiedenheiten.«

»Und seine Mutter?«

»Sie ist gestorben, nach der Scheidung. Es war eine schlimme Zeit.«

»Das tut mir leid.«

»Nichts zu machen.«

Sidney begriff, dass es für ihn höchste Zeit war zu gehen. »Sie haben gesagt, dass Sie Ihren Beruf aufgeben wollen. Was haben Sie stattdessen vor?«

»Ich will versuchen zu malen, das habe ich mir immer schon gewünscht. Fotografieren ist allerdings lukrativer.«

»Malen ist ein eher langsamer Prozess, nicht?«

»Und die Zeit verrinnt einem unter den Händen. Allenfalls kann man sich einzelne Augenblicke vornehmen und sie analysieren – wie das Licht durch ein Fenster fällt zum Beispiel. Deshalb war das Sommerhaus ideal, man konnte einen ganzen Tag damit verbringen, das Licht zu beobachten.«

»Möchten Sie deshalb mit der Malerei anfangen?«

»Ich versuche, Schönheit einzufangen«, erklärte Daniel Morden. »Die Stille inmitten der Bewegung zu finden.«

»Und auch Jugend?«

»Ja, natürlich. Die Rose vor der Blüte. Wenn sie voll erblüht ist, ahnt man schon ihren Verfall. Am liebsten fotografiere ich die Verheißung, den Augenblick, in dem sich die volle Schönheit entfaltet, das sind dramatische Erfahrungen. Aber ich langweile Sie.«

»Ganz und gar nicht. Sie erzählen so begeistert, dass ich mich frage, warum Sie die Fotografie aufgeben wollen.«

»Ich glaube nicht, dass die Welt das zu schätzen weiß, woran ich mich versuche, und natürlich gibt es da wie bei allen Künstlern das Problem des Vertrauens. Gar nicht zu reden von dem, was man gern tun möchte, und von dem, was einem die Kunst einbringt.«

»Gibt es da einen großen Unterschied?«

»Manchmal muss man seine Seele verkaufen, um leben zu können, Canon Chambers. Ein Arzt oder auch ein Pfarrer hat es da leichter. Krank werden die Leute immer, und sterben müssen sie auch, deshalb werdet ihr nie arbeitslos. Aber einen Fotografen braucht im Grunde keiner.«

»Haben Sie bei dem Feuer alles verloren?«, wollte Sidney wissen.

»Meine Leica ist mir geblieben, die hatte ich mit nach London genommen. Und meine kleine Minox habe ich immer bei mir.«

»Den Namen habe ich noch nie gehört.«

»Spione fotografieren damit Dokumente, aber ich nutze sie für Menschen. Dabei muss ich nicht mal durch den Sucher sehen. Man kalkuliert die Bildeinstellung und – klick! Es ist gewissermaßen ein Schießen aus der Hüfte, dabei entdeckt man oft unerwartete Perspektiven, überraschende Zufälle, verborgene Alltagsmomente und mit viel Glück unverhoffte Schönheit.«

»Wissen die Leute, dass sie fotografiert werden?«

»Nein, das ist ja der Trick. Man überrumpelt sie, sie

ahnen nicht, dass eine Kamera auf sie gerichtet ist, deshalb geben sie sich ganz natürlich. Man spielt wohl auch ein wenig den Voyeur, aber mich stört das nicht.«

»Das sind dann aber wohl eher Zufallstreffer.«

»Das ganze Leben besteht aus Zufällen, Canon Chambers. Diese Art der Fotografie ist ein Spiegelbild der Unberechenbarkeit unseres Daseins.«

»Ebenso unberechenbar wie die Frage, wer Ihr Atelier niedergebrannt hat?«

»Dazu kann ich nichts sagen.«

»Sie haben keine Feinde?«

»Vermutlich doch, aber sie haben sich mir nicht vorgestellt.«

»Und Sie haben keinen Verdacht?«

»Ich halte nichts davon, nach Verdachtsmomenten zu suchen, wenn dabei Unangenehmes herauskommen könnte. Man soll dem Ärger nicht hinterherlaufen.«

Auf dem Heimweg beschloss Sidney, bei der Tankstelle haltzumachen und sich die Brandstätte anzusehen. Vielleicht konnte er auch kurz mit Gary Bell reden. Warum hatte ein Benzinkanister einfach herumliegen können? War die Tankstelle der Bells am Ende nicht gut geführt? Wie gut kannten die Bells Daniel Morden, und warum hatten sie das Gartenhaus überhaupt vermietet?

Sidney näherte sich der Tankstelle mit einigem Zögern. Er war sich so gut wie sicher, dass Gary Bell ihm vor zwei Wochen auf seinem Spaziergang mit Dickens dieses hässliche Schimpfwort nachgerufen hatte, und das nagte an ihm.

Gary schraubte im Blaumann an einem Motorrad herum, das offenbar nicht so wollte wie er. Abigail Redmond stand in Rüschenbluse und hautengen Jeans daneben, bereit für eine Tour.

»Möchte wissen, was Sie hier zu suchen haben«, sagte Gary, nachdem Sidney sich vorgestellt hatte. »Ein Pfaffe ist das Letzte, was wir hier jetzt brauchen.«

»Das höre ich oft«, gab Sidney zurück, »und oft ist es tatsächlich das Letzte, was ein Mensch sieht – einen Pfarrer in seiner Todesstunde.«

»Hier ist keiner gestorben.«

»Aber das hätte leicht passieren können.«

»Glaub ich nicht. Morden hat sich hier kaum sehen lassen, er war immer mit seinem Kumpel Benson unterwegs, Weiber gucken. Neulich hab ich gedacht, dass Sie auch dazugehören. Was hatten Sie uns so anzuglotzen?«

»Deswegen wollte ich auch noch mit Ihnen sprechen. Ich bin zufällig mit meinem Hund vorbeigekommen, von Glotzen kann keine Rede sein.«

»Ich hab genau gesehen, wie Sie zu uns hingeguckt haben.«

»Es war nur ein flüchtiger Blick. Sie waren ja offenbar anderweitig beschäftigt.«

»Da könnten Sie recht haben.« Gary grinste Abigail an.

Die tat jetzt zum ersten Mal den Mund auf. »Dieser Typ mit dem Bart und der Flinte streicht ständig hier rum. Ich glaube, er verfolgt mich.« Sie zündete sich eine Zigarette an.

Sidney verschwieg wohlweislich, dass er kürzlich so etwas wie eine Auseinandersetzung zwischen den beiden mit angesehen hatte. »Haben Sie die Polizei verständigt?«

Gary schaltete sich ein. »Wozu? Die Bullen würden ihr vermutlich auch nachlaufen.«

»Die Polizei könnte Benson vorladen und verwarnen.«

Abigail Redmond nahm einen Zug von ihrer Zigarette. »Mein Dad sagt, dass wir das unter uns klären können. Er will mal bei ihm vorbeigehen, wir brauchen keine Polizei.«

»Ich würde Ihnen nicht raten, das Recht in die eigene Hand zu nehmen«, sagte Sidney besorgt.

Gary Bell musterte ihn von oben bis unten. »Kann ich mir vorstellen. Was wollen Sie von uns?«

»Nur den Zwischenfall von neulich klären. Ich habe Ihnen nicht nachspioniert, ich habe Benson nur angesprochen, weil ich glaube, dass er einen Waldkauz geschossen hat, was verboten ist. Außerdem wollte ich Sie fragen, wann Sie Daniel Morden zum letzten Mal gesehen haben.«

»Was interessiert das Sie? Ist ihm was passiert?«

»Vor dem Feuer, meine ich.«

»Am Vormittag. Er hatte sich ein Taxi bestellt und schleppte seine Ausrüstung und zwei dieser runden flachen Silberdosen mit. Ich hab ihn gefragt, ob er einen Film drehen will.«

»Er war total verschwitzt«, ergänzte Abigail.

»Kommt vom Suff. Wär er im Haus gewesen, als es angefangen hat zu brennen, wär er nicht mehr heil rausgekommen.«

»Und haben Sie eine Ahnung, wie das Feuer angefangen hat?«

Gary Bell hörte auf, an seinem Motorrad herumzuschrauben. »Die Bullen haben gesagt, dass sie draußen einen unserer Benzinkanister gefunden haben. Hat sich angehört, als wenn sie mir was anhängen wollten. Aber so blöd, dass ich Beweismaterial am Tatort rumliegen lasse, bin ich doch nicht, was?« Er sah Abigail fragend an.

Sie nickte, warf den Zigarettenstummel weg und trat ihn unter der Sohle ihres roten Stöckelschuhs aus.

»Nein, natürlich nicht«, bestätigte auch Sidney. »Wie gut kannten Sie eigentlich Mr. Morden?«

»Guten Tag und guten Weg, das war alles.«

»Und hat er nie gefragt, ob er Sie fotografieren dürfte, Miss Redmond?«

»Wie kommen Sie denn darauf?«, fuhr Gary Bell dazwischen.

Abigail warf trotzig den Kopf zurück. »Ich posiere für keinen.«

Während er durch Cambridge radelte, zerbrach sich Sidney den Kopf über den Fall. Wer würde ein so wertloses Gartenhaus anzünden wollen? War es tatsächlich nur ein Versicherungsbetrug, oder steckte mehr dahinter? Konnte Gary Bell oder gar Abigail das Feuer gelegt haben, um Daniel Morden loszuwerden? Aber wäre es da nicht einfacher gewesen, den Mietvertrag nicht zu verlängern? Gab es eine Romanze zwischen Morden und Abigail, obgleich sie so viel jünger war? Und Benson, der Tierpräparator, schien eine Art Stalker zu sein – oder vielleicht mehr als das? Wie gut kannte Morden ihn?

Er würde noch einmal den Fotografen aufsuchen müssen. Auf jeden Fall war der Mann für ein paar unterhaltsame Geschichten gut. Womöglich hatte er während seiner Zeit in Hollywood auch den einen oder anderen von Sidneys Jazzhelden kennengelernt, Eubie Blake und Noble Sissle vielleicht. Er dachte an Benny Goodman in *Hollywood Hotel*, Bessie Smith in *St. Louis Blues*, Fats Waller in *Der Tänzer auf den Stufen* oder auch Dooley Wilson in *Casablanca*.

An einem Montagnachmittag Anfang September machte Sidney sich auf den Weg zu Morden. Der war nur zu gern bereit, seine Erinnerungen auszupacken, aber er hatte nie Zugang zu den Kreisen gehabt, in denen sich jene legendären Jazzgrößen bewegt hatten. »Tut mir leid, aber das war nach meiner Zeit, Canon Chambers. Ich habe für den Stummfilm gearbeitet. Der Tonfilm hat mir alles vermasselt. So ist es damals vielen gegangen.«

»Hat man das denn nicht kommen sehen?«

»Sprache war uns damals nicht so wichtig. Bei dem berühmtesten Film, an dem ich mitgearbeitet habe, haben wir die Geschichte ganz bewusst ausschließlich in Bildern erzählt, mit sparsamen Zwischentiteln. In einem anderen Film von Murnau, *Der letzte Mann*, gibt es nur einmal Text, und zwar, um den Schluss zu erklären. Die Handlung, fand er, sollte allein der Film erzählen. *Satis verborum* war unser Motto, genug der Worte! Die Zuschauer sollten den Film anschauen wie einen Traum oder eine Erinnerung, er sollte einen Teil des Gehirns ansprechen, der gerade erst entdeckt worden war.«

Sidney war fasziniert. »Wie hieß der Film?«

»*Lied von zwei Menschen.* Es geht um einen Mann, der seine Frau umbringen will, es aber dann doch nicht tut. Der Film spielt fast ausschließlich auf einem See. Es geht um Vergebung, und er ist wunderschön. Wir haben alles getan, ihn wie einen Traum wirken zu lassen – Rückblenden und Vorausblenden, Doppelbelichtungen, Bildmischungen, Fantasy.«

»Den würde ich gern sehen.«

»Die erhaltene Kopie ist nicht sehr gut, sie mussten ein neues Negativ machen. Das Schwarz ist vergraut, und der Ton ist zu laut.«

»Wie schade.«

»Aber es lohnt sich trotzdem, ihn anzusehen. Man merkt, dass es ein Meisterwerk ist.«

»Und was haben Sie danach gemacht?«

»Ich habe angefangen, selber Regie zu führen, so gut wie Murnau war ich aber nicht. Dann kam der große Ärger.«

»Das tut mir leid. Sie brauchen mir nichts zu erzählen, wenn Sie nicht wollen.«

»Es war die übliche Geschichte. Die Arbeit lief nicht so, wie ich gehofft hatte, der Teufel Alkohol erwischte mich – nicht zu reden von dem einen oder anderen jungen Starlet. Und schwupp saß ich in einem Flugzeug Richtung Heimat.«

»Und haben Sie Ihre alten Filme noch?«

»Ja, aber nicht hier. Sie anzusehen macht mich depressiv. Sie lagern in den Laboren, in denen sie entwickelt wurden.«

»An dem Tag, als es gebrannt hat, haben Sie ein paar Filmdosen mit nach London genommen?«

»Woher wissen Sie das?«

»Von Gary Bell.«

»Von dem? Es waren Ansichtsexemplare für ein Projekt, das ich nie beendet habe – eine neue Version von Strawinskys *Le Sacre du Printemps.* Alle haben mich für verrückt erklärt. Das Werk selbst ist nur eine halbe Stunde lang, verkauft hätte es sich nur mit ein paar Ergänzungen. Ich hatte eine wunderbare Tänzerin, Natascha, eine halbe Russin. Sehr blass, sehr jung, sehr dünn, hohe Wangenknochen, dramatisch dunkle Augen. Die Kameras beteten sie an, aber das Geld ging uns aus. Ich musste zurück nach England. Wir nahmen uns ein Haus in der Nähe der Oliviers und taten, als wäre ich noch im Geschäft, aber das war nur ein Hirngespinst. Dann hat Emma zugeschlagen, und ich habe mich an meine Medizin gehalten.« Er schenkte sich einen Drink ein.

»Emma hat zugeschlagen?«

»Ich kam überraschend nach Hause und fand dort einen anderen Mann. Sie haben nicht mal versucht, irgendwas zu bemänteln. Emma hatte nie viel Phantasie. Tim war ihr erster Freund gewesen, der ihr bald nicht mehr schick genug war, sie wünschte sich einen größeren Fisch, deshalb verfiel sie auf mich, nur stellte sich dann heraus, dass ich ihren Ansprüchen auch nicht genügte. In der Zwischenzeit hatte Tim fleißig an sich gearbeitet und war ein erfolgreicher Börsenmakler geworden.«

»Und dass Sie Los Angeles verlassen haben, hatte nichts mit jungen Mädchen wie Natascha zu tun?«

»Die meisten Leute denken, dass es immer nur um Frauen geht. Ja, da gab es tatsächlich ein Mädchen, für das ich aber eher eine Vaterfigur war. Trotzdem wurde natürlich geklatscht, und sie musste mich abservieren, um ihre Karriere zu retten.«

»Und danach?«

»Frauen hat es natürlich immer gegeben, ich bin schließlich kein Säulenheiliger, aber nach Emma war es nie mehr was Ernstes. Nach ihrem Tod – sie ist im Haus von Freunden im Swimmingpool ertrunken – bin ich zu meinen Eltern gezogen. Jetzt wohne ich immer noch in der Wohnung meiner verstorbenen Mutter und weiß kaum, wovon ich leben soll.«

»Da kommt Ihnen das Geld von der Versicherung natürlich zupass.«

»Ja, aber das heißt nicht, dass ich das Feuer gelegt habe,

falls Sie das andeuten. Ich darf Sie daran erinnern, dass ich zu der Zeit in London war.«

»Das ist mir klar«, bestätigte Sidney. »Die Polizei hat übrigens mit Gary Bell wegen des Benzinkanisters gesprochen. Was könnte er gegen Sie gehabt haben?«

»Das weiß ich auch nicht. Jerome Benson hätte da schon eher Gründe gehabt.«

»Warum?«

Morden zündete sich das nächste Zigarillo an. »Er wollte zusehen, wie ich junge Frauen fotografiere.«

»Und haben Sie ihm das gestattet?«

»Natürlich nicht. Diskretion bei der Arbeit ist für mich Ehrensache.«

»Verständlich. Wie jung sind die Mädchen?«

»Um sich fotografieren zu lassen, müssen sie mindestens sechzehn sein«, gab Morden etwas gereizt zurück. »Bei manchen bin ich mir nicht sicher, sie sind so frühreif heutzutage, aber im Allgemeinen merkt man, wenn sie schwindeln.«

»Und sind alle hier aus der Gegend?«

»Ich werde mich hüten, meine Kundinnen zu verraten, Canon Chambers – aber ja, manche sind tatsächlich von hier.«

»Abigail Redmond zum Beispiel?«

»Der Name ist mir nicht geläufig, aber viele erfinden sich sozusagen neu für den Job. Sie zahlen bar und schicken die Aufnahmen dann an die Model-Agenturen. Die Mädels wollen immer einen Rat oder ein Empfehlungsschreiben haben, und ich greife ihnen gern unter die Arme, aber viel Einfluss habe ich nicht mehr.«

»Zahlen sie zusätzlich für so einen Service?«

»Nein, Canon Chambers, reine Herzensgüte.«

»Und da wird keine bevorzugt?«

»Wie heißt es so schön, wenn man eine Mutter nach ihrem Lieblingskind fragt? Ich liebe alle gleichermaßen …«

Sidney ließ nicht locker. »Und das bringt Sie nie in eine missliche Lage?«

»Das haben Sie sehr schön ausgedrückt. Wollen Sie wissen, ob ich mich mit dem einen oder anderen Mädchen näher einlasse, als den Eltern recht sein kann?«

»Ja, aber im Grunde geht mich das natürlich nichts an.«

»Stimmt genau. Aber nein, Canon Chambers, aus dem Alter bin ich raus. Trotzdem mag ich nach wie vor Frauen. Sie etwa nicht?«

»Das dürfte für Ihre Frau nicht ganz einfach gewesen sein.«

»Sie hat mir sogar vorgeworfen, ein Verhältnis mit Jane Winton zu haben, die in *Sunrise* die Maniküre gespielt hat. Dabei hatte die gerade geheiratet.«

»Aber wie Sie sagen, sind diese Tage vorbei.« Sidney konnte über Mordens eigenartigen Humor nicht lachen. »Warum haben Sie dann weitergemacht?«

»Weil ich Geld verdienen musste. Außerdem kann ich nichts anderes.«

»Vom Stummfilmregisseur und Modefotograf zu blutjungen Mädchen in knappen Fähnchen – das ist ein steiler Absturz, wenn ich das so sagen darf.«

»Sie tragen nicht immer knappe Fähnchen, manchmal haben sie gar nichts an, aber das ist auch egal. Es bringt gutes Geld. Und das brauche ich dringend.«

Das Gespräch mit dem Fotografen war recht verwirrend gewesen, aber dass Morden offenbar Amanda kannte, hatte Sidney neugierig gemacht. Sie gab bereitwillig Auskunft. »Er hat mein Debütantinnenfoto gemacht, glaube ich. Typ mondäner, aber alternder Lebemann. Hat er was angestellt?«

»Wenn ich das wüsste ...«

»Finger weg, Sidney – mit so einem Typ hat man nur Scherereien.«

»Findest du ihn attraktiv?«

»Das ist eine Suggestivfrage. Männer fragen normalerweise so etwas nicht, der Gedanke an einen möglichen Konkurrenten macht sie nervös. Er ist *Fotograf*, Sidney, da kann ich mir schon ein bisschen was Besseres vorstellen.«

»Ich vergesse immer wieder, dass du bei einer Ehe auch an die gesellschaftlichen Konsequenzen denken musst.«

»Und an meine Eltern und an mein Geld. Ich will mich schließlich nicht ausnehmen lassen.«

Morden, sagte sich Sidney, würde vermutlich das Kapital anderer Leute sehr zügig durchbringen können. »Vernünftig gedacht, Amanda.«

»Warum fragst du mich überhaupt so was? Ich mag das Thema nicht, es lenkt mich nur von der Arbeit ab. Bei dir ist es etwas anderes, du hast immerhin schon jemanden in petto.«

»Ganz so würde ich es nicht ausdrücken.«

»Komm schon, Sidney, warum fügst du dich nicht endlich ins Unvermeidliche? Hildegard scheint sehr nett zu sein, und ich merke doch, dass du ständig an sie denken musst.«

»Es ist eine komplizierte Situation.«

Wieder einmal stellte sich Sidney die alten Fragen. Empfand Hildegard wirklich so wie er? Was war, wenn die Rückkehr nach Grantchester sie unglücklich machte, wenn er an ihr nicht wiedergutmachen konnte, was das Schicksal ihr angetan hatte?

»Alles ist kompliziert, wenn du dir zu viele Gedanken machst«, erklärte Amanda bestimmt. »Schau dir meinen Bruder an. Er ist mit einer Geschiedenen durchgebrannt und glücklich und zufrieden.«

»Eine Geschiedene und eine Witwe – das ist schließlich ein Unterschied.«

»Ja, natürlich. Aber beide kennen das Leben, erkennen die Gefahrensignale in einer Ehe und können etwas dagegen tun, ehe ihnen alles um die Ohren fliegt. Aus ihren Erfahrungen kann man viel lernen.«

»Vielleicht hast du recht.«

»Nur Mut, Sidney, es wird schon schiefgehen.«

Jerome Bensons Haus war ein regelrechtes Kuriositätenkabinett. Die Wände des Wohnzimmers waren mit herkömmlichen Tierpräparaten dekoriert, und zwar ausschließlich mit Fischen. Sidney erkannte zwei Barsche, mehrere Hechte, eine dicklippige Meeräsche, eine Bachforelle, einen Karpfen, ein Rotauge und eine Flunder. Im nächsten Raum war Ausgefalleneres zu sehen – ein Fuchs mit einem Fasan als Beute, zwei kämpfende Wiesel, aber auch Makabres wie ein Lamm mit zwei Köpfen, eine mumifizierte Katze, ein Gürteltier, das eine Seifenschale hielt, und das Modell eines menschlichen Auges.

Dickens bekam es mit der Angst zu tun, als er den auf eine Holzplatte montierten Schäferhundkopf und den Terrier unter einem Glassturz sah. Als Benson näher kam, duckte er sich. Dass sein Hund sich vor jemandem fürchtete, erlebte Sidney zum ersten Mal.

»Sie wollen mich wahrscheinlich wegen der Sache mit

dem Waldkauz sprechen«, begann Benson das Gespräch. »Allerdings habe ich gedacht, der Fall sei klar. Die Polizei ist mit dringenden Fällen in der Stadt überlastet, man sollte ihr wirklich nicht zumuten, wegen eines Raubvogels zwei Meilen nach Grantchester zu fahren.«

»Gewiss, aber –«

»Ich sehe nicht ein, weshalb ich mich für meine Handlungen rechtfertigen muss, am wenigsten Ihnen gegenüber. Ich habe ein detailliertes Journal, in dem alle Exemplare verzeichnet sind, und eine Lizenz als Tierpräparator. Ich sammle nur tote Tiere ein. Natürlich sammeln auch Bekannte im Ausland für mich. Außerdem handele ich mit viktorianischen Antiquitäten. Eine Weile habe ich bei Cooper and Sons gearbeitet, vielleicht haben Sie von der Firma gehört?«

Sidney erinnerte sich dunkel daran, dass er als Kind einmal Walter Potters Museum in Cornwall besucht und sich die bizarren vermenschlichten Abbildungen von kartenspielenden Eichhörnchen angesehen hatte, von einer Katzenhochzeit und von Ratten, die einander aus einer Falle retten.

»Ich kenne mich in der Taxidermie nicht aus. Haben Sie sich auf bestimmte Tierarten spezialisiert?«, fragte er.

»Vögel.«

»Aus einem bestimmten Grund?«

»Sie sterben so schön.«

»Ach ja?«

»Sie liegen herzförmig auf dem Rücken, den Kopf auf eine Seite gelegt. Ich versuche, ihre Schönheit für immer zu bewahren.«

Sidney dachte an Daniel Morden und seinen Wunsch, einen Augenblick für die Ewigkeit festzuhalten.

»Manche dieser Tiere werden aussterben, Canon Chambers, und da kommt die Taxidermie ins Spiel. Die Koreabrandente wurde zuletzt 1916 gesichtet, der Layson-Honigfresser 1923, der Dreifarben-Ara 1864. Dank der Taxidermie wissen wir, wie sie aussahen.«

»Und der Waldkauz?«

»Den habe ich nicht getötet. Er lag schon im Sterben, ich habe nur gewartet.«

»Warum hatten Sie dann eine Flinte dabei?«

»Wer einen Waffenschein besitzt, darf Raubtiere und Schädlinge schießen. Die Flinte dient auch meinem eigenen Schutz. Die Leute misstrauen meinen Streifzügen. Ich bin schon bedroht worden.«

»Weswegen?«

»Meine Mitmenschen denken offenbar, dass ich nicht die Tierwelt beobachte, sondern sie.«

»Liebespaare?«

»Wie gesagt, man hat mich bedroht. Jetzt lasse ich häufig sogar mein Fernglas zu Hause, um keinen Verdacht zu erregen.«

»Sie ziehen trotzdem in der Dämmerung los?«

»Die günstigste Tageszeit, um vieles von dem zu finden, was ich suche, ich muss schließlich arbeiten. Und ich schätze meine Freiheit.«

Sidney sah, dass neben einer Taxidermie-Broschüre und einer Preisliste auch eine Nummer der sehr freizügigen Zeitschrift *Schwüle Blüten* lag. »Wie gut kannten Sie Daniel Morden?«, fragte er.

»Er hat die Fotos für meinen Prospekt gemacht. Eine sehr professionelle Arbeit, das muss ich ihm lassen.«

»Sind Sie befreundet?«

»Das nicht gerade, aber wir haben ähnliche Interessen.«

»Zum Beispiel?«

»Das geht Sie wohl kaum etwas an.«

»Zum Beispiel das Fotografieren junger Mädchen?«

»Was spricht gegen eine schöne Frau?«

»Nichts, allerdings habe ich nicht von Frauen, sondern von Mädchen gesprochen.«

»Sie sind wohl weder über die einen noch über die anderen so genau im Bilde, Canon Chambers.«

»Mag sein. Aber ich überlege, ob da vielleicht auch die Vorstellung der Vergänglichkeit eine Rolle spielt. Diese Tiere werden gewissermaßen in einer Momentaufnahme gezeigt. Vielleicht hat die Fotografie eine ähnliche Funktion. Man sieht etwas in seiner Bestform und will es bewahren.«

Benson lächelte schmal. »Da sind Sie auf der richtigen Fährte.«

»Sie halten den Verfall auf, Mr. Benson. Sie glauben an Schönheit. Haben Sie Kinder?«

»Nein.«

»Ich habe viele Stunden mit Eltern verbracht, die nur mit Mühe akzeptieren, dass ihre Sprösslinge erwachsen werden und sich ihrem Einfluss entziehen. Vielleicht wünschen sie sich, dass sie auf ewig Kinder bleiben.«

»Davon verstehe ich nichts.«

»Sagt Ihnen der Name Abigail Redmond etwas?«, fragte Sidney.

»Nein.«

»Vielleicht kennen Sie sie nicht unter diesem Namen. Sie hat einen Freund, der einen Triumph Roadster fährt, und war mit ihm zusammen, als wir uns neulich im Wald begegneten und ich glaubte, Sie hätten den Kauz geschossen.«

»Ach die … Ja, sie beschwert sich ständig, ich würde hinter ihr herlaufen, dabei haben wir nur zufällig denselben Weg, sie zur Tankstelle, ich zu meinem Atelier. Klar begegnen wir einander da manchmal, das lässt sich nicht vermeiden, aber wenn ich ihr das klarzumachen versuche, denkt sie, ich will sie anmachen.«

»Und das wollen Sie nicht?«

»Natürlich nicht.«

»Sie müssen schon entschuldigen, aber ich weiß ja nichts über Ihre persönlichen Lebensumstände«, sagte Sidney versöhnlich.

»Da gibt es nicht viel zu wissen. Ich bin kein besonders umgänglicher Mensch.«

»Sie verbringen sicher viel Zeit allein im Wald, mit Beobachten und Warten.«

»Ja, dazu braucht es Geduld.«

»Und Sie haben Ihre Augen geschult, um Anzeichen von Leben und Bewegungen zu entdecken.«

»Wie meinen Sie das?«

»Da Sie so nah an der Tankstelle wohnen, überlege ich, was Sie wohl in der Brandnacht gemacht haben. Haben Sie das Feuer gesehen?«

»Ja, aber erst, als es richtig losgegangen war.« Benson zögerte. »Sie denken doch nicht etwa, ich hätte es gelegt? Morden hatte meinen besten Hirschkopf da drin, und ich hatte ihn schon für meinen nächsten Prospekt bezahlt. Wie käme ich dazu, sein Haus abzufackeln?«

»Das habe ich auch nicht behauptet.«

»Sie haben eine sehr merkwürdige Art, die Dinge anzugehen, Canon Chambers.«

»Ich hätte Sie in Ruhe lassen sollen.«

»Wie recht Sie haben«, knurrte Jerome Benson.

Er setzte eine Schutzbrille auf und kauterisierte den Hinterkopf eines Alligators. Der Mann hatte tatsächlich nicht viel Gewinnendes an sich. Er besaß keinen Charme, er achtete nicht darauf, wie er herumlief oder auf andere wirkte, sondern schien sich nur für Tiere und junge Frauen zu interessieren.

Auf dem Weg nach draußen kam Sidney an einer Vitrine vorbei, in der ein Brillensichler im Gras ausgestellt war, und an mehreren Panoramen mit Seevögeln – einem Papageientaucher, einem Tordalk, einer Lumme und einem Sterntaucher. Diese leblosen Darstellungen deprimierten ihn. Zum Glück hatte er einen quicklebendigen Hund. Dickens' grenzenlose Begeisterungsfähigkeit würde ihn bestimmt wieder aufheitern. Dickens schnupperte an einem niedrigen Tisch herum, auf dem ein afrikanischer Graupapagei stand.

Der Anblick erinnerte Sidney an eine schöne Geschichte, die ihm ein Freund über die Beerdigung seines Onkels erzählt hatte. Die Witwe des Onkels hatte darauf bestanden, den Lieblingspapagei ihres Mannes an der Beerdigung teilnehmen zu lassen, aber als der Vogel sah, wie nach der Trauerfeier der Sarg seines geliebten Herrn feierlich aus der Kirche getragen wurde, kreischte er laut und deutlich: »Aufwachen! Aufwachen!«

Am nächsten Morgen gab Sidney einem erstaunlichen Einfall nach. Im Zeitungsladen nahm er nicht nur wie sonst die *Times*, sondern auch die Zeitschrift *Schwüle Blüten* aus dem Regal.

»Haben Sie sich da nicht vergriffen?«, fragte die Ladenbesitzerin, Abigail Redmonds Tante Rosie.

»Es geht um eine Recherche.«

»Zu welchem Thema, wenn ich fragen darf?«

»Moral in unserer Zeit.«

»Und dazu brauchen Sie dieses Schmutzblatt?«

»Ich wollte sehen, was die Jugend heutzutage so liest.«

»Leider nicht nur die Jugend.«

»Dann ist es vielleicht umso wichtiger, dass ich mich darum mal kümmere. Ich will mir nur einen Überblick verschaffen.«

»Wir haben immer nur ein, zwei Exemplare da. Schließlich sind wir ein anständiges Dorf. Der Tierpräparator kauft immer ein Heft, mehr Nachfrage gibt's eigentlich nicht. Am liebsten würde ich das Ding gar nicht mehr führen.«

»Ich wäre Ihnen dankbar, wenn Sie niemandem etwas davon erzählen würden.«

»Es bleibt unser Geheimnis, Canon Chambers.«

Sidney wusste natürlich, dass bis zum Mittag das ganze Dorf Bescheid wissen würde. Wie kam er da nur wieder heraus? Er ging nach Hause und machte sich einen Tee.

Bis das Wasser kochte, blätterte er in der Sexpostille. Der Inhalt war recht harmlos, fand er. Dann stieß er auf das Foto einer jungen Frau, die ihm merkwürdig bekannt vorkam und die sich Candy Sweet nannte. Das war doch – tatsächlich, das war eindeutig Gary Bells Freundin Abigail Redmond.

Ich posiere für keinen.

Abigail war die einzige Tochter von Harding und Agatha Redmond, einer angesehenen Bauernfamilie, die viel Land zwischen Grantchester und Barton besaß. Ihre Mutter sorgte mit anderen für den Blumenschmuck in der Kirche und hatte Sidney zu seinem Labrador verholfen. Abigail war vermutlich inzwischen mit der Schule fertig. Ob ihren Eltern die Beziehung zu Gary Bell recht war? Ob sie überhaupt davon wussten? Er beschloss, unter einem Vorwand ihre Mutter zu besuchen und sie ein wenig auszufragen.

Das Wohnhaus stand an der Ostseite eines großen gepflasterten Hofes, zu dem auch ein Melkstand, ein Heuschober und verschiedene Nebengebäude in mehr oder weniger schlechtem Zustand gehörten. Zwei schwarze Labradors und ein Jack Russell Terrier kamen auf Dickens zugerannt und verscheuchten die Hühnerschar, die im Schatten gepickt hatte. Ein Außenwasserhahn tropfte träge auf die Steinplatten.

Es war früher Nachmittag. Agatha Redmond hatte gebacken und bot ihrem Gast eine Tasse Tee und ein Stück von ihrem Victoria Sponge an. Ihr Mann sei zur Molkerei gefahren, erklärte sie, und Abigail besuche wohl ihre Cousine Annie, in letzter Zeit aber fiele es ihr zunehmend schwer, ihre Tochter im Auge zu behalten. Der Besuch bei Annie klang verdächtig nach einer Ausrede, fand Sidney. »Sie geht auf eine Landwirtschaftsschule, aber viel Sinn sehe ich nicht darin. Den Typen da könnte sie allemal was beibringen. Sie weiß, wie's auf einem Hof zugeht.«

»Dazu gehört bestimmt mehr, als man auf den ersten Blick vermutet.«

»Gut, was das Finanzielle angeht, ist sie noch nicht ganz firm, aber sie ist blitzgescheit, das muss man ihr lassen.«

»Sie glauben also, dass sie mal auf einem Bauernhof arbeiten wird?«

»Was sonst?«

»Sie hat Ihnen gegenüber nie etwas anderes geäußert?«

»Worauf wollen Sie hinaus, Canon Chambers?«

Sidney ließ sich den Kuchen schmecken. Er war leicht und saftig und zerging auf der Zunge. Wahrscheinlich lag es daran, dass die Eier so frisch waren. »Viele junge Mädchen werden doch heutzutage Sekretärinnen oder Friseurinnen, ja sogar Models.«

»Das kann ich mir bei meiner Abby nicht vorstellen, sie ist am liebsten draußen in der freien Natur.«

»Hatten Sie schon mal Ärger mit Verehrern von ihr?«, fragte Sidney so harmlos wie möglich.

»Ich weiß, dass Gary Bell scharf auf sie ist, aber da kann sie Besseres haben. Ich glaube, sie interessiert sich mehr für sein Auto als für ihn. Ist eben was anderes als ein Traktor.«

»Ein Hauch von Glamour sozusagen.«

Sidney war ziemlich stolz darauf, wie er die Rede aufs Fotografieren gebracht hatte, aber Agatha Redmond biss nicht an.

»Heutzutage ist eine Arbeit als Model ja sehr begehrt. Wie ich höre, hat Daniel Morden, der unglückliche Fotograf …«

»Meinen Sie den mit dem abgebrannten Haus?«

»… sehr gern Models fotografiert.«

»Viel zu gern, wenn Sie mich fragen. Und von wegen unglücklich …«

»Sie kennen ihn also?«

»Ihn und seinen Kumpanen Benson. Die beiden interessieren sich etwas zu sehr für junge Mädels, Sie verstehen. Mein Mann hat ihn sich mal vorgeknöpft, und Abbys Onkel Andrew auch. Wenn er je unserer Abby zu nah kommen sollte, hat er gesagt, schießt er ihn über den Haufen, und mit Benson würde er's genauso machen.

Dass jemand diesem Fotofritzen die Bude angezündet hat, wundert mich gar nicht. Der Tierausstopfer ist wahrscheinlich der Nächste.«

»Sie vermuten also Brandstiftung?«

»So sagen die Leute.«

»Soviel ich weiß, hat die Polizei keine entsprechende Mitteilung herausgegeben.«

»Nicht nötig. Ich schätze, dass jemand Wind davon gekriegt hat, was die Kerle im Sinn hatten, und das Gesetz in die eigene Hand genommen hat.«

»Und dieser Jemand war nicht zufällig Ihr Ehemann?«

»Wir sind keine Kriminellen, Canon Chambers.«

»Nein. Allerdings sind Drohungen auch keine Lösung.«

»Was sollen wir denn sonst machen?«

»Die Polizei verständigen zum Beispiel.«

»Und was soll die unternehmen? Diese Burschen behaupten doch einfach, dass sie gern an der frischen Luft sind.«

»Und Abigail hat sie nie ermutigt oder sich von ihnen fotografieren lassen?«

»Na hören Sie mal! Dazu hat sie viel zu viel Respekt vor ihrem Vater.«

»Und würde sich nie gegen dessen Wünsche stellen?«

»Bestimmt nicht, Canon Chambers. Sie ist Daddys Liebling, ihn würde sie nie verärgern, das weiß ich genau.«

Während Sidney seine Besuchsrunde machte, entdeckte Mrs. Maguire die *Schwülen Blüten* im Pfarrhaus und verbrachte den Rest des Tages damit, sich ernsthafte Gedanken über ihre Zukunft zu machen. Die Erklärungen überließ sie Leonard Graham. Als Sidney die Küche betrat, um sich einen kleinen Whisky zu gönnen, wartete Leonard schon auf ihn. Er hatte die Hände auf den Rücken gelegt und bemühte sich erfolglos um einen angemessen besorgten Gesichtsausdruck.

»Mrs. Maguire ist sehr aufgeregt«, fing er an.

Sidney gab Wasser zu seinem Whisky. »Ist das nicht ihr Normalzustand?«

»Sie hat etwas unter deinen Sachen gefunden, was ihrer Meinung nach nicht da hingehört.«

»Und wann hat sie das gefunden?«

»Beim Abstauben.«

»Beim Abstauben? Es geschehen also noch Zeichen und Wunder. Wahrscheinlich ist jetzt alles in heilloser Unordnung. Und was hat sie gefunden?«

Leonard Graham holte hinter seinem Rücken die *Schwülen Blüten* hervor.

»Ist das alles?«, fragte Sidney.

»Mrs. Maguire ist enttäuscht von dir. Das Blatt sieht ziemlich zerlesen aus. Ich nehme an, es gehört dir?«

»Natürlich gehört es mir, ich brauche es für eine Recherche.«

»Ich fürchte, das wird Mrs. Maguire nicht überzeugen. Kann man, wenn man in einem Kriminalfall ermittelt, nicht einfach die eigene Phantasie bemühen?«

»Das denkst du dir so, Leonard, aber manchmal muss man den Tatsachen ins Auge blicken.«

»Und zwar sehr genau.«

»Was soll das heißen?«

»Du hast eine der ›frechsten Neuen‹ sogar mit einem Sternchen versehen. Ich nehme doch an, dass es dein Stift war?«

»Allerdings.«

Leonard fing mit zunehmend ausdrucksloser Stimme an zu lesen: »›Dieser leckere Lutscher könnte jedem Mann den Tee versüßen. Die knuddelige Candy Sweet liebt die freie Natur, auch wenn es kühl ist. Keine Bange, lieber Leser, die ist heiß genug für uns.‹«

»Ich will gern zugeben, dass der Stil sich nicht unbedingt auf dem Niveau von Dostojewski bewegt«, fiel Sidney ihm ins Wort. »Aber kommt dir die Kleine nicht bekannt vor?«

»Ich pflege mir Siebzehnjährige nicht so genau anzusehen.«

»Und ich genauso wenig, aber dass Candy Sweet ein Pseudonym ist, dürfte dir doch klar sein.«

»Gewiss.«

»Das Mädchen ist Abigail Redmond, die Tochter von Agatha Redmond.«

»Die den Blumenschmuck für die Kirche macht und Labradors für die Geistlichkeit züchtet? Und du glaubst, der Fotograf ist Daniel Morden?«

»Davon kannst du ausgehen.«

»Das bedeutet, dass jemand, der diese Aufnahme sieht, besonders, wenn er in Liebe zu Candy oder vielmehr Abigail entbrannt ist, einiges dagegen hätte, dass sie einem anderen Mann den Tee versüßt.«

»Ganz genau. Vielleicht verstehst du jetzt, warum ich die Zeitschrift kaufen musste.«

Leonard dachte kurz nach. »Aber woher wusstest du, dass ausgerechnet in dieser Nummer ein Foto von Abigail sein würde?«

»Ich hatte da so einen Riecher, Leonard.«

»Und wie viele Nummern der *Schwülen Blüten* hättest du notfalls aufgrund deines Riechers gekauft?«

»Gute Frage, Leonard. Ich kann dich beruhigen: Meine Begeisterung beim Anblick so vieler Schönheiten auf einem Haufen hält sich durchaus in Grenzen.«

»Freut mich zu hören. Sagst du es Mrs. Maguire, oder soll ich …?«

»Sag du es ihr. Obwohl …«

»Du meinst, es könnte ganz amüsant sein, ihrem Misstrauen weiter Nahrung zu geben?«

Sidney zögerte einen Augenblick. »Nein, das meine ich nicht, auch wenn es ein verlockender Gedanke ist. Mrs. Maguires Einfälle sind hochgefährlich, wir müssen sie daran hindern, ihre Gerüchte im ganzen Dorf zu verbreiten.«

»Ich fürchte, dazu ist es schon zu spät. Die Leute werden dich mit Morden und Benson in einen Topf werfen, du musst vorsichtig sein. Apropos Gerüchte: Amanda hat angerufen und bittet um Rückruf.«

Amanda lud Sidney zu einem Konzert ein (Isaac Stern eröffnete die Wintersaison mit Stücken von Prokofjew und Mendelssohn in der Festival Hall), aber dieser Kunstgenuss war nur ein Aufhänger für ihre Fragen nach einem gewissen Anthony Cartwright, Physikprofessor in London. Vermutlich habe Sidney noch nie von ihm gehört. Ob er sich vielleicht bei seinen Kollegen in Corpus nach ihm erkundigen könne? Er sei ›vielversprechend‹. »Kein Vergleich mit diesem Morden. Kommst du mit dem Fall weiter? Würde mich nicht wundern, wenn da irgendwo im Hintergrund ein eifersüchtiger Ehemann lauern würde. *Cherchez la femme*, Sidney, so was müsste dir doch liegen …«

»Ich glaube, dass Morden sich mehr für junge Mädchen interessiert.«

»Dafür aber hat vielleicht die eine oder andere nicht mehr ganz so junge Dame aus deiner Gemeinde ein Auge auf ihn geworfen. Für junge Mädchen ist er inzwischen ziemlich angejahrt, und in der Not schmeckt jedes Brot.«

»Interessant, dass du dich jetzt mit einem Hochschulprofessor abgibst, Amanda. Du weißt, dass diese Herrschaften nie viel Geld haben?«

»Macht nichts, dafür genießt Anthony Prestige, und nur das ist meinen Eltern wichtig.«

»Du solltest nicht heiraten, nur um deinen Eltern eine Freude zu machen.«

»Zurzeit ist sowieso nichts in der Richtung geplant, Sidney, ich sage nur, dass er Potenzial hat. Eine Frau muss wachsam sein, denn sie kennt weder den Tag noch die Stunde. Steht das nicht so in der Bibel?«

»Ich glaube, das bezieht sich auf das Himmelreich, Amanda.«

»Aus dem Gleichnis von den klugen und den törichten Jungfrauen, wenn ich mich recht erinnere, und ein Bräutigam kommt in der Geschichte auch vor. Ziemlich gescheit von mir, findest du nicht?«

»Anderes hätte ich von dir nicht erwartet.«

»Allerdings verbitte ich mir Anspielungen auf meine Jungfräulichkeit.«

»Die würde ich nie wagen.«

Sidney versprach, wenn irgend möglich zu dem Konzert zu kommen und sich nach Cartwright zu erkundigen, auch wenn er schon genug um die Ohren hatte. Er machte sich eine Tasse Tee und wollte sich vor dem Schlafengehen noch ein paar Kapitel aus Angus Wilsons *Späten Entdeckungen* vornehmen, merkte aber nach zwanzig Minuten, dass er sich nicht darauf konzentrieren konnte, und ging in sein Arbeitszimmer. Dort zog er auf einem Blatt Papier einen senkrechten Strich und notierte links seine Aufgaben für die Gemeinde und rechts seine Überlegungen zu dem Brand. Es zeigte sich, dass die Aufgaben, die ihn als Detektiv erwarteten, doppelt so viel Platz einnahmen wie die für sein Priesteramt. Deutlicher ließ sich nicht belegen, wie sehr seine Prioritäten sich verschoben hatten.

Er musste das Feuer in Grantchester zur Seite legen und seine Sonntagspredigt anfangen. Es war der elfte Sonntag nach Trinitatis, der Text war aus dem Markusevangelium. Er schlug seine Bibel auf und nahm ein leeres Blatt Papier aus dem Ständer, um erste Gedanken zu der Speisung der Fünftausend zu notieren. Dann aber besann er sich und schrieb:

Pfarrhaus Grantchester

4. September 1957

Liebe Hildegard,
das Zusammensein mit Dir in Deutschland war so schön, dass mir Grantchester ohne Dich ganz seltsam vorkommt. Ich weiß, dass Du Dich nur schwer mit dem Gedanken anfreunden kannst, mich hier zu besuchen, in diesem Ort, an den Du keine besonders guten Erinnerungen hast, aber Du sollst wissen, dass Du hier immer willkommen bist. Ich selbst bin leider schon wieder in einen komplizierten Kriminalfall verwickelt, und ich sehe Dich lächelnd den Kopf schütteln. Wenn sich hier alles beruhigt hat, was ich sehr hoffe, könnte ich Dich in diesem

Jahr vielleicht noch einmal besuchen, entweder im Herbst oder gleich nach Weihnachten? Ich freue mich schon darauf, mit Dir zusammen mehr vom Rhein zu sehen, mein sehr mangelhaftes Deutsch zu verbessern und mich ein wenig von den erstaunlichen Umtrieben meiner Gemeinde zu erholen. Bitte grüße Deine Schwester herzlich von mir, ich habe mich sehr gefreut, sie kennenzulernen. Und lass mich wissen, was es Neues bei Dir gibt. Wie viele Klavierschüler hast Du zurzeit? Hat sich Berlin sehr verändert? Hast Du viele neue Bekannte?
Mir ist, als ob ich zwei Leben führte – das eine mit Dir, das andere ohne Dich. Ich erlaube mir, Dir zu sagen, dass ich Dich vermisse und wünschte, Du wärst jetzt bei mir. Ich denke jedes Mal an Dich, wenn ich Bach oder überhaupt Musik höre.

Mit herzlichsten Grüßen wie stets,
Sidney

Inspector Keating reagierte auf den Klatsch, unter dem sein Freund neuerdings zu leiden hatte, entspannt, ja belustigt. »Ich würde das an deiner Stelle nicht allzu ernst nehmen«, sagte er, als er an ihrem allwöchentlichen Backgammon-Abend Sidney ein schäumendes Bier brachte.

»Du bist aber nicht an meiner Stelle.«

»Nein, du bist einmalig und hast mit diesen beiden Typen nichts, aber auch gar nichts gemein. Wir haben sie inzwischen etwas genauer unter die Lupe genommen. Benson ist ein paarmal verwarnt worden, Gary Bell ist mit einem Mädel etwas weitergegangen, als sie wollte, aber die Anzeige wurde zurückgezogen, und Daniel Morden hat eine ziemlich bewegte Vergangenheit. Wir haben übrigens seinen Sohn gefunden.«

»In Frankreich?«

»Er heißt Jonathan«, sagte Keating, sichtlich zufrieden. »Wir haben mit ihm telefoniert.«

»Wirklich?«

»Auf der anderen Seite des Kanals gibt es auch Telefone, Sidney.«

»Was du nicht sagst … Was hast du herausbekommen?«

»Warum Jonathan Morden nicht mit seinem Vater spricht zum Beispiel. Eine seiner Freundinnen hatte sich in den Herrn Papa verguckt.«

»Der Vater hat dem eigenen Sohn die Freundin abspenstig gemacht?«

»Ganz so weit würde ich nicht gehen, aber Jonathan hat gesagt, dass ihm das Imponiergehabe von Morden senior auf den Geist gegangen ist. Er hat der Kleinen ständig von seiner Zeit in Hollywood erzählt, und da hat sie sich wohl eingebildet, der Alte könnte einen Filmstar aus ihr machen. Dass die Frauen doch immer wieder auf diese Lustgreise reinfallen!«

»Könnte es nicht sein, dass das Mädchen ihn provoziert hat?«

»Teenager darf man nicht zu sehr hofieren, sonst hat man sie am Hals. Daniel Morden ist mir jedenfalls nach wie vor nicht geheuer. Und Benson magst du nicht, was? Mir ist er auch nicht sympathisch, aber wie käme er dazu, das Gartenhaus abzufackeln? Dass du Morden für einen liebenswerten Schurken mit einem goldenen Herzen hältst, spricht ebenso wenig für seine Unschuld wie für Bensons Schuld.«

»Natürlich ist Morden nicht ohne Fehl und Tadel, aber …«

»Wir müssen mehr über ihn in Erfahrung bringen.«

»Was ist mit Gary Bell? Er hat öffentlich verkündet, dass er Morden nicht ausstehen kann und glaubt, dass alle Männer es auf seinen Schatz abgesehen haben. Er könnte das Haus abgebrannt haben, um ihn abzuschrecken und gleichzeitig die Versicherung zu kassieren.«

»Aber er wäre nicht so leichtsinnig gewesen, einen Benzinkanister herumliegen zu lassen. Außerdem ist sich der Brandermittler sicher, dass es kein Benzinbrand war. Hier ist noch etwas anderes im Spiel, und um dahinterzukommen, brauche ich deine Hilfe.«

»Willst du mich wirklich weiter dabeihaben?«

»Natürlich. Außerdem kannst du dich dadurch wieder reinwaschen.«

»Ist das denn nötig?«

»Der Klatsch um Schmuddelmagazine und junge Mädchen muss aufhören. Gib mir noch ein Pint aus, dann sag ich dir, wie wir es machen. Du wirst wieder einmal ein paar deiner berühmten Seelsorge-Besuche machen müssen.«

Am nächsten Abend ging Sidney mit Leonard ins Kino. Es lief Alfred Hitchcocks *Das Fenster zum Hof*. Sie hatten sich auf einen packenden Thriller eingestellt, aber zunächst kam die Handlung nur langsam in Gang. Jimmy Steward zögerte, Grace Kelly zu heiraten. Er sei noch nicht so weit, erklärte er, und werde, wenn er sich jetzt band, die Gelegenheit für weitere Abenteuer verpassen. Sein Dienstmädchen Stella warf ihm vor, er habe ein Hormondefizit, weil die Bikini-Schönheiten, die vor seinem Fenster ihre Turnübungen machten, seine Körpertemperatur nicht um ein einziges Grad hatten ansteigen lassen.

Sidney spürte, dass Leonard diese Aufregung um weibliche Kurven nicht nachvollziehen konnte, aber er selbst war hingerissen, als Grace Kelly endlich auftrat – in einem Elfhundert-Dollar-Kleid und mit Perlenkette.

Leider ging es immer noch ums Heiraten. »Und du glaubst nicht, dass einer von uns sich ändern könnte?«, fragte Grace mit einem verheerend offenherzigen Blick. Sidney seufzte.

Nach einer halben Stunde war nach wie vor kein Mord in Sicht, und Sidneys Gedanken schweiften ab. Mittlerweile war auf der Leinwand ein Privatdetektiv aufgetaucht, der sich über Jimmy Stewards Arbeit als Amateurschnüffler lustig machte.

»Kommt uns irgendwie bekannt vor, was?«, flüsterte Leonard.

»Zumindest mussten wir uns bisher noch nicht mit einer zerstückelten Frauenleiche abgeben. Benson beschränkt sich auf Tiere.«

»Soweit wir wissen«, meinte Leonard und wurde aus der Reihe hinter ihnen zur Ordnung gerufen.

Gewiss, Benson war womöglich nur ein exzentrischer Einzelgänger, den man nicht allein wegen seines Gehabes verdächtigen durfte, aber irgendetwas an ihm beunruhigte Sidney.

Am nächsten Vormittag, am Samstag, dem 7. September, machte er sich noch einmal auf den Weg zu Daniel Morden, und zwar gegen Mittag, noch vor Mordens erstem Drink.

»Dass Sie immer wieder vorbeikommen, Canon Chambers, ist mir eine besondere Ehre«, sagte Morden belustigt. »Ich muss Ihnen sagen, dass ich als Katholik aufgewachsen bin. Einmal Katholik …«

»Gib mir ein Kind, bis es sieben ist …«

»… *und ich zeige dir den Mann.* Ignatius von Loyola. Ich habe aber wohl gelernt, meine Angst vor der ewigen Verdammnis und dem Höllenfeuer zu unterdrücken.«

Sidney griff das Stichwort auf. »Von Feuer haben Sie in diesem Leben vermutlich ein für alle Mal genug.«

»Allerdings. Und vermutlich sind Sie deswegen hier und nicht, weil Sie meine Gesellschaft so anregend finden.« Morden zündete sich ein Zigarillo an.

»Ich höre Sie in der Tat gern über Fotografie sprechen. Das Anhalten der Zeit, die Schaffung eines Augenblicks, die Bewahrung von Erinnerungen …«

»Da muss man vorsichtig sein.«

Sidney erinnerte sich an die Alben seiner Eltern mit den Familienfotos – Vater, Mutter und drei Kinder, er als Baby auf dem Arm seiner Mutter, die Geschwister auf einem Schlitten, sein Vater, der vor einem Schneeball in Deckung ging, seine Mutter, die eine Gasmaske anprobierte, er selbst ganz rechts in der hinteren Reihe der ersten Elf des Marlborough Cricketteams, seine Schwester mit ihrer Freundin Amanda auf dem Weg zu einem Ball im Lansdowne Club – und sein Foto aus der Armee, auf dem drei seiner kurz darauf gefallenen Freunde zu sehen waren.

»Meinen Sie damit, dass wir die Fotografie zu objektiv betrachten?«, fragte er.

»Sie ist immer nur eine Momentaufnahme, die das Davor und Danach bewusst ausgrenzt.«

»Aber deshalb ist sie noch nicht unzuverlässig.«

»Erinnerung ist per se unzuverlässig, Canon Chambers. Wir schaffen jede Erinnerung in dem Augenblick neu, in dem wir sie aufrufen. Es ist ein konstruktiver und adaptiver Prozess.«

»Dass sie fehlbar ist, sehe ich ein.«

»Sie treibt ein falsches Spiel mit uns, das muss Ihnen klar sein. Die Fotografie hingegen besitzt eine ganz eigene Realität.«

Sidney merkte, dass er drauf und dran war, sich heillos zu verheddern. Trotzdem versuchte er es noch einmal. »Man muss also das Bild von seiner Darstellung trennen?«

»Ja, so wird das heute an den Hochschulen gelehrt.«

»Demnach hält beispielsweise das Foto einer jungen Frau nicht so sehr einen bestimmten Zeitpunkt in ihrem Leben fest, sondern ist ein eigenständiges Kunstwerk?«

»So ungefähr, allerdings sind solche Begriffe zu hochgestochen für das, was ich mache.«

»Ja, und jemandem wie Abigail Redmond war diese Unterscheidung sicher nicht klar. Wusste sie, dass Sie halbnackte Fotos von ihr publizieren wollten?«

»Nicht direkt.«

»Sie haben die Aufnahmen weiterverkauft?«

»Wenn eine Frau sich für einen Fotografen auszieht, muss sie wissen, dass das Endergebnis nicht sie allein zu Gesicht bekommt – und Abigail Redmond ist alles andere als naiv.«

»Bei unserem ersten Gespräch sagten Sie, dass der Name Ihnen unbekannt sei. Als Model nennt sie sich Candy Sweet.«

»Man kann sich nicht an alles erinnern, manchmal tut

man sich selbst einen Gefallen, wenn man etwas vergisst. Wieder das Thema Erinnerung …«

»Hat Abigail mal Annäherungsversuche gemacht?«

»Ein paarmal schon, aber das machen alle. Weil sie weder Hausfrauen noch Sekretärinnen werden wollen. Sie wollen nach London, aber meist bleibt das eine Illusion. Es gibt zu viele Mädchen, und die wenigsten genügen den Ansprüchen.«

»Und Abigail?«, fragte Sidney.

»Sie müsse abnehmen, habe ich ihr gesagt, und mit dieser Stupsnase käme sie auch nicht weit, aber da konnte ich reden, wie ich wollte – sie war überzeugt davon, dass sie ein Topmodel werden würde, und so wie sie sich anzieht, glaubt sie das wahrscheinlich immer noch. Sie hat eben keine Ahnung vom Leben.«

»Sie war also wütend, als sie von Ihnen hörte, dass sie nicht das Zeug zu dem Beruf hatte.«

»Allerdings.«

»Wütend genug, um Feuer in Ihrem Atelier zu legen?«

»Kann schon sein.«

»Das scheint Ihnen nicht besonders nahzugehen, Mr. Morden. Haben Sie mir wirklich alles gesagt, was Sie wissen?«

»Wollen Sie etwa meine ganze Lebensgeschichte hören?«

»Nein, nur das, was für diesen Fall wichtig ist. Ihre Beziehung zu Abigail Redmond zum Beispiel.«

»Da gab es keine Beziehung. Im Gegenteil, ich hasse sie.«

»Wie darf ich das verstehen?«

»Wenn ich Ihnen all das erzählen soll, brauche ich einen Drink.« Morden stand auf. Er wirkte angegriffen und fast – verängstigt. »Gehen wir ins Pub? Das dürfte inzwischen aufhaben, und mit leerem Bauch erzählt es sich schlecht.«

Als Sidney von Morden alles Wichtige erfahren hatte, war ihm klar, dass er etwas unternehmen musste. Leonard Graham würde im Pfarrhaus die Stellung halten, während er den Fall abschloss.

Auf dem Weg zur Redmond-Farm war er gerade an einer Bushaltestelle vorbeigekommen, als er sah, dass die junge Frau, die dort wartete, keine andere als Abigail Redmond war. Er wendete und lehnte sein Rad an den Haltepfosten. Abigail trug eine knappe weiße Baumwollbluse, deren zwei oberste Knöpfe offen standen, einen gestreiften Stufenrock, weiße Söckchen und Tennisschuhe. In Gesellschaft eines Pfarrers gesehen zu werden, war ihr offenbar peinlich. Sidney machte keine langen Umstände. »Ich wollte mit Ihnen über das Feuer reden.«

Abigail sah in die Ferne. Vielleicht hoffte sie, Sidney würde sich in Luft auflösen, wenn sie ihn nicht ansah. »Damit hab ich nichts zu tun.«

»Ich behaupte nicht, dass Sie es gelegt haben.«

»Gary war's auch nicht.«

»Ich weiß.«

Sie warf ihm einen schrägen Blick zu. »Jemand hat den Benzinkanister da hingestellt, damit die Leute denken, dass er's war.«

»Außerdem wollte ich mit Ihnen über den Fotografen Daniel Morden sprechen.«

»Über diesen Perversen?«

»Ist er das wirklich?«

»Was wissen Sie denn schon? Sie sind schließlich

Pfarrer, allerdings sagt Gary, Sie sind nicht besser als alle anderen. Sie haben mich auch angegafft.«

»Ich glaube nicht, dass alle dich angaffen, Abigail.«

Sie holte eine Zigarette heraus. »Wer's glaubt, wird selig.«

»Ich frage, weil du dich von Daniel Morden heimlich hast fotografieren lassen.«

»Na und?«

»Du bist mehr als einmal bei ihm gewesen, nicht wahr?«

Abigail pustete den Rauch knapp an Sidneys Gesicht vorbei. »Kann schon sein.«

»Du wolltest Model in London werden und hast ihn gebeten, dir zu helfen.«

»Ist doch nichts dabei.«

»Hat er dir gesagt, was er mit den Fotos machen würde?«

»Er wollte sie Leuten zeigen, die sich vielleicht dafür interessieren. Hat er gesagt. Aber dann hat sich nichts getan, und ich bin noch mal hingegangen, weil ich wissen wollte, woran ich bin.«

»Und dann?«

»Geht Sie nichts an.«

»Nein. Noch nicht jedenfalls.«

»Wie meinen Sie das?«

»Du hast ihm ein Angebot gemacht, damit er sich ein bisschen mehr Mühe gibt …«

»Was für ein Angebot?«

»Wir kennen beide die Antwort, Abigail. Aber Daniel Morden hat sich nicht erweichen lassen, und da hast du beschlossen, etwas zu unternehmen.«

»Ich hab aber seine Bude nicht abgefackelt, wenn Sie das meinen.«

»Nein, Abigail. Ich meine etwas ganz anderes.«

Bei seiner Rückkehr ins Pfarrhaus erwartete Sidney ein Brief aus Deutschland. Endlich hatte Hildegard sich gemeldet, und die Zeichen standen gut.

Berlin, 14. September 1957

Liebster Freund,
ich hoffe sehr, dass Du nach Weihnachten kommen wirst. Es ist sehr schade, dass wir nicht mehr Zeit miteinander verbringen können. Eigentlich bin ja jetzt ich an der Reihe, Dich zu besuchen, und denke ernsthaft über einen Gegenbesuch nach. Wir dürfen nicht zulassen, dass die Vergangenheit die Gegenwart zerstört. Das ist eine Lektion, die uns der Krieg gelehrt hat. Er ist jetzt lange genug her, und wenn Du bei mir bist, kann ich stark sein. Alles ist leichter, wenn Du bei mir bist …

Sidney leistete sich ein paar romantisch-verträumte Minuten, in denen er sich Hildegard an seine Seite wünschte, aber dann gab er sich einen Ruck. Er würde noch einmal Morden aufsuchen müssen.

»Hatten wir nicht bei Ihrem letzten Besuch alles geklärt?«, fragte der Fotograf. Er war im Pyjama, darüber trug er einen alten Morgenrock mit Paisleymuster, vielleicht ein Erbstück seines Vaters. »Im Übrigen habe ich nicht den ganzen Tag im Bett gelegen, auch wenn es so aussieht. Ich bin früh aufgestanden, um Aufnahmen zu machen. Ich arbeite an einem Projekt über den Sonnenaufgang.«

»Interessant.«

»Es soll ein Porträt von England werden, nicht so sehr

darüber, wer sich gerade schlafen legt oder aufsteht, sondern über die Stille dazwischen, wie die Straßen aussehen, wenn niemand unterwegs ist. Ich liebe diese Tageszeit. Alles steht still, aber du weißt, dass diese Reglosigkeit jeden Augenblick vorbei sein kann. Sie ist so zerbrechlich und so flüchtig, und in der Luft steht dieses graublaue Licht, das sich zwischen Tag und Nacht nicht entscheiden kann.«

Sidney erinnerte sich an ein Erlebnis im Krieg. Die Panzer lagen östlich von Caumont. Es war eine laue, friedliche Nacht gewesen, aber bei Tagesanbruch begann der Beschuss. Sein Bataillon hatte den Auftrag, den Wald von Lutain anzugreifen, und trotz des schönen Sonnenaufgangs hatte er das sichere Gefühl, dass er an diesem Tag sterben würde. Nie zuvor hatte sich die Angst vor dem Tod so konkret gemeldet. Das Heckenschützenfeuer war nicht anders als sonst bei ihrem Vormarsch durch den Wald, aber dann sah er, wie der von ihm bewunderte Captain Beeson unmittelbar vor ihm fiel, als er den Panzer verließ, um einen verletzten Richtschützen zu bergen. Sidney lief hin, um zu helfen, aber nach einem zweiten Treffer durch die dicke Frontpanzerung hindurch explodierte die Munition, und der Geschützturm wurde abgesprengt. Einen Augenblick hatte Sidney, umgeben von den Trümmern des Todes, wie erstarrt dagestanden, überzeugt davon, dass er als Nächster fallen würde. Doch er hatte überlebt, und in jener beängstigenden Stille im frühen Morgenlicht hatte er beschlossen, von nun an jeden Tag so zu leben, als sei es sein letzter. Damit war der Samen für seine Entscheidung gelegt, den Priesterberuf zu ergreifen.

»Es ist, als sähe man die Welt, wenn niemand hinschaut«, fuhr Morden fort. »Nichts ist gewiss, und niemand ist da. Die Geister sind gegangen, neue Menschen noch nicht in Sicht. Ich arbeite mit der kleinen Minox, von der ich Ihnen erzählt habe. Mit der kann ich unbemerkt fotografieren – als wäre ich aus dem All in eine Welt gefallen, die gerade erst entdeckt worden ist.«

Sidney überlegte kurz. »Ich glaube, wir bemühen uns beide um dasselbe. Sie fordern die Menschen auf, innezuhalten und hinzusehen, während ich sie auffordere, zu verweilen und zu schweigen.«

Offenbar war Daniel Morden nicht geneigt, sich weiter über sein neues Manifest auszulassen.

»Tut mir leid, wenn ich ungelegen komme«, entschuldigte sich Sidney.

»Ich wollte mich gerade kurz aufs Ohr legen, meine Arbeit für heute ist getan. Jetzt kann ich meine Glimmstängel nicht finden. Sie haben noch mehr Fragen an mich?«

»Ich bin leider zu dem Schluss gekommen, dass Sie das Feuer in Ihrem Atelier absichtlich gelegt haben.«

Der Fotograf suchte ungerührt weiter nach seinen Zigarillos. »Das habe ich mir schon gedacht. Ich bilde mir nicht ein, dass es Ihnen bei Ihren Besuchen nur um meine Lebensgeschichte oder meine virtuosen Konversationskünste geht.«

»Auch wenn beides unterhaltsam war.«

»Bilder sind mir lieber, sie können mehr bewirken als Worte. Wie gesagt: *Satis verborum …*«

»Sehr richtig. Genug der Worte.«

»Sie scheinen allerdings nie um Worte verlegen zu sein.«

»Ja, ich fürchte, das ist eine meiner Schwächen. Ein Priester sollte immer mit Schweigen beginnen.«

»Dann machen Sie Ihre Sache nicht allzu gut, mein Freund.«

»Allerdings bin ich in diesem Fall nicht als Pfarrer hier. Ich warte darauf, dass Sie zugeben, das Feuer gelegt zu haben, damit der Fall abgeschlossen werden kann – in unser aller Interesse.«

»Da muss ich Sie enttäuschen. Selbst wenn Sie mir etwas nachweisen könnten, obwohl ich zu der fraglichen Zeit in London war, kann ich mich immer mit Nachlässigkeit oder dem Teufel Alkohol herausreden.«

»Warum haben Sie es getan?«, fragte Sidney. »Wegen Abigail?«

Morden gab sich unbeeindruckt. »Interessante Theorie.«

»Vermutlich hat Abigail Ihnen gedroht. Ihr Vater war schon einmal bei Benson gewesen, und Gary Bell war wohl kein Freund von Ihnen. Sie war also in einer starken Position, wenn …«

»Sie hat mich erpresst«, unterbrach ihn Morden. »Wenn ich ihr nicht zu einem Modeljob in London verhelfe, hat sie gesagt, werde sie ihrem Freund und ihrem Vater erzählen, dass ich ihr Alkohol gegeben und sie belästigt hätte – oder Schlimmeres.«

»Und das war nicht der Fall?«

»Natürlich nicht. Ich habe eigentlich genügend Erfahrung mit jungen Mädchen, um mit dieser Situation fertig zu werden. Aber sich gegen so einen Vorwurf zu verteidigen, ist schwer. Sie verlangte keine große Summe, aber das Geld hatte ich einfach nicht.«

»Und einen Job als Model konnten Sie ihr nicht beschaffen?«

Morden schnaubte verächtlich. »Natürlich nicht. Ich

habe keine Beziehungen mehr, und sie ist zu klein und rundlich.«

»Auch wenn Sie Abigails Foto ohne deren Wissen an die *Schwülen Blüten* verkauft haben.«

»Die nehmen alles.«

»Und dann kam sie noch einmal. Wie viel wollte sie haben?«

»Fünfzig Pfund.«

»Warum haben Sie es nicht darauf ankommen lassen?«

»Ich habe wohl die Nerven verloren.«

»Und um schnell an das Geld heranzukommen, ohne die Wohnung Ihrer Mutter verkaufen zu müssen, haben Sie das Atelier abgebrannt und die Versicherung kassiert. Gleichzeitig konnten Sie sich damit an Gary Bell rächen.«

Daniel Morden schenkte sich einen kleinen Whisky ein und ging in die Küche, um ihn mit Wasser zu verdünnen. »Klingt gut«, rief er zurück. »Schade, dass ich daran nicht gedacht habe. Der Haken ist nur, dass ich zu der Zeit in London war.«

»Ich weiß. Das Feuer konnten Sie trotzdem legen.«

»Der Brandermittler hat keine Zeitschaltuhr gefunden.«

»Die brauchten Sie auch nicht. Sie hatten die Sonne.«

Morden hatte sich noch nicht wieder gesetzt. Er nahm einen Schluck. »Könnten Sie das näher erläutern?«

»Es war ein heißer Tag Mitte August, und der Wetterbericht hatte noch höhere Temperaturen vorausgesagt. Die Fenster des Gartenhauses gingen nach Süden. Sie haben Ihre alten Nitrocellulose-Stummfilme aus den Dosen genommen und auf der Fensterbank und dem Fußboden ausgelegt. Die Sonne diente als Zeitzünder, die Fenster wurden zu Vergrößerungsgläsern. Frühmorgens verließen Sie das Haus und nahmen die leeren Filmdosen mit nach London, um sie dort zu entsorgen. Während Sie die Hochzeit fotografierten, ließen sie die Sonne für sich arbeiten. Alles ganz simpel.«

Morden hatte sein Glas geleert. »Klingt ziemlich weit hergeholt. Und ich glaube kaum, dass es sich beweisen lässt.«

»Nein, denn die Flammen haben ganze Arbeit geleistet.«

»Und Gary Bells Benzinkanister?«

»Den haben Sie hinterher dort deponiert.«

»Wie sind Sie auf all das gekommen?«

»Gary Bell hat beobachtet, wie Sie zwei Filmdosen mitgenommen haben. Ob sie voll oder leer waren, wusste er natürlich nicht.«

»Sehr richtig.«

»Und dann habe ich herausbekommen, warum es keine guten Kopien von *Sunrise* gibt. Das Originalnegativ ist einem Feuer zum Opfer gefallen. Eine berühmte Begebenheit in der Kinogeschichte, die Sie mir gegenüber aber nie erwähnt haben. Ein Hinweis auf die leichte Entzündlichkeit von Zellulosenitrat war Ihnen zu riskant.«

»Was werden Sie jetzt tun?«

»Ich muss Inspector Keating darlegen, wie ich den Fall sehe – auf die Gefahr hin, dass er mir nicht glaubt. Die Versicherung dagegen glaubt die Geschichte bestimmt.«

»Die rückt so und so nichts raus.«

»Eventuell kann es zu einer Anklage kommen.«

»Mag sein. Aber ich habe sowieso nicht mehr viel, wofür es sich zu leben lohnt.«

Sidney war überrascht, wie resigniert Morden klang. »Aber was wollen Sie mit dem Rest Ihres Lebens anfangen, Daniel?«

»Es ist eine Frage des Selbstvertrauens. Wenn du das

einmal verloren hast, und sei es aus einem ganz lächerlichen Grund, weil jemand etwas zu dir gesagt hat oder ein Job nicht so läuft, wie du willst, kann es sehr schwer sein, es zurückzugewinnen. Das ist das große Geheimnis des Ehrgeizes – dass man weiß, wann man sich mit der eigenen Mittelmäßigkeit abfinden muss. Die Wohnung werde ich wahrscheinlich verkaufen, es ist deprimierend, umgeben von Erinnerungen an die eigene Mutter zu leben. Ich frage mich, warum ich so lange hiergeblieben bin. Vielleicht besuche ich meinen Sohn in Frankreich, um das dumme Missverständnis zwischen uns aufzuklären.«

»Man sollte immer versuchen, seinen Frieden mit den Menschen zu machen, die man liebt.«

»Wenn die Polizei mir nicht den Pass wegnimmt. Was glauben Sie – werden sie mich verhaften?«

»Das weiß ich nicht. Es gibt, wie Sie sagen, keine Beweise. Ich könnte mich irren.«

»In Grantchester wird gemunkelt, dass Sie sich nie irren, Canon Chambers.«

»Das ist ein Märchen.«

»Dann muss ich die Leute beglückwünschen, die Ihre Öffentlichkeitsarbeit machen. Vielleicht könnte ich sie ja für meine erste Ausstellung engagieren.«

»Sie wollen also tatsächlich mit der Malerei anfangen?«

»Wenn ich kann.« Endlich setzte sich Morden. »Sie haben natürlich recht. Ich muss die Zeit nutzen, die mir noch bleibt, und werde versuchen, das Leben in Bildern statt mit Worten zu erfassen. Das kann doch wohl nicht so falsch sein – die Welt so intensiv zu studieren, wie man kann, ehe man die Augen zum letzten Mal schließt?«

Sidney war stolz darauf, dass er seiner Verdachtsperson die ganze Geschichte entlockt hatte, und freute sich darauf, das mit Inspector Keating gebührend zu feiern. Es war deshalb ein regelrechter Schock, als er am Montagvormittag überraschend Besuch von Reverend Chantry Vine, dem Erzdiakon von Ely, bekam.

Der Erzdiakon war erheblich kleiner und runder als Sidney und mit Ende vierzig praktisch kahl. Er hatte kurze Arme und breite Schultern, eng am Kopf anliegende Ohren und einen Mund, der jeden Versuch eines Lächelns zu einer Grimasse entgleisen ließ.

Der hohe Herr sorgte sich wegen der Gerüchte, die ihn aus Grantchester erreicht hatten. Das, was er Sidney zu sagen hatte (in einem Ton, den Sidney noch am ehesten dem berühmt-berüchtigten Bristol-Akzent zuordnen konnte), klang enttäuscht und zugleich anklagend. Hier sei, erklärte der Erzdiakon, in letzter Zeit »einfach zu viel los« gewesen. Für die kriminellen Machenschaften seiner Mitmenschen, wandte Sidney ein, könne man wohl schlecht ihn verantwortlich machen.

»Sie sollten diesen Unfug mit dem Detektivspielen aufgeben«, erklärte Vine. »Überlassen Sie das der Polizei. Ich brauche Sie wohl nicht an die vornehmsten Pflichten eines Priesters zu erinnern.«

Sidney bestätigte, dass er zum Botschafter, Wächter und Obwalter des Herrn berufen war und es deshalb seine Pflicht war, den ihm anvertrauten Seelen gewissenhaft und mit Fleiß den Glauben an Gott und das Wissen um Gott nahezubringen. Bei seiner Ordination hatte er ein feierliches Versprechen abgelegt, nie vom Glauben abzuweichen und der Lasterhaftigkeit in seinem Leben keinen Raum zu geben.

Der Erzdiakon zündete seine Pfeife an. »Überlegen Sie einmal, ob es nicht einen Unterschied gibt zwischen dem Menschen, der Sie derzeit sind, und dem Priester, zu dem Sie sich entwickeln müssen.«

»Wir machen alle Fehler, Erzdiakon.«

Chantry Vine lehnte sich in Sidneys Sessel zurück. Das Gespräch war offenbar noch lange nicht zu Ende. »Ganz recht, aber es kann vorkommen, dass jemand allzu eigenwillig dem nachgeht, was aus seiner Sicht das Gemeinwohl ist, und es mit seinen eigenen Neigungen verwechselt.«

»Ich versuche stets, mich für meine Gemeinde zu engagieren.«

Der Erzdiakon tat, als dächte er über Sidneys Worte nach, war aber offenbar nicht zu Zugeständnissen bereit. »Zu engagieren, sagen Sie. Wäre es nicht ratsamer, sich zu distanzieren? Zu große Nähe hindert uns daran, das ganze Bild zu sehen. ›Wachet und betet, damit ihr nicht in Versuchung fallet …‹ Markus 14,38, Sie erinnern sich?«

Alles in Sidney sträubte sich gegen diese Rüge, und natürlich brauchte er seinen Vorgesetzten nicht eigens darauf hinzuweisen, dass es im Markusevangelium schon in der nächsten Zeile hieß: ›Der Geist ist willig, aber das Fleisch ist schwach.‹

»Die Gerüchte, die mir über Sie zu Ohren gekommen sind, drohen auszuufern. Sie enthalten hoffentlich kein Körnchen Wahrheit?«

»Wenn Sie auf den Kauf einer schlüpfrigen Zeitschrift anspielen …«

»Von einer Zeitschrift war mir bisher nichts bekannt.« Der Erzdiakon nahm die Pfeife aus dem Mund. Sidney war prompt in die Falle getappt und ärgerte sich.

»Das ist schnell erklärt. Meine Haushälterin hat das Blättchen gefunden. Ich wollte etwas recherchieren.«

»Zum Thema Schlüpfrigkeit? Wie ich hörte, ging es mehr darum, die jugendlichen Gemeindemitglieder etwas genauer zu beobachten. Ich bin natürlich durchaus für eine jüngere, breiter aufgestellte Kirche und die Einrichtung möglichst vieler Jugendklubs, allerdings können die nicht ausschließlich aus jungen Mädchen bestehen. Das ist eine Aufgabe für die Pfadfinderinnen.« Der Erzdiakon schob sich die Pfeife wieder zwischen die Lippen und schmunzelte.

»Ich habe nichts Unrechtes getan.«

»Das will ich hoffen. Sie sind ein tüchtiger Mann, Sidney, lassen sich aber zu schnell ablenken. Wir hatten Sie als meinen möglichen Nachfolger im Auge, aber derlei Vorfälle sind solchen Plänen nicht förderlich.« Der hohe Herr erhob sich. »Sollten Sie nicht allmählich ans Heiraten denken? Unser Bischof ist gut mit den Kendalls in London befreundet. Da soll es eine attraktive Tochter geben. Das wäre doch vielleicht eine passende Partnerin.«

»Ganz so einfach ist das nicht.«

»Nichts ist einfach auf dieser Welt, Sidney, aber das Leben eines Priesters ist sehr viel einfacher, wenn er eine vernünftige Frau hat. Ohne meine Claire wäre ich verloren.«

Warum, fragte sich Sidney, fand er in seinem Umfeld so wenig Verständnis für seine Bemühungen? Fest stand, dass er Urlaub brauchte. Und bei dem Gedanken fiel ihm nur eins ein: Deutschland.

Das Herbsttrimester hatte angefangen, und erste Regenfälle tränkten die ausgedörrten Rasenflächen und Gärten von Grantchester. Sidney traf sich mit Inspector Keating, um die Nachwehen des Falles zu besprechen. Verhaftungen würde es nicht geben. Abigail war erst siebzehn, man würde sie mit einer eindringlichen Verwarnung davonkommen lassen. Auch für eine Anklage gegen Morden gab es zurzeit nicht genug Beweise. Seine Versicherung hatte sich erwartungsgemäß geweigert zu zahlen, die Wohnung seiner Mutter stand zum Verkauf, und Morden plante ein Wiedersehen mit seinem Sohn in Frankreich.

»Demnach hat es eigentlich nur dich erwischt, Sidney. Von Leonard weiß ich, dass der Erzdiakon dir ganz schön eingeheizt hat.«

»Von der Kirche wird erwartet, dass sie keine Aufmerksamkeit auf sich zieht.«

»Warum habt ihr dann diese hohen Kirchtürme?«

»Diese Art von Aufmerksamkeit ist wohl nicht gemeint.«

»Eher Pfarrer, die in Softpornos schmökern?«

Sidney sah ihn scharf an, und der Inspector ergänzte rasch: »Das sollte ein Scherz sein.«

»Man verlangt von uns, dass wir über jede Kritik erhaben sind. Wie die Polizei.«

»Wie hast du das alles überhaupt ausgetüftelt. Die Brandstiftung, die Erpressung?«

»Genau kann ich dir das auch nicht sagen, Geordie. Vielleicht muss man sich einfach auf die Menschen einlassen.«

»Das Problem bei unserer Arbeit ist, dass man nie weiß, wie lange so ein Fall dauert. Ein Maurer kann dir sagen, wann er fertig ist, aber ich kann mich nie festlegen. Immerhin weiß ich, dass alles ein bisschen schneller geht, wenn du dabei bist. Ich sage das nicht oft, Sidney – aber ich bin dir wirklich dankbar. Das zweite Pint geht auf meine Rechnung.«

Später machte Sidney mit Dickens seinen üblichen Abendspaziergang. Es war noch nicht ganz dunkel. Da hörte er zu seiner Überraschung hinter sich Schritte, die sich rasch näherten. Er wandte sich um und erkannte Abigail.

»Ich hab mit Gary Schluss gemacht«, platzte sie heraus.

»Das tut mir leid.«

»Wirklich, Canon Chambers?« Es gab eine verlegene Pause. Dann fing Abigail wieder an. »Ich bin Ihnen nachgegangen. Da können Sie mal sehen, wie das ist.«

»Hat die Polizei mit dir gesprochen?«

»Verwarnt haben sie mich. Mein Dad ist fast ausgeflippt, ich musste mir rasch was ausdenken.«

»Und was hast du dir ausgedacht?«

»Ich hab ihm gesagt, dass Benson wieder hinter mir her war und die Polizei ihn erwischt hat.«

Sidney blieb stehen. Er hätte sie am liebsten am Arm gepackt, aber damit hätte er sie nur provoziert. »Aber das stimmt doch nicht.«

»Ist doch egal.«

»Ganz und gar nicht. Du musst aufhören, diese Lügengeschichten zu verbreiten.«

Abigail sah auf ihre Schuhe herunter, die schmutzig vom Regen waren. »Aber er war wirklich hinter mir her.«

»Nicht in letzter Zeit. Er hat ebenfalls eine Verwarnung bekommen.«

»Alle sind sie hinter mir her, Canon Chambers.«

»Unsinn, Abigail«, sagte Sidney sehr bestimmt. »In so einem kleinen Dorf begegnet man sich eben öfter.«

»Sie wissen nicht, wie das ist.«

»Dann solltest du wegziehen.«

»Hab ich ja schon versucht, aber Dad will, dass ich auf dem Hof arbeite.«

»Das brauchst du nicht.«

Sidney rief nach Dickens, um den Heimweg anzutreten. Dass ihm am Ende eines langen Tages noch Lebenshilfe für ein junges Mädchen abverlangt wurde, das ihm, wenn er ehrlich war, nicht sonderlich sympathisch war, hätte er nicht erwartet. Abigail hatte es offenbar nicht eilig, das Gespräch zu beenden. »Ich könnte ja vielleicht Sekretärin werden.«

»Oder irgendetwas anderes«, bestätigte Sidney. »Zielstrebig und …« – er machte eine kleine Pause – »… und phantasievoll genug bist du ja. Aber du darfst dir nicht mehr einreden, dass alle dich ständig angaffen. Die meisten Menschen haben genug mit sich selbst zu tun.« Wie schnell sich Gerüchte verbreiteten und ein Ruf zerstört war, machte ihn wütend. Er beschloss, am Sonntag eine flammende Predigt darüber zu halten.

Mit einem müden, aber zufriedenen Dickens an seiner Seite machte er sich auf den Weg nach Hause. Nach wenigen Metern sah er Jerome Benson im Schatten stehen. Das hat mir gerade noch gefehlt, dachte er. Wenn Abigail in ihm den Beweis dafür sah, dass sie sich nichts eingebildet hatte, fing die ganze Geschichte womöglich von vorn an. Die Redmonds würde man im Auge behalten müssen. Er hob einen Stock auf und warf ihn weit weg. Dickens trottete gemächlich hinterher.

Sidney spürte die erste Herbstkühle in der Luft. Nicht

lange, dann war Bonfire Night. Vor drei Jahren hatte er sie mit Amanda verbracht – nach dem Mord an Hildegards Mann.

Er öffnete das Gatter und ging den Fußpfad zur Hauptstraße hinauf. Die letzten drei Wochen waren ein Lehrstück dafür gewesen, wie die Menschen sich selbst und ihre Rolle in der Welt bewerteten. Sollte man wirklich versuchen, sich so zu sehen, wie andere einen sahen? Wichtiger war es doch wohl, sich selbst zu mögen und nach Möglichkeit immer besser zu werden. Man sollte sich nicht ständig Gedanken darüber machen, was andere von einem dachten.

Zu Hause erwartete ihn auf dem Küchentisch ein Päckchen in braunem Packpapier. Es habe auf der Schwelle gelegen, erklärte Leonard. Unter die Schnur war ein Briefumschlag geschoben. Sidney öffnete ihn und las:

Lieber Canon Chambers,
danke für Ihr Verständnis und für Ihr verzeihendes Herz. Ich weiß, dass mein Ruf nicht mehr der beste ist. Es gibt zu wenig nette Menschen, und es kann gut sein, dass man Ihnen Geschichten über mich erzählt, wenn ich fort bin. Dazu kann ich nur sagen, dass ich stets versucht habe, anständig zu leben, auch wenn mir das nicht immer gelungen ist. Jetzt muss ich einen Neuanfang wagen, und ich muss aufhören zu trinken. Ich reise nach Frankreich, werde meinen Sohn wiedersehen und hoffentlich meinen Frieden mit ihm und der Welt machen. Ich bin Ihnen dankbar für Ihre Geduld und entschuldige mich, wenn ich ruppig zu Ihnen gewesen bin. Anbei ein kleines Andenken,

vielleicht sollte jeder große Detektiv so etwas besitzen. Blicken Sie auf den Tagesanbruch, warten Sie auf den Sonnenaufgang. Satis verborum.

Sidney öffnete das Päckchen. Es enthielt Daniel Mordens Minox-Kamera.

Mörderische Ostern

Zu Sidneys Erleichterung rückte das Ende der Fastenzeit näher, denn die war für ihn immer auch eine Schlechte-Laune-Zeit. In diesem Jahr hatte zu allem Überfluss der Rektor von Corpus ihn gebeten, den dreistündigen Karfreitagsgottesdienst in der College-Kapelle zu leiten. Dagegen war eigentlich nichts einzuwenden, außer dass eine anspruchsvolle Predigt zu halten, wenn Hildegard zum ersten Mal seit dem Tod ihres Mannes wieder in Grantchester war, eine ziemliche Herausforderung darstellte. Aber da war nichts zu machen. Die Daten standen fest, die Reisevorbereitungen waren getroffen, eine Unterkunft gebucht. Sidney war nervös.

Seine Predigt bestand aus drei Meditationen über die sieben Worte Jesu am Kreuz. Sidney wollte mit »Vater, vergib ihnen, denn sie wissen nicht, was sie tun« beginnen, in diesem Zusammenhang den Begriff des ewigen Heils erörtern und über die Beziehung von Jesus zu seiner Mutter sprechen. Bei der nächsten Betrachtung ging es um die Einsamkeit und das Leid Christi (»Mein Gott, mein Gott, warum hast du mich verlassen«), den Schluss würde dann der endgültige Sieg und die Vereinigung mit Gott bilden (»Vater, in deine Hände gebe ich meinen Geist«). Als verbindendes Element war Musik vorgesehen, ausgesucht von Orlando Richards, dem Musikprofessor, und dargeboten vom Collegechor.

Sidney hatte für die Vorbereitung der drei Meditationen je einen Tag eingeplant und machte in der Hoffnung auf Eingebungen mit Dickens einen Gang über die Wiesen. Es war dunkel und windig, aus den tiefhängenden Wolken drohte Regen. Doch auch wenn die düstere Stimmung zu Gedanken über die Passion Jesu passte, verweigerte Sidneys Muse den Dienst.

Er versuchte sich in das Geschehen auf Golgatha hineinzuversetzen. Beim Anblick einer hohen Ulme am Fluss Cam kamen ihm das hölzerne Kreuz, die beiden Schächer und das qualvolle Sterben des Herrn in den Sinn. Wie wäre es, über den Vorgang als Tatort und Jesus als das Opfer eines Verbrechens zu sprechen? Er ließ die Liste der Verdächtigen Revue passieren: Judas, der Beihilfe zum Mord schuldig, der Hohepriester, der einen Unschuldigen zum Tode verurteilte, Pilatus als Vertreter einer schwachen Regierung, die nicht eingegriffen hatte. Wie viel Schuld trug Jesus selbst, wie provozierend war sein Schweigen vor Gericht gewesen?

Er konnte noch einen Schritt weitergehen und über die unmittelbare Verantwortung des Schöpfers selbst meditieren, überlegte Sidney. War Gott, indem Er seinen Sohn zum Wohl der Menschheit opferte, selbst der Mörder?

Auch wenn diese Sichtweise vielen noch aus dem Krieg vertraut sein mochte und Sidney daran anknüpfend die Theorie des Opfers für den höheren Zweck erläutern konnte, barg diese Strategie gewisse Risiken. Er würde deutlich machen müssen, dass die Geschichte Jesu einzigartig war, denn dies war der erste Tod, der zur Auferstehung führte, Jesus die zentrale Figur, die vom Opfer zum Helden geworden war. Ostern steht für den Tod des Todes, die Auferstehung für die Aufklärung des Verbrechens, die Auflösung des letzten Rätsels nicht nur von

Christi Tod, sondern der Bedeutung des menschlichen Daseins auf dieser Erde.

Sidney rief Dickens zu sich, der in den Hecken herumstöberte, und winkte einem Passanten zu. Er wollte jetzt schnell nach Hause, um das alles aufzuschreiben, ehe er es vergaß, aber da tauchte Orlando Richards auf, ein liebenswürdiger Mann mit breitem, nachdenklichem Gesicht. Er trug einen ausgebeulten dunkelblauen Anzug und ein weißes Hemd mit extraweitem Kragen, um beim Singen nicht eingeschnürt zu werden. Auch der dunkelrote Schlips war locker gebunden. Am auffälligsten waren seine großen, spitz zulaufenden Ohren. Sidney vermied es nach Kräften, sie anzustarren, auch wenn er nirgendwo sonst derart prachtvolle Lauscher gesehen hatte. Es war, als hätte ein ganz der Musik gewidmetes Leben sie auf magische Weise wachsen lassen.

Orlando war gekommen, um sich bei Sidney nach dessen musikalischen Wünschen für seine dreistündige Meditation zu erkundigen. »Kommst du übrigens am Sonntag zur Abendandacht?«

»Das weiß ich noch nicht genau. Warum fragst du?«

»Wir würden deiner Bekannten aus Deutschland gern eine kleine Überraschung bereiten.«

»Das ist sehr nett von dir, Orlando, auch wenn meine Erfahrung mir sagt, dass Überraschungen mit Vorsicht zu genießen sind.«

»Da brauchst du keine Angst zu haben. Wir werden alle dafür sorgen, dass sie sich hier bei uns wohl fühlt, auch wenn es im College zurzeit nicht ganz störungsfrei zugeht.«

»Du meinst die neue Elektroinstallation?«

Orlando nutzte gern die Gelegenheit zu einer kleinen Schimpftirade über den Elektriker. »Dass die Arbeit gemacht werden muss, ist mir klar, aber das College ist inzwischen die reinste Todesfalle. Überall liegen ausgefranste Kabel, und Charlie Crawford trampelt uns allen auf den Nerven herum. Dr. Cade hat ihn sich schon zur Brust genommen. Sämtliche Räume müssen hinterher renoviert werden, und der Lärm ist unerträglich. Ständig lungert der Mann überall herum und pfeift sich eins – allerdings so falsch, dass einem Hören und Sehen vergeht.«

»So eine Renovierung hat vielleicht auch Vorteile«, bemerkte Sidney versöhnlich. »Du könntest deine Wände in dunklem gregorianischem Rot oder in beruhigendem Grün streichen lassen.«

»Ein schwacher Trost! Crawford erzählt mir dauernd, das ganze College könne jederzeit in Flammen aufgehen, dabei steht es seit Jahrhunderten unbeschadet da.«

»Vorsicht ist aber trotzdem angesagt«, meinte Sidney, dem die Erinnerung an die Brandstiftung im vergangenen Jahr noch in den Knochen steckte.

Nachmittags sollte Hildegards Zug eintreffen, und Sidney wollte auf keinen Fall zu spät kommen. Die Aussicht auf das Wiedersehen ließ ihn schneller radeln als sonst, und auch wenn er versuchte sich ganz auf das Radfahren zu konzentrieren, gingen seine Gedanken immer wieder eigene Wege, verirrten sich bis zurück zu der Zeit, als er auf eben diesem Bahnhof die Verhaftung von Annabel Morrison veranlasst hatte. Miss Morrison hatte Stephen Staunton ermordet, und Sidney hatte seiner Witwe Hildegard berichten müssen, was geschehen war. Dabei hatte er eine entscheidende Information zurückgehalten, nämlich die Tatsache, dass ihr Mann sie mit einer anderen Frau betrogen hatte – und das letztlich der Anlass für den Mord gewesen war. Er fand, dass dieses Wissen Hildegard zu sehr geschmerzt hätte, aber dass er mehr wusste, als er hätte wissen dürfen, machte ihm nach wie vor zu schaffen. Aufgabe des Pfarrers war es, Geheimnisse zu bewahren (was Sidney in seiner Rolle als Amateurdetektiv schwerfiel). Aber wie sah es damit in einer Beziehung aus? Wie viel musste offengelegt, was durfte verschwiegen werden? Er kannte Männer, die nie über den Krieg, über eine vorangegangene Ehe oder die Kinder aus einem ›früheren Leben‹ sprachen. Sie wollten noch einmal neu anfangen, ohne sich mit der Vergangenheit zu belasten. Ob es Hildegard auch so ging? Sidney selbst hatte Bedenken, so ohne weiteres die Vergangenheit zu begraben. Sie mochte ein fremdes Land sein, aber die Versuchung, es noch einmal zu besuchen, war stärker, als die meisten Menschen glaubten.

Um sich abzulenken, überlegte er, was Hildegard wohl anhaben mochte: Eine lockere, vorn offene Jacke aus schwarzem Kammgarn, vielleicht mit einem schmalen geraden Rock, Strümpfe mit Naht und spitz zulaufende Pumps. Er mochte die kleinen Hüte, die sie oft trug, keck auf die Seite geschoben, sodass sie ihre grünen Augen und die ein wenig spöttisch hochgezogenen Augenbrauen nicht beschatteten.

Er malte sich aus, wie sie aussteigen und auf ihn zugehen würde. Die Begrüßung würde zunächst recht förmlich ausfallen, sie hatten sich ja länger nicht gesehen. Was bedeutete es, eine Frau zu beobachten, die auf einen zuging, und zu wissen, dass alles, was man sagte, darüber entscheiden konnte, ob man in Zukunft gemeinsam oder getrennt durchs Leben gehen würde?

Er sah sich unter den Wartenden auf dem Bahnsteig um – besorgten Eltern, zappeligen Kindern, hoffnungsfrohen Liebhabern. Als die Reisenden aus dem Zug stiegen, hätten viele Frauen unter ihnen aus der Entfernung Hildegard sein können, und seine Sicherheit geriet ins Wanken. Wenn er sie nun nicht erkannte oder wenn sie sich – schlimmer noch – entschieden hatte, die Reise gar nicht anzutreten? Dann aber verzog sich der Rauch der Lokomotive – und da war sie. Ein Außenstehender hätte sie vielleicht gar nicht bemerkt oder für besonders schön gehalten, aber für Sidney war sie das, und das Herz ging ihm auf.

Sie trug einen schwarzen kniekurzen Mantel mit breitem Schalkragen, der schwarze Filzhut saß ein wenig schräg, in der Hand hatte sie einen kleinen Koffer.

Das blonde Haar war kürzer, als Sidney es in Erinnerung hatte, fast jungenhaft kurz, die Nähe und Wärme, die er für sie empfand, war plötzlich wieder da. Er erinnerte sich an ihr schmales, fast kritisches Lächeln, die belustigte Überraschung in ihrem Blick, die Art, wie sie kurz nach Luft schnappte und gleichzeitig einen Schritt zurücktrat, wenn Sidney etwas sagte, was sie selbst nicht auszusprechen wagte.

Sie streckte die Hand aus, die Sidney ergriff, dann beugte sie sich vor, und er küsste sie auf beide Wangen. »Hattest du eine gute Reise?«, fragte Sidney.

Hildegard lächelte ein wenig erschöpft. »Ende gut, alles gut.«

»Hat sich die Strapaze gelohnt, was meinst du?«

»Ja, bestimmt«, sagte sie. »Aber ein bisschen nervös bin ich schon.«

Er brachte sie zu einem Taxi und verstaute ihr Gepäck.

Er selbst würde mit dem Fahrrad nachkommen. Kurios, dachte er, sich gleich nach dem Wiedersehen wieder trennen zu müssen, aber es war die sinnvollste Lösung, nur Minuten nach ihr würde auch er am Ziel sein.

Er hatte Hildegard bei Grace Wardell untergebracht, der Schwester des Handwerkers, der die Elektroarbeiten im College durchführte. Sie war kleiner als Hildegard, hatte dunkles Haar und wachsame Augen. Ihr Mann war bei einem Verkehrsunfall gestorben, ihr Sohn 1943 über Stuttgart abgeschossen worden. »Staunton ist ein irischer Name, nicht?«, fragte sie.

»Mein Mann hieß so.«

»Und er weilt nicht mehr unter uns?«

»Nein, leider nicht.«

Hildegard fand, dass Sidney ihre Situation hätte erklären müssen, und fürchtete, Mrs. Wardell könne ihre Staatsangehörigkeit erraten und sich weigern, sie aufzunehmen. Gewundert hätte es sie nicht, sie war an das Unbehagen gewöhnt, das ihre Herkunft hervorrief, es war häufig die erste Reaktion in England. Als sie vor zehn Jahren hierhergezogen war, hatten alle Gesprächspartner zunächst ungläubig und misstrauisch reagiert, bis sich – wenn auch nicht bei jedem – Anstand und Fairness durchgesetzt hatten mit der Erkenntnis, dass man sie persönlich nicht für den Krieg verantwortlich machen konnte.

Doch Mrs. Wardell redete schon weiter. »Sie bleiben ja zehn Tage, da können Sie mir von ihm erzählen, wenn Sie wollen, aber es muss auch nicht sein. Das Zimmer ist sauber, Abendessen gibt es um halb sieben, wenn mein Bruder Charlie nach Hause kommt. Hoffentlich ist Ihnen das recht.«

»Ja, natürlich.«

»An seinen Launen dürfen Sie sich nicht stören. Er neigt manchmal zum Jähzorn, aber sonst ist er herzensgut. Wenn Sie nach dem Abendessen noch mal aus dem Haus wollen, kann ich Ihnen einen Schlüssel geben, aber wir gehen um zehn schlafen, und ich wäre dankbar, wenn Sie es auch so halten würden. Wir schließen dann gerne ab.«

»Mrs. Staunton wird sich bestimmt an Ihre Hausregeln halten«, meinte Sidney.

»Es sind keine Regeln, Canon Chambers, nur Vorschläge.«

»Aber Sie sind sicher froh, wenn man sie befolgt.«

»Sie machen das Leben leichter, finde ich.«

Hildegard bat Sidney zu warten, bis sie ihre Sachen aufgehängt und sich frisch gemacht hatte. Dann gingen sie zu einem einfachen Essen in Sidneys Lieblingslokal, Le Bleu Blanc Rouge. Als Nachtisch gab es Schokoladenmousse mit einem Schuss Grand Marnier, dem einzigen Alkohol, den sich Sidney während der Fastenzeit gestattete. Hildegard hatte er ein Glas Wein angeboten, aber sie lehnte ab, um wie er bis Ostersonntag darauf zu verzichten.

Sie tauschten ihre Neuigkeiten aus, und Hildegard fragte Sidney über den bevorstehenden dreistündigen Gottesdienst aus.

»Ich denke, man muss unmittelbar das Wesen des Leidens ansprechen«, erklärte er, »sich auf die Passion Christi einlassen und gestärkt daraus hervorgehen. Das ist die Botschaft von Jesus am Kreuz. Der Sieg der Auferstehung ist nicht denkbar ohne die Katastrophe der Kreuzigung. Die Evangelikalen unter uns beschönigen das gern.«

»Du bist ernsthafter, als die meisten Leute meinen, Sidney.«

»Es gefällt mir nicht, wenn sie das Leiden, das Herzstück der christlichen Botschaft, ignorieren und die Geistlichen als Witzfiguren hinstellen.«

»So sieht man die Priester in Deutschland nicht.«

»Nein, ihr seid ein ernsthaftes Volk. Uns Engländern ist zu großer Ernst peinlich. Die Leute lachen über das Unberechenbare des Lebens, weil sie es fürchten.«

»Willst du damit sagen, dass die Deutschen keinen Humor haben?«

»So habe ich das nicht gemeint.«

»Aber angedeutet. Auf Englisch witzig zu sein ist einfacher, glaube ich.«

»Auf den Reichtum unserer Sprache sind wir stolz.«

»Aber sie ist schwer zu erlernen – besonders die Wortspiele. Mit einem Buchstaben kann man ein Wort in dessen Gegenteil verkehren.«

Sidney bestellte Kaffee. »Manchmal denke ich mir, dass es sich mit dem Glauben so verhält wie mit einem Witz, dessen Pointe man erklären soll. Wenn man alles zergliedern muss, funktioniert der Witz nicht mehr.«

»Darüber solltest du predigen, Sidney. Ich freue mich schon darauf.«

»Du brauchst nicht zu allen Gottesdiensten zu kommen.«

Sie legte ihre Hand auf seine. »Das möchte ich aber. Deshalb bin ich hier. Um dich zu hören.«

»Hoffentlich enttäusche ich dich nicht.«

»Du enttäuschst mich nie.«

»Abwarten. Sicher ist im Grunde nichts auf dieser Welt.«

»Nur meine Freundschaft zu dir, Sidney …«

Am nächsten Morgen ließ sich Hildegard ein herzhaftes englisches Frühstück schmecken. Grace Wardell war eine fürsorgliche Gastgeberin, aber sie erwartete, dass ihre Gäste sich nach dem Frühstück verzogen und bis zum Abend nicht mehr sehen ließen. Müßiges Herumsitzen war in diesem Haus nicht üblich. Grace' Bruder würde Hildegard nach Grantchester mitnehmen.

Charlie Crawford, Anfang fünfzig, knapp einen Meter fünfundsechzig groß, trug tagsüber die vorgeschriebene Latzhose, warf sich aber abends gern in Schale und verwendete so viel Brylcreem, dass man ihn für Elvis Presleys Vater hätte halten können. Er konnte sich schnell, aber immer nur für kurze Zeit begeistern, war ein engagierter Gewerkschafter und überzeugter Kommunist. Gerade lag er mit dem stellvertretenden Schatzmeister wegen der Überstunde für die neue Verkabelung im Streit, es ging um eine Summe, die seinen Wochenlohn nahezu verdoppelt hätte. »Dr. Cade ist mir den Lohn für vier Wochen schuldig, und er ist immer im Rückstand. Das muss ich jetzt unbedingt klären.«

»Es ist sehr nett, dass Sie mich mitnehmen«, sagte Hildegard, als sie in seinen Kastenwagen kletterte. Dunkle Wolken hingen an diesem Palmsonntag am Himmel, von fern hörte man Donnergrollen.

»Mach ich doch gern. Eigentlich sollte ich ja auch zur Kirche gehen, aber ich hab zu viel Arbeit.«

»Sogar am Sonntag?«

»Die verheirateten Profs sind nach Hause gefahren, da kann ich in Ruhe ihre Zimmer machen. Aber ein Mann allein schafft so ein Projekt einfach nicht. Typisch College – die wollen alles auf die billige Tour, und dann prellen sie einen um den Überstundenzuschlag.«

»Ist Ihre Arbeit gefährlich?«, fragte Hildegard.

Regen prasselte an die von innen beschlagene Windschutzscheibe. Charlie beugte sich vor, um sie abzuwischen. »Arbeit mit Strom ist immer gefährlich, Mrs. Staunton. Für die meisten Leute ist er etwas Selbstverständliches, aber die wissen eben nicht, was er anrichten kann.« Er stellte die Scheibenwischer an. »Das Wetter gefällt mir nicht. Einen Blitzeinschlag kann ich nicht gebrauchen.«

Hildegard bedankte sich fürs Mitnehmen und betrat die schlichte dunkle Kirche von Grantchester. Die Statuen waren verhüllt, und durch die Fenster fiel nur spärliches Licht. Zum letzten Mal war sie bei der Beerdigung ihres Mannes hier gewesen.

Orlando Richards war vom College herübergekommen, um mit dem Chor zu proben, der zum Gottesdienst *Jesu, deine Passion ist mir lauter Freude* sang, den Choral aus der Bachkantate Nr. 182 für Palmsonntag *Himmelskönig, sei willkommen.* Hildegard war sehr bewegt und ging nach dem Gottesdienst zu ihm, um sich zu bedanken.

»Es sollte eine Überraschung für Sie sein. Ich bin ein großer Freund deutscher Musik, wenn auch nicht unbedingt vom deutschen Volkscharakter.«

»Das ist nach dem Krieg verständlich, aber ich hoffe, dass Sie bei mir eine Ausnahme machen.«

»Aber ja«, versicherte Orlando. »Allerdings wohnt der Musik der Charakter des Komponisten inne. Sie ist im Grunde nicht von ihm zu trennen.«

»Ganz meine Meinung. Aber nicht immer wird große Musik von großen Männern geschaffen.«

»Sie meinen im moralischen Sinne? Dass sie große

Musiker sein können, aber ihr Lebenswandel ihren Werken nicht entspricht?«

Hildegard lächelte. »Um von etwas anderem zu reden – wir müssen uns alles hart erarbeiten, deshalb brauchen wir Übung. Und ich hatte gehofft, dass Sie mir da helfen können. Ich habe hier nämlich kein Klavier.«

»Das ist kein Problem. Sie können gerne meine Räume nutzen, wenn Sie den Lärm ertragen«, sagte der Musikprofessor ritterlich. »Ich bin tagsüber auf ein Zimmer im Peterhouse-College ausgewichen, der Krach hat mich fast verrückt gemacht.«

»Wenn ich Ihnen damit keine Unannehmlichkeiten bereite?«

»Es steht ein sehr anständiger Bechstein drin, an dem dürften Sie sich wie zu Hause fühlen. Was spielen Sie zurzeit?«

»Bach natürlich, etwas Mozart, den späten Beethoven.«

»Der liegt mir schon relativ fern, muss ich gestehen.«

»Orlando ist unser Fachmann für Alte Musik«, erläuterte Sidney. »Alles nach 1800 gehört für ihn schon zur Avantgarde.«

»Ganz zu schweigen von Sidneys Jazz.« Der Musikprofessor schauderte. »Wie jemand sich für so ein Getöse begeistern kann, ist mir schleierhaft.«

Hildegard lächelte. »Finden Sie? Manchmal klingt Bach fast wie Jazz. Das Concerto in d-Moll zum Beispiel …«

»Ja, das lasse ich gelten, aber finden Sie nicht trotzdem, dass es einen Unterschied zwischen Bach und Buxtehude und der Musik von Bix Beiderbecke gibt?«

»Gewiss, aber Ähnlichkeiten sind oft ebenso spannend wie Unterschiede.«

Sidney versuchte das gefährliche Thema zu beenden.

»Pass auf, dass du es dir nicht mit Professor Richards verscherzt, Hildegard.«

»Dann beschränke ich mich beim Üben am besten auf eine Periode, die mit dem 18. Jahrhundert endet. Haben Sie auch ein Cembalo?«

»Natürlich. Sie können es wie Wanda Landowska machen, sie hat die Goldberg-Variationen in einem Konzert zweimal gespielt, erst auf dem Cembalo und dann auf dem Klavier.«

»Sie hat mal gesagt, die Leute könnten von ihr aus Bach auf ihre Weise spielen, sie jedenfalls würde ihn immer auf seine Weise spielen.«

»Der Kontrast ist faszinierend«, meinte Orlando.

»Entscheidend ist der Unterschied in der Technik.«

»Das müssen wir noch ausführlich besprechen. Wo hast du diese wunderbare Frau bis jetzt versteckt, Sidney?«

In Sidney regte sich leise Eifersucht. »Das ist eine längere Geschichte«, sagte er und zog Hildegard weg. Dieser aufdringliche Musikprofessor hatte schließlich seinen Gast nicht gepachtet. So wie die Dinge lagen, würde er ohnehin viel zu wenig Zeit für Hildegard haben.

Am Montagvormittag der Karwoche machte Sidney mit Hildegard einen Rundgang durchs College, damit sie sich zurechtfand, wenn sie später zum Üben in Orlandos Räume ging.

Er hatte nicht den Weg durch die Pförtnerloge gewählt, sondern vorbei an der St Bene't's Church, denn er wollte Hildegard die Stelle zeigen, an der das College gegründet worden war. Danach ging es weiter zum New Court, einem Bau aus dem frühen 19. Jahrhundert von unaufdringlicher Eleganz mit der berühmten Kapelle. Rechts und links davon befanden sich die Bibliothek und die Aula. Diese Dreiecksanordnung, erläuterte Sidney, stand für die Gleichberechtigung des akademischen, des geistlichen und des gesellschaftlichen Elements in der Collegegemeinschaft.

Leider störte Sidneys einfühlsame Erläuterungen ein Streit, der sich vor der Bibliothek anbahnte. Charlie Crawford, eine dicke Rolle Kupferdraht in der Hand, war wohl auf dem Weg zum Aufgang G gewesen, als Adam Cade, der stellvertretende Schatzmeister, ihn anhielt und sich offenbar über etwas beschweren wollte. Charlie ließ die Rolle fallen, verschränkte die Arme und zog dann in Richtung Pförtnerloge ab. Bestimmt, sagte sich Sidney, würde er sich dort seinerseits bitterlich über Dr. Cade beklagen. »Da halten wir uns am besten raus«, sagte er seufzend.

Hildegard spähte in die schmalen Öffnungen zwischen den Gebäuden. Nichts, stellte sie fest, war ganz das, was es schien: Hinter den hellen geräumigen Höfen gab es dunkle Ecken, unheimliche Durchgänge und schmale Treppen. »Wie in einem Kloster«, sagte sie.

»Das hatten die Gründer wohl auch so bezweckt – eine abgeschiedene Welt der Gelehrsamkeit ohne Ablenkungen.«

»Wobei Frauen wohl die gefährlichsten Ablenkungen darstellten. Was passiert, wenn ein Professor heiraten will?«

»Er zieht aus, allerdings behält er seine Räume für Tutorien. Und speist auch weiterhin im College.«

»Für die Ehefrauen muss das recht einsam sein.«

Adam Cade kam quer über den Hof, um sie zu begrüßen. Sidney stellte Hildegard vor und erwähnte, dass sie bei Charlie Crawfords Schwester wohnte.

»Hoffentlich lässt er seiner Wut zu Hause nicht so freien Lauf, wie ich das gerade eben erleben durfte.«

»Ich habe noch nichts davon gesehen«, beruhigte ihn Hildegard. »Ist irgendetwas schiefgelaufen?«

»Bei Crawford läuft immer etwas schief, der würde noch in einem leeren Zimmer einen Streit anfangen. Wenn er nicht ständig herummaulen und stattdessen seine Arbeit erledigen würde, wäre er längst damit fertig. Er lässt sein Zeug überall herumliegen, dabei habe ich ihm wiederholt gesagt, dass ich Ordnung und Sauberkeit brauche, um mich konzentrieren zu können. Jetzt habe ich ihm aufgetragen, übers Wochenende aufzuräumen. Ich muss Druckfahnen beim Verlag abliefern und bin ohnehin schon spät dran.«

»Er sorgt sich wohl um seinen Lohn.«

»Hat er sich etwa bei Ihnen auch schon beschwert, Mrs. Staunton? Wie taktlos! Ich habe ihm gesagt, dass er seine Überstundenzettel gewissenhafter führen muss. Alles nur über den Daumen zu schätzen und zu verlangen, was er will – das geht einfach nicht. Die Zahlen stimmen hinten und vorn nicht, ich kann nicht glauben, dass er so viel Arbeit geleistet hat, wie er behauptet. Allerdings bin ich natürlich kein Elektriker. Diese Verwaltungstätigkeit für das College kann sehr lästig sein. Seien Sie froh, dass Sie hier nach Lust und Laune aus und ein gehen können, Canon Chambers. Pfarrer müsste man sein …«

»Ich habe auch meine Sorgen«, entgegnete Sidney nachdrücklich. »Aber das Priesteramt hat natürlich gewisse Vorteile.«

»Nicht zuletzt, wenn man eine so charmante Begleiterin hat.«

Sidney wollte keinen falschen Eindruck aufkommen lassen. »Mrs. Staunton ist Pianistin, und Professor Richard hat ihr freundlicherweise seine Räume zum Üben zur Verfügung gestellt.«

»Wie ich höre, weicht er inzwischen nach Peterhouse aus. Ich wünschte, die Möglichkeit hätte ich auch.«

»Hoffentlich störe ich Sie nicht«, sagte Hildegard besorgt.

»Bestimmt nicht. Professor Richards und ich diskutieren oft über das Verhältnis von Musik und Mathematik.«

»Beides liegt ja nah beieinander«, meinte Hildegard.

»Wir sprechen über gemeinsame Codes, wiederholte Muster und numerologische Ähnlichkeiten – aber ich rede zu viel. Jedenfalls freue ich mich darauf, Sie spielen zu hören.«

»So gut wie Professor Richards bin ich bestimmt nicht.«

»Ich habe den Verdacht, dass Sie zu bescheiden sind. Das, was Ihnen möglicherweise noch an Können fehlt, machen Sie jedenfalls durch ein erhebliches Mehr an Charme wett.« Cade zog seinen Hut.

Sidney ging mit Hildegard zur Pförtnerloge und erklärte dort die Abmachung mit Orlando Richards. Hildegard würde in den nächsten Tagen jeweils morgens und nachmittags zwei Stunden üben, über Mittag würde Sidney sie abholen. Der Hauptportier, Bill Beagrie, war nicht erbaut davon, eine Frau, zumal eine Deutsche, so ungehindert durchs College laufen zu lassen, aber ein kurzes Gespräch mit Hildegard zerstreute seine Bedenken. Vielleicht, meinte Sidney, würde er sogar seine Freude daran haben, wenn Präludien und Fugen ihren Weg aus der südöstlichen Ecke des New Court in die Pförtnerloge hinunterfanden.

Sidney war froh, dass ihm Hildegards Übungsstunden Zeit lassen würden, seinen Aufgaben nachzugehen, ohne dass er auf Mittag- und Abendessen mit ihr zu verzichten brauchte. Die trübe Fastenzeit sah mit einem Mal viel heller aus. Doch diese Freude sollte nur von kurzer Dauer sein.

Am nächsten Morgen unterbrach ein Schrei von Doris Arnold, dem Stubenmädchen, Hildegards Übungsstunde. Im Zimmer gegenüber lag Adam Cade, stellvertretender Schatzmeister und Forschungsstipendiat für Mathematik, tot in seiner Badewanne.

Als er davon hörte, trauerte Sidney ehrlich um den Kollegen, aber er machte sich auch Sorgen um Hildegard und hoffte inständig, dass der Todesfall unverdächtig war. Eine Ermittlung während ihres Besuchs war das Letzte, was er ihr wünschte.

Dr. Michael Robinson stellte als Todesursache Herzversagen fest, was etwas befremdlich war, da Dr. Cade gerade erst seinen fünfunddreißigsten Geburtstag gefeiert hatte. »War er nicht ein wenig jung für so etwas?«, fragte Sidney.

»Er war übernervös und hat, wie ich hörte, häufig die Nacht durchgearbeitet. Am frühen Morgen nahm er dann ein Bad, um eine Pause zu machen.«

»Und an dem Fall ist nichts Verdächtiges?«

»Nicht das Mindeste, Canon Chambers. Es war Pech, dass er den Herzanfall hatte und dann offenbar in der Badewanne ertrunken ist, aber ungewöhnlich ist so etwas nicht. Der Tod ereilt uns alle, und so manchen zu sehr ungelegener Zeit. Er hatte ein schwaches Herz. Er war allein. Er konnte keine Hilfe holen.«

»Er hätte also, wäre er nicht im Bad gewesen, überleben können?«

»Möglich.«

»Aber er sah völlig gesund aus«, wandte Hildegard ein.

»Darauf kommt es leider nicht immer an.«

Da Hildegard es nicht fertigbrachte, sich wieder ans Klavier zu setzen, schlug Sidney vor, sie solle auf ihr Zimmer gehen und sich ein wenig hinlegen. Bei Mrs. Wardell aber traf sie auf einen fuchsteufelswilden Charlie Crawford.

Professor Todd hatte angedeutet, Dr. Cades Herzanfall könne darauf zurückzuführen sein, dass er nicht so konzentriert wie sonst arbeiten konnte. Der Stress, ausgelöst durch die Arbeiten für die Erneuerung der elektrischen Leitungen im College, die dadurch entstehenden Kosten und das Problem, seine akademischen Verpflichtungen mit seinen Verwaltungsaufgaben unter einen Hut zu bringen, hätten ihn umgebracht. Ständige Beschwerden von gewissen Angestellten, insbesondere Crawford, hätten den Druck auf ihn als stellvertretenden Schatzmeister verstärkt. Eine Überprüfung der Ereignisse, die zu Cades Tod geführt hätten, sei deshalb dringend geboten.

»Die wollen die ganze Chose mir anhängen. Dabei war es ein simpler Herzinfarkt, und danach ist der Mann ertrunken. Ich habe mir nichts vorzuwerfen.«

»Sie suchen bestimmt schon lange nach einem Vorwand, dich loszuwerden«, vermutete seine Schwester.

»Der Hauptpförtner ist auf meiner Seite.«

»Das reicht vielleicht nicht.«

»Ich kann mal mit Sidney reden«, schlug Hildegard vor.

»Glaub nicht, dass die viel auf Pfaffen hören. Und dieser Todd hat mich auf dem Kieker, so viel steht fest.«

»Aber warum denn nur?«

»Die frisieren die Bücher.«

»Frisieren?«, wiederholte Hildegard verständnislos.

»Die bedienen sich hemmungslos aus der Collegekasse. Bei der werktätigen Bevölkerung knausern sie, und sie selbst nehmen sich das Geld, wo sie's kriegen können. Da gilt zweierlei Gesetz.«

»Wusste man im College, dass Sie so dachten, Mr. Crawford?«

»Ich hab's den Oberen oft genug gesagt.«

»Und wie haben sie reagiert?«

»Wenn's mir hier nicht gefällt, haben sie gesagt, könnte ich ja gehen.«

»Und warum haben Sie das nicht getan?«

»Weil ich noch so viel rückständigen Lohn zu bekommen habe. An den wär ich nur rangekommen, wenn ich geklagt hätte, und weiß der Geier, wie das ausgegangen wär. Mein Alter hatte so viel mit den Gerichten zu tun, dass unsere Familie gründlich die Nase voll hat.«

»Das interessiert Mrs. Staunton doch gar nicht«, mahnte seine Schwester.

»Die reden ständig von Gerechtigkeit und so weiter, dabei interessieren sie sich nur für sich selbst«, knurrte Charlie.

Am nächsten Morgen rief der Rektor bei Sidney an und bat ihn, kurz vorbeizukommen. Er wisse, dass in der Osterwoche Bestattungen nicht üblich seien, sagte er, als Sidney vor ihm stand, aber er hoffe, dass man die Trauerfeier für Dr. Cade möglichst unauffällig würde halten können. »Ich möchte nicht, dass das College einen schlechten Ruf bekommt, wir haben ohnehin schon genug Ärger.«

»Ich weiß nicht recht, wie Sie das meinen. Eine Beerdigung lässt sich schlecht verheimlichen. Wie viele Angehörige hatte Dr. Cade eigentlich? Verheiratet war er wohl nicht?«

»Nein, aber irgendwo hatte er sicher noch Familie.«

Ihr Gespräch wurde unterbrochen, als Edward Todd wütend hereinplatzte und wissen wollte, wie bald man nach einem Ersatz für Dr. Cade suchen werde. Zusätzliche Lehrveranstaltungen vor den Tripos-Prüfungen im Sommer könne er nicht übernehmen. »Ein paar Studenten kann ich an andere Colleges abgeben, allerdings muss man da aufpassen, dass sie nicht an Deppen geraten. Leider lässt der Mathematikprofessor in Fitzwilliam sehr zu wünschen übrig, und Catz ist nicht viel besser.«

»War Dr. Cade ein guter Tutor?«, wollte Sidney wissen.

»Einer der besten. Allerdings hatte er bestimmt schon Amerika im Auge. Ehrgeizig genug war er.«

»Was bei einem Mathematiker doch sicher positiv ist.«

»Positiver als bei einem Pfarrer«, ergänzte der Rektor.

»Ich persönlich habe keine hochfliegenden Pläne«, erwiderte Sidney.

»Unsinn. Wir wissen alle, dass Sie eines Tages Bischof sein werden.«

»Das ist äußerst unwahrscheinlich.«

»Vorausgesetzt, dass Sie sich aus der Welt des Verbrechens verabschieden.«

»Eine Ehefrau wäre da sicher nützlich«, meinte Dr. Todd.

»Ich habe keine Heiratspläne.«

»Da habe ich aber einen ganz anderen Eindruck gewonnen«, konterte Dr. Todd.

»Anschein und Wirklichkeit sind mitunter zwei Paar

Schuhe«, widersprach Sidney in der Hoffnung, das Thema schnell abschließen zu können.

»Ihre Freundin wohnt bei Crawfords Schwester, nicht?« Professor Todd wandte sich an den Rektor. »Ich musste den Mann leider entlassen.«

»Obgleich die neue Elektroinstallation noch nicht steht?« Der Rektor seufzte. »War das klug?«

»Mit welcher Begründung?«, wollte Sidney wissen.

»Dr. Cade war ihm schon auf der Spur. Er berechnete seine Überstunden, wie er Lust hatte, und wurde von Tag zu Tag unverschämter. Wir können nicht zusehen, wie sich im College eine Gewerkschaftsmentalität ausbreitet. Schließlich haben wir in der Stadt einen sehr tüchtigen Elektrobetrieb.«

»Aber Crawford gehörte zur Belegschaft. Hätten wir ihn nicht zunächst verwarnen müssen? Ihn so ohne Umschweife zu entlassen, finde ich ziemlich brutal.«

»Wir müssen sehen, dass wir weiterkommen, Rektor. Im College muss wieder Ruhe einkehren, damit wir uns auf unsere akademische Tätigkeit konzentrieren können, alles andere bedeutet Ablenkung. Finden Sie nicht auch, Canon Chambers?«

»Gewiss«, bestätigte der, aber insgeheim beschäftigten ihn zwei Fragen. Warum hatte Professor Todd es so eilig gehabt, Charlie Crawford zu entlassen? Und war Dr. Cade wirklich an einem Herzanfall gestorben?

Später bat Hildegard Sidney, wegen Charlie Crawfords Entlassung zu vermitteln. »Hier ist Unrecht geschehen. Er ist ganz aufgelöst.«

Der Eingriff in ein Disziplinarverfahren des College erforderte viel Fingerspitzengefühl. »Nur weil der Mann aufgelöst ist, wie du sagst, verdient er noch lange kein Mitgefühl«, wandte Sidney ein. »Er sollte lieber Reue zeigen.«

»Ganz im Gegenteil – er erhebt die haarsträubendsten Anschuldigungen.«

Leonard kam herein, um sich eine zweite Tasse Tee zu holen. »Glauben Sie, dass Charlie Crawford zu Unrecht entlassen wurde?«

»Ja, er hat sogar angedeutet, dass jemand Dr. Cade ›abgemurkst‹ hat, wie er sich ausdrückt.«

Leonard zog kritisch eine Augenbraue hoch.

»Wie kommt er denn auf so was?«, fragte Sidney.

»Er redet ziemlich wirr. Du solltest mit ihm sprechen, Sidney.«

»Es geht nicht an, dass er diese Vorwürfe in der ganzen Stadt verbreitet. Früher oder später taucht Keating wieder im College auf, nicht auszudenken, wo das enden könnte.«

»Dr. Cade war noch jung.«

»Und hatte ein schwaches Herz. Für eine Straftat haben wir keine Beweise. Willst du etwa behaupten, dass zwischen diesen beiden Vorfällen ein Zusammenhang besteht? Es dürfte doch reiner Zufall sein.«

»Erinnerst du dich an den Streit, den wir beobachtet haben?«

»Dann wäre aber der naheliegende Täter Charlie Crawford. Warum sollte ausgerechnet er so einen Verdacht in die Welt setzen?«

»Das weiß ich nicht, Sidney. Aber ich weiß, dass er ein Mann mit Grundsätzen ist.«

»Ich neige zu deiner Meinung, aber das bringt uns nicht weiter. Ob ein Mensch getötet wurde, und wenn ja, warum, ist zurzeit nicht unser Thema.«

»Wirklich nicht?« Leonard wusch seine Teetasse ab. »Geht es zu Ostern nicht gerade darum?«

Hildegard beschloss, abends mit den Crawfords zu essen. Sidney wurde an der Hohen Tafel erwartet und musste noch an seiner Predigt arbeiten. Bei dieser Gelegenheit konnte sie ihrer Wirtin ein paar Fragen stellen.

Sidney freute sich über ihr Interesse und akzeptierte, dass sie klar und logisch denken konnte, aber dass sie Charlie Crawfords Andeutungen so ernst nahm, machte ihm Sorgen. Die Ungewissheit würde ihn zu weiteren Sondierungen zwingen und ihn noch mehr ablenken. Schon jetzt fiel es ihm schwer, sich zu konzentrieren.

Er sprach das Tischgebet an der Hohen Tafel und hoffte, der vertraute Text werde ihm helfen, sich zu sammeln. »*Benedic, Domine, nobis et donis tuis, quae de tua largitate sumus sumpturi, et concede ut illis nutriti, tibi debitum obsequium praestare valeamus, per Christum Dominum nostrum. Amen.*«

Während er seine Rindfleischconsommé löffelte, beschäftigten ihn Hildegards heftige Reaktion, aber auch die Geringschätzung, mit der die Akademiker in seinem College den Handwerkern begegneten. Es war schon eine sonderbare Schar, mit der er es zu tun hatte, aber auch wenn die meisten reichlich verschroben waren, konnte er nicht glauben, dass einer von ihnen fähig wäre, einen Mord zu begehen.

Da war Clifford Watts, Professor für Geschichte und Rechtsgeschichte. Ihm hatte im Krieg die Personalknappheit im College besonders zugesetzt, man hatte ihm sogar zeigen müssen, wie man abends die Vorhänge zuzog, weil er das bis dahin nie selbst getan hatte. Neil Gardiner,

Dozent für Rechtswissenschaften, hielt sich ein Privatflugzeug für Spritztouren aufs Land, und man munkelte, dass er sich gern, als alte Dame verkleidet, über die Straße helfen ließ, wenn der Radfahrerstrom am dichtesten war.

Dann war da noch Marcus Mortimer, Professor für Englisch, ein charmanter, aber alkoholsüchtiger Frauenheld, der seine Tutorien am liebsten auf dem Fußboden liegend abhielt. Er war im Grunde ein hoffnungsloser Fall, sodass Sidney häufig zu Hilfe gerufen wurde, wenn es darum ging, den Studenten metaphysische Dichtung nahezubringen, denn Mr. Mortimer hatte verkündet, das Werk von Donne und Herbert sei »zu christlich« für seinen Geschmack.

Vernünftige Gespräche konnte Sidney außer mit Orlando Richards nur mit wenigen Kollegen führen. Besonders übellaunig war Edward Todd, der Mathematikprofessor, der ständig am Küchenpersonal herumkritisierte. Johannisbeertörtchen ohne Himbeeren zu servieren, sei einfach unmöglich, klagte er, geschmorter Rhabarber sei für die menschliche Ernährung ungeeignet und zu Schildkrötensuppe gehöre einfach Sherry, und darauf zu verzichten, sei falsch verstandene Sparsamkeit.

Sidney, der an diesem Abend beim Essen neben ihm saß, wollte wissen, woran Adam Cade zuletzt gearbeitet hatte.

»Das tut wohl jetzt nichts mehr zur Sache.«

»Mag sein, aber wenn eine Arbeit von Dr. Cade vorliegt, die fast reif zur Veröffentlichung war, könnte die Fakultät zur Erinnerung an ihn den Druck veranlassen.«

»Die wenigsten dürften sie verstehen.«

»Nach dem, was Sie vorhin sagten, genoss er inzwischen großes Ansehen. So eine Arbeit könnte dem mathematischen Ruf des College nur förderlich sein.«

»Da bin ich nicht so sicher. Im Übrigen werde ich selbst in Kürze etwas veröffentlichen.«

»Zu welchem Thema?«

»Perkolationstheorie. Sagt Ihnen das etwas, Canon Chambers?«

Sidney lächelte leicht verlegen. »Da muss ich raten. Ist es eine Untersuchung darüber, wie Wasser durch einen Felsen oder durch ihn hindurchgeht?«

»Nicht ganz. Es ist eine mathematische Untersuchung von miteinander verbundenen Mustern in irgendeinem zufälligen Graphen. In der Geologie beschreibt die Perkolation einfache Modelle zur Ausbreitung von Flüssigkeiten in porösem Gestein.«

»Sie suchen also nach Mustern oder wiederholtem Vorkommen, sodass man den Fluss oder die Verbreitung der Perkolation voraussagen kann?«

»Ja, vereinfacht ausgedrückt stimmt das. Die Voraussage erfolgt über zwei- und dreidimensionale Gitterstrukturen. Zwei Dimensionen sind natürlich eindeutiger als drei, aber das Ziel ist es, eine kohärente Theorie zufälliger räumlicher Prozesse zu erreichen, ein Versuch, Geometrie mit der Wahrscheinlichkeit zu verbinden.«

»Kannte Dr. Cade Ihre Arbeit?«

»Wir waren am gleichen Fachbereich tätig.«

»Hatte er sie im Ganzen oder Teile davon gelesen?«

»Dr. Cades Interesse galt der praktischen Anwendung – wie man die Perkolationstheorie nutzen kann, um die Ausbreitung eines Waldbrandes, den Verlauf einer Krankheit oder den Zuwachs der Bevölkerung abzubilden. Mir ging es mehr um das mathematische Kernmaterial.«

»Und hatten Sie die eine oder andere praktische Anwendung in Dr. Cades Arbeit gelesen?«

»Ganz erstaunlich, wie lebhaft Sie sich für das Thema interessieren, Canon Chambers!«

»Es ist immer gut, sein Wissen zu erweitern. Und es heißt ja, dass die Mathematik und die Theologie nicht so weit voneinander entfernt sind, wie man gewöhnlich denkt.«

»Sie wollen hoffentlich nicht mit mir über Numerologie reden«, warnte Todd.

»Die Zahl zwölf hat in der Bibel eine besondere Bedeutung, wenn ich nicht irre.«

»Nicht mathematisch, sondern leitmotivisch. Zwölf Stämme Israels, zwölf Jünger, zwölf Grundsteine im himmlischen Jerusalem, zwölf Tore, zwölf Perlen und zwölf Engel – das ist reine Wiederholung.«

»Gewiss, das kann man auf die Spitze treiben, aber auch die Zahl drei für die Dreieinigkeit ist wichtig.«

»Oder die Sechs. Der Mensch wurde am sechsten Tag geschaffen, es gibt sechs verschiedene Wörter für den Menschen, und das Malzeichen des Tieres ist 666, eine Verhöhnung der Dreieinigkeit. Mit der Bibel kann man praktisch alles anstellen. Dr. Cade interessierte sich mehr für musikalische Numerologie. Mit Professor Richard hat er ständig über die Mathematik in der Musik gesprochen, allerdings ist der Großteil dieser Theorien, wenn Sie mich fragen, zu weit hergeholt, um glaubhaft zu sein.«

»Haben Sie eng mit Dr. Cade zusammengearbeitet?«

»Die Mathematik verlangt Abschottung und intensive Konzentration, deshalb war Crawfords ständiges Geklopfe und Getrampel für Dr. Cade ebenso wie für mich die reinste Katastrophe.«

Professor Todd hatte seine Suppe ausgelöffelt, Sidney die seine stehenlassen. »Warum haben Sie durchblicken lassen, dass das ein Grund für Dr. Cades Tod sein könnte?«, fragte er.

»Das habe ich nie gesagt.«

»Crawford hat das aber behauptet.«

»Und ich weise es strikt von mir. Sie werden doch wohl ihm nicht mehr Glauben schenken als mir?« Die Suppe wurde abgetragen, der Hauptgang, ein Stubenküken, kam auf den Tisch.

Sidney begriff, dass er vorsichtig sein musste. Todds gereizte Reaktion war mehr als nur professorale Überheblichkeit. Er hatte es sehr eilig gehabt, den Elektriker zu entlassen, und wirkte auf Sidney zugleich abwehrend wie zum Angriff bereit. War Adam Cades Tod dem Kollegen am Ende gelegen gekommen, hatte er deshalb Crawford so schnell von der Bildfläche verschwinden lassen? Sidney beschloss, diskret ein paar Erkundigungen einzuziehen, und wenn seine Befürchtungen sich bestätigten, mit Inspector Keating zu sprechen. Das war keine erfreuliche Aussicht. Nicht genug damit, dass er Amanda häufig in seine Unternehmungen hineingezogen hatte – jetzt sah es so aus, als könnte auch Hildegard in einen seiner Fälle verwickelt werden, was sogar ihre Beziehung gefährden konnte. Doch darauf konnte er keine Rücksicht nehmen – die Suche nach der Wahrheit ging vor.

Orlando hatte Hildegard mit großer Freude in seinen Räumen Bach spielen hören. Er hoffe sehr, sagte er, dass dieser tragische Todesfall sie nicht vom Üben abhalten würde. Er wirkte bedrückt. Hatte er etwa das Ableben des Kollegen vorausgeahnt, hatte er sich gar bewusst zur fraglichen Zeit in einem anderen College aufgehalten? Seine behagliche Bleibe aufzugeben, nur weil dort ein paar Kabel verlegt wurden, war doch eigenartig. Aber Orlando hatte noch andere Eigenarten. Zum Beispiel tauchte er seine Hände stets in warmes Wasser, ehe er die Finger auf die Tasten legte. Er könne nur gut spielen, hatte er gesagt, wenn seine Finger etwas mehr als die normale Körpertemperatur hatten.

»Am beweglichsten sind sie bei 37,2 Grad Celsius, deshalb muss ich sie im Sommer manchmal kühlen. Wichtig ist, dass man nicht mit feuchten Händen spielt.«

Er habe die eine oder andere Gewohnheit von Glenn Gould übernommen, erläuterte er, was Hildegard bereits erkannt hatte und ziemlich manieriert, wenn nicht gar neurotisch fand. So trug er im Haus Handschuhe, hielt seine Unterarme immer wieder in heißes Wasser und ließ den ganzen Tag den Heizstrahler laufen. Hildegard schenkte sich jeden Kommentar dazu – ihrer Meinung nach ließ sich die Anschlagsdynamik dadurch nicht wesentlich steigern –, hörte aber geduldig zu, als Orlando ihr gestand, er sei in letzter Zeit besonders nervös, weil ihm ein neues Werk für den Karfreitag zu schaffen machte, eine Vertonung von Psalm 44.

Wenn wir den Namen unseres Gottes vergessen hätten und unsre Hände aufgehoben zum fremden Gott, würde das Gott nicht finden? Er kennt ja unsers Herzens Grund. Denn wir werden ja um deinetwillen täglich erwürgt und sind geachtet wie Schlachtschafe.

Er zeigte Hildegard die Partitur. Das Stück war im Viervierteltakt geschrieben, wie sie feststellte, und der Vierte des vierten Monats war der 4. April, an dem der Psalm zum ersten Mal aufgeführt werden sollte. Dass sie sein Spiel mit Zahlen entdeckt hatte, beeindruckte Orlando. »Ihnen kann man nichts vormachen«, sagte er.

»Sie haben hier Musik und Mathematik sehr geschickt verbunden.«

»Dabei kann man sich natürlich auch verrennen«, wehrte Orlando scheinbar bescheiden ab. Er beugte sich lächelnd vor. »Diese kleinen Nuancen nehmen eben nur Musiker wahr.«

»Und wohl auch Mathematiker.« Hildegard lächelte zurück. Ihre grünen Augen funkelten. »Allerdings nur die intelligentesten. Was glauben Sie, ob Ihre Kollegen es merken?«

»Dr. Cade hat sich zumindest redlich bemüht«, versetzte Orlando, »und Professor Todd weiß immer mehr, als er verrät. Aber was ihr Verständnis für Musik angeht, sind beide natürlich ausgesprochene Ignoranten.«

Hildegard trat an den Tisch heran, auf dem die Partitur lag. »Mir ist noch etwas aufgefallen, wenn ich das sagen darf ...«

»Ihr Scharfblick kennt wohl keine Grenzen, Mrs. Staunton.«

»Die Vertonung von ›erwürgt‹. Sie scheint mir irgendwie ... seltsam.«

Orlando warf ihr einen durchtriebenen Blick zu. »Das ist Absicht. Bach zum Beispiel bedient sich ständig des Stilmittels der Lautmalerei. In der Bach-Arie aus der Kantate 130 singt der Teufel *Der alte Drache brennt vor Neid*, und die Musik flackert wie die Flammen der Hölle. Für meinen Psalm schwebte mir etwas Ähnliches vor.«

Was er aber nicht zugab, war die Tatsache, dass das Wort ›erwürgt‹ auf C, A, D und E gesungen wurde.

Wann hatte Orlando Richards dieses Stück in Angriff genommen? Dass er ein so umfangreiches Werk in der kurzen Zeit nach dem Tod von Adam Cade fertiggestellt hatte, schien unwahrscheinlich. Aber wenn er schon davor damit angefangen hatte, war dann der Hinweis auf ein Mordopfer rein zufällig? Wollte Orlando eine Warnung aussprechen, oder steckte etwas Bedenklicheres, gar eine Verschwörung dahinter?

Als Sidney sie zum Mittagessen abholte, merkte er sofort, dass etwas sie beschäftigte.

»Wann lerne ich eigentlich deinen Freund Inspector Keating kennen?«, fragte sie und setzte ihm dann leise und besonnen auseinander, warum ihr an einer Begegnung mit dem Inspector gelegen war.

Sidney hatte in seiner Gemeinde die Fußwaschung am Gründonnerstag eingeführt, um zur Erinnerung an das Letzte Abendmahl ein Zeichen priesterlicher Demut zu setzen, und war sehr stolz auf diese Neuerung. Leonard Graham sagte ihm zwar voraus, dass sich bei der Umsetzung dieser Idee seine Begeisterung schnell abkühlen würde, aber er hatte sich nicht davon abbringen lassen.

Zu Sidneys Ärger hatte sein Stellvertreter natürlich recht gehabt. Mit zunehmendem Widerwillen widmete sich Sidney den Füßen der dreißig Gläubigen. Da waren Hector Kirby, der poltrige Metzger, Mike Standing, der Geschäftsmann mit Mundgeruch, Harold Streat, der Bestatter, Francis Tort, der Zahnarzt, der ein Alkoholproblem hatte, und Mark Bowen, der Brandermittler. Mittlerweile konnte er sich in etwa vorstellen, wie es auf einer Jahresversammlung der Fußpfleger zugehen mochte.

Er rückte weiter zu Mikes Freundin Sandra, der Judomeisterin von East Anglia, zu Martha Headley, der nervösen Organistin, und Mrs. Maguire mit ihrer Schwester, einer Spiritistin. Diese beiden waren bestimmt nicht aus gottgefälligen Gründen gekommen, sondern nur, um sich an seinem Unbehagen zu weiden. Ob sich auch Hildegard in die Schlange der barfüßigen Büßer eingereiht hatte?

Als er niederkniete und mit dem Schwamm das Wasser von Mrs. Maguires Hammerzeh wischte, dachte er nicht an Martha, die Jesu Füße mit Öl salbte und mit ihrem langen Haar zärtlich trocknete, sondern an den toten Adam Cade in seiner Badewanne. Wenn er nicht an einem Herzanfall gestorben war – woran dann? Hatte Michael Robinson, der an diesem Tag auch den Gottesdienst besuchte, die Leiche wirklich gründlich genug untersucht? Hatte der Bestatter Harold Streat, in dessen Räumen sich der Tote zurzeit befand, etwas Verdächtiges bemerkt? Dass sie sich Dr. Cades Füße so aufmerksam angesehen hatten wie Sidney jetzt ihre, war unwahrscheinlich. Er würde mit beiden sprechen müssen, und auch wenn ihnen nichts aufgefallen war, würde er Derek Jarvis, den Coroner, bitten, sich die Leiche anzuschauen. Dazu würde er natürlich Keating um Erlaubnis fragen müssen, und das kam bestimmt nicht gut an, zumal der Inspector an diesem Abend zum ersten Mal Hildegard treffen sollte.

Sie saß auf dem Hocker vor ihm und zog die einfachen schwarzen Pumps aus. Sidney brauchte nicht hochzusehen, um zu wissen, dass sie es war. Er nahm ihren nackten linken Fuß und ließ ihn in seiner linken Hand liegen. Er war blass, aber warm, mit einer eleganten Wölbung. Die Zehennägel waren kindlich, ja alterslos geschnitten. Sidney wusch ihre Füße nacheinander und ließ sich Zeit, spürte ihrem Gewicht in seinen Händen nach und tupfte sie mit einem Tuch trocken. Den rechten Fuß hielt er ein wenig länger als nötig fest und drückte ihn kurz, erst dann wagte er, zu ihr aufzublicken. Sie lächelte ihm zu. Sidney kostete den Augenblick aus. Bestimmt hatten alle gemerkt, dass er sich bei Hildegard besonders lange aufgehalten hatte, aber das kümmerte ihn nicht.

Es war der einzige Lichtblick an diesem Abend, der sich recht unerfreulich entwickelte, als Sidney und Hildegard bei Inspector Keating die Frage aufwarfen, ob Adam Cade womöglich ermordet worden war.

»Dass du uns einen geselligen Abend verderben willst, nur weil du Bedenken in einem Todesfall hast, der nach Feststellungen des Arztes natürliche Ursachen hatte, ist ein starkes Stück«, schimpfte er los. »Ich muss mich für meinen Freund entschuldigen, Mrs. Staunton. Er kann einfach nicht anders.« Es war halb neun, und sie saßen zu dritt in der Bar des Eagle. Hildegard wusste es zu würdigen, dass man sie in diese Männerrunde aufgenommen hatte, und sagte versöhnlich: »Zum Teil ist es auch meine Schuld.«

Das Gesicht des Inspectors verfinsterte sich noch mehr. »Erzählen Sie mir nicht, dass es Ihre Idee war! Mit Miss Kendall war es schon schlimm genug.«

»Miss Kendall hat damit nichts zu tun«, schaltete Sidney sich ein.

Keating versuchte, der Situation mit Humor beizukommen. »Sag mal ehrlich, Sidney, wo kriegst du all diese Frauen her?«

Hildegard wandte sich an Sidney. »Dass wir so viele sind, war mir nicht bewusst«, sagte sie in plötzlich verändertem Ton.

»Zwei sind schlimm genug.« Keating war aufgestanden und ging an die Theke, um ein Bier für sich und zwei Bitter Lemon für die Fastenzeit-Abstinenzler zu ordern.

Sidney fühlte sich nicht wohl in seiner Haut. Zum ersten Mal breitete sich ungemütliches Schweigen zwischen ihm und Hildegard aus.

»Welche Beweise habt ihr dafür, dass hier etwas nicht mit rechten Dingen zugegangen ist?«, fragte Keating, als er zurückkam.

Hildegard sah Sidney an, dann sagte sie: »Es sind zu viele Zufälle.«

»Das reicht nicht.«

»Dr. Cade war jung«, fuhr sie fort.

»Mir ist klar, dass dies eine heikle Situation ist, Mrs. Staunton. Und natürlich erinnere ich mich an die traurige Geschichte mit Ihrem Mann. Damals habe ich mich nur widerstrebend auf den Fall eingelassen, und heute geht es mir nicht anders. Was erwarten Sie von mir? Ich kann mich nicht in die internen Angelegenheiten des College einmischen, wo ich sowieso nicht den Preis als beliebtester Polizeibeamter des Jahres gewinnen würde.«

»Zum Glück gibt es den nicht.« Sidney hatte sich wieder gefangen. »Ich schlage vor, dass du mit Derek Jarvis sprichst und ihn dazu bringst, sich den Toten anzusehen.«

»Du meinst, ich soll inoffiziell eine Obduktion veranlassen?«

»Wenn alles in Ordnung ist, braucht niemand davon zu erfahren. Und wenn sich doch etwas Verdächtiges herausstellt, kannst du mir dankbar sein, dass ich dich darauf aufmerksam gemacht habe.«

»Habt ihr zwei eigentlich nichts Besseres zu tun?«

»Mr. Crawford ist Unrecht geschehen«, sagte Hildegard ruhig.

»Er ist entlassen worden, so was kommt vor, und manche Leute nehmen das sehr schwer. Aber deswegen gleich von Mord zu reden …«

»Er hat niemanden direkt beschuldigt.«

»Dann sagen Sie ihm, dass er das auch in Zukunft so halten soll. Ich will sehen, was sich tun lässt, aber versprechen kann ich nichts«, erklärte Keating jetzt ganz sanftmütig. Seine Wut war verraucht.

Der Abend ging zu Ende, und Sidney begleitete Hildegard zu Mrs. Wardells Haus am Portugal Place. Als sie die Trinity Street heruntergingen, hakte sich Hildegard bei ihm ein. »Bist du deiner Sache wirklich so sicher?«, fragte sie.

»Nein, natürlich nicht. Aber hätte ich mir meine Zweifel anmerken lassen, hätte der Inspector sich nie bereit erklärt, etwas zu unternehmen.«

»Das hat er auch jetzt noch nicht.«

»Aber er wird es tun, die Sache wird ihm keine Ruhe lassen.«

Es war eine kalte, klare Nacht. Hildegard fröstelte, und Sidney drückte liebevoll ihren Arm.

»Ob es sich mit dem Glauben ebenso verhält?«, fragte sie. »Dass die Leute dir nicht glauben, wenn du Zweifel erkennen lässt?«

Vor der Universitätsbuchhandlung blieben sie stehen. »Manchmal denke ich, dass man für strafrechtliche Ermittlungen eine gewisse Abgebrühtheit, eine grimmige Entschlossenheit braucht, während der Glauben ein offenes Herz verlangt. Wenn man sich erst einmal auf einen Fall eingelassen hat, gibt es meist kein Halten mehr.«

»Neugierige Katzen verbrennen sich die Tatzen – ist das nicht ein englisches Sprichwort?«

»Ja, aber der Tod der Katze muss vermutlich trotzdem

untersucht werden, damit man weiß, ob Neugier der Grund für ihr Ableben war. Denkbar wäre, dass jemand der Katze absichtlich etwas in den Weg gelegt hat, um sie neugierig zu machen. Dann tun wir uns mit der Frage nach der Todesursache schwerer. Ist die Katze schuld, weil sie neugierig war, oder die Person, die ihre Neugier geweckt hat?«

»Wenn also jemand wusste«, nahm Hildegard den Faden auf, »dass Dr. Cade immer zu einer bestimmten Zeit und auf eine bestimmte Art ein Bad nahm, hätte dieser Jemand den Mord planen können, ohne Verdacht zu erregen.«

»Oder auch nur Neugier zu wecken«, bestätigte Sidney.

Die Corpus Christi Chapel war am Karfreitag fast voll besetzt, allerdings rechnete Sidney während des Gottesdienstes auch mit gelegentlichem Kommen und Gehen unter den Besuchern. Drei Stunden waren für viele Kollegen eine Herausforderung, und er hatte deshalb veranlasst, dass die Collegeküchen geschlossen blieben, damit niemand zu einer Imbisspause verführt wurde. Wenn die Kollegen, von denen etliche über einen etwas umfangreicheren ›Corpus‹ verfügten, nicht einmal an einem Tag des Jahres fasten konnten, waren sie nicht zu retten.

Der Gottesdienst begann mit einem stillen Gebet, es folgten getragene Musik und die erste Meditation. »Vater, vergib ihnen, denn sie wissen nicht, was sie tun.« Sidney hatte beschlossen, sich auf den Begriff der Verantwortung zu konzentrieren. Jesus hatte gesagt, dass die Menschen, die für seinen Tod verantwortlich waren, nicht um die Folgen ihrer Handlungen wussten, aber diejenigen, die sich heute im College befanden, hatten keine Ausrede für ihre Sünden. An so einem Tag, mahnte er, sollten sie in die dunklen Winkel ihrer Herzen schauen, ihre Sünden ans Licht bringen und Gottes Gnade erbitten.

Der Text für den ersten Choral – in einer Vertonung von Professor Richards – stammte aus den Klageliedern des Jeremias Kapitel 5:

Unseres Herzens Freude hat ein Ende,
unser Reigen ist in Wehklagen verkehrt.
Die Krone unseres Haupts ist abgefallen,
o weh, dass wir so gesündigt haben!

Hildegard war bewegt von der schnörkellosen Schlichtheit der A-cappella-Komposition, die sich, zu dem Wort ›gesündigt‹ steigernd, genau Sidneys Predigt anpasste. Orlando hatte das Wort ›gesündigt‹ bewusst gedehnt, um den Begriff von Verbrechen und Schuld herauszustellen.

Dann trat der Rektor vor und las aus der Passionsliturgie vor:

Ich hielt meinen Rücken dar jenen,
die mich schlugen, und
Meine Wangen denen, die mich rauften;
mein Angesicht
Verbarg ich nicht vor Schmach und Speichel.
Aber der Herr hilft mir, darum werde ich nicht
Zu Schanden. Darum habe ich mein Angesicht
dargeboten
Wie einen Kieselstein; denn ich weiß, dass ich
Nicht zu Schanden werde.

Hildegard war in Gedanken noch bei Orlandos Komposition. Sie holte ein kleines Notizbuch und einen Bleistift aus der Handtasche. Das Stück war in Es-Dur geschrieben. Sie zog rasch ein paar Notenlinien und notierte die Musik, die sie gerade gehört hatte.

Das Wort ›gesündigt‹ wurde in Es-Dur, D, E und A gesungen, wobei das zweite D wiederholt wurde. Die Noten ergaben die Phrase E-D-D-E-A-D.

Sidney predigte jetzt über den Begriff der ewigen Erlösung vom Tod. Der menschliche Tod, führte er aus, bedeute auch den Tod der Sterblichkeit an sich, das Ende von Zweifel und Leid. Dieses Leben sei nur ein Vorspiel zur Fuge der Ewigkeit.

Anschließend sang der Chor Bachs *Komm, süßer Tod.* Dass in dem Nachnamen des Mathematikprofessors – Todd – das deutsche Wort für Tod mitschwang, war ein Zufall, sagte sich Hildegard, aber diesen Choral in einen so engen Zusammenhang zu dem vorhergehenden Stück zu stellen war gewiss nicht unbeabsichtigt.

Komm, süßer Tod, komm selge Ruh.

Drohte Orlando Richards mittels der Musik seinem Kollegen Edward Todd, und zwar mit jedem Stück unverhohlener? Deutete er an, dass er selbst Adam Cades Tod rächen oder dass er Todd als Mörder entlarven und für Gerechtigkeit durch die Todesstrafe sorgen würde?

Besorgt sah Hildegard dem Musikprofessor entgegen, der jetzt auf sie zukam und wissen wollte, ob sie den Gottesdienst genossen habe.

»Genossen ist vielleicht nicht der richtige Ausdruck.«

»Die Meditation war doch sehr gelungen.«

Hildegard war sich fast sicher, dass Orlando die Konfrontation mit ihr suchte. »In dem Choral nach den

Klageliedern Jeremias ist mir etwas Eigenartiges aufgefallen.«

»Nämlich?«

»Die Melodieführung bei dem Wort ›gesündigt‹.«

»Was Sie in das Stück hineininterpretieren, könnte natürlich auch reiner Zufall sein.«

»Und Sie haben wieder das Motiv C-A-D-E benutzt, haben mit den Buchstaben seines Namens und dem deutschen Wort für Tod gespielt und durch die Musik eine Verbindung zwischen den beiden Männern hergestellt.«

»Eine meiner kleinen Eitelkeiten, die Sie mir hoffentlich nachsehen werden.«

»Ich überlege nur, ob auch andere, ihre Mathematik-Kollegen zum Beispiel, diese Codes durchschaut haben könnten.«

»Die Musik gestattet verschiedene Auslegungen eines Themas, Mrs. Staunton. Mathematiker kümmert das wenig. Für sie ist eine Antwort entweder richtig oder falsch.«

»Und gilt das Ihrer Meinung nach auch für ihre Moral?«

»Ich glaube nicht, dass Professor Todd und Dr. Cade einander freundschaftlich verbunden waren.«

»Worauf Sie musikalisch aufmerksam machen wollten?«

»Es war eine persönliche Feststellung.«

»Aber ist eine Feststellung noch persönlich, wenn andere sie durchschauen können?«

»Ich gehe davon aus, dass nicht alle so scharfsinnig sind wie Sie, Mrs. Staunton.«

»Hoffentlich kommen Sie nicht auf die Idee, ein Stück zu komponieren, in dem Sie meinen Namen verstecken.«

Orlando dachte einen Augenblick nach. Offenbar war es ihm nicht unlieb, vom Thema Mord wieder auf die

Musik zurückzukommen. »Es ist ein bisschen schwierig mit dem Buchstaben H, aber ich könnte B natural nehmen, das im Deutschen den Ton H bezeichnet, mit B flat als dem Ton B, wie es Bach tat.«

»Ja, genau, wie im letzten Kontrapunkt in seiner *Kunst der Fuge*: B-A-C-H.«

»Bevor er starb …« Hildegards Blick war unnachgiebig.

Derek Jarvis' nüchterne, ja zuweilen allzu forsche Arbeitsweise hatte Sidney irritiert, als er ihn vor ein paar Jahren kennengelernt hatte. Mittlerweile wusste er das Tempo und den Arbeitseifer des Coroners zu schätzen. Jarvis erschien am frühen Abend des Karfreitags im Pfarrhaus, als Sidney gerade die Beine hochlegen wollte.

»Inspector Keating hat mich gestern Abend angerufen, da wollte ich die Sache möglichst schnell hinter mich bringen. Der Bestatter war allerdings ein wenig überrascht. Ihre Intuition imponiert mir. Eigentlich kann es doch wohl nur Spekulation gewesen sein …«

»Soll das heißen, dass tatsächlich etwas nicht stimmt?«

»Der Tod ist mit ziemlicher Sicherheit durch Ertrinken eingetreten. Ich betone: mit ziemlicher Sicherheit. An den Zehen von Dr. Cades rechtem Fuß fanden sich versengte Stellen, Hautveränderungen, eine sich verzweigende Röte der Beinvenen …«

»Vielleicht vom Warmwasserhahn?«

»Ja, man könnte sich vorstellen, dass Cade ihn, während er in der Wanne lag, mit dem Fuß betätigte, um warmes Wasser nachlaufen zu lassen …«

»Und erschrak, wie heiß es war.«

»Besonders wenn der Wasserhahn eine Verbindung zu dem stromführenden Draht zum Boiler hatte.«

»Tod durch Stromschlag also?«

»Ein elektrischer Stromkreis, der durch die rechte Körperseite und über das Herz führte und dadurch Kammerflimmern verursachte. Allerdings ist das schwer zu beweisen.«

»Ich muss in sein Zimmer.«

»Vernünftig, aber auch gefährlich.«

»Ich könnte Charlie mitnehmen, den College-Elektriker.«

»Falls der nicht mitschuldig ist.«

Sidney wählte seine Worte sorgfältig. »Könnte Adam Cades Tod, vorausgesetzt, dass Ihre Theorie richtig ist, ein Unfall gewesen sein?«

»Das halte ich für ausgeschlossen. Sie werden sehr vorsichtig sein müssen.«

»Das College verlangt eine diskrete und eindeutige Lösung. Ob es die richtige ist, kann ich nicht sagen.«

»Sie rechnen mit der Möglichkeit einer Vertuschung?«

»Wenn ich mich für Angelegenheiten interessiere, die mich streng genommen nichts angehen, kommt das nie besonders gut an.«

Der Coroner sah ihn eindringlich an. »Das hat Sie in der Vergangenheit nicht bremsen können.«

»Stimmt.«

»Dann kann ich nur hoffen, Canon Chambers, dass Sie sich auch bei diesem Fall nicht bremsen lassen.«

Es war Zeit, fand Sidney, sich Charlie Crawford vorzunehmen, auch wenn ihm das womöglich Scherereien einbrachte.

Der Mann musste daran gehindert werden, falsche Anschuldigungen in die Welt zu setzen. »Ich kann verstehen, wie Ihnen das alles zusetzt«, fing er an, »aber wir müssen uns alle mit dem vorsehen, was wir in der Öffentlichkeit sagen.«

»Ist mir egal. Ich hab nichts zu verlieren.«

Sidney beschloss, deutlicher zu werden. »Bis auf Ihr Leben vielleicht.«

»Wie meinen Sie das?«

»Wenn tatsächlich jemand Dr. Cade ermordet hat, legt dieser Jemand bestimmt keinen Wert darauf, dass Sie es überall herumerzählen.«

»Aber mir glaubt ja sowieso keiner.«

»Sicher ist sicher, könnte sich der Betreffende sagen.«

»Ich fürchte nichts und niemanden.«

»Ich leider schon. Und deshalb bringt es uns vielleicht weiter, zunächst ein paar Fakten festzuhalten.«

»Aber mit der Polizei will ich nichts zu tun haben. Meinen Alten haben sie ständig vorgeladen, und wenn die erst mal anfangen ...«

»Im Augenblick brauchen wir die Polizei noch nicht einzuschalten.«

»Mrs. Staunton sagt aber, dass Sie das schon gemacht haben.«

»Ich bin mit Inspector Keating befreundet. Sie wissen, dass er sich unaufgefordert nicht mit internen Hochschulproblemen befassen darf. Wie ist denn Ihrer Meinung nach Dr. Cade zu Tode gekommen?«

»Jemand hat ihn ertränkt.«

»Die Tür zum Badezimmer war von innen abgeschlossen und verriegelt.«

»Das kann ich mir nicht erklären.«

»Wie könnte man es anstellen, Charlie, jemanden mit einem Stromschlag zu töten?«

»Sie werden es doch nicht auf die neuen Leitungen schieben? Denn dann lasten die das alles mir an.«

»Erklären Sie mir doch einfach, wie man es machen könnte.«

»Die meisten Leute werfen einen Heizstrahler in die Badewanne. Oder ein Radio. Irgendwas Stromführendes.«

»Könnte man die Badewanne selbst irgendwie unter Spannung setzen? Die Seifenschale zum Beispiel, oder die Wasserhähne?«

»Man müsste sie verdrahten, dazu braucht man Schaltungen aus einem anderen Zimmer.«

»Zum Beispiel dem des Musikprofessors?«

»Wollen Sie behaupten, dass der was damit zu tun hatte? Dazu müsste man über die Decke und quer über den Gang gehen.«

»Jemand könnte sein Zimmer benutzt haben.«

»Mrs. Staunton zum Beispiel?«

»Ich behaupte nicht, dass sie etwas damit zu tun hatte.«

»Aber sie hat zu dieser Zeit gegenüber Klavier gespielt. Wenn Sie so daherreden, beschuldigen die am Ende noch sie.«

»Könnten Sie anhand der Leitungen feststellen, ob so etwas möglich wäre?«

»Man müsste die Badewanne von der Wand rücken.«

»Was sicher nicht schwierig ist.«

»Aber ein ziemlicher Kraftaufwand, und Krach macht es auch. Wenn man Kabel findet, müsste man sie bis zu einem Schalter verfolgen, einer Vorrichtung, die die Badewanne erst unter Spannung setzt und dann totlegt.«

»Aber machbar wäre es?«

»Machbar ist alles, Canon Chambers, wenn man sich Mühe gibt.«

»Würden Sie mich ins College begleiten und einmal nachsehen?«

Charlie war wenig begeistert. »Und wenn uns jemand erwischt?«

»Nachts sind wir ungestört, und ich wäre ja dabei. Wenn ein Verbrechen geschehen ist – und ich glaube, so sehen wir das beide –, müssen wir uns den Tatort genauer ansehen.«

»Das könnte mich noch tiefer in das ganze Schlamassel reinreißen.«

»Ich fürchte, Sie stecken schon jetzt tief genug drin. Meine Aufgabe ist es, Sie da wieder herauszuholen.«

Sidney hatte seine Utensilien für den Gottesdienst im Gemeinschaftsraum des College deponiert, und als er sie jetzt holen ging, widerstand er unterwegs der Versuchung einer kleinen alkoholischen Stärkung – schließlich war die Fastenzeit ja erst am nächsten Tag zu Ende. Außerdem musste er sich unbedingt weiter mit dem Problem der beruflichen Rivalität zwischen Hochschullehrern, der Durchlässigkeit der Forschung und eventuell daraus resultierenden Plagiaten beschäftigen. Natürlich war es möglich, dass eines Menschen Überlegungen fast unmerklich in die Gedankenwelt eines anderen einsickerten, aber dabei musste ein Unterschied zwischen Beeinflussung – eingestanden oder nicht – und Diebstahl gemacht werden. Um die praktische Anwendung der Perkolationstheorie zu verstehen, an der Todd und Adam Cade gearbeitet hatten, begab er sich zu seinem Freund Neville Meldrum, Professor für theoretische Physik, und fragte ihn, welche finanziellen Vorteile die Weiterentwicklung so einer Theorie versprach – ihr Einsatz in der Epidemiologie, bei der Bekämpfung von Feuersbrünsten oder auch bei der Lenkung von Einwanderungsströmen. Wie weit ließen sich solche Theorien in die Praxis umsetzen, und wie nah war Adam einer kommerziellen Verwertung schon gekommen? Hätte er dadurch wohlhabender und berühmter werden können als Professor Todd, und hätte das den Konkurrenzkampf zwischen ihnen verstärkt?

Professor Meldrum amüsierte sich ein wenig darüber, wie tapfer Sidney versuchte, intelligente Fragen zur aktuellen Forschungslage zu stellen, kam aber dann seinen weiteren Überlegungen zuvor.

»Betrachten wir den Fall einmal anders. Die menschliche Haut ist auch ein poröser Stoff, der Material durch die Poren der Schweißdrüsen, der Haarfollikel, der Talgdrüsen und das sie verbindende Keratinraster aufnimmt.«

»Gemäß der Perkolationstheorie, meinst du …«

»Die Haut absorbiert Wasser, Bakterien, Desinfektionsmittel und natürlich auch Strom. Der Widerstand der menschlichen Haut schwankt von Mensch zu Mensch und je nach Tageszeit. Bei Trockenheit kann der Widerstand des menschlichen Körpers bis zu 100000 Ohm betragen, bei Nässe oder verletzter Haut bis auf 1000 Ohm sinken.«

»Ließe sich dann eine solche Theorie wohl auch auf die Grundsätze der elektrischen Leitfähigkeit anwenden?«, fragte Sidney zögernd.

»So langsam kapierst du, was ich meine, Sidney …«

»Man könnte zum Beispiel das Muster der Absorption eines elektrischen Stroms erst durch Wasser und dann durch Haut abbilden, und dann die Stromstärke, die Wassermenge und die Stromstärke, die Wassermenge und die für eine vollständige Perkolation wahrscheinlich benötigte Zeit berechnen?«

»Soweit ich weiß, hat es schon Versuche in dieser Richtung gegeben. Die elektrische Leitfähigkeit einer nichtionischen Wasser-in-Öl-Emulsion wurde unter Beigabe kleiner Mengen von Elektrolyten als Trägermaterial gemessen.«

»Nach Durchführung so eines Experiments wäre es demnach möglich, die kritische Wahrscheinlichkeit ...«

»... eines unbegrenzten stromführenden Clusters festzustellen, ganz recht.«

»Was zu einem Stromschlag führen könnte.«

»Theoretisch ja, allerdings macht es natürlich einen Unterschied, ob man so etwas als Modell abbildet oder ob man einen Mord begeht. Man müsste den Zusammenhang des Experiments zu dem Verbrechen nachweisen können.«

»Der Frage von Ursache und Wirkung nachgehen.«

»Oder – um in deiner Branche zu bleiben: Praktizieren, was man predigt.«

Es war ein verrückter Einfall, nicht nur Charlie Crawford, sondern auch Hildegard zu einer streng genommen höchst illegalen Durchsuchung von Dr. Cades Räumen mitzunehmen, aber Sidney wollte ihr zeigen, wie ernst er seine Nebentätigkeit nahm. Im Übrigen sah sie nach dem dreistündigen Gottesdienst Professor Richards noch kritischer als vorher und schlug vor, bei dieser Gelegenheit auch dessen Räumlichkeiten zu durchsuchen. Sie hatte ihm den Schlüssel noch nicht zurückgegeben. Die Räume lagen sich auf demselben Stockwerk gegenüber – ideal, wenn jemand Strafbares im Schilde führte. Orlando hatte Hildegard so bereitwillig seine Tasteninstrumente zur Verfügung gestellt, dass man sich fragen musste, ob er sie womöglich sogar als zufälligen Lockvogel benutzt hatte.

Sidney hatte Inspector Keating nicht in seine Pläne eingeweiht. Die nächtliche Expedition umfasste drei Teilnehmer, eine Taschenlampe und einen Werkzeugkasten.

In Dr. Cades Wohnung befanden sich noch seine Bücher, seine wissenschaftlichen Aufzeichnungen und seine persönlichen Sachen, alles säuberlich geordnet, aber nicht das Wohnzimmer interessierte Sidney, sondern das kleine Bad, das vom Schlafzimmer abging.

Charlie untersuchte den Boiler und befand, die Verdrahtung sei eine ausgesprochene Todesfalle. Es gab keine Erdverbindung, der Fehlerspannungsschutzschalter im Hauptstromverteiler funktionierte nicht, und der ölgefüllte Heizer hatte ein schadhaftes Kabel und die falsche Sicherung.

Auf Bitten von Sidney rückte er die Badewanne von der Wand und hockte sich hinter die Wasserhähne. »Donnerwetter!«, sagte er. »Es ist alles verschaltet, wie Sie gesagt haben, einschließlich der metallenen Seifenschale und den Wasserhähnen. Wenn das Kabel direkt zur Hauptleitung geht, ist alles klar.«

»Wie finden wir das heraus?«

»Ich muss die Wand ein bisschen aufklopfen, das geht nicht ohne Lärm ab – oder ist das zu riskant?«

»Ich glaube nicht, dass in diesem Aufgang jemand zu Hause ist«, erwiderte Sidney. »Professor Richards ist in Peterhouse, und wir haben Ostern.«

Charlie schwang einen Hammer, zog die Gipsplatte weg und verfolgte das Kabel, das jetzt zum Vorschein kam, auf der Backsteinwand weiter. Er zwängte sich in die Lücke und leuchtete mit der Taschenlampe die Wand entlang. »Das Kabel geht nach oben. Vielleicht dreht es sich an der Decke und geht zurück zur Stromverteilung, vielleicht geht es oben aber auch weiter. Ich muss noch ein Stück wegklopfen, die Badezimmer und Boiler liegen übereinander.«

»Und wem gehört das Badezimmer über uns?«, fragte Hildegard.

»Professor Todd. Ich wollte gerade mit der Verkabelung in seinen Räumen anfangen, als ich den Krach mit Dr. Cade kriegte.«

»Wir brauchen also Zugang zu seinem Zimmer, um festzustellen, wohin das Kabel führt?«

»Nicht nötig«, ließ sich Professor Todd von der Tür her vernehmen. »Darf ich fragen, was Sie hier mitten in der Nacht in Dr. Cades Privaträumen treiben?«

Charlie ließ vor Schreck die Taschenlampe fallen und packte schleunigst seine Sachen zusammen, und Hildegard bückte sich, um ihm zu helfen, als könnten sie mit dieser jähen Geschäftigkeit ihren Ankläger von seinem Verhör ablenken.

»Wir untersuchen Dr. Cades Tod«, antwortete Sidney.

»Der doch bekanntlich Folge eines Herzinfarkts war?«

»Da bin ich mir nicht so sicher.«

»Wenn Sie einen Verdacht haben, sollten Sie sich an die Polizei wenden. Allerdings wissen Sie genau, dass nur der Rektor Polizeibeamte auffordern kann, das College zu betreten. Was bilden Sie sich eigentlich ein? Crawford ist entlassen, und diese Person hat hier nichts zu suchen.«

»Sie ist nicht ›diese Person‹. Sie ist meine Freundin, Mrs. Hildegard Staunton.«

»Mir egal. Sie muss weg.«

Diesen Ton ließ Hildegard sich nicht gefallen. »Canon Chambers und ich sind Gäste von Professor Richards.«

»In diesem College sind Besuche nach dem Zapfenstreich untersagt, worüber Sie sich wissentlich hinweggesetzt haben.«

»Professor Richards hat mich eingeladen, hier zu üben«, versetzte Hildegard mit eiskalter Liebenswürdigkeit. »Wir haben interessante Gespräche geführt – unter anderem darüber, dass Musiker sich häufig Ideen voneinander borgen.«

»Was geht das mich an?«

»Und dass es einen Unterschied macht, ob man unbewusst vom Werk eines anderen beeinflusst wird oder mit der eigenen Arbeit seinem Vorgänger huldigt. Und über den unverblümten Diebstahl musikalischer Ideen und die Möglichkeit, in Kompositionen kodierte Botschaften unterzubringen – Warnungen zum Beispiel. Drohungen.«

»Was wollen Sie damit sagen?«

»Dass Sie sich Gedanken über die Musik machen sollten, die Sie heute in der Kapelle gehört haben.«

»Professor Richards findet offenbar Gefallen daran, Bezüge zwischen meinem Namen und deutscher Musik herzustellen. Das ist äußerst lästig, tut aber hier nichts zur Sache. Ich werde mich an höchster Stelle über Sie beschweren.«

»Wir gehen jetzt«, erklärte Sidney mit Nachdruck, »und bedauern, Ihre Abendruhe gestört zu haben.«

»Haben Sie in dieser heiligen Nacht nichts Besseres zu tun?«, konterte Professor Todd.

»Doch, durchaus. Aber manchmal braucht es ein kleines Licht, um die Nacht zu erhellen.« Sidney schaute zu Hildegard hinüber, die verständnisinnig eine Augenbraue hochzog.

Nachdem er Hildegard heimgebracht hatte, machte sich Sidney auf die Suche nach Inspector Keating. Der Eagle schloss in wenigen Minuten, und das war die günstigste Gelegenheit, ihn abzupassen.

»Ich würde ja liebend gern wissen, warum du gleich so misstrauisch warst«, sagte der Inspector. »Kommt dir eigentlich jeder Todesfall suspekt vor?«

»Ich bete nach Möglichkeit für jede mir anvertraute Seele, aber halte mich deswegen bitte nicht für bigott. Ich habe Adam Cade nicht gut gekannt, aber die Umstände seines Todes waren ungewöhnlich, und das College hatte es merkwürdig eilig, sich von Charlie Crawford zu trennen.«

»Und du meinst, der war es nicht?«

»Dass jemand sich selbst belastet, kommt vor, aber in diesem Fall halte ich es für unwahrscheinlich.«

»Mrs. Staunton hat sich Gedanken über Professor Richards gemacht. Sie hat mir von seinem musikalischen Code erzählt. Hältst du das für bloße Aufschneiderei, oder steckt noch etwas anderes dahinter? Ich vermute, dass sowohl Richards als auch Cade die Gesellschaft von Männern der von Frauen vorziehen.«

»Mag sein, aber meiner Meinung geht es hier nicht um sexuelle Eifersucht, sondern um beruflichen Neid, um die Angst, übergangen oder bloßgestellt zu werden.«

»Was uns wieder zu Professor Todd bringt.«

»Wir müssen in seine Wohnung.«

»Das sollte nicht allzu schwer sein. Im College besucht

ihr doch ständig irgendwelche Kollegen. Und die neue Elektroinstallation bietet eine zusätzliche Handhabe.«

»Um die kümmert sich Todd persönlich, falls es Beweise gab, hat er sie bestimmt inzwischen beseitigt. Allerdings wüsste ich gern, ob die Verkabelung im Bad sich in seiner Wohnung fortsetzte.«

»Der Fall ist heiß, Sidney. Ein Mann ist in einem abgeschlossenen Badezimmer durch einen Stromschlag zu Tode gekommen. Ob Todd der Täter war, können wir nur beweisen, wenn er noch einmal versucht zuzuschlagen. Ahnt er, dass wir ihm auf der Spur sind?«

»Mrs. Staunton hat eine Andeutung über die Musik im Karfreitags-Gottesdienst gemacht ...«

»Dann hat sie bewusst Professor Richards Leben in Gefahr gebracht?«

»Ganz gewiss nicht mit Absicht.«

»Um Himmels willen, Sidney, ich habe dich doch wohl oft genug vor solchen Tricksereien gewarnt!«

»Mrs. Staunton kennt sich in dem Spiel noch nicht so aus.«

»Es ist kein Spiel. Willst du behaupten, dass Todd es mit dieser Masche auch bei Richards versuchen könnte?«

»Nicht ausgeschlossen. Wir sollten Richards und seine Wohnung überwachen lassen.«

»Wie du weißt, brauche ich dazu eine offizielle Aufforderung durch das College.«

»Wir können den Schutz der Dunkelheit nutzen.«

»Du willst heute Nacht noch loslegen?«

»Die Zeit drängt. Morgen früh kläre ich alles mit dem Rektor. Du kannst dich auf mich verlassen.«

»Diesen Satz höre ich gar nicht gern, Sidney. Er bringt mir immer Ärger.«

»Und manchmal dem Täter auch die gerechte Strafe«, erwiderte sein Freund ernst.

So schnell wie möglich kehrte Sidney ins College zurück, wo ihm einer der Pförtner mitteilte, der Rektor wolle ihn sprechen, weil er angeblich die Räume eines Kollegen in Anwesenheit eines früheren Mitarbeiters und eines Gasts durchsucht habe.

»Sie sollten sich Professor Todd nicht zum Feind machen«, mahnte der Rektor.

»Ich weiß um die Gefahren, Rektor.«

»Was hatten Sie in Cades Wohnung überhaupt zu suchen? Wir hatten mit dieser Sache schon genug Ärger. Halten Sie sich da bitte raus.«

»Ich wollte nach der neuen Verkabelung sehen.«

»Ich glaube Ihnen kein Wort. Außerdem geht Sie das überhaupt nichts an, dafür ist Professor Todd zuständig.«

»Zu dem ich volles Vertrauen habe.«

»Diesen Eindruck habe ich nicht. Offenbar begreifen Sie nicht, worum es hier geht. Die neue Installation dürfte uns weit höher zu stehen kommen, als gedacht.«

»Aber nicht so hoch wie ein Menschenleben«, sagte Sidney leise.

Der Rektor hatte es trotzdem gehört. »Was soll das heißen?«

»Es wäre mir lieber, wenn die Oberaufsicht über die Installation jemand anders übernehmen könnte.«

»Das ist ja lächerlich!«

»Ich würde mich wohler dabei fühlen.«

»Ein für alle Mal, Sidney: Das ist nicht Ihre Sache. Sie wollen doch hoffentlich nicht selbst Hand anlegen?«

»Charlie Crawford kennt sich aus. Er glaubt, dass jemand die Verkabelung manipuliert hat. Ich bitte um Erlaubnis, die Polizei einzuschalten.«

»Schon wieder?«

»Leider ja.«

»Können wir uns auf Keatings Diskretion verlassen?«

»Das hoffe ich sehr.«

»Besonders beruhigend klingt das nicht.«

»Ich will ganz ehrlich sein, Rektor: Die Situation ist überaus heikel.«

Sir Giles genehmigte sich einen Whisky. »Wann wird Dr. Cade beerdigt?«

»Am Mittwoch.«

»Ich gebe Ihnen bis dahin Zeit, Ihre Theorie zu beweisen. Wenn sich herausstellt, dass Sie falschliegen, habe ich das letzte Mal so einem Ersuchen stattgegeben.«

Hildegard versuchte, sich ihre Besorgnis über die gefährliche Situation nicht anmerken zu lassen und sich ohne allzu schlechtes Gewissen wieder ans Klavier zu setzen, auch wenn es ihr egoistisch vorkam, nach einem Todesfall so schnell wieder zur Tagesordnung überzugehen, wie es offenbar alle im College taten.

Sie arbeitete sich durch Beethovens letzte Klaviersonate, Nr. 32, Opus 111. Der erste Satz, *Allegro con brio ed appassionato*, war in einer von Beethovens emotionalsten und leidenschaftlichsten Tonarten – c-Moll – geschrieben, ihm lag Bachs berühmte Kantate *Ein feste Burg ist unser Gott* zugrunde, so wie zurzeit Beklommenheit Hildegards Gedanken zugrunde lag.

War Sidney wirklich verpflichtet, sich im Fall Cade einzuschalten? Würden solche oder ähnliche Ermittlungen sich auch später regelmäßig in ihr Zusammensein mit ihm oder gar in ihre Ehe drängen, oder würde Sidney in Zukunft darauf verzichten? Ihr war bewusst, dass diese Nebentätigkeit ihm mehr Freude machte, als er zugeben mochte, und dass allein das Priesteramt ihn nicht auszufüllen vermochte. Der Glaube allein genügte nicht, um seine Neugier auf das Leben zu befriedigen.

Das galt es gründlich zu bedenken.

Sie wandte sich dem zweiten Satz der Sonate zu, der Arietta, und mühte sich mit dem berühmten Triller und der nachfolgenden Aufteilung von Takten in einundachtzig Teilstücke. Sie ging mit dem Tempo auf die Hälfte herunter und hielt dann ganz inne, um systematisch an jedem einzelnen Takt zu arbeiten, ihn zu wiederholen und allmählich das Tempo zu steigern.

Die dritte Variation mit ihrem tänzerischen Element fühlte sich an wie ein Boogie-Woogie, ja wie Ragtime. Sie lächelte unwillkürlich, als sie sich Orlando Richards' entsetzte Miene vorstellte, wenn sie Beethoven als einen der Gründerväter des Jazz bezeichnete.

Während sie spielte, kreisten ihre Gedanken um eine mögliche Rückkehr nach England. Sidney würde sicher nicht in Deutschland leben wollen, und das bedeutete, dass sie wieder nach Grantchester ziehen musste, falls ihren künftigen Mann nicht eine Beförderung in irgendeiner Form erwartete. Er war intelligent und begabt genug, um in der Hierarchie der Church of England aufzusteigen, aber seine Detektivarbeit war so einer Karriere vermutlich nicht förderlich. Die unmissverständliche Warnung des Erzdiakons hatte er ihr ja bereits gestanden. Aber vielleicht gehörte die detektivische Ader einfach zu seinem Wesen, war Zeugnis davon, dass er sich auch auf die dunkle Seite seiner Mitmenschen einließ.

An ihr würde es sein, entschied sie, während sie das Stück noch einmal in dem vorgesehenen Tempo durchspielte, ihm zu voller Befriedigung in seinem Priesteramt zu verhelfen, und an ihm war es jetzt zu begreifen, was sie ihm zu bieten hatte und wie viel mehr sie zusammen würden erreichen können. Erst einmal aber hieß es, diesen Fall zu lösen.

Seufzend schloss Hildegard den Flügel. Sie wusste, dass sie weitaus besser spielen konnte und dass noch viel Arbeit auf sie wartete.

Es stand noch nicht fest, wann Keating mit der Überwachung von Aufgang G beginnen würde, und Sidney fragte Hildegard, ob sie nicht Orlando Richards warnen sollten. Der Professor, wandte sie ein, gehöre nach wie vor zum Kreis der Verdächtigen. Was hatte ihn bewogen, geheime Botschaften in seine Kompositionen zu schmuggeln? Nur berufliches Geltungsbedürfnis – oder hatten sie etwas übersehen? Warum zum Beispiel hatte der Professor Hildegard so bereitwillig seine Wohnung überlassen? Hatte seine Flucht nach Peterhouse etwas zu bedeuten? Hatte er gewittert, dass hier etwas nicht mit rechten Dingen zuging, oder war er gar der Täter?

Sidney ging über den New Court zum Aufgang G und stieg die Treppe hoch. Die Tür von Cades Wohnung stand einen Spalt breit offen, und als Sidney sie aufstieß, sah er Edward Todd in der entferntesten Ecke des Zimmers hinter Orlandos Heizstrahler knien. Er machte sich an der Rückseite des Geräts und an der Steckdose zu schaffen. Erstaunt fragte Sidney, was der Dekan in den Räumen eines Kollegen zu suchen hatte.

»Das ist mein Heizstrahler, den hole ich mir jetzt,

weil Professor Richards ihn mir nicht zurückgegeben hat.«

»Warum ziehen Sie nicht einfach den Stecker?«

»Das mache ich ja gerade.«

»Mit einem Schraubenzieher?« Sidney hatte den Gegenstand in Todds Hand gesehen. »Und was wollten Sie überhaupt bei Richards?«

»Dasselbe könnte ich Sie fragen.«

»Professor Richards hat mich auf einen Drink eingeladen, er kommt gleich nach«, schwindelte Sidney.

»Ich wollte mir nur meinen Heizstrahler zurückholen.«

»Woher wussten Sie, dass Professor Richards ihn hat?«

»Die Pförtner hatten mich gebeten, ihm das Gerät auszuleihen. Eine Gefälligkeit unter Kollegen. Aber das geht Sie gar nichts an.«

»Und Sie kennen Professor Richards' Gewohnheit?«

»Was soll das heißen?«

»Sie wissen, dass er seine Hände in warmes Wasser taucht, ehe er anfängt zu spielen?«

»Nein.«

»Aber Sie wissen, wie gefährlich die Verbindung von Wasser und Strom ist?«

»Natürlich.«

»Dann haben Sie sicher nichts dagegen, wenn ich mir den Stecker seines Heizstrahlers ansehe?«

»Und was versprechen Sie sich davon?«

»Ich glaube, dass Sie den Heizstrahler fest mit dem Netz verbunden haben. Wenn man ihn mit nassen Händen berührt, bekommt man einen heftigen, womöglich tödlichen elektrischen Schlag.«

»Unsinn.«

»Im Zimmer nebenan ist ein Waschbecken. Waschen

Sie sich die Hände und fassen Sie dann den Heizstrahler an.«

»Lächerlich.«

Edward Todd traf eine rasche Entscheidung. Er hob den Schraubenzieher und trat auf Sidney zu, der einen Schritt zurückwich und versuchte, die Tür zu erreichen.

Todd versperrte ihm den Weg. »Sie machen alles nur noch schlimmer, Canon Chambers.«

Sidney wusste, dass Widerworte Todd nur noch mehr gereizt hätten. Deshalb sagte er nur: »Legen Sie den Schraubenzieher weg.«

»Den brauche ich noch.«

Sidney versuchte Zeit zu gewinnen. »Warum haben Sie das alles getan, Todd?«

»Ich habe überhaupt nichts getan.«

»Sie haben Cade umgebracht.«

»Blödsinn. Er ist an einem Herzanfall gestorben.«

»Nein. Es war ein elektrischer Schlag. Ich glaube, Sie wissen sehr viel mehr über elektrische Leitungen und sind praktischer veranlagt, als Sie sich den Anschein geben. Ich verstehe jetzt …«

»Dann muss ich wohl dafür sorgen, dass Sie gleich gar nichts mehr verstehen.«

Todd machte einen Satz nach vorn. Im selben Moment griff Sidney nach einem Stuhl und warf ihn Todd vor die Beine. »Das wird Ihnen nicht helfen, Todd.«

»Wer hat denn mir je geholfen? Ich muss alles allein machen.«

»Das ist aber nicht die ganze Wahrheit, oder?«

Todd hielt einen Augenblick inne. »Wie meinen Sie das?«

»Sie haben Teile von Cades Abhandlung für Ihre eigene

Arbeit verwendet. Damit hat er Ihnen geholfen – allerdings ohne es zu merken.«

»Was reden Sie da für einen Unsinn?«

»Er drohte, Ihr Plagiat öffentlich zu machen, und deshalb haben Sie ihn umgebracht.«

»Das kann niemand beweisen.«

»Als Sie mir Ihre Theorie erläuterten …«

»Die einer wie Sie ohnehin nie verstehen würde, Sie lästiger Pfaffe. Sie haben doch keine Ahnung.«

Sidney hatte es noch lange nicht bis zur Tür geschafft, als sie plötzlich aufgerissen wurde. Ein Pfiff ertönte, und Inspector Keating stürmte in Begleitung von zwei Polizisten herein.

»Wie können Sie es wagen? Sie haben auf dem Collegegelände nichts zu suchen«, schrie Todd, aber da hatte einer der Uniformierten ihn schon niedergerungen. Inspector Keating ließ sich nicht beeindrucken. »Professor D.F. Todd, ich verhafte Sie wegen des Mordes an Dr. Adam Cade und wegen versuchten Mordes an Professor Orlando Richards und Canon Sidney Chambers. Sie brauchen sich nicht dazu zu äußern, aber alles, was Sie sagen …«

Hildegard erfuhr von den nächtlichen Ereignissen nicht durch Sidney, sondern durch einen überraschenden Besuch des Rektors von Corpus bei den Wardells. Er war gekommen, um sich persönlich bei Charlie Crawford zu entschuldigen und ihm seinen alten Job wieder anzutragen.

»Da fällt mir doch ein Stein vom Herzen«, gestand Charlie. »Ich hab nämlich einen Ruf zu verlieren, und den hat dieser Kerl ruiniert.«

»Ich glaube, er hat nur versucht, sich zu schützen, Charlie.«

»Und dabei natürlich nicht an den kleinen Mann gedacht.«

Charlie nutzte die Gelegenheit, eine Lohnerhöhung und die vollständige Bezahlung aller ihm seiner Meinung nach zustehenden Überstunden herauszuschlagen.

»Mit Ihrem Verhandlungsgeschick«, stellte der Rektor fest, »könnte man Sie im Außenministerium gut gebrauchen.«

»Ich will nur für meine Leistung bezahlt werden.«

»In Ihrer Branche kann man eben leichter feststellen, was gemacht worden ist und was nicht. Bei uns Akademikern lässt sich produktive Arbeit viel schwieriger messen.«

»Dafür kriegt ihr auch mehr bezahlt.«

»Da bin ich mir nicht so sicher, Crawford. Wenn man das Jahresgehalt eines Hochschullehrers durch die Zahl der abgeleisteten Stunden teilen würde, bekäme er vermutlich weniger als ein Klempner.«

»Die Stunde hier stelle ich Ihnen nicht in Rechnung, Rektor.«

»Dann berechne ich Ihnen meine Zeit auch nicht«, konterte Sir Giles.

»Das war aber ziemlich unverschämt«, sagte Grace Wardell besorgt zu ihrem Bruder, als der Rektor gegangen war und sie den Abendbrottisch deckte.

»Die sollen wissen, woran sie sind«, erklärte Charlie. »Außerdem haben die Profs durchaus Spaß an Frotzeleien, meinen Sie nicht, Mrs. Staunton?«

»Frotzeleien?«, wiederholte Hildegard.

»Sticheleien, Geplänkel.«

Mrs. Wardell schenkte Tee ein. »Also wenn du mich fragst, suchst du nur nach einem Vorwand, dir Frechheiten zu leisten.«

Hildegard dachte über den Mord an Dr. Cade nach und wie unerwartet ihr Besuch bisher verlaufen war. Der nächste Tag war der Ostersonntag, da war ein Mittagessen bei Sidney geplant, und sie hatten bisher noch kaum einen Augenblick allein verbracht.

Am frühen Nachmittag suchte Sidney seinen Freund in der Polizeiwache der St. Andrews Street auf. Er wollte wissen, ob Professor Todd ein umfassendes Geständnis abgelegt und ob sich seine Vermutung hinsichtlich des Mordmotivs bestätigt hatte. Todd hatte sich zunächst strikt geweigert, Fragen zu beantworten, auf die Charta von 1231 verwiesen, in der König Heinrich der Dritte der Universität das Recht gewährt hatte, ihre Mitglieder selbst zu maßregeln (*ius non trahi extra*), und die Arbeit der Polizei mit Verachtung gestraft.

»Die Profs glauben immer, dass die reale Welt ihnen nichts anhaben kann«, sagte Keating. »Man kommt ihnen nur bei, wenn man sie mit ihren eigenen Waffen schlägt.«

»Und wie stellt man das an?«

»Wir haben uns die Statuten der Hochschule vorgenommen.«

»Ich wusste gar nicht, dass ihr die greifbar habt.«

»Du würdest staunen, was wir hier alles haben, Sidney.« Keating schlug den dicken Folianten auf, der auf seinem Schreibtisch lag, und zitierte: »›Kein Mitglied der Universität darf absichtlich oder aus Leichtsinn die Aktivitäten und Funktionen der Universität oder eines Teils davon oder eines College untergraben oder behindern oder auch nur einen diesbezüglichen Versuch machen.‹ Tod durch Stromschlag dürfte als Untergrabung gelten, meinst du nicht? Zu seinem eigentlichen Motiv sind wir allerdings noch nicht vorgedrungen.«

»Adam Cade drohte, Edward Todd als Plagiator zu entlarven.«

»Er hat ihn erpresst, meinst du? Kann einem Wissenschaftler ein Plagiat so gefährlich werden, dass er zum Mörder werden könnte, um es zu vertuschen?«

»Bei der großen Flut von Ideen kommt es häufig zum Diebstahl von geistigem Eigentum. Musiker und Schriftsteller begehen ständig Ideenklau. Hildegard hat mir erzählt, dass in Beethovens letzter Sonate ein Thema von Bach versteckt ist, dass Chopins Revolutionsetüde das Thema aufnimmt und Prokofjews Zweite Symphonie ihrer Struktur folgt. Oder nimm die Literatur: T.S. Eliots *Das Wüste Land ist* voll von Zitaten und geliehenen Ideen. Doch nur ein wirklich Kreativer kann sich das leisten, er muss das Selbstbewusstsein haben, seine Quellen zu nennen. Alle anderen stehen dabei auf schwankendem Grund. Mein Freund Professor Meldrum hat mir versichert, dass es kein heikleres Gebiet gibt als mathematische und naturwissenschaftliche Forschung. Professor Todds Abhandlung über die Perkolationstheorie stützt sich in vielem auf die Arbeit seines wissenschaftlichen Mitarbeiters, aber nirgends findet sich ein Hinweis darauf. Cade hatte sich die Druckfahnen beschafft und drohte, Todd zu entlarven und seinen Ruf zu ruinieren.«

»Wer hat dir das erzählt?«

»Professor Meldrum. Er hatte von beiden Kollegen keine besonders gute Meinung.«

»Scheint bei den meisten Profs so zu sein. Die Polizei könnte gleich einpacken, wenn die Kollegen sich nicht austauschen würden. Cade hat demnach Wirbel gemacht, und Todd musste ihn zum Schweigen bringen. Aber hätte er nicht Cades Arbeit nachträglich anerkennen oder sich sonst irgendwie herausreden können?«

»Wenn an unserer Hochschule der Vorwurf des Plagiats erst einmal im Raum steht, lässt er sich kaum mehr ignorieren. Dann hätte Edward Todd zurücktreten und seinen Posten als Dekan aufgeben müssen – und er lebte für nichts anderes.«

»Sollte uns allen eine Lehre sein. Du kannst dich freuen, dass du mehr als ein Eisen im Feuer hast, Sidney. Allerdings hätte Mrs. Staunton wohl gern auf diesen Beweis deines Doppellebens verzichtet. Wie geht es ihr übrigens? Sie ist eine tolle Frau, finde ich.«

»Kein Einspruch, Euer Ehren!«

»Gut. Für einen notorischen Zweifler ist das ein großes Wort. Mir ist aufgefallen, dass sich Miss Kendall in letzter Zeit ziemlich rar gemacht hat.«

»Sie kommt zu Ostern.«

»Während Mrs. Staunton noch hier ist? Ein bisschen gewagt, was?«

»Es ist Zeit, dass sie Hildegard kennenlernt. Ich möchte wissen, was sie voneinander halten.«

»Frauen gegeneinander auszuspielen, finde ich ein bisschen unfein.«

»Das ist auch nicht meine Absicht. Ich wünsche mir Amandas Zustimmung – ihren Segen, wenn du so willst. Sie hat immer gesagt, dass ich mit dem Mann einverstanden sein muss, den sie mal heiratet. Da finde ich es nur fair, wenn ich ihr das gleiche Recht einräume.«

»An Mrs. Stauntons Stelle wäre ich darüber nicht gerade begeistert. Es zeigt einen Mangel an Vertrauen. Du tätest besser daran, erst Nägel mit Köpfen zu machen und hinterher Amandas Zustimmung einzuholen.«

»Dazu ist es etwas spät. Amanda kommt zum Mittagessen.«

»Geht ihr aus? In den Blue Boar vielleicht?«

»Nein, Hildegard will selbst kochen – Lammbraten und einen deutschen Nachtisch oder einen typisch englischen Osterkuchen mit Früchten.«

»Du stellst sie also beide vor vollendete Tatsachen. War das deine Absicht?«

»Ich weiß nicht recht …«

»Du musst dich schon entscheiden, Sidney. Sonst verlierst du sie am Ende noch alle beide.«

Am Ostersonntag kam Orlando Richards mit einigen Musikern aus dem College nach Grantchester, um mit dem dortigen Chor Bachs wunderbare Kantate *Christ lag in Todesbanden* aufzuführen. Damit wollte er sich, wie er erklärte, für die kodierte Komposition entschuldigen, die fast zu einem fatalen Missverständnis geführt hätte.

Kurz vor Beginn des Gottesdienstes trat Leonard Graham zu Hildegard und bat sie, für ein an Grippe erkranktes Gemeindemitglied einzuspringen und die erste Lesung zu halten. Erst als sie den Text – Verse aus dem Hohelied Salomos – vor sich hatte, ahnte sie, dass man die angeblich Erkrankte womöglich gar nicht zu der Lesung aufgefordert hatte. »Aufstehen will ich, die Stadt durchstreifen«, begann sie, »die Gassen und Plätze, ihn suchen, den meine Seele liebt.« Hildegards besorgter Blick schweifte kurz über die versammelte Gemeinde und machte bei

Leonard halt. Was mutete er ihr da zu? »Ich suchte ihn und fand ihn nicht. Mich fanden die Wächter bei ihrer Runde durch die Stadt. Habt ihr ihn gesehen, den meine Seele liebt?«

Ihre klare Aussprache, die schlichte und zugleich gefühlvolle Gestaltung des Textes bewegten Sidney sehr. In seiner Predigt versuchte er gegen sein Lampenfieber anzugehen, merkte aber, dass er emotionaler sprach als sonst. Aufregende Tage lagen hinter ihm, aber jetzt, am Ostertag, galt es, sich auf den Kern seines Glaubens zu konzentrieren.

»Christus ist erstanden«, verkündete er und sah von der Kanzel Hildegard an, die den Blick auf den weißen Altar mit den goldenen Lettern gerichtet hatte und die Antwort gab: »Er ist wahrhaftig auferstanden.«

Die Gemeinde erhob sich zum Glaubensbekenntnis, und Sidney bereitete sie im Gebet auf das Abendmahl vor. Nachdem Hildegard Brot und Wein empfangen hatte, ging sie an ihren Platz zurück und verharrte in stiller Betrachtung. Der Chor sang einen Choral über das Feuer des Heiligen Geistes, die Lebenskraft der Schöpfung, die Quelle der Helligkeit und das Gewand der Hoffnung.

Als der Choral verklang, nickte Orlando Richards Hildegard zu. Sie lächelte, denn sie hatte das Stück gleich erkannt: *O ignis spiritus* von ihrer Namensschwester Hildegard von Bingen.

Amanda traf pünktlich zum Mittagessen in ihrem MG aus London ein.

Leonard hatte eingekauft und freute sich über den Pfarrer-Spezialrabatt für das Lamm beim Metzger und den Kohl und die Kartoffeln beim Grünkramhändler. Sie sollten öfter einmal selbst einkaufen gehen, sagte er zu Sidney, es sei eine gute Möglichkeit, die Gemeinde kennenzulernen und zu zeigen, dass ihre Hirten nicht nur am Schreibtisch hockten, sondern sich auch unters Volk mischten. Diese seelsorgerliche Nachhilfe durch seinen Hilfspfarrer war nicht gerade nach Sidneys Geschmack, aber er hatte andere Sorgen.

»Amanda ist eine großartige Person«, hatte Leonard zu Hildegard gesagt, als er sie ins Pfarrhaus begleitete, »nur manchmal ein bisschen überdreht.«

»Sidney hat mir von ihr erzählt. Er ist schon sehr aufgeregt.«

»Nicht ohne Grund.« Leonard hielt ihr galant die Haustür auf. »Amanda kann laut und kritisch sein, aber ich schätze, sie ist nervöser als du. Denk daran, dass du die Zügel in der Hand hältst.«

»Aber ich weiß nicht, wohin der Gaul will«, sagte Hildegard lächelnd.

»Soll ich dir einen Tee machen? Denn sobald Miss Kendall da ist, gibt es nur noch Osterchampagner.«

»Ist das eine Tradition?«

»Inzwischen schon. Miss Kendall macht gern ausgefallene Geschenke. Sie meint immer, uns aufmuntern zu müssen. In der Fastenzeit ist Sidney leicht mal brummig, das gibt er selbst zu. Seit du da bist, hat sich seine Laune merklich gebessert. Aber leider sorgt eben das Leben hin und wieder für unangenehme Überraschungen.«

Die Tür flog auf, Amanda war da. »Hoffentlich habt ihr nicht mich damit gemeint.« Sie hatte eine neue Frisur und trug einen auffallenden feuerroten Mantel. »Sie müssen Mrs. Staunton sein.«

»Hildegard bitte …«

»Natürlich. Kümmerst du dich um die Getränke, Leonard? Mir ist jetzt schon zu heiß.« Sie stellte ihre Handtasche ab und schälte sich aus dem taillierten Mantel. »Wie fühlt es sich an, wieder in Grantchester zu sein?«, fragte sie Hildegard, um gleich darauf Leonard zu ermahnen: »Häng den Mantel auf einen Bügel und wirf ihn nicht einfach über einen Stuhl wie sonst. Ich hab den Champagner mitgebracht, den sollten wir sofort köpfen.«

»Ich wollte gerade Tee machen«, wandte Leonard ein.

»Was ist denn mit dir los, Leonard? Es ist schon nach Mittag. Und wo steckt Sidney? Hoffentlich ist er aufgehalten worden, dann können Hildegard und ich uns schon mal ein bisschen kennenlernen. Setzen wir uns?«

»Gerne. Ich muss allerdings zwischendurch nach dem Essen sehen«, meinte Hildegard.

»Ist Mrs. Maguire nicht da?«

»Ich habe gesagt, dass ich kochen würde.«

»Haben die Männer dich schon versklavt? Ich dachte, du wärst hier zu Gast?«

»Leonard hat die Oberaufsicht, ich helfe ihm nur ein bisschen. Die beiden Männer vergessen leicht etwas.«

»Ist mir auch schon aufgefallen.« Amanda lächelte verständnisinnig. »Sie behaupten, an Höheres zu denken, aber meist überlegen sie nur, wer wen umgebracht hat. Hoffentlich bist du von diesem Unsinn bislang verschont geblieben. Beeil dich mit dem Champagner, Leonard, ich bin am Verdursten.« Dass sie keine Sekunde still sein konnte, verriet ihre Nervosität. »Es muss dir schwergefallen sein, hierher zurückzukehren, Hildegard.«

»Die eine oder andere Erinnerung schmerzt noch, das stimmt.«

»Könntest du dir vorstellen, wieder hier zu leben?«

Sidney kam herein und warf seinen Mantel über den nächstbesten Stuhl. »Das ist eine Suggestivfrage, Amanda.«

»Aber eine wichtige. Du darfst mich küssen.«

Sidney gehorchte. »Ob man hier einen Tee bekommen könnte?«

»Wir sind schon beim Champagner. Jetzt möchte ich aber Hildegards Antwort hören.«

Hildegard legte die Hände auf die Knie. »Ich weiß nicht recht, wir haben nicht darüber gesprochen. Kommt auf die Umstände an. Ich würde mich nicht recht wohl fühlen, denke ich.«

In der Küche knallte ein Korken, dann kam Leonard mit einem Tablett und vier gefüllten Gläsern herein. »Du hast deine Arbeit in Deutschland«, bemerkte er.

»Du gibst Klavierstunden, nicht?«, fragte Amanda.

»Spielst du auch?«, wollte Hildegard wissen.

»Nur Klarinette und das ziemlich schlecht. Für Jazz würde es wohl reichen, aber nicht für Mozart.«

»Magst du keinen Jazz?«

»Finde ich zum Davonlaufen, um ehrlich zu sein.«

Leonard verteilte die Gläser, und sie wünschten einander Frohe Ostern. »Amanda muss noch von den Wundern des Jazz überzeugt werden«, erklärte Sidney.

»Für mich hat Jazz nichts Wunderbares.«

Hildegard lächelte. »Aber Mozart schon?«

»Sein Klarinettenkonzert ist für mich so mit die schönste Musik, die je geschrieben wurde.«

Hildegard wandte sich an Sidney. »Wenn die Engel im Dienst sind, heißt es, spielen sie Bach, aber in ihrer Freizeit Mozart. Keinen Jazz – leider.«

»Die Musik des Teufels, wie die Jazzer sie selbst nennen«, ergänzte Amanda.

»Das ist eher der Blues«, befand Sidney. »Sind übrigens die Röstkartoffeln schon in der Röhre?«

»Was machst du so ein böses Gesicht, Sidney?«, fragte Amanda. »Ist es dir nicht recht, dass wir uns gut verstehen?«

»Ich war nicht darauf gefasst, dass ihr zu zweit über mich herfallt.«

»Dann hättest du uns nicht zur gleichen Zeit einladen dürfen«, wandte Hildegard ein.

»Ich wollte, dass ihr euch mögt.«

»Das tun wir auch«, versicherten sie einstimmig.

»Und ansonsten will ich einfach meine Ruhe haben.«

»Das glaube ich dir nicht«, widersprach Hildegard. »Ein ruhiges Leben würde dich furchtbar langweilen.«

»Und nachdem du es jetzt mit uns beiden zu tun hast, kannst du auch nicht mehr darauf hoffen«, ergänzte Amanda.

Leonard verschwand in der Küche, um nach dem Essen zu sehen, und Sidney folgte ihm.

Hildegard wandte sich an Amanda. »Kennt ihr euch schon lange?«

»Eigentlich schon, aber so richtig gute Kumpel sind wir erst seit kurzem.«

»Und was verstehst du darunter?«

»Enge Freunde eben. Ich weiß nicht, wie ihr das auf Deutsch nennt.«

»Es gibt da verschiedene Begriffe. Ein *Vertrauter* ist ein zuverlässiger Freund, ein *Wegbegleiter* ist jemand, der den eigenen Lebensweg teilt, *Verbündeter* ein Mensch, dem man verbunden ist. *Seelenverwandtschaften* bezeichnen seelische Übereinstimmungen. Im Deutschen bemühen wir uns um Genauigkeit, wir wollen wissen, woran wir sind. Hast du einen festen Freund?«

Ihre Direktheit ließ Amanda kurz stutzen. »Ich habe meine Verehrer, allerdings würde ich keinen als ›festen Freund‹ bezeichnen. Keiner kann Sidney das Wasser reichen.«

Da kam ihr Gastgeber wieder herein. Hatte er etwa an der Tür gelauscht? »Davon bin ich überzeugt«, sagte Hildegard jetzt. »Aber wir dürfen ihm nicht zu sehr schmeicheln.«

»Ich necke ihn eben gern.« Amanda lächelte. »Weißt du, dass er ebenfalls Verehrerinnen hat?«

Sidney versuchte abzulenken. »Komm, Amanda, ich glaube, wir sollten jetzt essen.«

Doch Amanda ließ sich nicht den Mund verbieten. »Ich habe diese Frauen gesehen, die beim Kirchenbasar helfen und alle Veronica oder Margaret heißen, und Agatha Redmond, die Sidney den Labrador besorgt hat und immer ganz aufgeregt wird, wenn sie ihn sieht. Und es würde mich nicht wundern, wenn sogar Mrs. Maguire heimlich in ihn verliebt wäre.«

»Lächerlich!«, sagte Sidney.

Leonard kam mit einem Geschirrtuch über dem Arm herein. »Das finde ich durchaus plausibel.«

»Fang du nicht auch noch an …«

»Unmöglich wäre es nicht«, meinte Hildegard.

»Mrs. Maguire ist nicht in mich verliebt!«, blaffte Sidney. Am liebsten wäre er aus dem Zimmer gerannt, aber das wäre denn doch zu kindisch gewesen. Er setzte sich. »Ist noch Champagner da?«

»*Die Dame, wie mich dünkt, widerspricht zu viel*, heißt

es bei Hamlet«, stellte Leonard fest, während er den übrigen Champagner verteilte.

»Jetzt hört endlich auf«, forderte Sidney. »Das ist nicht komisch.«

Leonard tat ihm den Gefallen. Er wandte sich an Hildegard. »Nennt man dich auch mal Hildy?«, fragte er.

»Nicht, dass ich wüsste. Aber ich habe nichts dagegen, wenn du mich so nennen willst.«

»In dem Film *Ein Mädchen für besondere Fälle* kommt eine Hildy Johnson vor.«

»Ist das der mit Rosalind Russell?«, fragte Amanda.

»Ja, genau.« Hildegard stand auf. »Ich schau mal nach dem Essen.« Sie legte Sidney eine Hand auf die Schulter. »Ich bin sein *Girl Sunday.*«

»Nett von dir«, sagte Sidney ziemlich kurz angebunden.

Amanda hatte Hildegards besitzergreifende Geste bemerkt und versuchte, sie zu übersehen. »Dann bliebe für mich immer noch *His Girl Saturday.*«

Leonard konnte der Versuchung nicht widerstehen. »Damit wäre Mrs. Maguire dann *His Girl Monday to Friday.*«

»Schluss jetzt«, verlangte Sidney so energisch wie möglich. Die Antwort war dreistimmiges Gelächter.

Nach dem Essen spazierten sie zum Fluss hinunter. Dickens sprang vergnügt um sie herum, und Sidney ließ Amanda und Hildegard ungestört miteinander reden, während er die Gelegenheit nutzte, ein paar in der Gemeinde anstehende Vorhaben mit seinem Hilfspfarrer zu besprechen, der sich eigentlich lieber so bald wie möglich wieder an seinen Dostojewski gesetzt hätte. Dass sie beide außerhalb ihres Berufs ihren Interessen so engagiert nachgingen, war ein erstaunlicher Zufall, fand Sidney. Und just in diesem Augenblick sah er Inspector Keating nebst Familie auf sich zukommen.

Keatings drei Töchter hatten ihren Spaß an Dickens, den sie Stöckchen apportieren ließen, während Cathy Keating feststellte, dass es für ihren Mann der erste freie Tag seit Monaten war.

»Ihr seid beide so sehr in eure Jobs verliebt, dass ihr zu nichts anderem kommt«, sagte sie.

»Also ich weiß nicht …«

»Mir scheint sogar, dass Sie am liebsten auch noch die Arbeit meines Mannes mitübernehmen würden, Canon Chambers.«

»Glauben Sie mir, Mrs. Keating …«

»Cathy.«

»Ich suche mir das nicht aus, Cathy.«

»Aber Sie haben Spaß daran.«

»Ganz so ist es nicht. Ich wünschte mir, dass die Menschen nicht zu Mord und Totschlag greifen würden, um ihre Ziele zu erreichen, aber solange sie davon nicht ablassen, werde ich alles in meiner Macht Stehende tun, um Ihrem Mann beizustehen.«

Hildegard hakte sich bei Sidney ein, wie Amanda bemerkte.

»Er kann einfach nicht anders«, meinte Hildegard. »Er ist, wie er ist.«

»Nämlich ein guter Mensch«, ergänzte Keating.

»Auch das würde ich nicht so ohne weiteres behaupten«, gab Sidney zurück. Lob konnte er genauso wenig vertragen wie Neckereien.

Nach einem herzlichen Abschied von Hildegard fuhr Amanda am Sonntagabend nach London zurück. Sie hatte sich tadellos benommen, fand Sidney und freute sich, dass die beiden Frauen, die ihm so nahstanden, offenbar gut miteinander auskamen.

»Sie sprüht vor Temperament«, sagte Hildegard später zu ihm. »Und sie ist gescheiter, als die meisten glauben. Macht sie ihren Mitmenschen absichtlich etwas vor?«

»Ich weiß nicht recht ... Starallüren hat sie jedenfalls nicht.«

»Vielleicht meinen die Leute, dass sie es nicht nötig hat zu arbeiten, weil sie einer privilegierten Klasse angehört.«

»Sie nimmt ihren Job sehr ernst.«

»Ernster als dich?«

»Sie zieht mich gern auf, weil sie meint, es täte mir gut.«

»Und stimmt das?«

»Ich ziehe es vor, geliebt zu werden.«

Hildegard lächelte. »So etwas muss man sich verdienen, Sidney. Auch das ist harte Arbeit.«

Sie verbrachten den Ostermontag und den Dienstag zusammen, machten einen Rundgang durch den Botanischen Garten, besuchten ein Konzert in einer der College-Kapellen und das Fitzwilliam Museum.

Wenn sie vor einem Bild haltmachten, stand Hildegard fast ein wenig zu nah bei Sidney, was ihm sehr gefiel. Sie war ein gutes Stück kleiner als er, und ihm fiel ein, dass sie sich einmal beim Abschied eine Stufe höher gestellt hatte, sodass sie ihm in die Augen sehen konnte, ehe sie ihn auf beide Wangen küsste. Und er erinnerte sich daran, wie sie nebeneinander auf dem Sofa gesessen hatten, als er ihr hatte eröffnen müssen, wer ihren Mann ermordet hatte – und wie natürlich sich diese stille Nähe angefühlt hatte.

»Wann sehen wir uns wieder?«, fragte er, als sie sich auf dem Bahnhof verabschiedeten.

»Wenn du im Sommer kommst, können wir weiter den Rhein erkunden. In Deutschland lebt man sicherer, da gibt es nicht so viele Morde.«

»Ich weiß wirklich nicht, was mit Cambridge los ist.«

»Das macht die Enge, da kommt es schneller zu Rivalitäten.«

»Man sollte meinen, dass sie alle an Besseres zu denken hätten. Hat nicht Jean Paul gesagt: ›Ein Gelehrter kennt keine Langeweile‹?«

»Und wie steht es damit bei dir?«, wollte Hildegard wissen. »Manchmal habe ich Angst, dass ich dir nicht genügen kann. Du brauchst diese Ablenkungen.«

»Ich will nicht sagen, dass ich sie brauche. Aber sie halten mich auf Trab.«

»Genau wie die deutsche Sprache?«

»Mit der ist es noch nicht weit her. Für Herrn Gruner bin ich ein blutiger Anfänger.«

Der Zug fuhr in den Bahnhof ein und übertönte Hildegards leise Bemerkung: »Wie recht er hat. Und das gilt nicht nur für die deutsche Sprache.«

Unbegreiflich, dachte sie, dass jemand, der sich in der Lösung von Kriminalfällen so gut auskannte wie in der Deutung der menschlichen Seele, so zögerlich war, wenn es um die Liebe ging. Wann würde Sidney endlich den entscheidenden Schritt tun?

Der Hattrick

Es war ein Samstag Mitte Mai, und Sidney hatte sich dazu überreden lassen, bei einem Cricketmatch zwischen Grantchester und Whittlesford in Fenners den Schiedsrichter zu machen. Der Regen schien noch warten zu wollen, der Zustand des Spielfelds war gut, und im Lauf des Vormittags versammelten sich erwartungsfrohe Picknicker auf einem der idyllischsten Cricketplätze des Landes.

In Wahrheit ärgerte sich Sidney ein wenig, dass man ihn nur als Schiedsrichter hatte haben wollen. Wäre sein Leben anders verlaufen, hätte er gut und gern eine Karriere im Profi-Cricket machen können. Mit elf hatte er eine Auszeichnung als bester Cricketspieler seines Jahrgangs erhalten. Später, in der Public School, hatte er in einem Spiel bei einem knappen Sieg über Wellington achtundsiebzig Punkte erzielt. Als er dreizehn war, hatten seine Eltern ihn auf diesen Platz hier mitgenommen, um den weltberühmten australischen Cricketspieler Don Bradman spielen zu sehen. Auch in Cambridge hatte Sidney noch gespielt und gehofft, er könne an dem jährlichen Hochschulmatch teilnehmen. Doch dann war der Krieg dazwischengekommen.

Das Cricketspielen fehlte ihm. Er kaufte sich jedes Jahr den Wisden-Cricket-Almanach, hörte sich die Übertragung der Testspiele im Radio an, und wenn er an einem Cricketmatch auf einem Dorfplatz vorbeikam, blieb er regelmäßig stehen, um sich einen Durchgang anzusehen. Das Spiel schuf eine Parallelwelt, fand Sidney – es war dramatisch, es war aufregend, es war eine Metapher für die Wechselfälle des Lebens.

Es war durch und durch englisch: demokratisch (es gab Mannschaften für jede Fähigkeitsstufe), gemeinschaftlich (der Cricketplatz lag häufig mitten auf dem Dorfanger) und gesellig (die Mannschaften waren reich an exzentrischen Persönlichkeiten). Die landestypische Küche war hier zu finden mit ihrem milchigen Tee, Gurkensandwiches, Victoria Sponge, dem typisch englischen Rührkuchen, und Unmengen an Bier. Es war auch ein ästhetisch schöner Anblick – dreizehn weiß gekleidete Spieler und zwei Schiedsrichter, die auf einem grünen Rasen geometrische Muster bildeten und dabei aussahen wie von einem göttlichen Ballettomanen choreographiert.

Je näher Sidney dem Platz kam, desto deutlicher spürte er die Feuchtigkeit in der Luft. Es war ein Tag, an dem es sich lohnte, zuerst zum Schlag zu kommen, und falls Grantchester die Auslosung gewann und ein paar Spieler hatte, die etwas mit dem Ball anzufangen wussten, standen die Chancen gut, früh Punkte zu erzielen.

Für Sidney war das Spiel auch eine Wissenschaft. Ein Werfer, der die herrschenden Verhältnisse zu deuten und mit der Luftfeuchtigkeit zu arbeiten wusste, konnte die Flugbahn des Balls verschleiern oder so lenken, dass dafür sogar ein Physikstudium nützlich sein konnte. Ein Schlagmann, der so einem Werfer gegenüberstand, brauchte anatomische Kenntnisse der menschlichen Hand, um zu erkennen, wie die Finger einen Ball greifen und das Handgelenk die verschiedensten Flugbahnen erzeugen konnte.

Beim Cricket traf die Praxis des Naturwissenschaftlers auf die Denkweise des Psychologen. Ein Schlagmann, der das Feld prüfte und voraussah, wie es sich im Lauf der Zeit abnutzen würde, war besser auf die Schliche eines Werfers vorbereitet, der es ähnlich gründlich betrachtet hatte.

Sidney fühlte sich in Fenners wie zu Hause. Der Platz hatte einen hübschen Pavillon, eine hölzerne Anzeigetafel und zwei Netze. Bald hörte man, wie überall mit Schwung Taschen abgelegt, Schläger auf den Boden gestoßen wurden und Cricketspikes auf dem Betonboden kratzten. Kurz, aber lebhaft erinnerte er sich an seine Schulzeit – den Geruch frisch gemähten Rasens, den Anblick der Walze auf der Mitte des Feldes, das Geräusch der Anzeigetafel, wenn sich der Spielstand ändert –, ein Tag freudiger Erwartungen.

Er bat die beiden Spielführer in die Mitte und warf seine halbe Krone. Der gegnerische Spielführer rief »Kopf« und entschied sich, zuerst zu werfen. Offensichtlich wollte er die Bedingungen nutzen, damit er dann nachher beim Schlagen wusste, wie viele Punkte sein Team für den Sieg brauchen würde. Sidney sah zu den Netzen herüber, wo sich zwei schnelle Werfer warm machten. Sie wirkten sehr beeindruckend.

Als er zwei Frauen aus Grantchester mit Picknickkörben kommen sah, musste er an Hildegard denken. Während sich das Heimteam aufs Feld begab, lächelten und winkten die Frauen und hielten Thermosflaschen, Sandwiches in Butterbrotpapier und die unverzichtbaren Bierflaschen hoch. Er wünschte sich sehr, auch Hildegard säße hier auf einem Plaid am Spielrand, die Beine elegant zur Seite gelegt und einen Weidenkorb vor sich.

»Komm schon, Sidney, es geht los. Träumst du?«, sagte

Roger Wilson, der zweite Schiedsrichter und einer der Special Constables von Inspector Keating, der ständig den Anschein zu erwecken suchte, schwer beschäftigt zu sein, selbst wenn davon keine Rede sein konnte, und den Sidney deshalb trotz aller Mühe nicht sympathisch fand.

Grantchester hatte keinen guten Start – die ersten beiden Schlagmänner verlor das Team an schnelle Würfe von Horatio Walsh, was zu erheblichem Murren im Pavillon führte. Andrew Redmond, Grantchesters Captain, überlegte laut, ob es eigentlich fair sei, dass ein Westinder für Whittlesford auflief. Müssten die Teilnahmebedingungen nicht vorsehen, dass jemand mindestens fünf Jahre in einem Dorf gelebt haben musste, ehe er für dessen Mannschaft spielen durfte? Und was hatte jemand aus der Karibik überhaupt in Whittlesford zu suchen? Sidney wies ihn darauf hin, dass Horatio, da er nach England – vermutlich mit einem Kolonialpass – hatte einreisen dürfen, jedes Recht hatte, für jedes beliebige Team zu spielen. Außerdem konnte das Grantchester-Team sich schlecht beklagen, denn mit dem Inder Zafar Ali hatten sie einen der gefährlichsten Werfer im Spiel.

Schiedsrichter zu sein, war anstrengender, als Sidney gedacht hatte. Er musste die Anzahl der Bälle für die einzelnen Durchgänge korrekt zählen, indem er sechs Kieselsteine von einer Tasche in die andere steckte. Er musste entscheiden, ob der Werfer beim Wurf übertrat, ob die zahlreichen Einsprüche berechtigt waren, und beurteilen, ob gefangene Bälle von der Schmalseite des Schlägers oder vom Beinschoner abgeprallt waren. Es war genau wie bei der Detektivarbeit – er durfte nichts durchgehen lassen.

Nach zwanzig Minuten hatte Grantchester acht Punkte, und Sidney hatte sich in einer sehr knappen Entscheidung zugunsten von Geoffrey Thomas, dem Lebensmittelhändler vor Ort, ausgesprochen. Grantchester steckte in großen Schwierigkeiten, und jetzt musste der nächste Schlagmann, Derek Jarvis, der zu seinem Captain, Andrew Redmond, an die weiße Linie trat, das Spiel stabilisieren und seine Form finden.

Sidney hatte dem Coroner kein so gutes Auge zugetraut, aber fest stand, dass er sich die Bälle aussuchen konnte, die er spielte. Erstaunlich, überlegte Sidney, wie deutlich Cricket einen Charakter enthüllte – den Geduldigen und den Ungeduldigen, den Systematischen und den Nachlässigen, den Mutigen und den Ängstlichen.

Nach sechs Durchgängen mit jeweils sechs Würfen, bekam Horatio Walsh eine Atempause. An seine Stelle trat der Bestatter aus Whittlesford als Werfer in Aktion, und bald konnten Derek Jarvis und Andrew Redmond wieder Punkte erzielen. Sie spielten sicher und mühelos, und Sidney freute sich sehr, als der Coroner nach nur etwas mehr als einer Stunde fünfzig Punkte erreicht hatte.

Aber wie so oft, wenn ein Meilenstein erreicht war, musste Derek Jarvis seinen Durchgang aufgrund fehlender Konzentration beenden. Ein schneller und genauer Wurf sorgte dafür, dass er zurück zum Pavillon musste. Grantchesters Spiel wurde langsamer, nachdem sie schon 140 Punkte erreicht hatten, und die erste Hälfte endete schließlich mit 188 Punkten für Grantchester.

Die Teepause begann, und Sidney sah zufrieden, dass Mrs. Maguire zwei ihrer berühmten Rosinenkuchen mitgebracht hatte und beim Verteilen der Sandwiches half. Rosie Thomas, die Frau des Lebensmittelhändlers, bediente die große Teemaschine, während ihre Tochter

Annie den Spielern, die besonders ins Schwitzen gekommen waren, hausgemachte Limonade anbot.

Sidney genoss die lockere Stimmung, zumal ihm jetzt auch noch Leonard Graham einen Überraschungsbesuch abstattete, der Dickens ausgeführt hatte und sich ein paar Ratschläge in Gemeindeangelegenheiten abholen wollte. (Einer der Glöckner war von einer Leiter gefallen und erwartete einen Hausbesuch, der Küster hatte vergessen, die Bankette vor dem Friedhof zu mähen.) Als sie sich gerade zusammengesetzt hatten, um in Ruhe ein paar Worte miteinander zu reden, ging Mrs. Maguire dazwischen.

»Sehen Sie zu, dass Ihr verflixter Köter nicht an das Essen geht. Sie kennen ihn doch …«

»Er stellt bestimmt nichts an, Mrs. Maguire.«

»Dass ich nicht lache!«

Sie hatte sich kaum umgedreht, da steckte Zafar Ali dem Labrador ein Eiersandwich zu.

»Dass Sie ihn bloß nicht noch ermutigen!«, rief sie, aber da schnupperte Dickens schon an ihren Rosinenkuchen und sah alle Spieler, die auch nur die mindeste Sympathie erkennen ließen, mit einem seelenvollen Niemand-füttert-mich-Blick an. Erstaunlich, dachte Sidney, wie erfolgreich er damit war. Zum Schluss hatte er alles durchprobiert, was die Damen am Teestand zu bieten hatten.

Jetzt war Whittlesford an der Reihe zu schlagen, und die beiden Redmondbrüder, Andrew und Harding, waren die ersten beiden Schlagmänner. Es war das reinste Familienunternehmen, da ihre Schwester Rosie die Verpflegung übernommen hatte und ihr Schwager Geoffrey auch auf dem Spielfeld stand. In der Teepause hatte Sidney bemerkt, dass Rosies Tochter sich sehr freundschaftlich mit Zafar Ali unterhielt, was von ihrer Familie offenbar nicht gern gesehen wurde. Falls sich hier eine kleine Romanze entwickelte, konnte man nur hoffen, dass ihr keine Vorurteile in die Quere kamen.

Whittlesford startete selbstsicher mit dreißig Punkten, und nach diesem Anfang rechnete Sidney schon fest mit einem Sieg der gegnerischen Mannschaft. Aber beim Cricket ist nichts vorhersehbar. Andrew Redmond machte ein paar sehr gute Würfe, das Spiel ging hin und her, und Whittlesford erreichte hundert Punkte. Zafar Ali glänzte mit mehreren ausgezeichneten Würfen, wobei er seine Finger anleckte, ehe er den Ball packte und ihn so gedreht warf, dass er die Beinschützer des Spielführers von Whittlesford traf. Danach verlief das Spiel ausgeglichener. Whittlesford erreichte 160 Punkte und übernahm wieder die Initiative, aber Grantchester war noch lange nicht geschlagen. Ein lautes »Fang doch!« riss Sidney aus einer kurzen Unaufmerksamkeit, als der Whittlesford-Schlagmann den Ball in die Luft schlug. Geoffrey Thomas rannte hin, fasste festen Stand, als der Ball den höchsten Punkt seiner Flugbahn erreicht hatte, legte erwartungsvoll die Hände zusammen – und ließ den Ball fallen.

Daran sah man wieder einmal, sagte sich Sidney, wie schnell das Spiel sich ändern konnte. Er durfte keine Sekunde lang abschalten, denn wie langwierig das Spiel auch sein mochte – jeder Ball konnte eine Chance bringen. Wie so manches Verbrechen baute auch Cricket auf Geduld wie auf die richtige Gelegenheit.

Whittlesford brauchte nur noch vier Punkte zum Sieg. Am Ende des Durchgangs nahm Sidney seine Position am

Ende der Gresham Road ein und prüfte die sechs Kieselsteine in der rechten Tasche, bereit, sie – einen Ball nach dem anderen – in die andere Tasche zu stecken.

Die Sonne stand jetzt tiefer, die Schatten über dem Spielfeld wurden länger. Es war der letzte Durchgang. Andrew Redmond forderte den Ball, betrachtete ihn, rieb ihn an seiner Hose und warf ihn seinem Werfer zu.

Grantchesters einzige Hoffnung war nun, Whittlesfords besten Schlagmann, der schon dreiundsiebzig Punkte erzielt hatte, nicht ins Spiel kommen zu lassen. Andrew Redmond zog jedes Mal eine kleine Schau ab – besah sich den Ball, rieb ihn an seiner Hose und gab ihn erst dann dem nächsten Werfer. Der neunte Schlagmann von Whittlesford verteidigte den zweiten Wurf des Durchgangs. Whittlesfords Schlagmann ließ sich von Zafars drittem Wurf täuschen, verfehlte den Ball ganz und war somit aus dem Spiel.

Der neue Schlagmann nahm seine Position ein. Andrew Redmond rieb noch einmal den Ball an seiner Hose, warf ihn Zafar zu, der sich die Finger leckte und sie an die Naht des Balls legte. Er ging bis zum Ende seines kurzen Laufs, drehte sich um und warf dem Schlagmann einen schnellen Ball vor die Füße, der dann durch die Lücke zwischen Schlagholz und Schienbeinschoner zischte, sodass auch dieser Whittlesforder Schlagmann vom Feld gehen musste.

Großer Jubel! Zafar war auf dem besten Weg zu einem Hattrick, und da nur noch ein Schlagmann übrig war, standen Grantchesters Chancen vorzüglich. Whittlesford brauchte vier Punkte zum Sieg, zwei Bälle standen noch aus. Der neue Mann war Horatio Walsh, der schnelle Werfer aus der Karibik. Er war Linkshänder, und

Sidney fragte sich, wie Zafar den nächsten Ball wohl werfen würde. Der schlaue Inder war damit beschäftigt, die Position seiner Feldspiele neu zu ordnen.

Zafar lächelte, während er kalkulierte, mit welchem Wurf er Horatio Walsh am besten hereinlegen konnte. Ob ihnen die Ironie dieser Situation bewusst war – dass sie als Ausländer über den Ausgang eines englischen Dorfcricketspiels entscheiden konnten? Nur vier Punkte reichten zum Sieg, und Grantchester hatte noch zwei Würfe.

Zafar hatte vermutlich noch etliche Tricks parat. Der Werfer musste abschätzen, wie gut sein Gegner den Griff des Balls oder den Schnickser seines Handgelenks zu deuten wusste. Würde Horatio über das Spielfeld tänzeln und versuchen, den Ball schnell zu schlagen, ehe er anfing sich zu drehen, oder würde er warten, bis der Ball auf ihn zukam und ihn dann mit einem geraden Schlag verteidigen? Zafar musste entscheiden, ob Horatio etwas riskieren oder Vorsicht walten lassen würde.

Andrew Redmond verteilte seine Spieler strategisch auf dem Feld. Fünf von ihnen befanden sich in günstiger Fangposition. Alle Zuschauer standen entweder unmittelbar vor dem Pavillon oder am Rand des Spielfeldes. Das war Zafars Chance, zum Lokalhelden zu werden – als erster indischer Werfer, der in England einen Hattrick erzielte.

Sidney hatte den Arm nach links vorgestreckt, um das Spiel zu unterbrechen, während die Feldspieler ihre neuen Positionen einnahmen. Andrew Redmond rieb den Ball ein letztes Mal an der Hose, ehe er ihn seinem Werfer übergab.

Horatio Walsh ging das Spielfeld ab, lächelte Zafar Ali zu und nahm seine Position ein. Sidney senkte den Arm.

Zafar wandte dem Schlagmann den Rücken zu, leckte seine Finger und ergriff den Ball, wobei er seine rechte Hand mit der linken schützte, sodass niemand sah, was für einen Wurf er plante.

Er drehte sich um. Er sah dem Schlagmann in die Augen. Dann lief er los.

Er machte sieben Schritte.

Er stellte den linken Fuß fest auf den Boden, hob den rechten Arm und warf. Der Ball drehte sich aus seinem Handrücken und stieg hoch in die Luft. Er verharrte in seiner Flugbahn, wie von einer unsichtbaren Kraft gehalten, prallte auf das Feld und bog in Richtung des Schlagmannes ab. Horatio verlagerte sein Gewicht auf den linken Fuß, um den Ball mit einem geraden Schlag zu treffen. Doch der Ball sauste vorbei und traf ihn kräftig am rechten Beinschoner. Eine kaum merkliche Pause entstand. Dann drehte sich Zafar zu Sidney um und fragte: »Wie war das?« – die traditionelle Frage an den Schiedsrichter in Zweifelsfällen. Der Ausgang des Spiels hing nun einzig von seiner Entscheidung ab. Sidney nahm seine rechte Hand vom Rücken. Zunächst sah es so aus, als wollte er den fünften Stein von einer Jackentasche in die andere befördern, aber dann hob er langsam, aber bestimmt die Hand: Grantchester hatte gesiegt, und Zafar Ali konnte sich mit einem Hattrick schmücken.

Die Spieler schüttelten einander die Hände und schlugen Zafar auf den Rücken. Geoffrey Thomas, der Schwager des Captains, der einen womöglich entscheidenden Ball hatte fallen lassen, war sichtlich erleichtert über den Ausgang des Spiels.

Seine Tochter Annie fasste Zafar am Arm. »Wir sind so stolz auf dich!«

Thomas bremste ihre Begeisterung. »Schluss jetzt – er hat nur seinen Job gemacht. Wo ist das Bier?«

Bald herrschte eine fröhliche Feierlaune, wie es sie, wie Sidney fand, nur beim Cricket gab. Er trank ein Bier und bedankte sich bei den Beteiligten für ein faires Spiel. Dann ging er zu Zafar Ali hinüber, um ihm zu gratulieren.

»Sie mögen kein Bier?«, fragte er.

»Ich habe einen empfindlichen Magen, da verbietet sich Alkohol. Mrs. Thomas hat mir freundicherweise einen Krug Limonade gemacht.«

»Sie sieht lecker aus.«

»Ihrem Hund scheint sie jedenfalls zu schmecken. Ich habe ihm etwas in eine Schale gegeben. Hoffentlich haben Sie nichts dagegen?«

»Aber nein.«

»Es ist ein heißer Tag. Er schien Durst zu haben.«

»Wie ich höre, haben Sie ein Restaurant. Gehen die Geschäfte gut?«

»Es läuft nicht schlecht. Wir haben lange Öffnungszeiten, und am Sonntag ist viel Betrieb. Ihr Engländer esst gern Curry.«

»Da muss ich gelegentlich mal vorbeikommen.«

»Sie sind immer herzlich willkommen. Und vielen Dank für die Entscheidung.«

»Ich kann Ihnen versichern, dass es die richtige war.«

»Ich möchte nicht bevorzugt werden.«

»Nein, natürlich nicht. Schön, Sie in unserem Team zu haben. Sehen wir uns gelegentlich in der Kirche?«

»Ich bin Muslim, Canon Chambers.«

»Wir sind alle Kinder Abrahams. Wenn jemand Gott und Cricket hat – was will er mehr?«

»Höchstens noch eine Ehefrau …« Zafar Ali trank aus und schenkte sich nach. »Wollen Sie auch ein Glas?«

»Nein, danke. Ich hatte ein gutes Bier, und jetzt muss ich meinen Hund ausführen. Und das Thema Ehefrauen lassen wir am besten auf sich beruhen, oder haben Sie Heiratsabsichten?«

»Die Situation ist kompliziert.«

»Hat Ihre Familie jemand im Blick?«

»Ja, da gibt es gewisse Erwartungen.«

»Aber Sie würden lieber Ihre eigene Wahl treffen?«

»Wie gesagt, es ist kompliziert. Und nicht nur wegen meiner Familie.«

»Sollten Sie irgendwann das Bedürfnis haben, darüber zu sprechen, wissen Sie, wo ich zu finden bin.«

»Kennen Sie die Familie Redmond, Canon Chambers?«

»Nicht sehr gut, aber ich komme oft an ihrem Geschäft vorbei. Beliefern die Redmonds Ihr Restaurant?«

»Annie liefert uns Gemüse und Haushaltsbedarf ins Haus.«

»Und ist vielleicht selbst die Komplikation?«

»Scharfsinnig gedacht, Canon Chambers.«

»Ich habe gesehen, wie Annie Sie begrüßt und ihr Vater sie weggeschickt hat. Wenn Sie die Beziehung geheim halten wollen, sollten Sie ein wenig vorsichtiger sein.«

»Genau das ist das Problem. Wir wollen sie gar nicht geheim halten.«

»Ich könnte mit der Familie sprechen.«

»Erst muss ich mit Annie reden. Ihre Eltern und ihre Onkel sind immer höflich zu mir, aber ich merke, dass sie mich auf Abstand halten wollen. Ich bin Kunde und nicht mehr. Sie sind nicht glücklich mit der Situation.«

»Und Sie?«

»Auch nicht, Canon Chambers. Aber mit Gottes Hilfe kann alles gut werden.«

»Das hoffe ich, und ich will gern für Sie beten, Zafar, wenn Sie glauben, dass Ihnen das hilft.«

»Ich kann jeden göttlichen Beistand gebrauchen.«

Sidney sah sich nach Dickens um. Der Labrador wirkte ungewöhnlich träge. Vielleicht setzte die Hitze ihm zu, oder er hatte zu viele gute Happen von den Cricketspielern bekommen. Käse vertrug er nicht, und die Eiersandwiches hatten womöglich zu lange in der Sonne gestanden. Im Lauf des Abends wurde Dickens immer teilnahmsloser und schläfriger, sodass Sidney beschloss, Agatha Redmond anzurufen, die ihm den Labrador beschafft hatte und deren Bruder Andrew, der Captain des Grantchester-Teams, Tierarzt war.

»Sonderbar, dass Sie anrufen, denn Dickens scheint nicht der Einzige zu sein, der ein bisschen angeschlagen ist. Unsere Männer fühlen sich richtig krank, und ich glaube nicht, dass es vom Bier kommt. Scheint mir eher eine Lebensmittelvergiftung zu sein, Canon Chambers, wir können es uns nicht anders erklären. Hoffentlich war es nicht Mrs. Maguires Kuchen.«

»Das kann ich mir nicht vorstellen.«

»Hat sich Dickens übergeben?«

»Nicht, dass ich wüsste.«

»Und Sie?«

»Mir geht es gut. Aber ich habe auch kaum etwas gegessen.«

»Lassen Sie Dickens viel trinken. Ich komme morgen nach der Kirche vorbei.«

»Es ist bestimmt nichts Ernstes«, sagte Sidney, aber nach einem Blick auf seinen ermatteten Hund war er davon nicht mehr völlig überzeugt.

Am nächsten Tag war Dickens wieder ganz der Alte, und Sidney konnte sich seinen gewohnten Aufgaben widmen. Dass so viele Cricketspieler an Magenbeschwerden und einem Brummschädel gelitten hatten, war nicht weiter besorgniserregend, und Sidney interessierte sich mehr für die Cricketspiele zwischen Kent und Lancashire und Worcestershire gegen Gloucestershire in Stroud und für Miss Trumans Sieg im Tennis-Einzel in Paris. Das Cricketmatch vom Wochenende hatte er fast vergessen, als Inspector Keating bei ihrem Backgammonspiel am Donnerstagabend das Thema anschnitt.

Das Gespräch begann ganz harmlos. »Ich habe darüber nachgedacht, woher das Wort *Hattrick* kommt«, sagte Keating, nachdem er eine doppelte Drei gewürfelt hatte. »Mit Hüten hat Cricket doch wohl nicht viel zu tun ...«

»Es geht auf ein Spiel 1858 im Hyde Park Ground von Sheffield zurück, soviel ich weiß. Ein Team aus ganz England hat gegen eine Mannschaft aus Sheffield gespielt, und der englische Werfer H. Stephenson hat mit drei Bällen in Folge die Schlagmänner des gegnerischen Teams aus dem Spiel befördert. Wie damals als Belohnung für außergewöhnliche sportliche Leistungen üblich, wurde Geld gesammelt und damit ein weißer Hut gekauft, der dem Werfer feierlich überreicht wurde.«

»Und hat Stephenson sich über den Hut gefreut?«

»Die Geschichtsschreibung schweigt sich zu diesem

wichtigen Thema leider aus, Geordie, aber fest steht, dass Alis Hattrick unser eigener kleiner Beitrag zur Geschichte des Cricket ist.«

»Wenn man bedenkt, wie viel danach getrunken wurde, kann ich nur staunen, dass die Beteiligten sich überhaupt noch an etwas erinnern können.«

»Ja, es wurde wohl ausgiebig gefeiert. Heute gab es viele Brummschädel und verrenkte Mägen.«

»Der Inder trinkt aber keinen Alkohol, wie ich höre.«

»Dabei war er der Held der Stunde.«

Der Inspector bedachte Sidney mit jenem durchdringenden Blick, den er zu fürchten gelernt hatte. »Du weißt, dass es ihm nicht gut geht?«

»Was? Nein, das ist mir neu.«

»Er hat sogar sein Restaurant schließen müssen. Ich staune, dass du davon nichts gehört hast. Mrs. Maguire hat das offenbar unter der Decke gehalten.«

»Was hat denn die damit zu tun?«

»Es hätte ja einer ihrer berühmten Kuchen sein können.«

»Dass Mrs. Maguires Kochkünste schuld sind, bezweifele ich sehr.« Sidney ärgerte sich, dass er ständig seine Haushälterin verteidigen musste. »Gerade Backen ist ihre Stärke.«

»Der Arzt war da, aber ich habe auch einen von Jarvis' Leuten losgeschickt, damit er sich etwas umhört.«

»Ein erstaunlicher Eifer!«

»Man kann nicht vorsichtig genug sein. Ali hat gesagt, es könnte an der Limonade gelegen haben.«

»Sehr unwahrscheinlich ...«

»Das sagst du so. Aber vor etwa zwanzig Jahren – ich war noch ein kleiner Junge – gab es da einen Fall in Newcastle. Die Obstkristalle in dem Getränk hatten die Beschichtung des Behälters aufgelöst. Siebzig Leute vergifteten sich.«

»Und die Beschichtung enthielt …?«

»Antimon.«

»Ist daran nicht Mozart gestorben?«

»Keine Ahnung, Sidney.«

Sidneys Abschweifungen konnten Keating zur Verzweiflung bringen, aber der Freund ließ sich nicht bremsen. »Es war in einem Schweinskotelett, glaube ich. Trichinose nennt man das. Eine Ironie des Schicksals, denn in Mozarts letzter Oper *La clemenza di Tito* geht es um die Vergiftung von Kaiser Titus. Und deshalb wären, wenn du recht hast, diejenigen, die die Limonade getrunken haben, zuerst betroffen. Zafar Ali zum Beispiel.«

»Du weißt, dass er hinter Annie Thomas her ist? Die Redmonds sind darüber alles andere als begeistert.«

»Wegen seiner Herkunft?«

»Und seiner Religion. Es sind nicht alle so tolerant wie du, Sidney.«

»Das bin ich nicht immer. Der arme Zafar – so ein sympathischer Mann.« Sidney leerte sein Glas. »Aber ernsthafte Sorgen machst du dir deswegen doch nicht?«

»Nein, natürlich nicht. Allerdings hätte ich ungern einen Giftmischer unter uns. Manchmal dauert es verflixt lange, bis man diese Leute durchschaut. Du kennst den Fall George Chapman?«

»Meinst du den Manager von Arsenal?«

»Nein, Sidney, das ist Herbert Champan, der auf die Idee kam, Trikots mit Rückennummern einzuführen. George Champan war ein Gastwirt, der eigentlich Sevrin Klosowski hieß. Er brachte drei Ehefrauen um die Ecke, indem er über einen längeren Zeitraum ihre Getränke vergiftete und behauptete, sie seien eben kränklich gewesen. So was möchte ich hier nicht erleben.«

»Im *Eagle* kann das bestimmt nicht passieren«, sagte Sidney, als er mit den beiden leeren Gläsern zum Tresen ging.

Die Barfrau lehnte sich vor, und Sidney versuchte, einen zu tiefen Blick in ihren Ausschnitt zu vermeiden. »Und was ist dein Lieblingsgift, Schätzchen?«, fragte sie.

Am Samstag darauf stieg Grantchesters jährliches Gemeindefest. An diesem Tag erlebte Sidney seine Gläubigen einmal ganz anders, ihre beruflichen Sorgen waren vergessen, und alle gaben ihr Bestes, um das Fest zu einem Erfolg werden zu lassen.

Amanda reiste mit ihrer Freundin Martita, einem vielversprechenden Filmsternchen, aus London an. Martita hatte sich bereit erklärt, das Fest zu eröffnen.

Sidney genoss es, sich mit den beiden jungen Frauen zu zeigen. Amanda sah umwerfend aus in ihrem weiß gepunkteten Sommerkleid aus champagnerfarbener Seide nach der neuesten französischen Mode mit weitem kniekurzen Rock und gerafftem Oberteil.

»Martita hält mich auf Trab«, flüsterte sie Sidney zu, der ihr Komplimente machte. »Und ich wollte dich ja auch nicht enttäuschen.«

»Du bist einfach hinreißend.«

»So soll es auch sein. Die Leute mögen solche Hingucker, darüber lässt sich herrlich klatschen. Bestimmt haben sie Hildegard erwartet. Wann kommt sie denn mal wieder?«

»Ich reise nächste Woche nach Deutschland.«

»Dann richte ihr liebe Grüße von mir aus.«

»Liebe Grüße?«

»Ganz recht, Sidney. Ich mag Hildegard sehr gern.«

Beim Gemeindefest hatte Sidney nur eine offizielle Aufgabe – er musste beim Wettbewerb um das schönste Baby den Schiedsrichter spielen. Wie so vieles in Sidneys Leben schien das auf den ersten Blick harmlos, war aber in Wirklichkeit ein gesellschaftliches Minenfeld. Man brauchte dazu das Taktgefühl eines erfahrenen Diplomaten. Inzwischen hatte er sich angewöhnt, beim Anblick eines besonders hässlichen Kindes einfach zu sagen: »Was für ein Schatz!«

Seine selbstgewählte Aufgabe war es, am Kuchenstand herauszufinden, welche Kuchen Mrs. Maguire geliefert hatte, um ihr die Demütigung vom letzten Jahr zu ersparen. Da war ihr Victoria Sponge, auf den sie so stolz war, als Ladenhüter übriggeblieben.

Sidney wusste, was er zu tun hatte. Der Walnusskuchen, den er erstand und der nur von Mrs. Maguire stammen konnte, kostete einen Shilling Sixpence. Das war wirklich nicht zu viel verlangt für ein ordentlich geputztes Heim und regelmäßige Mahlzeiten.

Die Haushälterin lachte verlegen, als sie sah, welchen Kuchen Sidney gekauft hatte. »Wie haben Sie das nur herausbekommen, Canon Chambers?«

»Es war der erste Kuchen, der weggegangen ist. Die Kunden haben sich darum geschlagen«, schwindelte Sidney.

»Schade, dass Sie nicht zwei gemacht haben«, ergänzte Amanda.

»Doch, es ist noch einer da. Außerdem ein Victoria Sponge, meine Spezialität. Er kostet nur einen Shilling.«

Amanda strahlte sie an. »Den nehme ich! Sie sind bestimmt erleichtert, dass der Stand so viel Zuspruch findet.«

»Erleichtert?«

»Nach dem Cricketmatch letzte Woche soll es hier und da Gerede gegeben haben.«

»Mit meinen Kuchen hatte das nichts zu tun.«

»Das wollte ich damit auch nicht sagen.«

»Ach nein?« Mrs. Maguire war sichtlich gekränkt. »Ich darf Ihnen versichern, dass alles, was ich für das Cricketmatch gemacht habe, strengsten hygienischen Vorschriften entsprach. In meiner Familie hat es noch nie eine Lebensmittelvergiftung gegeben. Und wenn Sie mir nicht glauben, brauchen Sie nur Dickens anzusehen.«

Sidney drehte sich nach seinem Hund um. »Was hat Dickens damit zu tun?«

»Sie wissen selbst, dass er sich quer durch das ganze Angebot gefressen hat, Canon Chambers, er konnte gar nicht genug kriegen und ist nach wie vor putzmunter. An meinem Essen kann es also nicht liegen.«

»Dann sind Sie ihm vielleicht zum ersten Mal im Leben dankbar?«

»So weit würde ich nicht gehen. Aber er ist der Beweis. Wenn Sie mich fragen, ist an diesen Magenverstimmungen nur einer schuld.«

»Der Teufel Alkohol?«, fragte Amanda.

»Ganz genau, Miss Kendall. Mein Vater hat nie einen Tropfen getrunken und ist siebenundneunzig geworden.«

»Was für ein Leben!« Amanda lächelte honigsüß. »Ich nehme den Victoria Sponge.« Sie zückte ihren Geldbeutel und bezahlte den Kuchen.

»Zumindest meine Katzen werden sich freuen«, sagte

sie zu Sidney, als Mrs. Maguire sie nicht mehr hören konnte.

»Sei nicht so garstig«, sagte Sidney. »Sie meint es gut und hat es schwer gehabt im Leben.«

»Tut mir leid, Sidney, ich bin kein Kuchentyp.«

»Was für ein Typ bist du dann, Amanda?«

»Ich bin eben mehr für Cocktails und Canapés.«

Als das Tauziehen entschieden war, das zu jedem ordentlichen Gemeindefest gehört, und Martita sich verabschiedet hatte, um zu Freunden aufs Land zu fahren, war Sidney endlich mit Amanda allein. Sie gingen zum Fluss hinunter und sahen zu, wie allmählich das Licht auf dem Wasser und zwischen den Weiden schwand. Der Abend war herrlich. Sidney freute sich auf das gemeinsame Essen im Red Lion, ehe Amanda den letzten Zug nach London besteigen musste. Es war der Höhepunkt eines langen, glücklichen Tages, an dem sie ihn von seiner besten Seite erlebt hatte.

Amanda hakte sich bei Sidney ein. »Im Sommer ist das hier die reinste Idylle. Schade, dass ich nicht öfter herkommen kann.«

»Du kannst kommen, wann immer du willst, Amanda, das weißt du doch.«

»Aber ob das auch Hildegard recht wäre?«

»Natürlich. Sie ist nicht eifersüchtig.«

»Demnach hat sie wirklich nur gute Seiten.«

»Ja, das stimmt. Es könnte sogar sein, dass sie zu gut für mich ist.«

»Manchmal redest du wirklich Unsinn, Sidney.«

Sie unterbrach sich, als Inspector Keating mit langen Schritten herankam. »Gut, dass ich euch erwische. Ich bringe leider schlechte Nachrichten. Mr. Ali ist tot. Er hat sich von seiner Lebensmittelvergiftung nicht mehr erholt, ich habe Jarvis eingeschaltet. Das Problem ist nun, dass die Angehörigen Muslime sind und auf eine rasche Beerdigung dringen. Du musst mit ihnen reden, Sidney, und die Bestattung so weit wie möglich hinauszögern.«

»Wäre das nicht eher die Aufgabe eines Imams?«

»Hier gibt es keinen. Du musst auch mit dem Friedhof verhandeln. Lass dir von Leonard helfen. Die Familie ist ratlos und durcheinander. Du wirst deine liebe Not mit ihr haben, aber wir müssen der Sache auf den Grund gehen.«

»Du glaubst, da ist etwas faul?«

»Versuche dich an alles zu erinnern, was sich am Samstag zugetragen hat. Ist dir irgendetwas aufgefallen? Wer hat noch von der Limonade getrunken? Und wurde Zafar gezielt zum Opfer, oder war er nur besonders anfällig? Und wer um Himmels willen hätte ihn umbringen wollen?«

Die Familie Ali bewohnte eine kleine Wohnung über dem Restaurant Curry Garden in der Mill Street, das Spezialitäten wie eine klassische bengalische Dorade, Murgh Nizami, Nihari-Lamm und Rogan Josh aus Kaschmir anbot. Wer diese Gerichte verträgt, dachte Sidney, als er die Speisekarte las, wird wohl kaum von einer harmlosen Limonade oder von Mrs. Maguires Rosinenkuchen Bauchgrimmen bekommen.

Er zog die Schuhe aus und kondolierte Zafars Eltern, Wasim und Shaksi, während die drei Kinder, Aaqil, Munir und Nuha, verunsichert danebenstanden. Stumm folgten sie ihren Eltern in ein kleines dunkles Zimmer mit einem niedrigen Sofa und ein paar Holzstühlen. Die Vorhänge waren zugezogen, und eine Kerze brannte. Ein gerahmtes Zitat aus dem Koran war der einzige Wandschmuck. Hier war das Leben zum Stillstand gekommen, war leer und trostlos wie ein Swimmingpool, dem man am Ende des Sommers das Wasser abgelassen hat.

Wasim bat Sidney, Platz zu nehmen, aber die Familie blieb stehen, die Kinder drückten sich verlegen an der Tür herum. Shaksi bot ihm etwas zu trinken an, und Sidney nahm ein Glas Wasser. Er wolle der Familie keine Schwierigkeiten bereiten, sagte er, ihre Gedanken drehten sich zurzeit wohl ausschließlich um Zafar. Vielleicht dächten sie, ihr Sohn wäre noch am Leben, wären sie nur nicht nach Großbritannien gekommen? Der Kummer hing schwer im Raum.

Sidney fragte, ob in den Tagen vor Zafars Tod etwas Ungewöhnliches vorgefallen sei. Zafar habe über einen metallischen Geschmack im Mund geklagt, sagte Wasim, seine Hände und Füße seien geschwollen gewesen und er habe sich übergeben, habe Magenkrämpfe und Ohnmachtsanfälle gehabt. Erleichterung habe ihm nur der Earl-Grey-Tee gebracht, den Rosie Thomas aus dem Lebensmittelgeschäft herübergeschickt hatte. Die Familie trank normalerweise Darjeeling, aber Zafar hatte den zarter duftenden chinesischen Tee bevorzugt und scherzhaft gesagt, dass man ihm diese Vorliebe hoffentlich nicht als Landesverrat auslegen werde.

»Es ist ein schwerer Schicksalsschlag«, sagte Sidney, als er sich zum Gehen wandte. »Und das nach so einem Triumph. Ich hatte noch nie einen Hattrick gesehen, zumal einen so geschickten und stilsicheren. Bewundernswert, wie unaufgeregt er um meine Entscheidung gebeten hat, auch wenn er innerlich triumphiert haben muss. Hat er den Matchball mit nach Hause gebracht?«

»Nicht dass ich wüsste. Warum fragen Sie?«

»Ein Werfer, der einen Hattrick erzielt, darf normalerweise den Ball behalten.«

»Nein, ich habe keinen Ball gesehen. Aber als Zafar nach Hause kam, ging es ihm schon sehr schlecht, er konnte sich kaum auf den Beinen halten.«

»Merkwürdig, dass der Ball verschwunden ist.«

»Nicht merkwürdiger als alles andere, Canon Chambers. Wir können nur beten.«

»Ja, lassen Sie uns das gemeinsam in der Stille tun.«

»Danke, Canon Chambers. Friede sei mit Ihnen und die Gnade Allahs.«

Sidney beschloss, mit Annie Thomas über die Bestattung zu sprechen und sich vorsichtig zu erkundigen, ob ihr in den letzten Tagen von Zafars Leben irgendetwas aufgefallen war.

Annie habe seit Zafars Tod kaum ein Wort gesprochen, sagte ihre Mutter Rosie, habe sich in ihrem Zimmer eingeschlossen, nichts gegessen und nur Wasser getrunken. Dr. Robinson sei bei ihr gewesen, habe ihr aber kein Schlafmittel verschrieben, weil er fürchte, sie könne eine Überdosis nehmen. Sie brauche einfach Zeit und Ruhe, um zu trauern, hatte er gemeint.

Sidney wollte trotzdem versuchen, mit ihr zu reden, und Annies Mutter brachte ihn widerstrebend bis an die Schlafzimmertür. Er klopfte behutsam. Das Geschehene könne auch er nicht rückgängig machen, sagte er leise durch die Tür, aber er wolle gerne, dass sie in die Bestattungsvorbereitungen einbezogen und ihre Liebe zu Zafar anerkannt werde. Es dauerte eine Weile, bis sich die Tür öffnete. Dann stand Annie mit erloschenen Augen vor ihm. Sie blickte zu Boden, trat dann zurück, um sich wieder ins Bett zu legen und dem Besucher den Rücken zuzuwenden.

Sidney setzte sich ans Fußende. Dass es ihr schwerfiel zu sprechen, sei ihm klar, sagte er, und sie brauche auch nichts zu sagen. Er werde für sie beten, ob sie wolle oder nicht.

»Ich habe nur einen Wunsch – ihn wieder lebendig vor mir zu sehen. Und den können Sie mir nicht erfüllen.«

»Du hast einen schweren Verlust erlitten.« Mehr wollte Sidney im Augenblick nicht einfallen. Es war zu früh, sie zu streicheln oder ihre Hand zu nehmen. Er musste warten, bis sie von selbst anfing zu reden.

Das dauerte seine Zeit.

»Er war ein so sanfter Mensch«, sagte Annie schließlich. »Er hätte nie jemandem was getan. Er wollte Arzt werden.«

»Was war denn seiner Meinung nach der Grund für seine Beschwerden?«

Jetzt setzte sich Annie auf, ohne Sidney anzusehen. »Er wollte niemanden beschuldigen, meinte aber, es habe an der Limonade gelegen. Allerdings konnte er sich nicht erklären, warum sich sein Zustand nicht besserte. Inzwischen ist der Krug abgewaschen, wir haben keinerlei Beweise.«

»Eine schlimme Geschichte. Wussten deine Eltern über eure Beziehung Bescheid?«

»Sie wussten, dass wir befreundet waren.«

»Aber nicht, dass ihr heiraten wolltet?«

»Nein. Woher wussten Sie das denn?«

»Zafar hat es mir gesagt.«

»Und warum?«

»Ich habe ihm meine Hilfe angeboten. Ihr hättet die Einwilligung eurer Eltern gebraucht. Zunächst hätte ich natürlich mit euch beiden eingehender sprechen müssen, um festzustellen, ob eure Beziehung aufrichtig ist und auf gegenseitiger Achtung basiert. Danach hätte ich mit euren Eltern gesprochen.«

»Die hätten nie eingewilligt.«

»Die meisten Eltern denken wohl, dass ihre Kinder zu jung sind, um mit ihrem Leben allein zurechtzukommen.«

Annie wurde blass vor Zorn. »Ich bin ein Jahr älter, als meine Mutter war, als sie mich gekriegt hat. Sie hat's vertuschen wollen und gesagt, dass ich zu früh gekommen bin, aber ich weiß, dass sie nur geheiratet hat, weil sie schwanger war. Und jetzt will sie über mein Leben bestimmen.«

»Vielleicht wollte sie nur verhindern, dass du den gleichen Fehler machst wie sie.«

»Zafar und seine Angehörigen arbeiten hart, sie wollen etwas erreichen im Leben und wissen, dass sie es sich nicht bequem machen können wie die anderen Leute hier im Dorf, nur weil die das Privileg haben, Engländer zu sein.«

Sidney nickte. »Dass man glaubt, das große Los in der Lotterie des Lebens gezogen zu haben, nur weil man hier geboren wurde, ist meiner Meinung nach eine sehr gefährliche Sicht der Dinge.«

»Wir brauchen doch nicht immer das zu tun, was von uns erwartet wird, oder? Manchmal kann das Unerwartete besser sein. Man muss auch mal was riskieren und darauf vertrauen, dass der Mensch, den man liebt, der Richtige für einen ist, finden Sie nicht?«

»Doch. Allerdings habe ich nicht immer nach diesem Grundsatz gehandelt. Vielleicht ist man mutiger, wenn man jünger ist.«

Annie lächelte. »Sie sind doch nicht alt, Canon Chambers.«

»Ich bin achtunddreißig.«

»Dann wird's aber langsam Zeit für Sie.«

»Das höre ich häufig.«

»Aber Sie richten sich nicht danach. Ein bisschen wie ich. Ich mach immer das genaue Gegenteil von dem, was man mir sagt. Und was hat's mir gebracht?«

Sie drehte sich unvermittelt wieder zur Wand. Sie hatte sich zu weit von ihrem Kummer entfernt und wollte jetzt nur eins – zu ihm zurückkehren und ihr Herz ganz mit Trauer füllen.

Am Montagvormittag versuchte Sidney sich mit den neuesten Cricketnachrichten aufzuheitern. Die *Times* berichtete, dass England im Lord's Cricketstadion mit der gleichen Mannschaft spielen würde, die in Trent Bridge Indien geschlagen hatte und dass der Zustand des Platzes offenbar gut war. Die Heimmannschaft müsse sich Gedanken über Optionen für ihre Werfer machen und es sei zu hoffen, dass Taylor und Barrington sich noch verbessern könnten.

Beim Stichwort Werfer kehrten seine Gedanken zu Zafar Ali zurück, und ihm fiel ein, dass er mit dem Coroner sprechen musste. Derek Jarvis erwartete ihn mit dem Autopsiebericht.

»Die Schleimhaut über dem vorderen Rand des Kehldeckels und des benachbarten Teils des Rachens wurde durch Verschorfung zerstört«, begann Jarvis. »Die

Geschwürbildung erstreckt sich bis in den oberen Teil der Speiseröhre. Etwa zweieinhalb Zentimeter darunter ist die Schleimhaut durch Verschorfung und Entzündung gänzlich zerstört, die Ringmuskelfasern liegen frei. Über der Obergrenze dieses Geschwürs zeigen sich auf der Schleimhaut mehrere ovale, längliche und entzündete Stellen mit verschorften Schleimhautresten. Im Magen finden sich Rötungen, Schwellungen und eine allgemeine Entzündung, in der Mundschleimhaut sind Geschwüre und Pusteln, die Lungen des Verstorbenen sind hepatisiert und voller Blut.«

»In Nieren und Darm konnten Spuren von Thallium nachgewiesen werden, allerdings nicht in tödlicher Dosis. Bedeutsamer ist das Antimon im Magen, den Nieren, der Leber und dem Darm. So große Mengen können kein Zufall sein«, erklärte Jarvis.

»Sie glauben also ...?«

»Allerdings!«

»Wie sieht Antimon aus?«, wollte Sidney wissen.

»Es sind hellgelbe Kristalle.«

»Zitronengelb? Wie die für Limonade?«

»Man kann sie auch mit Bittersalz verwechseln. Wenn ein Patient so etwas zum Beispiel bei einer Magenverstimmung einnimmt ...«

»... könnte er stattdessen versehentlich Antimon bekommen haben.«

»Man müsste wissen, ob der Kaufmann sowohl Limonadenkristalle als auch Bittersalz führt und wer dem Patienten Medikamente verabreicht hat.«

»Annie Thomas können wir da wohl ausschließen.«

»Wir müssen herausbekommen, wer an dem Tag des Cricketspiels die Limonade hergestellt und wer sie getrunken und wer hinterher den Krug ausgewaschen hat. Ich vermute ja, dass in dem Getränk nicht genug Antimon war, um einen Menschen sofort zu töten ...«

»Und welchen Schluss ziehen Sie daraus?«

»Bis jetzt noch gar keinen. Aber außer der Limonade gibt es womöglich noch andere Möglichkeiten.«

»Das heißt, dass das Gift in mehreren Lebensmitteln gesteckt hat? Zafar hat ein Sandwich mit Ei gegessen, mehr nicht.«

»Wir müssen feststellen, was er gegessen und getrunken und berührt hat. Die Spuren von Thallium sind mir ein Rätsel. Womöglich hat er verschiedene Gifte zu unterschiedlichen Zeiten zu sich genommen.«

»Soll das heißen, dass mehr als ein Mörder frei herumläuft?«

»Nichts ist unmöglich, Sidney. Am besten fängst du zunächst bei den Lieferanten an, aber sei vorsichtig. Ich möchte nicht, dass dir etwas zustößt. Solltest du dich unwohl fühlen, musst du unverzüglich einen Arzt aufsuchen und mich verständigen. Es wäre nicht schlecht, wenn du genau aufschreiben würdest, was du isst und trinkst, woher es kommt und von wem.«

»Bist du da nicht überängstlich?«

»Man kann nicht vorsichtig genug sein.«

Annies Mutter, Rosie Thomas, war eine Blondine mit gerötetem Gesicht, dünnen Lippen und Himmelfahrtsnase – und eine Frau, die kein Blatt vor den Mund nahm. Mit Hilfe eines guten Friseurs und ein wenig Stilberatung von Amanda hätte sie eine elegante Erscheinung sein können – falls sie das gewollt hätte. Allerdings schien ihr für so eine Verwandlung die Zeit, die Geduld und vor allem das Selbstvertrauen zu fehlen. Sie hatte ihre Nische als tüchtige Geschäftsfrau gefunden und war damit zufrieden. Sidney hatte sie noch nie ohne Schürze gesehen.

Rosie bestätigte, dass sie das indische Restaurant belieferte und ihre Tochter Annie jeden Donnerstag die Waren austrug, allerdings werde sie in absehbarer Zeit dieser Aufgabe wohl nicht nachkommen können, da sie sich nach wie vor meist in ihrem Zimmer aufhalte.

»Sie mögen es nicht, wenn wir am Freitag liefern, weil sie da den ganzen Tag beten. Uns kann's recht sein.«

»Annie und Mr. Ali waren befreundet?«

»Ich weiß nicht, was Ihnen zu Ohren gekommen ist, Canon Chambers, aber Sie sollten nicht auf Klatsch hören. Meine Tochter würde sich nie mit einem Ausländer zusammentun, so viel kann ich Ihnen sagen.«

»Das wollte ich auch nicht andeuten, ich habe nur gefragt, ob sie befreundet waren.«

»Wir sind mit all unseren Kunden gut Freund.«

»Und behandeln alle gleich, nicht wahr?«

»Wir versuchen es jedenfalls. Wenn man einen vorzieht, gibt das nur Ärger.«

»Und hat Mr. Ali immer den vollen Preis gezahlt?«

»Natürlich.«

»Und was hat er gekauft?«

»Gemüse, wenn wir gerade das hatten, was er brauchte, Gürkchen und Silberzwiebeln. Haltbare Ware hat er monatlich bestellt – Lachskonserven, Pfirsichkonserven, Dosenmilch. Ausgefalleneres hat er wohl in London gekauft. Gewürze führen wir nicht.«

»Aber die Grundnahrungsmittel hat er von Ihnen bezogen – Milch, Zucker, Tee und natürlich Limonade wie an dem Tag des Cricketspiels?«

»Meine Limonade kann nicht schuld sein, wahrscheinlich war es der Kuchen Ihrer Haushälterin.«

»Das glaube ich kaum. Bisher hat es damit noch nie Ärger gegeben.«

»Einmal ist immer das erste Mal.«

»Gewiss. Aber zurück zur Limonade …«

»Ich kann Ihnen das Pulver zeigen, das wir führen, es sind Kristalle, die sich in Wasser auflösen.«

»Und führen Sie auch Bittersalz?«

»Wir sind keine Apotheke.«

»Oder Backpulver?«

»Warum fragen Sie? Geht's Ihnen nicht gut?«

»Nein, nein«, beteuerte Sidney rasch. »Mrs. Maguire hat mich gebeten, welches mitzubringen.«

»Mrs. Maguire geht normalerweise selbst einkaufen.«

»Ich wollte ihr ein bisschen unter die Arme greifen.«

»Sie brauchen eine Frau, Canon Chambers.«

»Das höre ich häufig.«

»Wann kommt denn Ihre deutsche Freundin mal wieder?«

»Nicht so bald.«

»Englische Frauen sind doch auch sehr nett. Haben Sie schon mal an meine Nichte gedacht?«

»An Abigail Redmond? Sie ist viel zu jung für mich. Und außerdem wohl schon vergeben, oder?«

»Nicht mehr. Den Unfug mit Gary Bell haben wir ihr ausgetrieben. Sie ist ein bildhübsches Mädel.«

»Deswegen bin ich aber nicht gekommen, Mrs. Thomas.«

»Weswegen dann?«

»Weil ich Backpulver kaufen und mit Ihnen über Mr. Ali sprechen wollte.«

»Der inzwischen im Jenseits ist, Gott sei seiner Seele gnädig, auch wenn er nicht an Gott geglaubt hat.«

»Er glaubte an Allah, seinen muslimischen Gott.«

»Aber das zählt doch wohl nicht?«

»Wir sind alle Kinder Abrahams, Mrs. Thomas.«

»Also alle Juden? Na hören Sie mal!«

Hinter ihm hatte sich eine Schlange gebildet. Die Gelegenheit, Mrs. Thomas die Ähnlichkeiten zwischen den monotheistischen Religionen zu erklären, war wohl nicht günstig.

»Könnte ich noch ein paar Limonadenkristalle haben?«

»Wozu?«

»Für Limonade natürlich«, gab Sidney zurück, der es eilig hatte, wieder zu Jarvis zu kommen.

»Sie sind schon ein komischer Typ, Canon Chambers. Manchmal werde ich einfach nicht schlau aus Ihnen.«

»Sie sind nicht die Erste, die mir das sagt.«

»Sie sollten mehr Zeit in der Kirche verbringen, statt ihre Nase in anderer Leute Angelegenheiten zu stecken.«

Nach langwierigen Beratungen mit der Familie Ali, dem Bestatter Harold Streat und den Mitarbeitern des Friedhofs an der Mill Road hatte sich Sidney für eine vereinfachte christliche Trauerfeier mit anschließenden muslimischen Gebeten eines Imams entschieden. Mitglieder beider Cricketteams waren gekommen, ebenso zahlreiche Vertreter der muslimischen Gemeinde und Gäste des Curry Garden. Zafar war offenbar sehr beliebt gewesen und hätte es noch weit bringen können. Das machte seinen Tod noch unverständlicher und das gemeine Verbrechen besonders bedrückend.

Annie Thomas verlas bei der Trauerfeier ein Gedicht

von Christina Rossetti. Sie trug ein schwarzes Kleid, und ihr blasses entschlossenes Gesicht verlangte Aufmerksamkeit und duldete keine Unterbrechungen.

Nach der Trauerfeier lobte Sidney sie, weil sie so tapfer gewesen war. Sie könne jederzeit zu ihm kommen, sagte er, und er hoffe, dass sie sich nicht mehr in ihrem Zimmer verschanzen werde. »Im Lauf der Zeit wird der Kummer nachlassen.«

»Und wenn ich gar nicht will, dass er nachlässt? Wenn ich meinen Schmerz vergesse, vergesse ich ihn, und das will ich nicht.«

Sie sah Sidney zum ersten Mal ins Gesicht. »Meine Eltern sollen wissen, dass es keine Teenagerschwärmerei war.«

»Das glauben sie wohl auch nicht, gerade deshalb waren sie ja so in Sorgen.«

»Mum hat erzählt, dass Sie bei ihr waren und komische Fragen gestellt haben. Glauben Sie, dass es die Limonade war?«

»Ich weiß es noch nicht«, erwiderte Sidney vorsichtig. »Gehst du jetzt nach Hause?«

»Nein, Canon Chambers. Ich bleibe ein paar Tage bei Zafars Familie.«

»Und das stört deine Eltern nicht?«

»Doch, deshalb mache ich das ja.«

»Hat Familie Ali denn ein Zimmer für dich?«

»Ja, das Zimmer, in dem Zafar geschlafen hat. Deshalb will ich dort sein.«

»Und meinst du wirklich, das ist gut für dich?«

»Darum geht es mir nicht. Ich will das Richtige tun.«

Sidney begriff, dass es Jahre dauern würde, bis ihr Kummer sich legen und die Spannungen in der Familie Redmond nachlassen würden. Zunächst brauchte er jetzt eine Bestätigung für seinen Verdacht, und die konnte nur der Coroner ihm liefern.

»An den Limonadenkristallen, die Sie mir gebracht haben, ist nichts Auffälliges«, sagte Derek Jarvis. »Aber wir konnten wohl kaum erwarten, dass die Familie freiwillig das Gift bei uns abliefert.«

»Sie haben die Familie im Verdacht?«

»Häufig sind die Täter im engsten Familienkreis zu finden. Aber das herauszufinden, ist eine Aufgabe für Sie und Keating.«

»Die Limonade hätte vielleicht auch ohne ihr Wissen gepanscht werden können. Zum Beispiel auf dem Cricketplatz.«

»Möglich«, räumte Derek Jarvis ein.

»Dann könnte es jeder gewesen sein.«

»Jeder und jede. Das ganze verdammte Dorf, wenn man so will ...«

Am nächsten Morgen rief Amanda an, erkundigte sich nach dem Verlauf der Trauerfeier und berichtete, dass sie Claudio Arrau mit seinem Beethoven-Zyklus in der Festival Hall gehört hatte. »Wie schade, dass Hildegard nicht mit mir dort war. Ich mag sie wirklich sehr. Und du musst aufpassen, dass niemand sie dir wegschnappt.«

»Im Augenblick kann ich mich mit diesem Thema beim besten Willen nicht beschäftigen.«

»Ich weiß, dass womöglich ein Mensch ermordet worden ist, Sidney, und dass du deinen Pflichten nachgehen musst, aber dein künftiges Glück ist genauso wichtig. Glaubt ihr denn nach wie vor, dass beim Tod des unglücklichen jungen Inders nicht alles mit rechten Dingen zugegangen ist?«

»Leider ja. Wir vermuten eine Vergiftung mit Antimon.«

»Von Antimon habe ich schon gehört. Es ist dasselbe wie Brechweinstein, oder?«

»Ich glaube, ja. Aber woher weißt du denn das?«

»Man gibt es Pferden als fiebersenkendes Mittel.«

»Pferden?«

»Unter dem Namen *Hind's Sweating Ball*. Eine Überdosis ist sehr gefährlich.«

»Ist es schwer zu bekommen?«

»Nicht für Tierärzte.«

»Der Spielführer unseres Cricketteams ist Tierarzt. Ich muss gleich zu ihm.«

»Bitte pass auf dich auf. Bei deinen Abenteuern bekomme ich es immer mit der Angst zu tun.«

»Mir passiert schon nichts, Amanda.«

Andrew Redmond bewohnte ein Reiheneckhaus am Rand von Grantchester, wo die Felder begannen. Er war das dritte der Redmondkinder – ein typischer Nachkömmling, neunundzwanzig und unverheiratet. Er sah gut aus, war sportlich und beruflich erfolgreich, eigentlich war es erstaunlich, dass er noch keine Frau gefunden hatte. Auf dem Kaminsims standen ein paar Geburtstagskarten, aber dies war unübersehbar das Heim eines Junggesellen – mit Hufeisen an den Wänden, Kamingeschirr und gerahmten Fotos von Cricketteams aus der Schulzeit und dem Studium. Andrew war immer in der ersten Reihe in der Mitte zu sehen: A.P.D. Redmond (Capt.)

Das Haus roch leicht nach Desinfektionsmitteln. Als

Andrew ihm einen Tee anbot, warf Sidney einen Blick in die Küche und stellte fest, dass anders als bei manchen Junggesellen dort mustergültige Ordnung herrschte, die Oberflächen waren blitzsauber, der Fußboden war offenbar erst kürzlich gewischt worden und glänzte noch feucht.

Sidney hatte als Ausrede für seinen Besuch Dickens mitgenommen. Er wolle sich vergewissern, dass alles in Ordnung war, sagte er. »Nach dem Cricketmatch ging es ihm gar nicht gut, es hätte ja etwas Ernsteres dahinterstecken können.«

»Sehr vernünftig.« Redmond setzte Dickens auf den Untersuchungstisch und strich mit kundiger Hand über seinen Kopf und die Ohren. »Wir leben in sonderbaren Zeiten.«

»Sie haben sich nach dem Match auch nicht wohl gefühlt?«, tastete Sidney sich vor.

»Es muss das Bier gewesen sein. Sie hatten ein neues Fass angestochen, das war wohl stärker.«

»Sie machen mir nicht den Eindruck eines starken Trinkers.«

»Stimmt. Ich trinke nur nach dem Spiel. Und wenn ich Durst habe.«

»Haben Sie von der Limonade getrunken?«

»Nein, das Zeug habe ich nicht angerührt. Ich hab gehört, dass Sie vermuten, sie habe dem armen Zafar den Garaus gemacht.«

»Von wem haben Sie das gehört?«

»Von meiner Schwester. Sie hat mir erzählt, dass Sie bei ihr im Geschäft waren.«

»Als Tierarzt wissen Sie wahrscheinlich, was man gegen eine Magenverstimmung macht.«

»Bei Menschen und Tieren gibt es da große Unterschiede.«

»Und Sie behandeln alle Tiere?«

»Ja, allerdings sind es bei uns in der Gegend vor allem Rinder.« Er war mit seiner Untersuchung fertig. »Dickens scheint gut in Form zu sein.«

»Ich bin froh, dass er sich so schnell erholt hat.«

»Ich hätte ihm etwas gegen die Magenverstimmung geben können.«

»Nimmt man dafür ein Brechmittel?«

»Stimmt.«

»Und haben Sie unterschiedliche Brechmittel für unterschiedliche Tiere? Ein Hund muss vermutlich anders behandelt werden als ein Pferd.«

»Natürlich, Canon Chambers. Pferde brauchen ein spezielles Mittel.«

»Hind's Sweating Ball?«

»Sie sind gut informiert.«

»Mit dem Hauptbestandteil Antimon.«

»Was wollen Sie damit sagen, Canon Chambers? Sie sind doch wohl wegen Dickens gekommen? Dem geht's gut, der macht's noch lange.«

Am Freitag, dem 19. Juni, sah sich Sidney mit seinem Vater und weiteren 22 000 Zuschauern das zweite Test Match zwischen England und Indien im Nationalstadion Lord's in London an. Indien war zuerst am Schlag und machte 168 Punkte. Am zweiten Tag erreichten die beiden Schlagmänner Colin Cowdrey und Ken Barrington für England schnell 50 Punkte.

Ehe die Teams aus dem Pavillon kamen, erkundigte sich Sidneys Vater noch rasch nach den Neuigkeiten in Sidneys Gemeinde. Sidney freute sich an dem kameradschaftlichen Verhältnis zu seinem Vater. Begonnen hatte das wohl schon, als er mit sechs seinen ersten Cricketschläger bekam und lernte, wie man ihn mit Leinöl präparierte und wie man ihn hielt, nämlich die linke Hand über der rechten. Über dreißig Jahre hinweg hatte das Interesse an dem Spiel ihre Freundschaft vertieft, beide schätzten die nachdenklichen Gespräche, die auf den Cricketplätzen – sei es nun Lord's, Fenners oder the Parks – jederzeit vertagt und bei Bedarf wieder aufgenommen werden konnten. Manchmal hatte Sidney das Gefühl, dass er seinem Vater alles erzählen konnte, auch wenn er sich in Herzensdingen lieber bedeckt hielt.

»Hast du diesen Sommer wieder einen Abstecher nach Deutschland vor?«, fragte Alec Chambers betont beiläufig.

»Nein, ich habe zurzeit sehr viel um die Ohren.«

»Und wann hast du Amanda zuletzt gesehen?«, bohrte Alec Chambers weiter.

»Sie war zum Gemeindefest da. Leider musste ich vorzeitig weg.«

»Sicher ging es um wichtige Gemeindeangelegenheiten. Aber Amanda ist wahrscheinlich Kummer gewöhnt …«

Leichtsinnigerweise und um weitere Fragen über die Frauen in seinem Leben zu vermeiden, gestand Sidney, dass im Dorf vermutlich wieder ein Mord geschehen war.

»Bei euch geht es wirklich gefährlich zu! Dann kannst du froh sein, dass du wenigstens beim Cricket Ablenkung findest.«

»Ich habe darüber nachgedacht«, meinte Sidney am Ende des Durchgangs, »dass einige der berühmtesten Kriminologen Cricketspieler waren, zum Beispiel Arthur Conan Doyle. Erstaunlich, dass der Schöpfer von Sherlock

Holmes ein Könner mit Ball und Schläger war. Bei seinem ersten Spiel auf Lord's hat er hundert Punkte erreicht ...«

»Aber ob das für die Lösung eines Verbrechens wirklich hilfreich war? Konzentrieren wir uns lieber auf das Spiel.«

Als England 69 Punkte erreicht hatte, wurde es gefährlich. Die indischen Werfer machten den englischen Schlagmännern arg zu schaffen.

»Die Spieler wirken etwas ängstlich. Du kannst nicht spielen, wenn du dich vor dem Ball fürchtest. Er wird dich schon nicht umbringen.«

»Haben die Engländer im Ersten Weltkrieg nicht mit Cricketball-Granaten experimentiert?«, fragte Sidney.

»Die sogenannte Nummer fünfzehn«, bestätigte sein Vater. »Du konntest sie mit der Hand oder dem Katapult werfen. Sie wurde in der Schlacht bei Loos eingesetzt und auch im Gallipoli-Feldzug, soviel ich weiß. Aber sie mochte keine Nässe.«

»Wie ein richtiger Cricketball.«

»Die Zünder streikten, deshalb wurden die Fünfzehner im Jahr darauf aus dem Verkehr gezogen. Schade eigentlich – es wäre ein Spaß gewesen, die Deutschen mit einem Symbol unseres Nationalsports zu besiegen.«

Barrington hatte fünfzig Punkte erreicht, und die Inder beschlossen, ihre Taktik zu ändern. Subash Gupte, genannt Fergie, war der nächste Werfer. Er konnte raffiniert die Flugbahn des Balls verändern, sodass der Schlagmann große Schwierigkeiten hatte, der Bewegung von Fergies Handgelenk zu folgen.

»Der hat ihn gründlich fertiggemacht«, stellte Alec Chambers fest. »Aber warum hat er ständig an dem Ball geleckt?«

»Um ihn griffiger zu machen, denke ich mir.«

»Wird er dadurch nicht eher glitschiger?«

»Nicht wenn man an der Naht leckt.«

»Kommt mir ziemlich unhygienisch vor. Was man sich da an Keimen einfangen kann …«

Sidney stutzte und erschrak, als er sich jäh daran erinnerte, wie Andrew Redmond vor jedem Wurf den Ball an seiner Crickethose gerieben und Zafar Ali seine Finger erst an den Ball und dann an seine Zunge gelegt hatte.

Hatte etwa Grantchesters Captain den Ball vergiftet?

»Mochten Sie Zafar Ali?«, fragte er Andrew Redmond bei ihrer nächsten Begegnung.

»Er war der beste Spieler in unserem Team.«

»Ich habe nicht nach seinen Qualitäten als Cricketspieler gefragt, sondern ob Sie ihn mochten.«

»Wir sind gut miteinander ausgekommen.«

»Wussten Sie, dass er Ihre Nichte liebte?«

»Ich würde eher sagen, dass sie ihn liebte. Eine Art jugendlicher Rebellion.«

»Ihre Familie wusste also Bescheid?«

»Wir wussten alle davon. Dass es etwas Ernstes war, haben wir allerdings erst begriffen, als wir merkten, wie sehr sein Tod sie mitgenommen hat.«

»Es war den beiden offenbar so ernst, dass sie sich heimlich verlobt hatten.«

»Da müssen Sie sich irren, Canon Chambers. So einen Unfug hätten ihre Eltern sofort unterbunden.«

»Sie ist neunzehn und dürfte gewusst haben, wie man nach Gretna Green findet. Die elterliche Erlaubnis brauchte sie nicht mehr unbedingt.«

»Aber auf ihre finanzielle Unterstützung war sie angewiesen.«

»Sie wollte im Restaurant von Mr. Alis Familie mitarbeiten.«

»Kann ich mir nicht vorstellen. Da verkehrten jede Menge Inder, das ist nicht ihre Kultur. Seine Eltern hätten das nie zugelassen und die von Annie schon gar nicht.«

»Zafar Alis Eltern waren offenbar bereit, sie in die Familie aufzunehmen.«

»Diese Muslime? Na hören Sie mal ...«

»Ein wenig ungewöhnlich ist es vielleicht.«

»Ungewöhnlich, Canon Chambers? Es gehört sich einfach nicht. Als Tierarzt lernt man, wie wichtig die Reinhaltung der Rasse ist. Man kann einen Christen ebenso wenig mit einem Muslim kreuzen wie einen Lipizzaner mit einem Shetlandpony.«

Sidney war sich ziemlich sicher, dass die Lipizzaner ursprünglich auch Kreuzungen waren, verkniff sich aber eine Bemerkung. »Die Redmonds sind ja eine christliche Familie, deshalb ...«

»Meine Schwägerin besorgt regelmäßig den Blumenschmuck in Ihrer Kirche. Christlicher geht's wohl kaum! Aber jetzt habe ich Termine, Canon Chambers.«

»Erlauben Sie mir noch eine Frage: Was ist nach dem Spiel aus dem Cricketball geworden?«

»Keine Ahnung. Sie waren der Schiedsrichter und hätten ihn an sich nehmen müssen.«

»Ganz recht, aber wir waren wohl alle ein bisschen durcheinander. Haben Sie ihn mitgenommen, Mr. Redmond?«

»Ich glaube, der letzte Schlagmann hat den Ball weggetreten. Wo er danach abgeblieben ist, weiß ich nicht. Warum fragen Sie mich danach?«

Sidney war sich ziemlich sicher, dass man ihm den Ball nicht gegeben hatte, aber zerstreut, wie er war, konnte er den Vorgang natürlich vergessen haben.

Ab und zu regte er sich darüber auf, dass Mrs. Maguire beim Aufräumen sämtliche Regeln der Logik außer Acht ließ, aber für das spurlose Verschwinden vieler seiner Habseligkeiten konnte er sie beim besten Willen nicht verantwortlich machen. Er bildete sich einiges drauf ein, dass er, wenn nötig, scharf nachdenken, sich ganz auf ein Problem konzentrieren konnte, aber das bedeutete auch, dass alles andere auf dem Altar der Konzentration geopfert wurde.

Regenschirme vergaß er im Zug, Schals blieben an heißen Tagen irgendwo liegen, ebenso der Füller, weil er undicht war, und die Uhr, die er in einer Bibliothek, einer Schule oder einer Buchhandlung vom Handgelenk nahm, weil das Armband zu eng war. Um sich seiner wertvolleren Habe zu versichern, bewahrte er sie zu Hause und in der Nähe seines Schreibtisches auf, aber auch da musste sich Sidney angesichts der Bücher- und Manuskriptstapel neben Tellern mit Keksen, Bechern mit Tee, ja sogar ein, zwei leeren Whiskygläsern eingestehen, dass er dazu neigte, Gegenstände zu verlieren. Doch wie konnte man von ihm verlangen, dass er sich an die banalen Einzelheiten des Alltags erinnerte, wenn er doch an so viel anderes zu denken hatte!

Er bat den heiligen Antonius von Padua, den Schutzheiligen verlorener Sachen, um Trost und Hilfe, meist aber musste er wohl oder übel warten, bis das Gesuchte in einem ungeliebten Sakko oder einer selten geöffneten Schublade wieder auftauchte. Er war deshalb nicht sonderlich erstaunt, als er ein paar Tage später den Cricketball, der ihm so viele Kopfschmerzen bereitet hatte, in Dickens' Körbchen liegen sah.

»Wie kommt denn der hierher?«

Leonard Graham saß am Küchentisch und las die Stellenanzeigen in der *Church Times.* »Was meinst du?«

»Den Ball.«

»Der liegt da doch schon ewig.« Leonard nahm einen Schluck Tee und blätterte weiter zu einem Artikel über die anglikanisch-orthodoxen Beziehungen.

»Bist du sicher?«, fragte Sidney.

»Er hat nach dem Match damit gespielt.«

»Damit gespielt?« Da hatte dieses wichtige Beweisstück die ganze Zeit bei ihnen herumgelegen und war ihnen trotzdem entgangen!

»Ich habe ihn einmal geworfen«, erklärte Leonard, »und Dickens hat ihn geholt. Dann wollte er das Spiel endlos wiederholen – du kennst ihn ja! –, und das wurde mir auf die Dauer einfach zu anstrengend.«

»Wann war das?«

»An dem Tag, als das Cricketmatch war.«

»Und wie bist du an den Ball gekommen?«

Leonard faltete resigniert die *Church Times* zusammen. »Ich weiß es wirklich nicht mehr, Sidney. Ich glaube, Dickens hatte ihn in der Schnauze. Andrew Redmond hatte ihm doch nach dem Match den Ball gegeben, weil er sich nicht über die Sandwiches seiner Schwester hermachen sollte.«

»Andrew Redmond?«

»Und seither liegt der Ball in seinem Körbchen. Ist dir das denn nicht aufgefallen?«

»Wahrscheinlich war er unter der Decke versteckt. Vielleicht hat Mrs. Maguire ...«

»Die macht immer einen großen Bogen um Dickens' Korb, das weißt du doch.«

»Und warum hat mir niemand etwas gesagt? Das könnte ein entscheidender Hinweis sein! Ein Pfarrer, der Dostojewski-Experte ist, müsste sich eigentlich denken, dass auch ein Ball als Mordwaffe taugt.«

Leonard seufzte. »Ein Cricketball, den Dickens besabbert hat? Ich bitte dich …«

»Dickens sabbert nicht.«

»Mach dich nicht lächerlich. Demnächst stellst du noch Dickens unter Mordverdacht.«

»Natürlich nicht. Aber wir dürfen nichts außer Acht lassen.«

Leonard griff sich die *Church Times* und seine Teetasse. »Soll das heißen, dass alles, was an Informationen ins Pfarrhaus kommt, alles an ernsthaften oder auch weniger ernsthaften Aussagen und jetzt auch alles, was Dickens zufällig anschleppt, dir als Beweis für deinen gerade akuten Fall dient? Das kann doch nicht dein Ernst sein!«

Sidney ließ den Cricketball von Derek Jarvis untersuchen und erfuhr zu seiner Enttäuschung, dass sich an der Naht zwar eine leichte Spur von Thallium gefunden hatte, aber bei weitem keine tödliche Dosis, und dass daher seine Theorie, jemand habe sich an dem Ball zu schaffen gemacht, eher ins Reich der Phantasie gehörte.

»Die Idee ist gut«, räumte Jarvis ein. »Aber man müsste das Gift wiederholt auftragen. Sofern der Täter also kein Thallium auf seiner Crickethose hatte … Nein, Sidney, da liegst du daneben. Man müsste so viel Thallium auftragen, dass der Stoff sich zersetzen würde. Gewiss, man könnte den Ball über Nacht in Thallium einweichen und das Gift unmittelbar vor dem Spiel noch einmal auftragen, aber eine tödliche Dosis würde man damit nicht erreichen. Nein, das Gift muss über einen längeren Zeitraum verabreicht worden sein. Wie steht es denn mit Alis Familie?«

»Die Familienmitglieder haben offenbar alle ein sehr herzliches Verhältnis zueinander.«

»Wer hat ihn in seinen letzten Tagen gepflegt?«

»Seine Freundin Annie.«

»Dann müsst ihr herausbekommen, was sie ihm gegeben hat.«

»Soviel ich weiß, hat sie ihm nur Tee eingeflößt und an seinem Bett gesessen.«

»Dann bring mir den Tee und alles, was er sonst noch zu sich genommen hat.«

»Glaubst du, dass Annie ihn unabsichtlich vergiftet haben könnte?«

»Oder aber mit voller Absicht.«

»Das kann ich mir nicht vorstellen.«

»Dann musst du das Gegenteil beweisen.«

»Das werde ich auch – und wenn es die letzte Tat meines Lebens ist.«

»Darüber macht man keine Scherze, Sidney.«

»Mir ist wahrhaftig nicht nach Scherzen zumute.«

Dass Annie womöglich unabsichtlich ihren Liebsten getötet hatte, war eine bedrückende Vorstellung, die Sidney an der Menschheit schier verzweifeln ließ. Hatten sich Andrew Redmond und Rosie Thomas demnach zusammengetan, um den jungen Mann umzubringen und sich dafür seiner Verlobten bedient?

Sidney hörte schon ihre Rechtfertigungen. Sie seien

gezwungen gewesen, würden sie sagen, zum Äußersten zu schreiten, um Annies Ruf zu schützen, da sie gutem Zureden nicht mehr zugänglich gewesen sei.

Natürlich waren das gemeine Lügen. Die Geschwister hatten sich ausschließlich von Selbstsucht, Ignoranz und Hass leiten lassen.

Sidney war zwischen Verzweiflung und Wut hin und her gerissen. Er fand keine Erklärung für diese Tat, und auch sein letzter Besuch im Restaurant Curry Garden half ihm da nicht weiter. Man bestätigte ihm dort, dass Zafar Ali in der letzten Woche seines Lebens nur noch Tee zu sich genommen hatte.

»Annie hat ihn selbst gebracht«, bestätigte Wasim.

»Könnte ich mir die Teepackung, die sie mitgebracht hat, einmal ansehen?«

»Es ist fast nichts mehr drin. Und wir anderen trinken lieber Darjeeling.«

»Hatte er seine eigene Teekanne?«

Das Ehepaar wechselte einen hilflosen Blick. »Ja, das stimmt«, sagte dann Shaksi. »Zafar nahm es sehr genau mit seinem Tee.«

»Ist aus Ihrer Familie sonst noch jemand erkrankt?«

»Sie glauben doch nicht etwa, dass es der Tee war?«

»Ich bin mir nicht sicher.« Sidney versuchte Zeit zu gewinnen. »Aber ich würde die Packung gern dem Coroner zeigen.«

»Mrs. Thomas hat ihn extra für uns bestellt, es war eine Spezialmischung.«

»Und seit wann hat sie Ihnen die geliefert?«

»Ein paar Wochen vor dem Cricketmatch. Wir waren ihr sehr dankbar für ihre Mühe, zumal sie uns nichts dafür berechnet hat.«

Es hatte in diesem Jahr etliche ähnliche Fälle gegeben, erfuhr Sidney von Keating. In Südlondon hatte ein Mann Rattengift in die Schokolade seiner Frau gegeben; in Durham war eine gewisse Mary Elizabeth Wilson angeklagt worden, zwei Ehemänner mit Phosphor ins Jenseits befördert zu haben, und erst in dieser Woche waren 340 Gramm Zyankali aus dem Chemielabor in Sidneys früherer Schule, dem Marlborough College, verschwunden.

Am nächsten Tag wurde Rosie Thomas wegen Mordverdachts verhaftet. Sie hatte sowohl in die Limonade als auch in den Tee Antimon gemischt.

Hätte die ganze Familie von dem Tee getrunken, hätte die geringe Menge nur zu Magenverstimmungen geführt. Aber bei dem schon durch die vergiftete Limonade geschwächten Zafar Ali hatte der Tee letztlich tödlich gewirkt.

»Es war also nicht der Cricketball«, stellte Keating fest. »Allerdings war es ein vielversprechender Ansatz. Wir haben Andrew Redmond wegen versuchten Mordes vorgeladen.«

»Könnt ihr es ihm beweisen?«

»Wie Jarvis schon vermutet hat, wird das Gift durch Berührung und Speichel freigesetzt, aber um einen Menschen zu töten, reichte die Menge nicht. Die Familie Redmond hat sich deshalb dafür entschieden, die Dosis allmählich zu steigern.«

»Und sowohl der Bruder als auch die Schwester haben mitgemacht?«

»Ich bin mir ziemlich sicher, dass fast die ganze Familie Bescheid wusste.«

»Bis auf Annie.«

»Ja. Es war in gewisser Weise ein Ehrenmord. Du hattest sie von Anfang an in Verdacht, Sidney, stimmt's?«

»Während des Spiels hat der Captain schon ungewöhnlich oft den Ball an seiner Hose gerieben.«

»Er hat also versucht, weiteres Gift auf den Ball zu reiben, beherrschte aber die Technik noch nicht richtig, deshalb die Limonade und der Tee – eine dreifache Dosis also.«

»Ein wichtiges Indiz ist auch, dass der Ball nach dem Spiel verschwunden war. Normalerweise behält ein Spieler den Ball, mit dem er einen Hattrick erzielt hat, aber in unserem Fall …«

»… hat er deinen Hund daran sabbern lassen.«

»Dickens sabbert nicht.«

»Jedenfalls wollte er so die Spuren des Giftes beseitigen.« Keating sah in den Nachthimmel hoch, als suche er dort die Erklärung für alle Geheimnisse des Weltalls. »Wirklich erstaunlich, das alles. Drei verschiedene Gifte, eine unheilige Dreifaltigkeit sozusagen.«

»Oder ein Hattrick«, erwiderte Sidney.

Annie Thomas war am Boden zerstört, als sie die Wahrheit erfuhr. Sidney besuchte sie an einem brütend heißen Sommernachmittag in dem dunklen Restaurant. Sie hatte sich seit der Beerdigung noch nicht auf der Straße sehen lassen, sondern half im Restaurant und hielt sich fern von ihrer Familie und allen, die sie daran hätten erinnern können, dass der Mann, den sie hatte heiraten wollen, nie wiederkommen würde.

»Meine Mutter muss gewusst haben, dass ich ihm das Gift gegeben habe. Wie konnte sie nur so grausam sein?«

»Nur ein kranker Geist bringt so etwas fertig.«

»Wir hätten zusammen durchbrennen sollen.«

»Haben sie euch denn vorher gewarnt?«

»Immer wieder. Meine Familie ist rassistisch, Canon Chambers, daran ist nicht zu rütteln, aber dass sie das Gesetz in die eigene Hand nehmen würden, hätte ich nie gedacht. Wie konnten sie mich so hassen?«

»Ich glaube nicht, dass sie dich gehasst haben.«

»Hätte ich mich nur umgebracht! Dann hätte Zafar nicht zu sterben brauchen.«

»So darfst du nicht denken.«

»Wie sonst, Canon Chambers? Es ist alles meine Schuld. Hätte Zafar mich nicht kennengelernt, wäre er heute noch am Leben. Sie haben gleich so etwas geahnt, nicht? Warum tun die Menschen solche Dinge?«

»Dafür gibt es viele Gründe. Verzweiflung. Einsamkeit, Rache.«

»Rache?«

»Weil man selbst Chancen verpasst hat und sich am Leben, am Schicksal rächen will.«

»Aber was können wir dagegen tun?«

»Wir sollten versuchen, die Welt ein wenig besser zu machen. Du hast schon damit angefangen.«

»Ich?«

»Man wird sich an das erinnern, was geschehen ist. Mit deiner Liebe zu Zafar hast du gezeigt, dass sich etwas ändern kann. Die Menschen werden sich mehr Gedanken darüber machen, was Liebe bedeutet.«

»Für Zafar kommt das zu spät.«

»Aber nicht für uns andere und auch nicht für dich. Eure Liebe wird ewig leben, Annie. Sie ist unzerstörbar.«

Sidney legte seine Hand auf ihre. Annie zog sie nicht weg. Mehr war nicht zu sagen.

Ein paar Wochen später, nach dem Prozess, bei dem Rosie Thomas und Andrew Redmond der Todesstrafe entgangen, aber zu lebenslanger Haft verurteilt worden waren, begegneten sich Sidney und Inspector Keating auf dem Weg vom Bahnhof.

Keating lächelte Sidney zu. »Willst du in die Stadt? Kann ich dich dazu überreden, in einem gastlichen Haus unterwegs eine kleine Pause einzulegen?«

»Nicht weit von meinem früheren College ist ein Wirtshaus, das sich, wenn ich nicht irre, The Eagle nennt. Es liegt auf unserem Weg. Schon mal davon gehört?«

»Ich bin mir nicht sicher. Vielleicht bringst du mich hin?«

»Mit Vergnügen.«

Es war ein herrlicher Sommerabend, und als sie ihre Bestellung aufgegeben und sich gesetzt hatten, nutzte Inspector Keating die Gelegenheit, die jüngsten Ereignisse noch einmal Revue passieren zu lassen. »Grauenvoll, die ganze Sache. Das arme Mädchen. Hast du mit ihr gesprochen?«

»Ich konnte ihr nur wenig Trost bieten. Sie will ihre Mutter nie wiedersehen.«

»Verständlich.«

»Auch wenn ich natürlich an die Möglichkeit von Sühne und Vergebung glaube, wünschte ich doch, ich hätte das, was sich da anbahnte, früher durchschaut.«

»Du hättest Mr. Alis Leben wohl kaum retten können, Sidney. Es war ein langwieriger Prozess.«

»Ich hätte die Hinweise eher erkennen müssen – die Limonade, den Tee, den Cricketball, die ganze Trickserei.«

»Besonders perfide war die kostenlose Lieferung des Tees.«

»Ich denke, dass wir vom Cricket viel lernen können, Geordie. Die Pfeile und Schleudern des wütenden Geschicks, wie es bei Shakespeare heißt, findet man auch in diesem Sport.«

»Also mir sind Cricketspiele einfach zu lang. Fußball: neunzig Minuten – das ist doch ideal! Höchstens Rugby ist noch besser mit seinen achtzig Minuten. Zu einem Test Match bekommst du mich nie und nimmer. Fünf Tage – das ist doch eine halbe Ewigkeit.«

»Wahre Cricketfans können sich nichts Besseres vorstellen. Für sie ist das ein himmlisches Vergnügen.«

»Ich jedenfalls stelle mir das Paradies anders vor.«

Die beiden saßen eine Weile in geselligem Schweigen beisammen und erholten sich von den Anstrengungen ihrer Ermittlungsarbeit. Am Nebentisch saß eine Gruppe vergnügter Studenten. Keating sah, dass einer sich einen Cricketpullover um die Schultern geschlungen hatte. »Ich hab mal einen alten Soldaten kennengelernt, der hat behauptet, er hätte Hitler das Cricketspielen beigebracht.«

»Nicht zu glauben …«

»Es war im Ersten Weltkrieg. Mein Bekannter – Freund wäre zu viel gesagt, er war ein kleiner Faschist – war in deutsche Kriegsgefangenschaft geraten. Hitler kurierte in einem Lazarett in der Nähe seine Verwundung aus. Eines Tages sah er den englischen Gefangenen beim Cricketspielen zu und ließ sich die Regeln erklären.«

»Mit denen hat er sich bestimmt recht schwergetan.«

»Er hat gehofft, damit seinen Leuten ein bisschen mehr Disziplin beizubringen.«

Sidney nahm noch einen Schluck Bier. »Ob wohl der Krieg anders verlaufen wäre, wenn die Deutschen Cricket gespielt hätten? Nicht sehr wahrscheinlich, was?«

»Nein, es hat sich bei ihnen nie durchgesetzt. Hitler fand das Spiel offenbar ›nicht gewalttätig genug‹. Vielleicht hätte er das anders gesehen, wenn er nach Cambridge gekommen wäre.«

»Allerdings«, bestätigte Sidney grimmig.

Das Unschärfeprinzip

Im April 1961, vierzehn Tage nach einem Osterwochenende mit einem so hellen Vollmond, dass man um Mitternacht draußen fast noch die *Times* hätte lesen können, saß Sidney zu Hause am Radio und hörte Berichte über Juri Gagarins Reise ins Universum. Der russische Kosmonaut, hieß es dort, habe beklagt, dass er Gott nicht habe finden können. Er habe gesucht und gesucht, aber keine Spur von seinem Schöpfer entdeckt. Sidney ärgerte sich über diese geschickte Propaganda, aber Leonard fand nichts dabei. Die Wahrscheinlichkeit, Aliens in Raumschiffen herumschwirren zu sehen, sei größer, sagte er, als einer leiblichen Erscheinungsform Gottes in der Galaxie zu begegnen. »Schon mal was von dem Fermi-Paradox gehört?«, fragte er.

»Nein, keine Ahnung.«

»Enrico Fermi …«

»Ein Italiener?«

»Eingebürgerter Amerikaner, glaube ich. Fermi behauptet, dass, wenn man das Alter des Universums und dessen viele Sterne berücksichtigt, außerirdisches Leben weit verbreitet sein müsste.«

»Und hat er dafür Beweise?«

»Naturwissenschaftler untersuchen zahlreiche Gleichungen, um die mathematische Wahrscheinlichkeit abzuschätzen, die Häufigkeit der Entstehung von Sternen in der Galaxie zum Beispiel, den Anteil von Sternen mit Planeten und die Anzahl bewohnbarer Planeten pro Stern, den Anteil derjenigen Planeten, auf denen sich Leben entwickelt, den Anteil an intelligentem Leben und den weiteren Anteil an nachweisbarem technologisch intelligentem Leben und schließlich die Zeitspanne, über die solche Zivilisationen nachweisbar sind.«

»Woher weißt du das alles?«

»Von Amandas Freund Tony, er sprach darüber, als ich das letzte Mal in London war.«

»Ach, von dem …«

Sidney nahm »Amandas Freund Tony« seit einiger Zeit gewissermaßen am Rande seines Radars wahr, kannte ihn aber im Gegensatz zu Leonard, der einen seiner Vorträge besucht hatte, nicht persönlich. Dr. Anthony Cartwright, Mitte vierzig und Professor an der University of London, hatte mehrere Bücher über das Wesen der Zeit geschrieben. Amanda hatte ihn vor ein paar Jahren bei einer Dinnerparty in London kennengelernt, sie hatte Sidney sogar gebeten, sich bei seinen Kollegen im Corpus College nach ihm umzuhören, aber dann das Interesse an ihm verloren. Vor kurzem aber war Cartwright wieder aufgetaucht und hatte Amanda schon in die Oper und zum Cheltenham-Gold-Cup-Rennen eingeladen.

Sidney war es gewohnt, dass Amanda einen Schwarm von Verehrern um sich scharte, von denen aber offenbar keiner je ihren Ansprüchen genügte. Wenn sie sich jetzt an einen Partner binden würde, so erklärte sie es in Gesellschaft, riskierte sie, in ein paar Jahren einen besseren zu verpassen, zumal die derzeit verfügbaren Männer ohnehin absolut hoffnungslos seien. Unter vier Augen aber hatte sie Sidney schon oft erklärt, dass sie sich lieber auf ihren Beruf konzentrierte, als sich den Tücken männlicher Launen auszuliefern. Er hatte daraus geschlossen, dass sie trotz ihrer öffentlichen Bekundungen das unbeschwerte Singleleben vorzog.

Jetzt aber gab es Neuigkeiten. Um elf Uhr abends läutete Sidneys Telefon. Dickens sah erwartungsvoll auf, und Leonard zog eine Augenbraue hoch. Sidney meldete sich, und Amanda verkündete ohne jede Vorrede: »Tony hat mir einen Heiratsantrag gemacht, und ich habe ihn angenommen.«

Sidney war so verdutzt, dass er erst nach einer Schrecksekunde in »Tony« Dr. Anthony Cartwright erkannte, und um Zeit zu gewinnen, erst einmal stotterte: »Das ist ja wunderbar.«

»Allerdings.« Amanda wartete auf mehr, aber Sidney schwieg. »Wir möchten natürlich, dass du uns traust.«

»Ihr wollt in Grantchester heiraten?«

»Nein, natürlich nicht. Das ist viel zu weit weg für meine Freunde, und wir kennen dort keinen. Die Trauung soll in der Holy Trinity in der Sloane Street stattfinden.«

»Dort haben sie aber einen eigenen Pfarrer. Lionell Tulis, wenn ich nicht irre.«

»Der hat bestimmt nichts dagegen. Wir haben schon den Termin festgelegt. Den achten Juli.«

»Mein Amtskollege dürfte sehr wohl etwas dagegen haben, Amanda. Schließlich ist es eine sehr bedeutende Kirche.«

»Keine Angst, mit dem werde ich schon einig.«

»Lass das lieber bleiben.«

»Was ist los mit dir, Sidney? Freust du dich nicht für mich?«

»Doch, natürlich«, erwiderte Sidney, aber es klang nicht überzeugt. Er würde Hildegard bitten, ihn zu der

Hochzeit zu begleiten, wenn sie nicht kommen konnte, würde er Keating fragen müssen. »Ich könnte ja vielleicht die Predigt halten«, schlug er vor.

»Nein, Sidney, du sollst uns trauen. Das ist doch der springende Punkt. Wir hatten eine Abmachung, erinnerst du dich noch?«

»Ich kann mich an keine Abmachung erinnern.«

»Na egal, Hauptsache, du bist einverstanden.«

»Ich dachte, ich hätte ein Vetorecht?«

»Nicht in diesem Fall. Seit Jahren reden alle auf mich ein, ich solle heiraten, und jetzt will ich es endlich hinter mich bringen.«

Ihr nüchterner Ton irritierte Sidney. »Du liebst ihn aber doch?«

»Natürlich.«

»Es klingt eher so, als ob ...«

»Meine Nerven sind ein bisschen strapaziert, Sidney, merkst du das nicht? Natürlich liebe ich ihn. Er ist ein brillanter Kopf.«

»Tja dann ...«

»Mehr hast du nicht zu sagen?«

»Ich kenne ihn ja nicht, Amanda. Das kommt alles ein bisschen plötzlich.«

»Einer von uns muss den Anfang machen. Du drückst dich seit Jahren um eine Entscheidung herum.«

»Hier geht es nicht um mich.«

»Stimmt. Wann kommst du, um ihn kennenzulernen? Irgendwann willst du sicher auch ein sogenanntes Ehevorbereitungsgespräch mit uns führen.«

Sidney merkte erst jetzt, dass Leonard noch im Zimmer war und das meiste mitgehört hatte. Das verunsicherte ihn fast ebenso sehr wie der Anruf selbst. Er musste dringend mit Dickens an die frische Luft. »Wenn zwei Menschen in den Ehestand treten wollen, ist eine pastorale Beratung üblich.«

»Über Sex brauchst du uns jedenfalls nichts zu erzählen. So wie Tony mich küsst, sind wir da auf dem letzten Stand, denke ich, und ich will vermeiden, dass es für dich oder für uns peinlich wird.«

Sidney zuckte zusammen. So genau hatte er es gar nicht wissen wollen. »Ich muss euch auf die Bedeutung dieses Schrittes hinweisen und mit euch darüber sprechen, wie ihr es mit Kindern halten wollt.«

»Tony will keine.«

»Sprechen müssen wir trotzdem darüber. Wie stehst du denn dazu, Amanda?«

»Ich richte mich da ganz nach Tony. Bist du auch am Samstag in einer Woche bei Nigel und Juliette zum Abendessen eingeladen? Dann könnten wir uns dort treffen.«

Als Sidney zuletzt bei seinen Freunden zum Essen gewesen war, hatte man Amanda ihren Verlobungsring gestohlen. Jetzt hatte sie vermutlich passend zu dem neuen Mann in ihrem Leben auch einen neuen Ring. »Es ist ein bisschen schwierig, ich muss ja extra aus Cambridge anreisen.«

»Was ist daran schwierig, Sidney? Viele Leute machen es jeden Tag und finden nichts dabei.«

»Ich habe eine Menge um die Ohren.«

»Aber nichts, was sich nicht aufschieben lässt, oder? Du musst dich auch mal von Mord und Totschlag erholen. Und was kann wichtiger sein, als den Mann kennenzulernen, mit dem ich mein ganzes zukünftiges Leben verbringen werde?«

Nigel Thompson und seine Frau Juliette wohnten in St. John's Wood. Auch Sidneys Schwester Jennifer und ihr Freund Johnny Johnson waren eingeladen. Juliette hatte Sidney gefragt, ob er in Begleitung kommen würde, denn sie wusste inzwischen von Hildegards Existenz. Als sie hörte, dass Hildegard in Deutschland war, erbot sie sich, noch einen weiteren Gast zu bitten, aber Sidney erklärte, dass er am liebsten möglichst ungestört mit Amanda und ihrem Verlobten sprechen wollte.

Das Essen war stilvoll, aber schlicht (Makrelenpâté mit Toast Melba, Geflügelauflauf mit grünen Bohnen und gerösteten Mandeln, Zitronentarte), schließlich waren die Gäste nicht gekommen, um ihr Urteil über die Küche, sondern über Anthony Cartwright abzugeben. Der bot ihnen dazu reichlich Gelegenheit, indem er während des Essens fast pausenlos über sich sprach.

Cartwright hatte sich zwar eine attraktive Verlobte geangelt, legte aber auf sein eigenes Äußeres offenbar wenig Wert, was sich schon an seinem dreiteiligen Tweedanzug zeigte, den er täglich zu tragen schien. Er hatte ein langes schmales Gesicht mit kleinen blassblauen Augen, einen verkniffenen Mund und ein vorspringendes Kinn. Ein Bart, fand Sidney, hätte diesen Eindruck gemildert, aber Konversation war ihm eindeutig wichtiger als sein Aussehen, und man merkte ihm dabei an, dass er in der festen Überzeugung durchs Leben ging, stets der klügste Mann im Raum zu sein. Er stellte keine Fragen, sondern wartete darauf, selbst gefragt zu werden, und nutzte die Zeit, in der andere sprachen, um seine nächste Salve vorzubereiten.

Amanda gab sich in seinem Beisein schmiegsam, ja beflissen. »Wir sind so unterschiedlich, dass wir einander ideal ergänzen müssten«, erklärte sie lachend.

Cartwright beeilte sich, darauf hinzuweisen, dass er ein wichtiges Mitglied eines Teams von Wissenschaftlern in Amerika sei und die Semesterferien meist dort verbringen würde, um über das Wesen von Bewegung, Impuls, Zeit und Raum zu forschen.

»Was mir nur recht ist.« Amanda nahm lächelnd die Hand ihres Verlobten. »Dann kann ich mein freies Leben in London fortsetzen, während Tony die Geheimnisse des Universums enträtselt.«

»Und worum handelt es sich bei Ihrer Arbeit?«, fragte Sidney.

»Von einem Pfarrer kann ich kaum erwarten, dass er das versteht, Canon Chambers«, gab Tony Cartwright zurück.

»Versuchen Sie's doch immerhin mal«, sagte Sidney leicht gereizt.

Nach einem herablassenden Seufzer erklärte der Professor den versammelten Gästen, dass er an einer Extrapolation des Heisenberg'schen Unschärfeprinzips arbeite, einer Theorie, die besage, dass Ort und Impuls eines Teilchens nicht genau und zur gleichen Zeit gemessen werden können.

»Und warum nicht?«, fragte Juliette.

Cartwright war von der Unterbrechung irritiert, fuhr aber dann in seiner Erläuterung fort. »Durch den Messvorgang des Impulses eines subatomaren Teilchens wie eines Elektrons wird es immer unkalkulierbar hin und her bewegt«, erklärte er, »sodass die gleichzeitige Messung seines Ortes keine Gültigkeit hat.« Deshalb bemühe er sich um die Finanzierung eines anspruchsvollen (und kostspieligen) Resonators, der nicht nur Ort und Impuls genauer und empfindlicher würde messen, sondern auch die Größe des »Superpositionsprinzips«, wie er es genannt habe, würde quantifizieren können, bei dem ein Teilchen sich an zwei Stellen gleichzeitig befinden könne. In Fachkreisen spreche man von einem dielektrischen Resonanzoszillator, abgekürzt DRO.

»Aber wie kann etwas gleichzeitig an zwei Orten sein?«, wollte Jennifer wissen.

»Eine gute Frage.« Cartwright lächelte leicht. »Stellen Sie sich einen halbdurchlässigen Spiegel vor. Bekanntlich ist das eine Glasscheibe, die gerade so viel reflektierendes Material besitzt, dass genau die Hälfte des Lichts, das in einem Winkel von fünfundvierzig Grad auf sie trifft, ungehindert hindurchgeht und die andere Hälfte in rechtem Winkel von der reflektierenden Fläche zurückgeworfen wird. Wenn ein einziges Photon auf diesen Spiegel trifft, besteht eine fünfzigprozentige Chance, dass es die Oberfläche durchdringt und eine fünfzigprozentige Chance, dass es zurückreflektiert wird. Können Sie mir folgen?«

»Ja, natürlich. Das Licht hat zwei Möglichkeiten – entweder geht es durch den Spiegel, oder es wird reflektiert.«

»Diese Vermutung liegt nah.«

»Aber sie trifft nicht zu?«

»Nicht ganz. Man sollte denken, dass das Photon entweder das eine oder das andere tun muss, aber die Quantenmechanik lehrt uns, dass es beide Möglichkeiten hat, ja wir entdecken jetzt sogar, dass es – zumindest ein Atom oder ein subatomares Teilchen wie ein Elektron – gleichzeitig an zwei Stellen sein kann. In diesem Größenbereich befindet sich jedes einzelne Stück Materie und Energie in einem diffusen Fluss, der es ihm ermöglicht, nicht nur zwei, sondern eine unendliche Zahl von Standorten gleichzeitig einzunehmen.«

»Unglaublich, Tony«, staunte Johnny Johnson. »Aber gilt das nur für so winzige Dinger wie Elektronen? Dass Menschen es jemals fertigbringen, an verschiedenen Orten gleichzeitig zu sein, kann ich mir nicht vorstellen.«

»Unsere kriminellen Freunde würde das freuen«, stellte Sidney fest. »Dann könnten sie eine Straftat begehen und gleichzeitig ein Alibi vorweisen.«

»Aber das ist doch sicher Unsinn«, fuhr Nigel dazwischen. Er empfand diese Ausführungen inzwischen als einen Angriff auf sein geordnetes Weltbild eines Politikers.

»Es ist keineswegs Unsinn«, betonte Cartwright, »sondern eine der aufregendsten Entwicklungen in der Geschichte der Naturwissenschaften mit Folgen, die wir noch gar nicht absehen können.«

»Und was bedeutet sie für den Menschen?«, fragte Jennifer.

»Es liegt auf der Hand, dass wir uns nicht mit einem Elektron vergleichen können«, fuhr Cartwright fort. »Die Welt, die wir sehen und zu der wir gehören, folgt völlig anderen Regeln. Meines Wissens gibt es nur eine Dinnerparty an diesem bestimmten Tisch in Nordlondon, eine Karaffe mit Wein darauf, und zu meiner großen Freude nur eine unnachahmliche Amanda Kendall.«

»Gut zu wissen«, ergänzte seine Verlobte rasch.

»Allerdings kann niemand erklären, warum das Universum in diese beiden getrennten und unvereinbaren Wirklichkeiten zerfällt. Warum sehen wir, wenn alles im Universum aus Quanten gemacht ist, keine Quanteneffekte im täglichen Leben? Warum kann zum Beispiel Canon Chambers, der aus Quantenteilchen gemacht ist, nicht nach Belieben hier, dort und überall auftauchen?«

»Genau das macht Sidney doch ständig«, sagte Jennifer lachend.

Anthony Cartwright ließ sich nicht bremsen. »Es muss etwas mit der Schwerkraft zu tun haben. Die Schwerkraft bindet uns zu einer bestimmten Zeit an einen bestimmten Ort.«

»Sodass wir mit den Füßen am Boden bleiben müssen?«

»Ganz genau. Wenn man aber versuchsweise die Schwerkraft entfernt ...«

»Wie im Weltraum ...«

»Dann könnten wir womöglich gleichzeitig zu verschiedenen Zeiten leben.«

»Wir könnten also durch die Zeit reisen?«, fragte Amanda.

»Ausgeschlossen ist es zumindest nicht. Wie weit in die Vergangenheit möchtest du reisen?«

»In den Garten Eden, mein Schatz, zum Anbeginn der Zeit. Nur du und ich.«

Cartwright holte seine Pfeife heraus und zündete sie an. »Ich glaube nicht, dass es diesen Garten Eden je gegeben hat, aber Canon Chambers dürfte das anders sehen.«

»Allerdings.« Sidney war entschlossen, sich von diesen naturwissenschaftlichen Exkursen nicht allzu sehr beeindrucken zu lassen, und hielt sich in dem nachfolgenden Gespräch, in dem alle verkündeten, in welchem Jahrhundert sie gern gelebt hätten, sehr zurück. Amanda sah sich als Königin Elisabeth die Erste, Juliette als die griechische Dichterin Sappho und Jennifer als eine Figur aus einem Jane-Austen-Roman. Als die anderen ihm keine Ruhe ließen, meinte Sidney, er könne sich vielleicht als viktorianischen Pfarrer in einer Landgemeinde vorstellen wie der Geistliche, Naturforscher und Ornithologe

Gilbert White, der im achtzehnten Jahrhundert gelebt hatte. Tony Cartwright erklärte, er würde gern so weit in der Zukunft leben, dass er seine Zeitreisen und die Rückkehr zur Erde jederzeit steuern konnte.

»Wenn Sie aber in einem Zeitalter landen würden, das keine Zeitreisen kennt?«, fragte sein Gastgeber.

»Ich würde es so einrichten, dass ich mich in der Vergangenheit und in der Zukunft gleichzeitig aufhalten könnte. Das ist ja der Witz an der Sache.«

»Genial«, sagte Juliette.

»Für Gott bleibt dabei dann aber nicht mehr viel Platz«, stellte Johnny Johnson fest.

Sidney wollte nach Hause. Es war zehn, und er musste am nächsten Morgen früh aus den Federn. Er leerte sein Glas. »Ich glaube kaum, dass Gott großes Interesse an diesem Gedankenspielchen der Menschheit hat.«

Eine Pause entstand. So kritisch hatten seine Freunde Sidney noch nie reden hören. »Entschuldigt«, sagte er schroff. »Ich muss los.«

»Ist dir nicht gut?«, fragte Juliette.

»Doch, alles in Ordnung.«

»Es war doch hoffentlich nicht das Essen?«

»Oder die Gesellschaft«, sagte Cartwright lachend.

Sidney wollte eine Szene vermeiden. »Keine Aufregung bitte. Entschuldigt, aber ich habe etwas Kopfschmerzen.« Mit Aspirin war gegen diese Art von Kopfschmerzen allerdings nichts auszurichten.

»Ich fahre dich zum Bahnhof«, sagte Jennifer und wandte sich an Juliette. »Danach komme ich wieder her. Es ist ja nicht weit.«

»Ich komme mit«, erklärte Johnny.

»Nicht nötig.«

»Ich bestehe darauf.«

Amanda stand auf, küsste Sidney zum Abschied auf die Wange und ließ sich bestätigen, dass er immer noch bereit war, in den nächsten Tagen das Vorbereitungsgespräch mit Tony und ihr zu führen. Sidney lächelte mühsam. »Ich freue mich darauf.« Anthony Cartwright schüttelte er die Hand und sagte, er sei froh, dass er ihn endlich kennengelernt hatte.

Jennifer setzte sich ans Steuer. »Du bist doch nicht etwa eifersüchtig, Sidney?«, fragte sie.

»Ich glaube nicht.«

»Du hattest so miese Laune. Was hast du gegen ihn?«

»Also du findest nicht, dass er zu perfekt ist, um wahr zu sein?«

»Es gibt solche Typen, Sidney. Du solltest dich für Amanda freuen. Endlich hat sie einen Mann gefunden, der sie liebt.«

»Ich weiß. Aber irgendetwas an ihm stört mich.«

»Nun sei doch nicht so. Wie stehst du denn dazu, Johnny?« Jennifers Freund war die ganze Zeit auffallend schweigsam gewesen.

»Ich weiß, dass du mir kräftig den Kopf waschen wirst, sobald wir Sidney abgesetzt haben, deshalb widerspreche ich dir nicht gerne – aber ich glaube, dein Bruder liegt nicht ganz falsch.«

In der folgenden Woche kam Amanda mit ihrem Verlobten nach Grantchester. Wenn sie geglaubt hatte, das »ganze Ehevorbereitungsgedöns« bei einem Essen im LeBleu Blanc Rouge abhaken zu können, hatte sie sich in Sidney getäuscht. Er hatte darauf bestanden, dass sie sich zweimal zu einem ausführlichen Gespräch im Pfarrhaus einstellten, so wie es bei allen heiratswilligen Paaren in der Gemeinde üblich war.

Warum, überlegte Sidney, hatten es die beiden so eilig? War Amanda vielleicht schwanger? Aber nein, das hätte seine Schwester sicher gewusst und ihm erzählt. Jedenfalls hatte sich Amanda kopfüber in die Hochzeitsvorbereitungen gestürzt und sogar schon Flitterwochen in Südfrankreich gebucht. Dabei hatte sie auch verraten, dass sie für alles aufkommen würde, da ihr Verlobter als Akademiker so wenig Geld hatte und sie unbedingt im Palais de la Méditerranée in Nizza logieren wollte.

Dass Cartwright das große Ereignis unbedingt hinter sich bringen wollte, ehe er seine nächste Forschungsreise nach Amerika antrat, wunderte Sidney. Es war immerhin ungewöhnlich, dass ein frisch gebackener Ehemann seine Frau gleich nach der Hochzeitsreise sechs Wochen alleinließ, aber sein Forschungsprojekt befand sich offenbar in einer kritischen Phase. Alle relevante naturwissenschaftliche Forschung, hatte er Sidney erläutert, fand jetzt jenseits des Atlantiks statt.

»Richard Feyman von Caltech arbeitet an einer bildlichen Darstellung für die mathematischen Definitionen des Verhaltens subatomarer Teilchen. Da muss ich mitmischen, sonst bin ich aus dem Spiel. Schließlich will ich nicht wie der arme alte Meldrum enden.«

Neville Meldrum, Professor für theoretische Physik in Corpus, gehörte zu Sidneys engsten Freunden und war weder arm noch alt.

»Ich habe ja schon immer gesagt, dass Cambridge ein Abstellgleis ist«, schaltete Amanda sich ein. »Warum Sidney es schon so lange in der Provinz aushält, ist mir ein Rätsel. Deshalb bin ich ja auch so froh, dass wir in

London heiraten, da können wir eine tolle Feier auf die Beine stellen.«

Sidney schenkte Kaffee ein und reichte einen kleinen Teller mit Mrs. Maguires Shortbread herum. »Ihre Familie kommt sicher auch, Dr. Cartwright?«

»Ich bin ein Einzelkind. Mein Vater ist schon lange tot, und meine Mutter lebt auf der Isle of Skye. Es ist mehr oder weniger Amandas Show.«

Sidney zwang sich zu einem Lächeln, merkte aber schon jetzt, dass es ein schwieriges Gespräch werden würde. Er rief dem Paar die Einführungsworte der Trauungszeremonie in Erinnerung – dass man nicht leichtfertig in den Stand der Ehe treten dürfe, sondern ehrfürchtig, klüglich, bedachtsam, ernsthaft und in der Furcht Gottes.

»Das wissen wir alles«, erklärte Amanda ungeduldig. »Wir waren oft genug auf Hochzeiten.«

»Aber ihr habt, soviel ich weiß, noch nie ein solches Gelübde vor Gott abgelegt.«

»Aber nein!«

Sidney sah Anthony Cartwright an und wartete. »Nein«, gab der zurück. »Natürlich nicht. Amanda ist die Liebe meines Lebens.«

»Dann sollten wir uns vielleicht zunächst darüber unterhalten, was dieser Begriff ›die Liebe meines Lebens‹ eigentlich bedeutet. Ich habe dazu meine eigene Meinung, aber wir kommen der Sache vielleicht näher, wenn wir zunächst klären, wie ihr darüber denkt. Was bedeutet es eurer Meinung nach, wenn jemand sagt: ›Du bist die Liebe meines Lebens!‹?«

Amanda schlug ein Bein über das andere. »Ich denke, für die Eheberatung bist du zuständig?«

»Wir führen hier ein Vorbereitungsgespräch. Die Beratung kommt erst ins Spiel, wenn eine Trennung vor der Tür steht.« Wieder versuchte er zu lächeln, aber es fiel ihm schwer. »So weit seid ihr ja noch nicht.«

»Und so weit wird es auch nie kommen.«

»Umso besser.« Sidney wandte sich an Cartwright. »Sie sind sich beide klar darüber, dass eine Ehe fürs ganze Leben geschlossen wird? Sie muss auch weiterbestehen, wenn der Rausch der ersten Liebe verflogen ist.«

»Was bei uns nie passieren wird, stimmt's, Amanda?«

»Ganz genau. Ich erwarte Jahre ungetrübter Leidenschaft.«

»Manche Menschen erleben natürlich dieses Glück«, erklärte Sidney. »Aber meine Aufgabe ist es, euch auf alle Möglichkeiten vorzubereiten, nicht nur auf die Freude an Kindern …«

»Die wir nicht planen«, unterbrach Cartwright.

»Ja, darüber sind wir uns einig«, bestätigte Amanda.

»… sondern auf Krankheit, Missgeschick oder sogar den Tod.«

»Für einen so freudigen Anlass hört sich das aber sehr düster an, Sidney«, beschwerte sich Amanda.

»Die Trauung selbst ist ein erhebender Moment, in dem wir Gottes Liebe für die Menschheit und eure Liebe füreinander feiern. Aber wir können uns nur an ihm freuen, wenn der Ernst der Stunde gewahrt wird.«

»Die Kirche in der Sloane Street ist ja tatsächlich ziemlich dunkel«, überlegte Cartwright.

»Mummy wird sie mit Blumen füllen. Und es wird ein herrlicher sonniger Tag sein, das habe ich im Gefühl.«

»Auf den wir uns natürlich alle freuen«, bestätigte Sidney. »Vorher aber muss ich euch noch fragen, ob ihr fest zum christlichen Glauben steht.«

»Aber natürlich, Sidney, das weißt du doch. Wir gehen schließlich brav zur Kirche.«

»Das ist nicht dasselbe.« Sidney war entschlossen, es ihnen nicht zu leicht zu machen. Er wandte sich wieder an Amandas Verlobten. »Da wir uns bisher nur einmal begegnet sind, Dr. Cartwright, muss ich Ihnen noch einige Fragen stellen. Sind Sie getauft und konfirmiert?«

»Ja.«

»Und glauben Sie an Gott den Vater, Schöpfer des Himmels und der Erde? Und an Jesus Christus seinen eingeborenen Sohn, unseren Herrn?«

»So weit würde ich nicht gehen.«

»Wie weit dann?«

Amanda verlor die Geduld. »Wenn du so salbungsvoll weitermachst, Sidney, müssen wir uns wohl doch jemand anders für die Trauung suchen. Der Pfarrer hat schon verbreitet, dass du es machen wirst, er aber auch ein paar Worte sagen will. Leider hat er eine dieser ärgerlichen Pfarrerstimmen, die ständig rauf und runter orgeln.«

»Wenn ihr kirchlich heiraten wollt, müsst ihr das schon hinnehmen, das werden andere Pfarrer ganz genauso sehen. Falls euch aber die religiöse Verpflichtung stört, darf ich euch darauf hinweisen, dass es auch noch das Standesamt gibt.« Sidney merkte, wie schwülstig das klang, aber er würde nicht mitspielen, wenn Amanda ihre Freundschaft ausnutzen wollte, um es sich leicht zu machen.

»Standesamt?«, fuhr sie ihn an. »Das ist doch nur was für Ausreißer und Ehebrecher.«

»Ich wollte damit nur sagen, dass es diese Möglichkeit gibt. Ich wiederhole meine Frage an Sie, Dr. Cartwright.«

Er benutzte die förmliche Anrede ganz bewusst. »Glauben Sie an den Heiligen Geist, die heilige katholische Kirche, die Gemeinschaft der Heiligen, die Vergebung der Sünden, die Auferstehung des Fleisches und das ewige Leben?«

»Na ja, mehr oder weniger.«

»Mehr oder weniger reicht nicht.«

»Also schön, ich glaube daran.«

Wieder ging Amanda dazwischen. »Da fährst du aber sehr schweres Geschütz auf, Sidney. Willst du mich das etwa auch alles fragen?«

»Natürlich – und du wirst merken, dass ich mit dir sogar noch strenger bin.«

»Ich glaube, du willst mich dafür bestrafen, dass ich Tony und nicht dich heirate.«

»Keineswegs.« Dass sie so direkt ihre Freundschaft ins Spiel brachte, ärgerte Sidney. »Ich will nur sichergehen, dass du weißt, was du tust. Glaub mir, am Ende des Tages wirst du mir dafür dankbar sein.«

»Die Entscheidung darüber liegt bei uns, denke ich.«

»Nein«, gab Sidney zurück. »Sie liegt in Gottes Hand.« Sidney wusste selbst nicht recht, was in ihn gefahren, warum er so gereizt war. Fest stand, dass er nicht bereit war, aus Höflichkeit seinen Glauben hintanzustellen.

Am Dienstag radelte Sidney zu seinem Tutorium ins College hinüber, um die theologischen Fortschritte seiner Erstsemester zu begutachten. Da er ausnahmsweise einmal früh dran war, blieb Zeit, noch kurz bei seinem Kollegen Neville Meldrum vorbeizugehen.

Professor Meldrum, ein fast überkorrekter Zeitgenosse, war der bestgekleidete Hochschullehrer im College. Er trug elegante Anzüge mit Weste aus der Savile Row (sein Vater war ein edwardianischer Dandy gewesen), feine weiße Hemden mit gestärkten Kragen und sorgfältig geputzte Maßschuhe.

Er war gerade dabei, im Hörsaal eine Tafel abzuwischen, die mit für Sidney unverständlichen Berechnungen bedeckt war. Es ging dabei, so viel glaubte er zu verstehen, um monochromatische Absorptionskoeffizienten und Opazität im Inneren von Sternen. Sidney konnte mit Mühe und Not die chemischen Zeichen erkennen. »Du solltest ein paar Vorlesungen besuchen«, meinte Meldrum. »Dann könntest du beim Wettlauf ins All besser mithalten.«

»Das scheint mir aber eine hochkomplizierte Materie zu sein.«

»Nicht schwieriger als Theologie und Altgriechisch. Wir könnten unsere Tutorien tauschen.«

»Damals habe ich beim Periodensystem aufgehört.«

»Du solltest wieder einsteigen. Wir sind gerade dabei, die dunkle Materie zu behandeln. Allerdings ist dunkle Materie dir ja auch nicht ganz unbekannt.«

Meldrums Sinn für Humor war nicht jedermanns Geschmack, aber Sidney schätzte seine Prägnanz und beeilte sich deshalb, zur Sache zu kommen. Er sei mit Anthony Cartwright nicht persönlich bekannt, erklärte der Kollege, aber der Name sei ihm geläufig, weil sie sich 1954 beide um ein Forschungsstipendium am Royal Greenwich Observatory beworben hatten.

Sidney fragte, wie weit ihre Forschungsgebiete sich überschnitten und ob Meldrum ihm etwas zu Cartwrights Bestrebungen zum Bau eines Resonators und seiner Tätigkeit in den Vereinigten Staaten sagen könne.

»Die Amerikaner sind uns beim Bau von Mikrowellenverstärkern, Quantenoszillatoren und Infrarotlasern voraus, er scheint da eine Chance für sich zu wittern. Aber wer finanziert seine Reisen nach Amerika und seine Laborarbeit? Es könnte Bell Labs sein oder eine amerikanische Hochschule wie Columbia. Manche Physiker lassen sich ihre Forschungsarbeit auch privat finanzieren.«

»In diesem Fall von Amanda.«

»Miss Kendall? Sei mir nicht böse, Sidney, ich weiß, dass sie eine großartige Frau ist, aber Quantenmechanik dürfte nicht gerade ihre Spezialität sein.«

»Allerdings nicht.«

Um sich seine Überraschung nicht anmerken zu lassen, blätterte Neville Meldrum in den Notizen für seine nächste Veranstaltung. »Cartwright hat doch sicher ehrenwerte Absichten«, sagte er.

Dann sah er auf. »Vergiss es, das war nur eine Floskel. Ich kann mir nämlich nicht vorstellen, dass sich ein Mann nur deshalb zur Heirat entschließt, um sich seine Forschungsarbeit finanzieren zu lassen.«

»Dass die Leute bei einer Heirat aufs Geld schauen, ist ja nichts Ungewöhnliches.«

»Mag sein.«

Sidney spürte, dass sein Kollege etwas verschwieg. »Raus mit der Sprache, Neville.«

»Ich dachte eigentlich, Cartwright sei schon verheiratet.« Er kramte wieder in seinen Notizen. »Vielleicht ist seine Frau gestorben.«

»Mir haben die beiden davon jedenfalls nichts gesagt.«

»Dass er das nicht zumindest erwähnt hat, ist schon etwas merkwürdig, was? Ich glaube, sie haben eine Weile in Cornwall gelebt. Sie war Hundezüchterin, soviel ich weiß, und stammt aus Cornwall. Sie soll für die Unabhängigkeit der Grafschaft eingetreten sein und war wohl recht fanatisch, sie soll gesagt haben, dass sie da nie wegziehen würde. Ein ziemliches Handicap für einen Astrophysiker. In Cornwall sind die beruflichen Chancen nicht so zahlreich.«

»Da wäre die University of Exeter, aber die ist in Devon.«

»Als er nach London ging, haben sie, wenn ich nicht irre, ein Haus in King's Lynn gekauft. Keine Ahnung, warum. Vielleicht war für die Frau ein Leben in der Großstadt nicht vorstellbar. Allerdings ist das genauso weit weg wie Cornwall, und da bekommt man vermutlich noch öfter Besuch.«

»Das ist sehr beunruhigend. Wie könnte man wohl ohne allzu großen Aufwand herausbekommen, ob er noch mit ihr verheiratet ist? Ich möchte wirklich nicht, dass Amanda einen Bigamisten heiratet.«

»Verständlich«, bestätigte Professor Meldrum und setzte trocken hinzu: »Dann müsste Cartwright tatsächlich an zwei Orten gleichzeitig sein.«

Am Samstag sang Amanda in einem Nachmittagskonzert des Bachchors in der Festival Hall und überredete Sidney, sich danach mit ihr und Tony Cartwright auf einen Drink zu treffen. Es sei noch einiges zu besprechen, nicht zuletzt, wie viel Zeit er für die Ehevorbereitung angesetzt hatte.

»Ich weiß wirklich nicht, warum wir das alles so gründlich durchkauen müssen. Es ist nett, dass du bereit bist, uns hier zu treffen, aber wir können es nicht alle so ernst mit dem Glauben nehmen wie du.«

»Manchmal habe ich das Gefühl, ihn selbst nicht ernst genug zu nehmen. Aber wir sind nicht hier, um über mich zu sprechen.«

Cartwright ging an die Bar, um die Drinks zu bestellen, und Amanda, zum ersten Mal seit der Verlobung mit Sidney allein, versuchte, ihn für ihre Heiratspläne zu gewinnen. »Ist Tony nicht wundervoll?«

»Er ist zumindest sehr intelligent. Eine originelle Wahl.«

»Du hast einen meiner noblen Freunde erwartet, die du allesamt für trübe Tassen hältst, nicht?«

»Ich hatte gar nichts erwartet, du hast uns alle überrascht, und ich hoffe, dass ihr sehr glücklich miteinander werdet.«

»Ich bin froh, dass du einverstanden bist.«

»Trotzdem – ist es nicht eine etwas übereilte Entscheidung?«

»Ich bin nicht schwanger, falls du das andeuten willst.«

»Nein. Darum geht es nicht.«

»Um was dann? Schließlich werde ich nicht jünger …«

»Meinst du denn, dass ihr euch gut genug kennt?«, fragte Sidney. »Hast du seine Familie, seine Freunde schon kennengelernt? Weißt du, was er wirklich glaubt? War er schon mal anderweitig gebunden? Was erhofft er sich deiner Meinung nach von einer Beziehung?«

»Lieber Himmel, Sidney, so viele Fragen kann ich unmöglich auf einmal beantworten. Wir lieben uns, ist das nicht genug?«

»Ich denke nur, dass die Liebe ein festes Fundament braucht. Man muss sichergehen, dass es eine Ehe trägt.«

Amanda sah, dass Tony die Drinks bezahlt hatte und auf dem Weg zurück zu ihrem Tisch war. »Das verstehe ich ja alles, Sidney. Aber ist es nicht eigenartig, dass du mich mit all diesen Ratschlägen beglückst, ohne selbst verheiratet zu sein?«

»Ich kenne meine Grenzen.«

»Vielleicht überwindest du sie ja bald. Tony und ich rechnen fest damit, im nächsten oder übernächsten Jahr nach Deutschland zu kommen.« Sie lächelte vielsagend.

»Du hast ihm von Hildegard erzählt?«

»Ich musste Tony davon überzeugen, dass du ein Mann mit dem Herzen auf dem rechten Fleck bist.« Cartwright kam mit den Drinks. Amanda sah ihn verliebt an. »Er hat gedacht, du wärst eine Schwuchtel. Stimmt's, Liebling?«

Sidney hätte dringend einen Rat von Geordie Keating gebraucht, aber als sie sich zu ihrer Backgammon-Partie im Eagle trafen, war sein Freund verstimmt. Maggie, seine Älteste, hatte seit neustem einen Freund, und damit kam der Inspector nicht zurecht.

»Das ist das Ende der Kindheit«, jammerte er. »Maggie ist nicht mehr mein kleines Mädchen. Ich wünschte, sie wäre noch sieben.«

»Wir können die Zeit nicht aufhalten, Geordie. Aber du wirst immer ihr Paps sein, den sie so liebt wie du sie.«

»Aber ich habe keinen Einfluss mehr auf sie. Immer heißt es nur Davie, Davie, Davie.«

»Und was für einen Beruf hat dieser Davie?«

»Einen, von dem man garantiert nicht reich wird. Popsänger will er werden. Ich sollte ihnen die Busfahrt nach Liverpool bezahlen, angeblich ist da schwer was los. Sie ist erst sechzehn, deshalb hab ich nein gesagt. Was bilden die sich denn ein?«

»Du willst aber doch nicht, dass sie durchbrennt, was? Denn das wäre durchaus möglich.«

»Soll das heißen, dass ich zu allem Ja und Amen sagen soll?«

»Das soll heißen, dass du dich nicht mit ihr zerstreiten sollst. Sie ist abhängiger von dir, als sie zugeben will. Versuch dich zu beherrschen, Geordie, und bleib geduldig. Früher oder später wird sie wieder deinen Rat suchen.«

»Woher willst du das wissen?«

»Ich habe eine Schwester.«

»Ja, richtig, sie wohnt mit Miss Kendall zusammen. Was macht die denn so?«

»Darüber wollte ich mit dir sprechen«, sagte Sidney und erstattete Bericht.

Keating hörte aufmerksam zu. Nachdem er das erste Bier ausgetrunken und ein zweites in Angriff genommen hatte, war er bereit, ein Urteil abzugeben. »Es könnte sich lohnen, mit Miss Kendalls Eltern zu sprechen, um herauszufinden, was sie von Cartwright halten. Einen Vater, der hundertprozentig mit der Wahl seiner Tochter einverstanden wäre, gibt es nicht. Wenn er ein umsichtiger Mann ist, wird er einen Teil des Geldes zurückhalten. Kennst du seinen Anwalt?«

»Ich glaube kaum, dass ich mich in die Vermögensverhältnisse der Familie einmischen kann.«

»Aber vielleicht bekommst du wenigstens einen gewissen Eindruck. Was passiert, wenn Amandas Vater stirbt oder beide Eltern ums Leben kommen? Bei einem Verkehrsunfall oder so?«

»Du glaubst doch nicht, dass es sich um ein Komplott zur Ermordung von Amandas Eltern handelt?«

»Nein, natürlich nicht. Andererseits …«

»Du wirst langsam noch argwöhnischer als ich.«

»Das gehört zu den goldenen Regeln der Verbrechensermittlung: Nichts für selbstverständlich nehmen. Niemandem Glauben schenken. Alles überprüfen. Und natürlich spielt auch die Geldfrage eine große Rolle. Du könntest feststellen, wie viel der Alte bei der Heirat seiner Tochter berappen will (dazu gibt es häufig eine Klausel im Treuhandfonds) und wie viel er zurückbehält. Dann könntest du ihn fragen, ob er ein Testament gemacht hat und seine Kinder es kennen. Miss Kendall hat einen Bruder, nicht?«

»Er hat eine Geschiedene geheiratet und ist bei seinen Eltern in Ungnade gefallen.«

»So sehr, dass sie ihn enterbt haben? Es wäre aufschlussreich zu wissen, ob Miss Kendall die Alleinerbin ist. Wie viel ist Sir Cecil wert, was meinst du?«

Sidney überlegte. »Er muss Millionär sein. Sie besitzen dieses große Haus in Chelsea und außerdem Immobilien in Monte Carlo.«

»Wenn du mich fragst, könnte es sich lohnen festzustellen, wie viel der Bau eines neuen wissenschaftlichen Labors kostet und wie teuer es wäre, eine bereits vorhandene erste Ehefrau zu ernähren. Sag mir auf jeden Fall, ob die Polizei etwas tun kann.«

»Nett von dir, aber ich möchte nicht, dass du da hineingezogen wirst. Hier ist London zuständig, du hast schon genug am Hals.«

»Ich weiß, Sidney, aber ich mag Miss Kendall sehr gern und möchte nicht zusehen, wie ihr Leben zerstört wird.«

»Zerstört? Das ist ein starkes Wort.«

»Wenn Cartwright es auf ihr Geld abgesehen hat, wenn er bereits verheiratet ist oder wenn er einfach nur ein ausgewachsener Dreckskerl ist, müssen wir eingreifen.«

Der Eifer seines Freundes rührte Sidney, über seine eigene Taktik aber war er sich noch nicht im Klaren. Konnte er Amanda zur Einsicht bringen, oder tat er Cartwright unrecht, wenn er ihm derart niedrige Beweggründe unterstellte? Der nächste Schritt musste sein, mit beiden über ihr künftiges gemeinsames Leben zu sprechen und in diesem Zusammenhang zu fragen, wie sie ihre Finanzen regeln wollten.

»Das Schlüsselwort ist ›teilen‹«, begann er. »Mit der Heirat werdet ihr zu einer Einheit, in der das Beste zusammenkommt, das ihr beide zu bieten habt.«

Amanda versuchte Sidneys Fragen mit Witzeleien abzuwehren. »Mein Aussehen und sein Hirn, meinst du.«

»Oder mein Aussehen und ihr Hirn?«, warf Cartwright gelangweilt ein.

»Nein, es geht mir darum, dass ihr einander versteht. Ihr habt die gleichen ethischen Ziele, die gleiche Einstellung zum Leben, die gleichen gemeinsamen Werte.«

»Aber angeblich ziehen sich doch Gegensätze an?«, spöttelte Amanda.

»So leichtfertig solltest du mit dem Thema nicht umgehen. Die Ehe ist ein feierlicher Schritt, mit dem ihr die Liebe Gottes und eure Liebe füreinander bestätigt. Er fordert Selbstlosigkeit und verlangt, den Partner an die erste Stelle zu setzen.«

»Verstehe«, gab Cartwright zurück. »Wir arbeiten als Einheit, teilen uns ein Haus, haben die gleichen Vorstellungen, die gleichen Ziele. Das geben wir alles in einen Topf und verrühren es zu einer Art Ehesuppe.«

»Ganz recht. Im Idealfall dürfte es keine Geheimnisse, müsste es absolute Transparenz geben.«

Sidney hatte bewusst das Wort Geld bisher nicht erwähnt. Das übernahm nun Amanda und wandte sich an ihren Verlobten. »Geld ist für mich kein Thema. Was ich habe, gehört dir.«

»Dito«, gab Cartwright zurück.

Sidney fand, dass Amandas künftiger Ehemann das getrost etwas romantischer hätte ausdrücken können. »Sie wissen, dass Amanda wohlhabend ist.«

»Allerdings.«

»Geld kann eine Ehe auf unterschiedliche Weise beeinflussen.«

»Jedenfalls ist es besser, welches zu haben als keins.«

»Und es wird dir nichts ausmachen, es zu teilen, Amanda?«

Anthony Cartwright kam seiner Verlobten zuvor. »Ich verdiene selbst Geld, ich bin kein Schmarotzer.«

»Das habe ich auch nicht unterstellt, aber für manch einen Mann ist es schwer zu ertragen, wenn die Frau mehr Geld hat als er.«

»Ich glaube genug Selbstbewusstsein zu haben, um solche Gefühle nicht aufkommen zu lassen, Canon Chambers.«

»Ich werde Tonys Forschung finanzieren«, erklärte Amanda. »Für mich gibt es nichts Wichtigeres. Das wirst du wohl kaum leichtfertig nennen können, Sidney. Aufgabe der Ehefrau ist es, ihren Mann in jeder Beziehung zu unterstützen – und genau das habe ich vor.«

Sie stand auf, ergriff Cartwrights Hand und gab Sidney einen Kuss auf die Wange. »Zufrieden?«, fragte sie.

Eine Woche danach speiste Sidney in seinem College und wollte die Gelegenheit nutzen, noch einmal mit Professor Meldrum zu sprechen, der allerdings vollauf damit beschäftigt war, seine geschmorte Lammhaxe zu vertilgen und sich gleichzeitig über seine letzten Versuche zum Gasgehalt im interstellaren Raum und die starke Abhängigkeit deren Trübung von der Wellenlänge auszulassen.

»Sie sollten besser den Gasgehalt an der Hohen Tafel erörtern«, frotzelte der Anglistikprofessor. »Die Trübung der Gespräche hier ist nämlich beachtlich.«

Professor Meldrum glaubte, Spaß zu verstehen, war aber tatsächlich schnell eingeschnappt. »Ich halte es für wichtig«, dozierte er, »dass wir den Sonneneinfluss, das Verhalten hochenergetischer Partikel und Beispiele von Gravitationskollaps aufmerksam im Auge behalten. Schade, dass die Herren Geisteswissenschaftler von uns Naturwissenschaftlern erwarten, dass wir uns mit frühmittelalterlicher Poesie vertraut machen, während sie von den derzeitigen Entwicklungen auf dem Gebiet der kosmischen Strahlung keinen blassen Schimmer haben.«

»Das ist viel zu schwierig.«

»Unsinn. Sogar Canon Chambers versteht etwas davon, wenn er sich Mühe gibt.«

Sidneys Gedanken waren inzwischen zu Hildegard abgeschweift. Weil er fürchtete, Meldrum würde auf ihr früheres Gespräch über Elementarteilchen zurückkommen wollen, wechselte er schleunigst das Thema und fragte seinen Freund, ob er noch etwas über Anthony Cartwrights Familienstand in Erfahrung gebracht hatte.

»Gut, dass du danach fragst«, sagte Meldrum. »Ich habe nämlich bei meinen Ermittlungen mehr Erfolg gehabt als im Labor. So ein zweites Standbein hat tatsächlich etwas für sich, Sidney, es führt schneller zu brauchbaren Ergebnissen.«

»Kann einen aber auch vom eigentlichen Ziel abbringen.«

»In diesem Fall hat es sich aber gelohnt. Denn eine Mrs. Cartwright gibt es noch, und sie hat noch immer ein Haus in King's Lynn.«

»Könnte es vielleicht eine andere Frau gleichen Namens sein?«

»Vielleicht, aber unsere Mrs. Cartwright ist in derselben Branche tätig wie die, von der ich gehört habe. Vielleicht könntest du ihr einen diskreten Besuch abstatten? Allerdings brauchst du dazu wohl einen überzeugenden Vorwand. Mit einem Telefongespräch oder einem unangemeldeten Besuch und aufdringlichen Fragen ist es sicher nicht getan. Aber mir ist da etwas eingefallen.« Meldrum nahm einen Schluck von dem Beaujolais. »Ich habe dir doch erzählt, dass sie Hunde züchtet …«

»Ja und?«

»Sonst bist du doch nicht so begriffsstutzig, Sidney. Du nimmst einfach Dickens mit. Zur Tarnung.«

Sidney fragte sich, wie er, der absolute Laie in Sachen Hund, mit einer Hundezüchterin ein Gespräch auf Augenhöhe führen sollte. Gewiss, er könnte sich von Agatha Redmond beraten lassen, aber aus gutem Grund machte er um diese Familie in letzter Zeit lieber einen großen Bogen.

Sidney könne ja eine Nichte oder einen Neffen vorschieben, die sich einen Welpen wünschten. Im Gegenzug könne Sidney anbieten, eine von Mrs. Cartwrights Hündinnen decken zu lassen.

»Und wenn ich gar keinen Welpen brauche?«

»Dann kannst du später immer noch sagen, du hättest es dir anders überlegt.«

»Es liegt mir nicht, meinen Mitmenschen Sand in die Augen zu streuen.«

Dagegen ließ sich das eine oder andere einwenden, fand Meldrum, aber dann sagte er nur: »War ja nur eine Idee. Der Detektiv bist schließlich du.«

Sidney hatte sich bereits mit Amanda in der American Bar des Savoy verabredet, um die Angelegenheit mit ihr unter vier Augen zu besprechen, und beschloss, bei diesem Plan zu bleiben, ehe er eine Expedition nach Norfolk unternahm. Er hatte die leise Hoffnung, dass er Amanda mit seinen Bedenken von ihrem Vorhaben würde abbringen können. Aber Amanda kam ihm mit der nur halb scherzhaften Bemerkung zuvor, sie hoffe nicht, dass Sidney sie dazu überreden wolle, die ganze Sache abzublasen.

Sie bestand auf Champagner und unterhielt ihn mit Neuigkeiten über die Vorbereitungen für den großen Tag. Das Kleid war in dem Salon von John Cavanagh in Mayfair in Auftrag gegeben, sie würden drei Brautjungfern und zwei Pagen haben, Jennifer sollte Trauzeugin sein. Tonys Cut – von Amanda bezahlt – war bei Henry Poole in der Savile Row in Arbeit, und ihre Mutter würde ein pfirsichfarbenes Kleid tragen. Sidney war insgeheim entsetzt über so viel Aufwand, erklärte aber tapfer, dass er sich sehr auf den großen Tag freue und überzeugt davon sei, dass das glückliche Paar wunderbare Flitterwochen verleben würde. Nur eins wolle er Amanda fragen, auch wenn er wisse, dass es ihn nichts anging – ob die lange

Trennung von ihrem Mann so bald nach der Hochzeit sie nicht störe.

»Aber das ist ja das Schöne«, erklärte Amanda. »Wir genießen alle Vorteile der Ehe, ohne unsere Unabhängigkeit aufzugeben. Unsere Ehe ist ein Dreh- und Angelpunkt. Ganz gleich, in welche Richtung es geht – wir bleiben immer miteinander verbunden.«

Sidney entschloss sich für klare Worte. »Du willst diese Sache wirklich durchziehen, Amanda?«

»Ja, natürlich.«

»Und wie hältst du es mit dem Geld?«

»Das haben wir doch neulich schon besprochen. Ich habe mehr als genug, und Daddy mag Anthony sehr gern. Wird Zeit, dass mal ein Hauch Gelehrsamkeit in die Familie kommt, sagt er, und dass Tony bestimmt früher oder später den Nobelpreis kriegt.«

»Und wer soll das Sagen haben?«

»In Geldsachen? Tony natürlich.«

»Mit einem gemeinsamen Konto? Wie viel hast du ihm schon gegeben?«

»Das geht dich nun wirklich nichts an, Sidney! Ich weiß gar nicht, wieso du dir darüber graue Haare wachsen lässt. Es ist Geld genug da.«

»Das glaube ich dir gern, aber ich finde, du dürftest dir nicht ganz die Zügel aus der Hand nehmen lassen.«

»Meinst du damit, dass ich meinem Mann nicht trauen soll?«

Sidney musste einen Rückzieher machen. »Ich meine nur, du solltest dir ein Stück Unabhängigkeit bewahren.«

»Mit einer Notfallkasse? Mummy hat so was. Das ist der einzige Ratschlag, den sie mir gegeben hat. ›Sorg dafür, dass du genug hast, um abzuhauen, wenn alles den

Bach runtergeht. Jede Frau sollte Geld für ein Jahr haben, die Zeit reicht, um sich einen Neuen zu suchen.‹ Ihr Geld hat sie übrigens noch. Warum magst du Tony eigentlich nicht?«

»Ich bewundere seine Intelligenz und freue mich, dass er so viel für dich übrig hat.« Sidney vermied bewusst das Wort Liebe.

»Er hängt geradezu an meinen Lippen. Ist das nicht himmlisch?«

Sidney ließ sich nicht ablenken. »Was weißt du über seine Vergangenheit? Er war vorher noch nie verheiratet, oder?«

»Das hast du schon bei unserem ersten Gespräch gefragt. Ich glaube kaum, dass sich seither etwas daran geändert hat.«

»Mag sein, aber man sollte doch wohl etwas über die Vergangenheit des Partners wissen, findest du nicht?«

»Nein, Sidney, das darf von mir aus alles im Dunkeln bleiben. Ich möchte ja auch nicht über grässliche Typen wie Guy Hopkins reden müssen. Der Einzige, von dem Tony weiß, bist du.«

»Ich bin nicht einer deiner Verflossenen, Amanda.«

»Du weißt genau, was ich meine.«

»Hier geht es nicht um uns. Tony ist ein gutes Stück älter als du, es würde mich wundern, wenn es da niemanden gegeben hätte.«

»Aber warum muss ich das wissen? Tony glaubt sowieso nicht an die Vergangenheit. Er sagt, dass wir heutzutage die Zeit völlig anders sehen müssen – Vergangenheit, Gegenwart und Zukunft sind eins.«

»Ich meine mich zu erinnern, dass T.S. Eliot etwas Ähnliches gesagt hat.«

»Ich bin für ihn ›alle Frauen für alle Zeit‹. Ist das nicht romantisch?«

»Vermutlich.«

»Sei nicht so ein Miesmacher. Was ist denn los mit dir? Gönnst du mir mein Glück nicht? Du bist heute ziemlich anstrengend.«

»Ich will dir doch nur helfen, Amanda.«

»Findest du, dass ich alles absagen soll? Wolltest du mich deshalb sehen?«

»Tja, also …«

»Ehrlich, Sidney, von dir habe ich mir mehr erwartet. Du kannst mich nicht ganz für dich haben. Schließlich hast du Hildegard, und auf die bin ich auch nicht eifersüchtig. Und wenn du ständig auf der ›Vergangenheit‹ herumreitest – sie hat ganz bestimmt eine.«

»Das ist hier nicht das Thema.«

»Doch, Sidney. Was du machst, ist scheinheilig. Du darfst dich nach Deutschland absetzen, wann du Lust hast, und deine lustige Witwe besuchen, aber ich darf mich nicht über die einzige Chance auf echtes Glück freuen, die ich je hatte. Dabei machen wir beide fast dasselbe. Ich werde mit einem Mann verheiratet sein, der im Ausland ist, so wie Hildegard. Du solltest dir noch etwas darauf einbilden, dass ich es euch nachmache. Stattdessen willst du uns beide nur für dich allein.«

»Das ist nicht wahr.«

»Du solltest mal mit Tony darüber reden, der erzählt uns doch ständig, dass verschiedene Dinge gleichzeitig und nebeneinander passieren können.«

»Ich weiß. Deshalb …«

»Du bist nur neidisch, weil wir es anpacken, während du ständig nur herumeierst. Ich weiß wirklich nicht, warum wir hier sitzen. Das haben wir doch alles schon hundertmal durchgekaut.«

»Zweimal. Ich finde nur, du solltest überlegen, ob …«

»Was sollte ich überlegen? Komm, spuck's schon aus, Sidney.«

»Ich bin nicht sicher, ob Anthony Cartwright derjenige ist, der er zu sein behauptet.«

»Du hältst ihn für einen Betrüger? Ich bitte dich, Sidney! Ich war in seinem Büro, ich war bei einem Vortrag von ihm. Ich weiß, wer er ist.«

»Aber was weißt du über seine Vergangenheit?«

»So viel wie nötig. Ich habe langsam genug von deinen hinterhältigen Fragen, ich halte das nicht mehr aus.« Amanda stand auf.

»Bitte reg dich nicht auf«, bat Sidney. »Ich will doch nur, dass du glücklich wirst.«

»Hört sich gut an, aber wenn ich deine perfiden Bedenken höre, nehme ich dir das nicht ab. Tony liebt mich, und ich liebe Tony. Von mir aus kannst du am achten Juli trauen, wen du willst, aber nicht uns. Betrachte dich als ausgeladen.«

»Aber Amanda …«

»Lass mich in Ruhe! Es reicht mir, ist das klar? Alle, sogar Jennifer, lästern über Tony und fragen mich, ob ich es ernst meine. Jawohl, ich meine es ernst, und ihr könnt mir gestohlen bleiben. Ich habe Tony, und ich habe Geld, wir werden uns einen neuen Freundeskreis suchen und brauchen euch alle nie wiederzusehen.« Amanda griff sich ihre Stola und stürmte nach draußen in die Eingangshalle. In der Cocktailbar war es still geworden, und Sidney merkte, dass alle Gäste zu ihm hinsahen.

Ihm war hundeelend.

Ein Kellner näherte sich. »Alles in Ordnung, Sir?«

»Die Rechnung bitte.«

Sidney hatte noch nie im Savoy selbst eine Rechnung beglichen und schätzte, dass der Champagner, den sie gerade getrunken hatten, so viel kostete wie sein Gehalt für eine Woche. Er zitterte. So hatte noch nie jemand mit ihm gesprochen. Es machte ihm Angst. Er musste mit jemandem darüber reden – Jennifer, Keating, Meldrum, notfalls sogar Mrs. Kendall.

Als der Kellner gerade die Rechnung brachte, kam Amanda wieder herein und bückte sich zu ihrem Stuhl. »Ich habe meine Handtasche vergessen.« Sie warf Sidney einen drohenden Blick zu. »Jedes weitere Wort ist überflüssig.«

Die *Hundezucht Cartwright* lag am Stadtrand von King's Lynn neben einem Gehöft auf der Straße nach Hunstanton. Mrs. Cartwright war eine kleine schmale Frau mit fahler Haut und kurzem, ungewaschenem blondem Haar, das aussah, als würde es eher von der Schere einer Freundin als von der eines Friseurs gestutzt. Sie trug Jeans, die sie in Gummistiefel gesteckt hatte, und einen olivgrünen Schlabberpullover, der für den Sommer eigentlich zu warm war. Sidney erläuterte, dass er Dickens gern kostenlos als Deckrüden anbieten würde, wenn er im Gegenzug später einen Welpen aus der Paarung bekäme.

Mrs. Cartwright gab sich zurückhaltend. Sie fragte nach Dickens' Alter und ob er gutes Zuchtmaterial sei. Besaß er einen Stammbaum bis hin zu den Urgroßeltern? War er auf Brucellose, Entropium, Ektropium, vererbte Augenkrankheiten und Hüftdysplasie untersucht worden? Welchen Hüftwert hatte er?

Sidney war mit diesen Fragen überfordert, aber Mrs. Cartwright war gern bereit, ihn zunächst herumzuführen, auch wenn sie, wie sie sagte, später noch sehr viel ausführlichere Informationen brauchte. Er könne sich die Hündinnen ansehen und einen Eindruck von *Cartwrights Hundezucht* gewinnen. Ihr Ziel seien hübsche, gesunde und gut sozialisierte Welpen aus sorgsam geplanten Würfen. Es sei ein emotional anspruchsvolles und riskantes Geschäft, die Tierarzthonorare stiegen ständig, und die Trennung von den Welpen, um die sie sich acht Wochen so liebevoll gekümmert hatte und deren Persönlichkeit bereits durchschimmerte, fiele ihr immer schwer.

Der Betrieb schien ordentlich geführt, aber auf dem Gelände fielen Sidney mehrere primitive Schuppen auf. »Gehören die auch Ihnen?«, fragte er.

»Das sind Lagerräume, in denen hat mein Mann sein Zeug.«

Das war für Sidney ein willkommenes Stichwort. »Hilft er Ihnen bei den Hunden?«

»Meist ist er in London, er kommt nur in den Ferien her.«

»Ist er Lehrer?«

Mrs. Cartwright strich sich eine Haarsträhne aus der Stirn. »An der Uni.«

»Das ist sicher nicht einfach.«

»Wie meinen Sie das?«

»Dass er so häufig nicht da ist.« Sidney merkte, dass sie sich diese Fragen nur gefallen ließ, weil er kein Hundezüchter, sondern Pfarrer war.

Sie bückte sich zu Dickens und untersuchte ihn kurz. »Mir ist es recht so. Ich kümmere mich um die Hunde, und er hat seine Arbeit. Er ruft fast täglich an.«

»Fehlt er Ihnen nicht?«

»Er ist mein bester Freund.«

»Und Sie wissen, dass er Sie liebt, auch wenn Sie sich nicht ständig sehen.« Sidney lächelte ihr ermutigend zu, aber sie antwortete nicht, und Sidney ahnte, dass er sich mit weiteren Bemerkungen verdächtig machen würde. Also zurück zum Thema Hunde. »Ich habe Dickens als besten Freund.«

Mrs. Cartwrights Miene erhellte sich. »Ach ja?«

»Was ich an ihm mag, ist seine Zuverlässigkeit und sein Optimismus. Wenn nur die Menschen auch so wären.«

»Deshalb züchten wir Hunde – um ihre Eigenschaften an die nächste Generation weiterzugeben. Wir bemühen uns stets um eine Optimierung der Rasse.« Jetzt kam sie wieder auf Dickens' Qualitäten als möglicher Deckhund zu sprechen. Ob Sidney sagen könne, wie die guten Eigenschaften seines Hundes sich auf die der Hündin auswirken würden, wollte sie wissen. Hatte Dickens eine starke Hinter- oder Vorhand als Ausgleich für eventuelle Schwächen der Hündin? Besaß er eine schöne Schulterlage, eine ansehnliche Rute? Sidney bemühte sich redlich, diese Fragen zu beantworten, sagte aber, er würde seinen Hund gern Mrs. Cartwright zu einer gründlichen Beurteilung dalassen, er habe in King's Lynn ohnehin noch etwas zu erledigen.

»Würden Sie zu der Verpaarung herkommen?«, fragte sie.

Sidney erschrak. »Wie lange dauert die denn normalerweise?«

»Mindestens zwanzig Minuten.«

»Mehr nicht?«

»Das ist nicht so wie bei uns. Ist er fertil?«

»Ich weiß nicht recht …«

»Er hat bisher noch nie eine Hündin gedeckt?«

»Ich glaube nicht, aber ich sehe ja nicht immer, was er treibt.«

»Wichtig ist seine Libido.«

»Die hat er bestimmt. Auf die Labradordamen in den Meadows ist er jedenfalls sehr scharf.«

Mrs. Cartwright beeindruckte das nicht. »Dass er gern hinter jeder Hündin herrennt, ob läufig oder nicht, bedeutet noch nicht unbedingt, dass er im kritischen Augenblick weiß, was er zu tun hat. Hunde sind da sehr unterschiedlich, nicht viel anders als Menschen. Sie sind nicht verheiratet?«

Jetzt waren sie wieder auf Kurs. Sidney zwang sich, seine Verlegenheit zu unterdrücken. »Früher oder später hoffe ich eine Frau zu finden, aber als Pfarrer tut man sich da nicht so leicht. Wo haben Sie Ihren Mann kennengelernt?«

»Hier. Nachdem meine Mutter unsere Farm in Cornwall verkaufen musste. Wir hatten nie eine glückliche Hand mit Geld. Mein Vater ist eines Tages tot umgefallen, danach kamen die Schuldner und haben die Hand aufgehalten, und wir mussten schleunigst weg. Mum und ich sind bei ihrer Schwester hier oben untergekommen. Tony machte gerade seinen Schulabschluss …«

»Und dann?«

»Angefangen hat es als Jugendliebe. Dann ging er an die Uni, als Erster aus seiner Schule hat er es nach Oxford geschafft. Er hat gelernt wie besessen, und in den Ferien habe ich ihm geholfen, bis ich mit dem, was er machte, nicht mehr mitkam. Wir haben herrliche Strandwanderungen mit den Hunden gemacht. Waren Sie mal in

Holkham? Etwas Schöneres gibt es nicht. Wenn das Wetter nicht wäre, könnte man denken, man wäre in der Karibik.«

»Und Sie haben hier geheiratet?«

»Ja, auf dem Standesamt. Wir sind keine Kirchgänger, Canon Chambers.«

»Das ist ja heutzutage nichts Ungewöhnliches mehr.«

»Wir sind es noch nie gewesen. Über zwanzig Jahre ist das jetzt her, bald feiern wir Silberhochzeit, aber wir sind ein ziemlich junges Silberpaar.«

»Wie oft sehen Sie sich?«

»In London hat er praktisch keine freie Minute, aber jedes zweite Wochenende kommt er her. Den Sommer verbringen wir zusammen und ein paar Tage an Weihnachten und Ostern. Es ist leichter, wenn man keine Kinder hat.«

»Wollten Sie keine Kinder?«

»Wir konnten keine bekommen. Heute ist mir das nicht mehr wichtig, die Hunde sind meine Kinder.«

»Und gehen die Geschäfte gut?«

»Miserabel, wir sind immer knapp bei Kasse. Tony schickt mir was, wenn er kann, aber London ist teuer.«

»Was, sagten Sie, macht er beruflich?«, fragte Sidney so beiläufig wie möglich.

»Er lehrt an der Uni.«

»Ach, das mache ich auch. Welches Fach unterrichtet er?«

»Physik. Mir ist das alles zu hoch, aber ihn stört das nicht, sagt er immer, und dass er am liebsten immer mit mir zusammen wäre und sich kaum losreißen kann, aber er muss Geld verdienen, sonst haben wir nichts zum Leben. Hört sich vielleicht ein bisschen komisch an, eine

Fernehe, so nennt man das wohl, aber ich weiß, dass ich mich auf ihn verlassen kann und dass er jederzeit herkommen würde, wenn ich ihn brauche.«

»Diese Geldsorgen sind sicher recht belastend«, sagte Sidney und hoffte, dass er nicht schon zu viel gesagt hatte.

»Das ist nicht zu ändern, aber Tony hat mir letzte Woche erzählt, dass er einen großen Auftrag in Aussicht hat, der eine hübsche Extrasumme einbringen sollte. Er wird noch öfter als sonst auswärts arbeiten müssen, aber es zahlt sich aus. Dann können wir die Schuppen umbauen, bekommen mehr Platz, und vielleicht können wir sogar mal zusammen Urlaub machen, er hat von Amerika gesprochen.«

»Sie waren noch nie dort?«

»Wir kennen es beide nicht. Tony hat Angst vor dem Fliegen, aber er will mir eine Reise nach Kalifornien spendieren. Wäre das nicht toll?«

Zu behaupten, man müsse ›auswärts arbeiten‹, wenn man in Wirklichkeit auf eine zweite Ehe hinarbeitete, fand Sidney ziemlich unverfroren und machte sich so seine Gedanken über das Seelenleben von Bigamisten.

»Wollen Sie die Sache wirklich angehen?«, fragte Mrs. Cartwright. »Es ist ein ziemlicher Aufwand.«

»Vielleicht lieber ein andermal. Aber ich könnte mich doch für einen Welpen vormerken lassen?« Er überlegte, ob er nicht Leonard einen schenken sollte, und sei es auch nur, um sein Gesicht zu sehen.

»Gut, dann schreibe ich mir Ihre Adresse auf. Im September haben wir voraussichtlich Nachwuchs.«

»Vielen Dank. Ich habe mich sehr gefreut, Sie kennenzulernen. Entschuldigen Sie, wie war doch gleich Ihr Vorname?«

»Sie können mich Mandy nennen, Mandy Cartwright.«

Sidney staunte. Zwei Ehefrauen gleichzeitig zu haben, die auch noch den gleichen Vornamen trugen – das war schon eine reife Leistung. Er ging zum Standesamt, um den Sachverhalt zu klären, dann schlenderte er durch die Straßen von King's Lynn zurück, wo die Passanten sich gegen den Wind stemmten und auf eine Regenpause hofften. Er rief seine Schwester an, fragte nach Amanda und erfuhr, dass sie auf dem Weg zu einer Generalprobe für die Hochzeit war, der Pfarrer habe keinen anderen Termin frei gehabt. »Ungeladene Gäste sind dabei sicher nicht gern gesehen«, warnte sie.

Sidney hielt den Mund. Auf ihn wartete die schwierige Aufgabe, Mandy Cartwright klarzumachen, warum sie mit ihm in den nächsten Zug nach London steigen musste.

Holy Trinity in der Sloane Street war eine für Feierlichkeiten angemessen dekorative Örtlichkeit, in vollendeter Arts-and-Crafts-Architektur mit einer imposanten Marmorfassade im italienischen Stil und Buntglasfenstern von Morris und Burne-Jones. Sidney fand die Kirche zu überladen, zu sehr auf Außenwirkung zielend und zu katholisch. Als er aus dem sonnigen Frühsommerabend in den dunklen Kirchenraum trat, stolperte er über eine Gruppe junger Damen, die Arrangements aus Nelken, Chrysanthemen, Lilien, Gladiolen und Rosen zauberten. Sidney ahnte, dass es zu einer Szene kommen würde, und fragte sich kurz, ob er sich richtig verhielt. Doch Cartwright war dabei, etwas Ungesetzliches zu tun, seine Frau musste selbst sehen, was hier vorging, und Amanda hatte alle Warnungen in den Wind geschlagen.

Die Probe war schon in vollem Gange. Jennifer stand neben Amanda, und ein Trauzeuge, den Sidney nicht kannte, stand neben Cartwright. Der Pfarrer zeigte den Brautleuten, wann sie vorzutreten, wo sie zu stehen und wann sie zu knien hatten. Alles sei ganz unkompliziert, sagte er, es sei ihr Tag, der Beginn ihres Glücks, ein unvergesslicher Tag, dafür würde er sorgen.

Danach ging er die Gottesdienstordnung durch und erwähnte beiläufig, dass sich während seiner Amtszeit noch nie jemand gemeldet hatte, um kundzutun, er wisse von einem triftigen Grund, der gegen die Ehe spreche.

»Es gibt immer ein erstes Mal«, kam da eine Stimme aus dem südlichen Querschiff.

Mandy Cartwright.

»Wo ist das Problem?«, fragte der Pfarrer. »Ich habe ordnungsgemäß drei Sonntage hintereinander das Aufgebot verkündet.«

»Dieser Mann ist mein Ehemann.«

»Das glaube ich kaum«, spottete Amanda. »Denn in wenigen Tagen ist er *mein* Ehemann.«

»Amanda …«, schaltete Sidney sich ein.

»Was tust du denn hier?«

»Mein Gott«, stöhnte Cartwright.

»Wie konntest du nur?«, fragte seine Frau.

»Ich habe es für uns getan. Es ging um sehr viel Geld.«

Amanda hatte begriffen. Sie fuhr herum und schlug ihrem Verlobten ins Gesicht.

Sidney ging auf den Möchtegern-Bräutigam zu. »Als ich Sie bei unserem ersten Vorbereitungsgespräch fragte, Dr. Cartwright, ob Sie oder Ihre Verlobte schon einmal ein Ehegelübde abgelegt hätten, haben Sie das verneint.«

»Sehr richtig.«

»Sie haben gelogen.«

»Ob ich es ›vor Gott‹ abgelegt hätte, wollten Sie wissen. Nein, es war im Standesamt, das ist etwas anderes.«

Dass Cartwright keine Anstalten machte, sich zu entschuldigen, ja keine Spur von Verlegenheit erkennen ließ, schockierte Sidney. »Die kirchlichen und die weltlichen Gesetze sind in Sachen Ehe gleichermaßen bindend. Sie sind bereits verheiratet, Dr. Cartwright. Sie waren nie in Amerika. Sie haben gelogen, was Ihre Laufbahn betrifft, und einen Menschen, der mir sehr nahesteht, grausam getäuscht. Sie haben Miss Kendall betrogen.«

»Sie hat mir ihr Geld freiwillig gegeben.«

»Wie konntest du mir das antun?«, fragte Amanda.

»Ich habe versucht dich zu lieben. Und beinah wäre es mir gelungen.«

»Mach es nicht noch schlimmer«, warnte seine Frau.

»Ihr Scheusale«, fauchte Amanda. »Steckt ihr alle unter einer Decke? Was soll ich nur machen, was soll ich den Leuten erzählen? Es ist unerträglich. Ihr seid gemein, alle miteinander, abscheulich!«

Jennifer nahm sie am Arm und führte sie weg.

Mandy Cartwright wandte sich an ihren Mann. »Ich warte auf deine Erklärung. Und glaub ja nicht, dass du billig davonkommen wirst!«

Sie entfernten sich in der entgegengesetzten Richtung, gefolgt von dem schweigenden Trauzeugen. Sidney blieb mit dem Pfarrer allein.

»Ich dachte, dass mich in diesem Leben nichts mehr überraschen könnte«, erklärte Reverend Lionel Tulis. »Aber das schleckt wirklich keine Geiß weg.«

»Wo mag dieser Ausdruck herkommen?«, überlegte Sidney. »Das, was wir gerade erlebt haben, erklärt er jedenfalls nicht. Mrs. Cartwright war die ganze Zeit so gefasst, so sachlich, dass man fast denken könnte, sie hätte eine solche Szene nicht zum ersten Mal erlebt.«

»Jetzt könnten wir jedenfalls einen Tee gebrauchen. Oder lieber etwas Stärkeres?«

»Sie haben wohl keinen Whisky?«, fragte Sidney.

»Doch«, erklärte Tulis. »Sherry kann ich nicht ausstehen.«

»Da haben wir etwas gemeinsam.«

Auch wenn es nicht Donnerstagabend war, bat Sidney Geordie Keating um ein Treffen, um den Fall – eine Obduktion ohne Leiche, wie der Inspector respektlos sagte – zu besprechen. »Wissen möchte ich«, sagte er, »ob die Ehefrau wirklich so ahnungslos war, wie sie tat, und warum sie so ruhig bleiben konnte. Vielleicht wollten sie zu zweit Amanda abmurksen. Zum Glück hast du rechtzeitig eingegriffen. Gut gemacht, Sidney. Wie bist du darauf gekommen?«

»Wenn ich das wüsste«, antwortete Sidney traurig. Dass Amanda in aller Öffentlichkeit gedemütigt worden war, bedrückte ihn. »Instinkt ist eine sonderbare Sache.«

»Der sechste Sinn, was? Ich bin nicht sicher, ob es den überhaupt gibt.«

»Ich auch nicht. Wir können nur hoffen.«

»Glaubst du, dass es sich damit genauso verhält wie mit der Existenz Gottes? Manche glauben daran und manche nicht.«

»Das würde den Gläubigen einen unfairen Vorteil verschaffen.«

»Den haben sie doch schon. Die Chance eines Lebens nach dem Tod zum Beispiel.«

»Die steht jedem offen, Geordie. Die Church of England verschließt sich niemandem.«

»Nicht mal einem wie Cartwright?«

»Er müsste allerdings bußfertig sein. Was meinst du, ob er ungestraft davonkommt?«

»Viel kann man ihm nicht zur Last legen. Eine Absicht ist noch keine Tat. Trotz der Generalprobe in der Kirche können wir ihm nicht beweisen, dass er Amanda heiraten wollte. Mit seiner Frau hat er sicher einiges zu klären. Mehr Sorgen mache ich mir allerdings um Amanda. Hast du schon mit ihr gesprochen?«

»Jennifer will mir Bescheid sagen, wenn sie so weit ist.«

»Um Männer wird sie in den nächsten Jahren wohl einen weiten Bogen machen.«

»Das glaube ich auch.«

»Reden wir von dir, Sidney. Wann fährst du wieder nach Deutschland?«

»Nächsten Monat.«

»Willst du nicht endlich zur Sache kommen? Das zieht sich alles schon viel zu lange hin.«

»Ich weiß, Geordie.«

Sidney sah auf. An der Bar stand Meville Meldrum und gab in Zeichensprache Bestellungen auf. »Ich weiß nicht, warum ich so zögerlich bin. Aber da kommt unser berühmter Physikerfreund. Der mag solche Gespräche nicht. Die Privatsphäre ist ihm heilig.«

»Aber es muss ihn doch wundernehmen, was geschehen ist.«

»Wundernehmen … ein schöner altmodischer Ausdruck.« Sidney beeilte sich, das Gespräch von Hildegard wegzulenken. »Für uns bedeutet er heutzutage so viel wie denken, überlegen. Dabei ist es viel mehr – das

Wunder, das die Hirten bei Christi Geburt oder die Jünger zu Pfingsten empfanden, dieses Staunen, das wir verspüren, wenn wir etwas erfahren, was unbegreiflich ist und uns dennoch in all seiner Herrlichkeit als Geschenk aus dem Unendlichen offenbart wird. Ich glaube, wir haben vergessen, was der Begriff ›Wunder‹ wirklich bedeutet. Je mehr wir uns mit den engen Grenzen unseres Daseins zufriedengeben, desto weniger verwundern wir uns. Es ist wie das Wort ›schrecklich‹, das früher so viel wie ›ehrfurchtgebietend‹ bedeutete.«

»Mich nimmt nur wunder, wo mein nächstes Bier herkommt, eine kostenlose Predigt hatte ich nicht auf der Rechnung.«

Sidney lächelte. »Sie geht aufs Haus, Geordie. Im Gegensatz zu unseren Drinks …«

Nach diesem ereignisreichen Tag war Sidney froh, dass er das Pfarrhaus für sich allein haben würde. Leonard predigte in London, Mrs. Maguires Shepherd's Pie brauchte nur noch aufgewärmt zu werden, und Dickens sah wie stets voller Erwartung zu ihm auf. Sidney gedachte, die Füße hochzulegen, ein bisschen Jazz zu hören und den Brief von Hildegard, der vormittags gekommen war, noch einmal zu lesen.

Mein Sidney,
ich hoffe, dass Du Dich brav aus allen Schwierigkeiten heraushältst. Wir freuen uns alle auf Deinen Besuch und sind gespannt, wie sehr sich Dein Deutsch verbessert hat. Ich werde Dir Dein Lieblingsessen kochen, und wir werden Ausflüge aufs Land unternehmen. Du

wirst staunen, wie schnell sich Berlin verändert hat. An jeder Ecke wird gebaut. Ich stelle mir täglich Dein Leben vor. Wie geht es Amanda? Ich mache mir oft Sorgen um sie. Hoffentlich wird sie glücklich. Du bist so gut zu ihr – wie zu all Deinen Freunden. Aber vergiss nicht, dass es da eine ganz spezielle Person gibt, die sich nach Dir sehnt.

Liebe Grüße
Deine Hildegard.

Es hatte angefangen zu regnen, aber Dickens brauchte seinen Verdauungsspaziergang. Während er mit ihm den kürzestmöglichen Weg über die Meadows wählte, dachte Sidney daran, wie viel Hildegard ihm bedeutete. Diese Chance durfte er sich nicht verscherzen. Für ihn konnte es gar nicht schnell genug August werden.

Als er zurückkam, sah er überrascht, dass ein Wagen mit laufendem Motor vor dem Pfarrhaus stand. Eine Person stieg aus und kam ihm entgegen.

Es war Amanda.

»Ich bin auf dem Weg zu Freunden in Norfolk, muss mal raus aus London. Ich wollte mich entschuldigen. Ich hätte dich nicht anschreien dürfen.«

»Was ich getan habe, tut mir leid.«

»Seit wann weißt du es?«

»Ich musste ein bisschen nachforschen.«

»Wusstest du, dass etwas nicht stimmte, als wir uns im Savoy getroffen haben?«

»Gewusst habe ich es nicht, aber vermutet.«

Sie versuchte die Träne zurückzuhalten, aber sie rollte

ihr schon über die Wange. »Warum bist du damals nicht damit herausgerückt?«

»Ich hatte keine Beweise.«

»Aber du liegst doch immer richtig.«

»Das stimmt nicht. Und ich dachte meine dumme Eifersucht sei schuld. Willst du nicht hereinkommen?«

»Lieber nicht.« Amanda konnte Sidney nicht ins Gesicht sehen. »Das ist alles zu peinlich, und ich sehe schrecklich aus. Am besten mache ich mich wieder auf den Weg.«

»Hattest du etwas Besonderes auf dem Herzen?«

»Nein, ich wollte mich nur entschuldigen. Meine Mutter hat gemeint, dass sich das so gehört, und sie hat natürlich recht. Ich war ein schrecklicher Dickkopf.«

»Mir tut das alles auch leid. Bist du sicher, dass du nicht doch auf ein Glas hereinkommen willst?«

»Nein, danke.« Amanda zögerte. »Ich habe nur überlegt …«

»Was denn?«

»Nein, nichts, ich kann es nicht sagen.«

»Freunden kann man alles sagen.«

»Auch Unausgesprochenes?«

»Unausgesprochenes«, wiederholte Sidney nachdenklich.

Amanda sah auf und sprach so hastig, als hoffte sie, die Worte würden so schnell verschwinden, wie sie gefallen waren, oder wären ungesagt geblieben.

»Ich habe überlegt, und ich weiß, dass es verrückt ist und du mich wahrscheinlich für übergeschnappt hältst – aber wäre es ein großes Unglück, wenn du mich heiraten würdest? Nicht in religiösem Sinne, sondern gefühlsmäßig, meine ich. Als Mann und Frau …«

Hätte sie ihm das vor zehn Jahren angeboten, hätte sie ihn damit zum glücklichsten Mann der Welt gemacht. Aber inzwischen war vieles geschehen. Es war zu spät.

»Jetzt ist nicht der richtige Moment, Amanda«, sagte er sanft. »Du hast einen schweren Schock erlitten.«

»Vielleicht war er nötig, ich bin dadurch wieder zur Vernunft gekommen. Du bist der einzige Mensch, der mich versteht.«

»Meinst du?«

»Ich habe immer schlecht gewählt. Dabei wusste ich ja, dass du ein guter Mensch bist, aber ich habe mir eingebildet, dass du mir nicht genügst. Ich hatte immer nur das Geld und meine gesellschaftliche Stellung im Kopf, und damit habe ich alles vermasselt. Jetzt habe ich meine Chance vertan. Du liebst Hildegard, nicht wahr?«

»Ja«, bestätigte Sidney.

Zum ersten Mal hatte er es sich selbst und einem anderen Menschen gegenüber eingestanden. Jetzt stand das Wort im Raum, und es gab kein Zurück mehr.

Amanda sah ihm in die Augen. »Aber du wirst auch mich immer lieben, ja?«

»Natürlich.«

»Bis dass der Tod uns scheidet?«

»Ja, Amanda. Bis dass der Tod uns scheidet.«

Sie winkte ihm kurz zu, ihr Handschuh zeichnete sich schwarz vor dem Nachthimmel ab. »Leb wohl, Sidney.« Sie öffnete die Wagentür.

»Leb wohl, Amanda. Gott segne dich.«

Die Tür schlug zu. Sidney sah dem Wagen nach, der in der Dunkelheit verschwand, dann blickte er zum Mond hoch. Es dauerte eine ganze Weile, bis er merkte, dass er weinte.

Ein Treffen in Berlin

Sidney war drei Jahre nicht mehr in Berlin gewesen, und der Aufbau im britischen Sektor, besonders auf dem Ku'damm und um den Bahnhof Zoo herum, hatte sich so rasch vollzogen, dass Teile der Stadt fast futuristisch anmuteten. Er erinnerte sich an die Gespräche mit Hildegards Bruder Matthias, einem Journalisten, der sich nach dem Krieg von den Berlinern hatte erzählen lassen, wie sie barfuß Schutt geräumt, Holz gesammelt, in den Kellern nach Lebensmitteln gesucht und den Kleidern der Toten die Knöpfe abgeschnitten hatten. Es war eine Welt der Verlierer gewesen, jetzt aber ließ die Stadt diese jüngste Geschichte vergessen, und Beton, Glas und Stahl erhoben sich aus den Trümmern.

Er wohnte bei Humphrey Turnbull, dem Pfarrer von St. George im britischen Sektor von Westberlin, und freute sich sehr auf die zwei Wochen mit Hildegard. Die Pfarrei lag im Charlottenburger Warnenweg, zu Fuß zehn Minuten vom British Officers' Club und dem NAAFI Shop entfernt. Humphrey nutzte den Besuch seines Freundes Sidney, um ein paar Tage freizunehmen und ihn im Austausch für die Unterkunft den einen oder anderen Gottesdienst halten zu lassen. Außerdem erwarteten Sidney die üblichen Einladungen zum Tee, zu Cocktailpartys und Abendessen. Rohan Delacombe, Kommandant des britischen Sektors, und Tristram Havers, sein Adjutant, würden ihn in ihrem Mercedes-Benz herumkutschieren.

Sidney konnte nur hoffen, dass ihm bei all diesen Unternehmungen genug Zeit für Hildegard blieb.

Sidney wollte in Ruhe auspacken und sich in der Pfarrei einrichten, um dann am nächsten Morgen Hildegard in ihrer Wohnung abzuholen. Sie würden einen Schaufensterbummel über den Ku'damm machen, im KaDeWe zu Mittag essen und durch den Tiergarten schlendern. Zum Abendessen würde Hildegard ihn bekochen, mit Erbsensuppe oder Brathering mit Bratkartoffeln.

Sidney war deshalb etwas ratlos, als er bei ihr klingelte und feststellen musste, dass niemand öffnete. Hatte er sich im Datum geirrt? Nein, sie hatten ganz bestimmt den 29. Juli ausgemacht, der Tag war gut zu merken, weil es der Geburtstag seiner Mutter war. Er klopfte für den Fall, dass die Klingel nicht funktionierte. Eine alte Dame mit einer Einkaufstasche kam an ihm vorbei, ein Schäferhund trottete quer über die Straße. Ein junges Mädchen schlug einen Tennisball an die Hauswand. Sidney störte sie beim Rückhand-Üben, um in gebrochenem Deutsch zu fragen, ob sie Hildegard oder die Baumanns, Hildegards Schwester und Schwager, kannte. Sie verneinte.

Er würde wohl oder übel warten müssen und setzte sich in ein Café, von dem aus er das Haus sehen konnte. Vielleicht hatte er Hildegard missverstanden, und sie waren hier verabredet? Er ließ die Haustür nicht aus dem Auge, während er so langsam wie möglich seinen Kaffee trank.

Kurz regte sich Ärger in ihm. Nach einer so weiten Reise vor verschlossenen Türen zu stehen, war mehr als enttäuschend. Was war Hildegard wichtiger, als ihn zu sehen? Vielleicht spielte er in ihrem Leben doch keine so große Rolle, wie er gedacht hatte.

Andererseits sah es ihr nicht ähnlich, eine Verabredung zu vergessen oder ihn zu versetzen, um dringendere Geschäfte zu erledigen. Allmählich machte er sich Sorgen. War sie krank? Er hatte nie nach ihrem Gesundheitszustand gefragt, war einfach davon ausgegangen, dass eine Frau in den Dreißigern doch bestimmt fit sein würde – aber vielleicht hatte sie ein Leiden, von dem sie ihm nie erzählt hatte, einen Herzfehler etwa? War sie überfahren oder überfallen worden? Die Berliner Straßen machten einen sicheren Eindruck, aber Unfälle oder Morde gab es bestimmt auch hier.

Ein Leben ohne sie konnte er sich nicht mehr vorstellen, und dass sie plötzlich verschwunden war, machte ihm deutlich, wie sehr er sie brauchte. Womöglich gab es einen Mann, von dem sie ihm nichts erzählt hatte? Oder sie war verheiratet und führte wie Anthony Cartwright ein Doppelleben?

Wie gut, fragte Sidney sich, kenne ich eigentlich Hildegard? Dass eine Frau etwas Geheimnisvolles umgab, dass zwei Menschen immer wieder Neues aneinander entdeckten, war wichtig. Beziehungen brauchten Zeit, um sich zu wandeln, zu vertiefen. Trotzdem nagten Zweifel an ihm. Vielleicht war das, was sie verband, nach wie vor nur Freundschaft und nicht die Leidenschaft der Liebe, vielleicht hätte er sich früher und eindeutiger erklären sollen?

Durch das Fenster des Cafés beobachtete er die Passanten – Geschäftsleute in engsitzenden Anzügen mit schmalen Revers, amerikanische Aktentaschen in der Hand; Frauen mit Kopftüchern auf dem Weg in den Tiergarten, widerspenstige Kinder hinter sich herziehend; Straßenarbeiter in einheitlichen Overalls, die mit einer

Zigarette zwischen den Lippen Pause machten. Ein vorbeifahrender Panzer verdeckte ihm die Sicht. Er sehnte sich nach Hildegard. Hatte er etwas falsch gemacht? Ais er beim letzten Besuch in diesem Café gewesen war, hatte ihre Schwester mit einem Skizzenblock neben ihm gesessen und die Gäste an der Bar und Passanten auf der Straße gezeichnet. Sie wollte es Heinrich Zille gleichtun, hatte sie zu Sidney gesagt, dem deutschen Charles Dickens, der versucht hatte, die Seele der Stadt und ihrer Bürger mit dem Stift festzuhalten – ein Künstler mit Herz und Schnauze, wie es so schön hieß.

Sidney zahlte und ging zu Hildegards Haus zurück. Das junge Mädchen mit dem Tennisschläger war verschwunden, der Schäferhund schlief im Schatten, und auf Sidneys Klingeln rührte sich niemand. Er beschloss, mit der Straßenbahn in die Pfarrei zurückzufahren und Humphrey Turnbull um Hilfe zu bitten. Dazu musste er gestehen, dass Hildegard ihn versetzt hatte. Hoffentlich, dachte er, lacht mich der Pfarrer nicht aus.

Er war schon fast an der Straßenbahnhaltestelle, als er jemanden seinen Namen rufen hörte. Schweißgebadet kam Matthias Baumann hinter ihm hergelaufen. Er trug einen zerknitterten Anzug, der Schlips saß locker, und unter den Arm hatte er den *Tagesspiegel* und einen zerknautschten Filzhut geklemmt.

»Haben Sie lange gewartet?«, fragte er. »Hildegard hat sich Sorgen gemacht, und jetzt komme ich zu spät, um Ihnen alles zu erklären. Es tut mir leid.«

»Ist etwas passiert?«, fragte Sidney. »Geht es Hildegard gut?«

»Ja, aber ihrer Mutter nicht.«

»Wo ist sie?«

»In Leipzig. Frau Leber ist auf der Straße gestürzt. Es war sehr heiß, trotzdem hatte sie wie immer einen Mantel an. Sie ist zusammengebrochen. Es war … wie sagt man … ein Schlaganfall. Hildegard und Trudi sind hingefahren. Ich bin hiergeblieben, um Ihnen Bescheid zu sagen.«

»Soll ich auch hinfahren?«

»Hildegard lässt fragen, ob Sie das wohl tun würden. Es ist schwierig, aber nicht unmöglich. Sie brauchen Genehmigungen, Visa. Sie hat mich gebeten, Ihnen zu helfen. Wir müssen ins Reisebüro …«

»Jetzt gleich?«

»Heute Nachmittag. Sie haben die nötigen Papiere?«

»Ich denke schon.«

»Sie müssen alles mitbringen. Die legen dort den größten Wert auf Papiere. Und Marken.«

»Ich habe keine Briefmarken mitgebracht.«

»Nein, Stempelmarken für den Pass. Waren Sie schon mal in der DDR?«

»Ich hatte noch nicht das Vergnügen.«

»Vergnügen? Na, ich weiß nicht … Ostberlin ist gut, da gibt es Theater, sehr gute Theater, und Bier und jede Menge aufmüpfige Bürger. Hildegard wird mit Ihnen hinfahren. Aber ansonsten ist die DDR wie Russland.«

»Wie lange werden Hildegard und Trudi in Leipzig bleiben?«

»Kommt auf meine Schwiegermutter an. Wissen Sie, was die Leute sagen? In der DDR muss man sehr gesund sein, wenn man ins Krankenhaus kommt.« Hildegards Schwager setzte seinen Hut wieder auf. »Wer nicht robust genug ist, überlebt es nicht.«

Das Reisebüro war in der Nähe des Brandenburger Tors, und Matthias machte Sidney mit seinem Freund Karlheinz Renke bekannt, der für die Erteilung von Visa zuständig war. Es sei ein zeitraubendes Unternehmen, sagte Renke, und er könne den Erfolg nicht garantieren. Außerdem kostete es Geld, zehn Deutsche Mark für die Visa, und zusätzlich war man gezwungen, zwanzig Deutsche Mark pro Tag umzutauschen. Sidney konnte nur hoffen, dass seine Barschaft reichte.

Zunächst brauchte er ein Einreisevisum der Sowjetischen Militärverwaltung in Deutschland, das gab es in vier Ausführungen, und Sidney musste eintragen, wie lange er bleiben wollte – mit den exakten Daten und Uhrzeiten. Nachdem er ein Standardvisum zur Ein- und Ausreise erworben hatte, brauchte er ein Transitvisum, das ihn auf eine bestimmte Reiseroute innerhalb der kürzestmöglichen Zeit festlegte. Auch würde er sich bei der Volkspolizei melden müssen, die seinen Pass mit einem Aufenthaltsberechtigungsstempel versehen würde. An zuständiger Stelle würde man die Namen der Stadt oder der Region vermerken, in der er sich angemeldet hatte, sowie das Auslaufdatum der Anmeldung.

Wer mochte sich einen so komplizierten Bürokratismus ausgedacht haben, überlegte Sidney. Alles war auf Kontrolle angelegt. Die Behörden würden genau wissen, wo er sich gerade aufhielt, eine Abweichung von seinen Plänen oder die Berücksichtigung unvorhergesehener Zwischenfälle waren nicht vorgesehen.

Während Renke den Papierkram erledigte, sah Sidney zu, wie die Volkspolizei Fahrzeuge auf dem Weg nach Westberlin überprüfte. Man fahnde ständig nach Republikflüchtlingen, erläuterte Matthias, und alle, die in die

Stadt kamen, wurden misstrauisch beäugt. Männer wurden zum Verhör abgeführt, Pakete konfisziert, Autos zurückgeschickt. Es war eine Ironie des Schicksals, fand Sidney, dass im achtzehnten Jahrhundert unter dem Kurfürsten von Sachsen gerade die Toleranz den Reiz der Stadt ausgemacht hatte. Sie war ein Hort der Freiheit gewesen. Jetzt taten die Grenzwachen alles, um Zuzügler abzuschrecken. Die Ostdeutschen hatten offenbar nichts Eiligeres zu tun, als ihr Land zu verlassen, und Sidney fragte sich, warum ausgerechnet er freiwillig in die Gegenrichtung reisen wollte.

Drei Tage später wartete er am Bahnhof Zoo auf den Bummelzug nach Leipzig. Der Bahnhof hatte nur vier Bahnsteige, die voller Menschen waren, sodass Sidney schubsen und drängeln musste, um zu seinem Zug zu kommen. Er schob sich vorbei an schon ziemlich betrunkenen Volksarmeesoldaten, jungen Familien mit erschöpften Müttern in geblümten Blusen, missmutigen Vätern und gelangweilten Kindern und Sportlerinnen in Trainingsanzügen auf dem Weg zu einem Wettkampf in München. Eine Gruppe Junger Pioniere sangen aus voller Kehle, während magere Geschäftsleute in billigen Anzügen sich an ihnen vorbeidrängelten.

Sidney stieg ein. Er hoffte auf rücksichtsvolle Mitreisende, denn er hatte sich ein Buch mitgebracht, um vor der Begegnung mit Hildegard seine Nerven zu beruhigen. Es war Graham Greenes *Der menschliche Faktor.* Was sollte er sagen oder tun, überlegte er, wenn sein reservierter Platz schon belegt war? Sein Deutsch wäre so einer Situation kaum gewachsen. Ein Bettler bat ihn um Geld, aber mit dem Koffer in der einen und der Aktentasche in der anderen Hand kam Sidney nicht an seine Geldbörse und wies ihn mit schlechtem Gewissen ab. In dem Abteil, vor dem er stehen geblieben war, sah er einen Mann, den er als Rory Montague erkannte. Der Passagier neben ihm mochte ein Geschäftsfreund sein. Als Sidney die Abteiltür öffnete, sahen die beiden überrascht auf.

»Was für ein Zufall, Mr. Montague, dass wir uns ausgerechnet hier treffen«, staunte Sidney.

»Tut mir leid, aber ich verstehe Sie nicht, ich kann kein Englisch«, gab der Angesprochene auf Deutsch zurück.

Sidney war seiner Sache sicher. Er hatte sogar das Muttermal auf der linken Wange wiedererkannt. »Aber natürlich sprechen Sie Englisch. Sie sind Rory Montague.«

»Mein Name ist Dieter Hirsch, und das ist mein Kollege Hans Färber.«

»Aber ich kenne Sie aus Cambridge«, widersprach Sidney in stockendem Deutsch. »Sie waren ein Schüler von Valentine Lyall, der vom Dach des King's College gestürzt ist.«

Da müsse er sich irren, erklärte der angebliche Dieter Hirsch und fragte: »Ist das Ihr Abteil? Nein? Das dachte ich mir. Suchen Sie besser Ihren Platz, der Zug ist heute sehr voll.«

Sidney wusste nicht, was er denken sollte. Hatte sich jetzt der Verdacht bestätigt, den er schon vor ein paar Jahren gehegt hatte? Montague war offenbar ein Spion – aber auf welcher Seite?

In seinem Abteil fand er bereits eine fünfköpfige Familie vor. Ein Mädchen mit blonden Zöpfen saß auf seinem Fensterplatz, den Sidney ihm höflich überließ. Er zwängte sich in die Mitte der Dreierreihe neben eine füllige Frau, die eine Tüte mit Äpfeln im Schoß hatte. Die Frau rückte ein sehr kleines Stück beiseite, und das Mädchen mit den

Zöpfen beschwerte sich bei ihrer Mutter, sie wolle nicht neben einem fremden Mann sitzen.

»Stell dich nicht so an«, fauchte die Mutter und entschuldigte sich bei Sidney. »Sind Sie Amerikaner?«

»Nein, Engländer.«

Die Dicke bot Sidney einen Apfel an. »Hauptsache, Sie sind kein Russe«, wisperte sie. Der junge Mann ihr gegenüber sah von seinem Buch auf. »Sieh dich vor«, mahnte er.

Der Zug fuhr durch Berlin, es war später Nachmittag, und die Sonne stand noch hoch am Himmel. Die beiden Jungen, die zur Familie gehörten, ließen ihre Spielfiguren in einem Raumschiff eine Welt erkunden, in der es kein Geld gab.

Draußen marschierte ein Trupp von Soldaten an Propagandaplakaten vorbei, auf denen sowjetische Arbeiter ihre Werkzeuge hochreckten und Solidarität mit ihren ostdeutschen Genossen bekundeten.

Auf DICH kommt es an!

Die Plakate hingen an zerbombten Häusern, und die Menschenmassen, die an ihnen vorbeizogen, versuchten offenbar, sich möglichst unauffällig zu verhalten.

Marsch der deutschen Jugend für den Frieden!

Der Zug fuhr nach Süden, durch Wilmersdorf und Zehlendorf und weiter nach Potsdam. Zerstörte Schienenfahrzeuge, verrostet und mit Einschusslöchern, lagen unbeachtet auf den Nebengleisen. Bauern bestellten die Felder, und in einiger Entfernung sah Sidney ein paar Kirchtürme – ein tröstlicher Anblick. Als sie sich Wittenberg näherten, dachte Sidney an Luther, der, wie es hieß, als Akt der Auflehnung seine fünfundneunzig Thesen an die Tür der Allerheiligenkirche genagelt hatte. Jetzt hatte die Bevölkerung eine andere, erzwungene Revolution hinter sich, die einen proletarischen Himmel auf Erden verhieß, doch die geschundene Landschaft hatte nichts Paradiesisches an sich, fand Sidney.

Sie näherten sich dem industriellen Herzland der DDR, Sidney stieg der Geruch der von den qualmenden Fabrikschloten verpesteten Luft in die Nase. Der Zug knirschte über eine Reihe von Weichen, ratterte vorbei an dem Industriegebiet von Bitterfeld und teilte sich in Holzweißig. Die Frau mit den Äpfeln schlief mit offenem Mund. Sidney fragte sich, warum sie den Mantel nicht auszog. Er konnte sich nicht vorstellen, dass Hildegards Mutter aussah wie sie. »Mir ist schlecht«, jammerte das Mädchen mit den Zöpfen.

Der Zug hielt. Draußen klopften Soldaten an die Scheiben und winkten ihren Kameraden in den Abteilen. Der Schaffner lief aufgeregt an Sidneys Wagen vorbei. Sidney sah ein Schild: *Alle Fahrzeuge anhalten!*

Die gleißende Sonne stand jetzt tief. An den Zweigen hing dürres Laub. Ein offener Laster brachte Arbeiter von den Feldern nach Hause. Der Fahrer hupte, und die Soldaten johlten. Im Abteil war es unerträglich heiß, obgleich das Fenster offen war. Sidney versuchte zu lesen, konnte sich aber nicht konzentrieren. Sie müsse zur Toilette, sagte die Kleine mit den Zöpfen. Als Sidney aufstand, um sie durchzulassen, wurde die Abteiltür aufgeschoben, und vor Sidney stand Montague und reichte ihm einen verschlossenen Umschlag. »Hier, nehmen Sie das«, sagte er auf Englisch. »Wenn was passiert, geben Sie es dem Rektor.«

»Warum?«

»Fragen Sie nicht, dazu ist keine Zeit.«

»Und was ist das?«

»Brauchen Sie nicht zu wissen. Wenn Sie verhört werden, zeigen Sie den Priesterkragen vor, der Klerus gilt hier als zuverlässig.«

»Ich denke, sie haben die Religion abgeschafft?«

»Versucht haben sie's, aber es hat nicht funktioniert.«

»Sie sehen mich demnach als mehr oder weniger neutral an?«

»Nein, das ist nicht der Grund. Die denken, dass die Geistlichkeit zu dumm ist, um etwas anzustellen, was sie in Schwierigkeiten bringen könnte.«

Mutter und Tochter verließen das Abteil. Auch Montague machte sich davon und ließ Sidney mit einem unbekannten Dokument zurück. Es war augenscheinlich etwas Wichtiges und Geheimes, aber warum hatte Montague es ihm anvertraut? War das eine Falle? Aber wer hätte ein Interesse daran, ihn zu belasten? Er klappte das Buch zu und verstaute es in seiner Aktentasche, den Umschlag steckte er in die Seitentasche. Dort lag auch die kleine Minox-Kamera, die Daniel Morden ihm geschenkt hatte. Er nahm sie heraus. Nachdem das blonde Mädchen den Fensterplatz geräumt hatte, konnte er jetzt in Ruhe ein Foto machen. Das Bild, das sich ihm bot – Weizenfelder und Krähen –, war wie ein Van Gogh-Gemälde. In der Ferne erkannte er den Umriss einer Kirche. Er hob die Kamera, wählte den Bildausschnitt und drückte auf den Auslöser.

In diesem Augenblick öffnete sich die Abteiltür erneut. Aber statt der Mutter mit ihrer Tochter, die Sidney erwartet hatte, erschien der Zugschaffner in Begleitung eines Uniformierten. Sidney verstaute die Kamera wieder in der Aktentasche und holte seine Papiere heraus. Er wusste, dass sie in Ordnung waren, aber die Hitze und

Montagues unvermutetes Auftauchen hatten ihn nervös gemacht. Ihm brach der Schweiß aus.

Der Zugschaffner fragte nach seinem Namen, Geburtsjahr und dem Zweck seines Besuches. Wie lange und wo würde er sich in Leipzig aufhalten, wollte er wissen, und wen wollte er besuchen? All das ging aus Sidneys Unterlagen hervor, aber der Schaffner spulte stur seine Fragen ab, wobei er immer wieder erst Sidney, dann dessen Pass und schließlich die Visa und Genehmigungen ansah.

»Wie Sie sehen, ist alles in Ordnung«, sagte Sidney auf Deutsch.

Der Schaffner knurrte nur. Dass Sidney Engländer und Geistlicher war, schien ihn nicht zu interessieren. Der Uniformierte schnippte mit den Fingern und deutete auf die Aktentasche.

»Darin sind nur meine Arbeitspapiere und ein Buch. Ich bin Pfarrer.«

Der Uniformierte warf einen Blick in die Aktentasche, holte das Buch heraus und blätterte es durch. Sidney war froh, dass er den geheimnisvollen Umschlag in der seitlichen Reißverschlusstasche verstaut hatte. Er sah aus wie ein Brief. Allzu belastend konnte er kaum sein, besonders wenn er auf Englisch abgefasst war.

Jetzt hatte der Uniformierte die Kamera herausgeholt. »Das ist kein Buch. Und es sind auch keine Arbeitspapiere.«

»Das ist nur eine Kamera.«

»Ich habe noch nie einen Touristen mit so einer Kamera gesehen.«

»Das ging mir auch so.«

»Wie sind Sie an den Apparat gekommen?«

»Ein Freund hat ihn mir geschenkt.«

Sidney hätte Daniel Morden nicht unbedingt als Freund bezeichnet, aber er hatte auch keine Lust, diesem Mann zu erklären, unter welchen Umständen er den Fotoapparat bekommen hatte.

»Und hat Ihr Freund Sie vielleicht gebeten, für ihn Fotos zu machen?«

»Aber nein …«

»Wie viele Aufnahmen haben Sie in der DDR schon gemacht?«

»Nur die eine. Ich habe ein paarmal in Westberlin fotografiert.«

»Sie wissen, dass das Fotografieren von Regierungsgebäuden, Industrieanlagen, Zügen, Einrichtungen des Personenverkehrs und Kasernen verboten ist?«

»Ja, davon habe ich gehört.«

»Und Sie haben nichts in der Art aufgenommen?«

»Ich bin mir keiner Schuld bewusst.« Ein weit entfernter Wasserturm, sagte sich Sidney, zählte wohl nicht.

»Sie wissen, dass diese Kamera sich vorzüglich zum Abfotografieren von Dokumenten eignet?«

»Ich habe keine Dokumente fotografiert.«

»Sie ist äußerst beliebt bei Spionen.«

»Ich bin kein Spion.«

»Wir müssen uns den Film ansehen. Wenn alles in Ordnung ist, bekommen Sie ihn zurück. Wir wissen, wo Sie in Leipzig wohnen.«

Sidney begriff, dass ihm die Hände gebunden waren. Aus einem anderen Abteil drangen Stimmen und Gepolter, jemand rief einen Namen: »Emmerich!« Der Uniformierte, der Sidney verhört hatte, wandte sich ab und bedeutete dem Zugschaffner, ihm zu folgen. Sidneys Kamera nahm er mit. Wieder ertönten Rufe, Schüsse fielen, und ein Mann befahl einem anderen stehen zu bleiben. Aus dem Abteilfenster sah Sidney Rory Montague im Zickzack quer über die Felder laufen, weitere Schüsse fielen, und kurz bevor er einen rettenden Graben erreichte, wurde er getroffen. Sekundenlang blieb er wie erstarrt stehen, dann fiel er vornüber. Zwei Soldaten liefen auf ihn zu und winkten ihren Kameraden. Unter ihnen war auch Rory Montagues Reisegefährte Hans Färber.

Färber drehte sich zu dem Zug um und schien etwas zu suchen. Er legte die Linke über die Augen, um sie vor der tiefstehenden Sonne zu schützen. Dann streckte er den Arm aus und zeigte geradewegs auf Sidney.

Zwei Stunden später saß er in einem Polizeiwagen, der durch die Vororte von Leipzig fuhr und schließlich auf einer staubigen Straße vor einem Gebäude hielt, wo gerade ein Betrunkener zu den Arrestzellen gebracht wurde.

»Sie bleiben über Nacht hier«, wurde ihm gesagt. »Morgen früh werden wir Sie verhören, Ihre Habseligkeiten sind beschlagnahmt.«

Sidney musste sich ausziehen, wurde in eine Gefängniskluft gesteckt und durch ein Labyrinth von Gängen geführt, auf denen Ampelanlagen installiert waren. Als die Ampel auf Rot umsprang, schubsten sie Sidney in seine Zelle, in der sich nur ein Bett und eine stinkende Latrine befanden. Weit oben, unerreichbar für Sidney, sah er ein Fenster mit Milchglasscheibe, durch das von draußen ein wenig Lampenlicht fiel.

Sidney war in der »Runden Ecke« gelandet, der Leipziger Stasi-Zentrale. Er legte sich auf das harte schmale Bett. Würde Hildegard je erfahren, dass er hier war?

Nach einer heißen, unruhigen Nacht mit wenig Schlaf wurde er aus seiner Zelle geholt und durfte kalt duschen. Unrasiert und ohne dass er sich die Zähne hatte putzen können, brachten sie ihn in den zweiten Stock zu einem offenbar hochrangigen Stasi-Offizier. Lothar Fechner trug einen korrekten Anzug, hatte geöltes Haar und verdächtig sauber und präzise geschnittene Fingernägel.

Er saß im rechten Winkel zum Eckfenster. Auf seinem Schreibtisch herrschte pedantische Ordnung – links Aschenbecher und Telefon, vor ihm eine Schreibunterlage, Papier und Umschläge, rechts eine Lampe. Er roch so stark nach billigem Parfüm, dass Sidney überlegte, ob er damit eine Alkoholfahne überdecken wollte. Vielleicht hatte er in den Schreibtischfächern eine Flasche Wodka, eventuell auch einen Revolver liegen. An der Lage des Federhalters erkannte er, dass sein Vernehmungsoffizier Linkshänder war. Draußen spielte eine Kapelle *Auferstanden aus Ruinen*.

»Zigarette?«, fragte Lothar Fechner. So wie er das Wort aussprach, konnte Sidney nicht erkennen, ob er das Verhör auf Englisch oder auf Deutsch zu führen gedachte.

Er antwortete auf Deutsch. Vielleicht nützte ihm das etwas. »Ich rauche nicht.«

»Ich auch nicht.«

Es entstand eine lange Pause. Fechner hatte es offenbar nicht eilig und besah sich die Unterlagen auf seinem Schreibtisch wie ein Arzt, der drauf und dran war, eine schlimme Diagnose zu verkünden. »Wollten Sie sehen, ob meine Hände zittern?«, fragte Sidney.

»Woher kennen Sie Dieter Hirsch?«, fragte Fechner, ohne auf Sidneys Bemerkung einzugehen.

»Ich kenne ihn überhaupt nicht.«

»Kein guter Anfang, Canon Chambers.« Fechner sprach schnell und präzise. »Man hat Sie mit dem Mann reden sehen. Er hat Ihnen einen Umschlag gegeben. Die Kleine mit den Zöpfen hat es beobachtet.« Fechner griff nach einem Bleistift und klopfte damit ungeduldig auf den Schreibtisch.

»Ich kenne den Mann nicht als Dieter Hirsch.«

»Sie hielten ihn für jemand anders?«

»Genau.«

»Einen Engländer?«

Sidney musste entscheiden, wie viel von der Wahrheit er preisgeben sollte. »Ich habe ihn für einen Kollegen gehalten.«

»Einen Priester?«

»Nein, einen Mitarbeiter aus meinem College in Cambridge. Sie haben von der Universität gehört?«

Fechner ließ sich Zeit mit der Antwort. »Sie bilden sich doch wohl nicht ein, dass die Erwähnung Ihrer Universität zur Verbesserung Ihrer Lage beiträgt?«

»Ich dachte nur, dass es Sie interessieren könnte.«

»In Cambridge knüpfen die Kinder der privilegierten Klasse Kontakte und finden dann Jobs in Firmen, die von den Vätern ihrer Freunde geführt werden.«

»In Cambridge gilt das Leistungsprinzip, auch und besonders für die Eliten.«

»So würde ich Elitedenken nicht definieren.«

»Die Universität steht allen offen.«

»Allen, die durch ihre Erziehung Vorteile genießen.«

»Es stimmt, dass manche Menschen dadurch einen Vorsprung haben.«

»Wie Dieter Hirsch?«

»Ja, vermutlich.«

Fechner drehte sich um und sah ohne ersichtlichen Grund aus dem Fenster. Eine Uhr schlug zehn. Nach einigen Minuten stellte er seine nächste Frage.

»Warum hat er Ihnen den Umschlag gegeben?«

»Das weiß ich nicht. Um ihn loszuwerden, schätze ich.«

»Warum hat er ihn dann nicht weggeworfen?«

»Das weiß ich nicht.«

Jetzt kamen Fechners Fragen wie ein Trommelfeuer. »Was sollten Sie Ihrer Meinung nach mit dem Umschlag machen?«

»Ihn nach Cambridge mitnehmen.«

»Wussten Sie, was darinsteckte?«

»Ich habe keine Ahnung.«

»Und warum waren Sie in diesem Zug?«

»Ich wollte eine Bekannte in Leipzig besuchen.«

»Welche Bekannte?«

»Mrs. Hildegard Staunton.«

»Eine Engländerin?«

»Ihr Mädchenname ist Leber. Hildegard Leber. Ihr Vater kämpfte in Leipzig im Widerstand.«

»Er war Kommunist?«

»Hans Leber. Er wurde vor dem Rathaus erschossen.«

»Sie wissen, dass er in Leipzig als Held gilt?«

»Nein, das habe ich nicht gewusst.«

»Wir werden seine Tochter vorladen, dann wird sich herausstellen, wie gut sie tatsächlich mit Ihnen bekannt ist.«

»Es dürfte ihr schwerfallen, der Vorladung Folge zu leisten, ihre Mutter ist sehr krank.«

Lothar Fechner lächelte. »Keine Angst, Canon Chambers, wenn wir sie vorladen, wird sie kommen. Und inzwischen können Sie uns ja etwas erzählen.«

»Ich wüsste nicht was.«

»Uns interessiert alles, was Sie zu sagen haben. Wie steht es zum Beispiel mit Ihren Chemiekenntnissen?«

»Damit kann ich nicht dienen.«

»Kennen Sie Pieseritz?«

»Nie gehört.«

»Bestimmt nicht?«

»Wenn ich es Ihnen doch sage!«

»Dann erklären Sie uns bitte mal, warum sich in Ihrer Aktentasche ein Foto des Chemiewerks von Pieseritz befand. In einem Umschlag. Hat man Ihnen von dem Plan erzählt, diese Fabrik zu zerstören?«

»Davon weiß ich nichts.«

»Dieter Hirsch wusste es.«

Wieder legte Lothar Fechner eine Pause ein. »Was ist aus ihm geworden?«, fragte Sidney schließlich.

»Sie wirken besorgt.«

»Ist er tot?«

»Natürlich.« Fechner stand auf, sah aus dem Fenster, ging einmal um seinen Schreibtisch herum und setzte sich wieder. Dann lächelte er. Sidney überlegte, was der Mann wohl von ihm wollte. »Was hat er in Ostdeutschland gemacht?«

»Das fragen Sie mich, Canon Chambers? Die Antwort liegt doch auf der Hand.«

»Ich weiß nichts über ihn.«

»Dann will ich Ihnen helfen.« Fechner breitete eine Landkarte auf seinem Schreibtisch aus. »Wir haben gewisse geheimdienstliche Mitteilungen abgefangen, kodiert, aber leicht zu lesen. Vielleicht zu leicht. Sie enthielten ein Datum und eine Uhrzeit für eine kontrollierte Sprengung. Und wissen Sie, wann die stattfinden sollte?«

»Natürlich nicht.«

»Sie sagen ›natürlich nicht‹ und ›natürlich‹. Ich glaube Ihnen nicht. Sie war für heute Nacht um elf geplant. Deshalb saß Mr. Hirsch in Ihrem Zug.«

»Sie meinen, dass er etwas in die Luft sprengen wollte?«

»Ich meine es nicht, ich weiß es.«

»Und was sollte das sein?«

»Können Sie sich das nicht denken?«

Langsam wurde Sidney wütend. »Wie sollte ich mir das denken können?«

»Gut, ich will es Ihnen verraten: Das Chemiewerk in Pieseritz, von dem sie ein Foto in Ihrer Aktentasche hatten.«

»Das wusste ich doch gar nicht!«

»Dann wissen Sie es jetzt.«

»Und wie geht es nun weiter?«

»Die Armee ist vor Ort und sucht, wir warten. Wenn sie nichts findet, wenn Sie Glück haben und Frau Staunton Ihnen zu Hilfe eilt, können wir Sie vielleicht nach England zurückschicken. Natürlich kann das dauern. Sie fühlen sich wohl hier?«

»Das kann ich nicht gerade behaupten.«

»Dann können wir versuchen, Sie anderswo unterzubringen, dass es da besser ist, kann ich allerdings nicht garantieren. Warten wir ab, was die Armee in Pieseritz findet. Es könnte unangenehm für Sie werden.«

»Was soll das heißen?«

»Muss ich das näher erklären? Für die Wartezeit habe ich mir eine kleine Zerstreuung für Sie ausgedacht, ein paar geistige Übungen. Wer in Cambridge lehrt, dürfte die Herausforderung zu schätzen wissen. Ich wünsche gute Unterhaltung!« Sidneys Verhörer lächelte.

Sidney wurde in seine Zelle zurückgebracht und bekam einen Bleistift und einen Schreibblock. Ein Wachmann blieb jetzt ständig bei ihm, auch wenn er sich auszuruhen versuchte. Eine nackte Glühbirne brannte die ganze Zeit.

»Wir haben zwei Testbögen für Sie«, verkündete Lothar Fechner am Nachmittag, »deren Fragen Sie nach bestem Wissen und Gewissen beantworten müssen. Wenn Sie die Bestnote erreichen, bekommen Sie Essen, das genießbar ist. Wenn Sie durchfallen, werden wir Ihnen leider nur so viel geben können, wie für Ihr körperliches Überleben notwendig ist. Ihre geistige Gesundheit wäre uns in diesem Fall ziemlich gleichgültig. Weshalb sollen wir uns schließlich noch um Sie kümmern, wenn Sie bei einer Prüfung versagen?«

»Aus menschlichem Anstand vielleicht?«, fragte Sidney.

»Das ist wohl eher etwas für euch Engländer. Aber wir gestatten Ihnen, die Fragen in Ihrer Sprache zu beantworten. Bei dem ersten Test geht es um Chemie.«

»Aber davon habe ich keine Ahnung.«

»Das ist bedauerlich, und leider ...« – Fechner lachte kurz auf – »glauben wir Ihnen nicht.«

»Sie glauben nicht, dass ich Pfarrer bin?«

»Darum geht es dann in dem zweiten Fragenkomplex. Da wir bei Ihnen ein Kreuz, ein Gebetbuch und Chemiepläne gefunden haben, können wir nur feststellen, ob Sie der sind, der Sie zu sein behaupten, wenn Sie uns ein paar Fragen beantworten.«

»Aber ich war nie Chemiker.«

»Sie müssen sich eben Mühe geben. Beten Sie. Der Gott, an den Sie glauben, wird Ihnen bestimmt helfen.«

»So funktioniert das nicht.«

»Wenn Sie mich fragen, funktioniert das überhaupt nicht. Es gibt keinen Gott. Aber vielleicht geschieht ja ein Wunder. Ersatzweise könnten Sie endlich mit der Wahrheit herausrücken.«

»Ich sage die Wahrheit.«

Lothar Fechner schloss die Zellentür. »Viel Vergnügen bei der Prüfung.«

Sidney nahm sich die Chemiefragen vor.

Bei welchem der folgenden Elektronenübergänge in einem Wasserstoffatom ergibt sich die Emission eines Photons mit der längsten Wellenlänge?

a) n=4 zu n=1
b) n=4 zu n=2
c) n=5 zu n=1
d) n=4 zu n=3

Sidney erinnerte sich an die Tafel in dem Hörsaal, in dem er Neville Meldrum zu Anthony Cartwright befragt hatte. Er vermutete, dass die Lösung (d) war, und ging weiter zur nächsten Frage.

Vor zwei Jahren hatte er eine Vorlesung von P. Snow besucht, der ausgeführt hatte, dass die Briten in zwei unterschiedlichen Kulturen lebten, einmal in einer Kultur der Kunst und zum anderen in einer der Wissenschaft, und dass es zwischen den beiden nur wenige Überschneidungen gab. Hier hatte er jetzt den Beweis. Die Naturwissenschaften waren für Sidney ein Buch mit sieben Siegeln. Wenn er an den Chemieunterricht in der Schule dachte, grauste es ihn jetzt noch. Er beherrschte das Periodensystem, aber die Explosionen, die seine Lehrer im Labor produziert hatten, hatte er wenig beeindruckend gefunden. Dann dämmerte ihm, dass diese Fragen vermutlich etwas mit dem Anschlag auf das Chemiewerk zu tun hatten. Wenn er zu viele richtig beantwortete, machte er sich noch verdächtiger, als er jetzt schon war, wenn er zu oft danebengriff, würden die Behörden ihm sein Unvermögen nicht glauben. Er musste das Bild eines durchschnittlichen Engländers abgeben.

Die nächsten dreißig Fragen waren reines Rätselraten, bei dem er Zahlen und Formeln aufs Geratewohl erfand. Nach einer Stunde war das Spiel aus – nun ging es im Test um Kerntechnik.

Wie viel Restradioaktivität verbleibt nach Ablauf von sechs Halbwertzeiten?

a) 0,78 %
b) 1,56 %
c) 3,31 %
d) 6,25 %

Sidney entschied sich für die zweite Antwort und legte dann den Test zur Seite. Mit der Atombombe wollte er nichts zu tun haben. Dann wandte er sich dem zweiten Test zu, bei dem es um Theologie ging. Da er auf diesem Gebiet sattelfest zu sein glaubte, freute er sich schon auf eine Lammschulter, einen schönen Schmorbraten oder vielleicht ein Stück frischen Fisch.

1) *Erklären Sie Luthers Doktrin des Kreuzes. Was ist der Unterschied zwischen der »Theologie der Herrlichkeit« und der »Theologie des Kreuzes«?*
2) *Was meint Kant mit der Feststellung: »Hundert wirkliche Taler enthalten nicht das mindeste mehr als hundert mögliche.«*
3) *»Gläubige liegen immerfort im Kampfe gegen ihren eigenen Mangel an Vertrauen.« Erläutern Sie, was Calvin mit diesem Satz meinte.*

Sidney konstatierte zufrieden, dass diese Fragen Erstsemesterstoff waren, und nahm sich deshalb viel Zeit für Calvins Darlegungen, dass die Verlässlichkeit der göttlichen Verheißungen und das Versäumnis des Menschen, an diese Verheißungen zu glauben, nebeneinander bestehen könnten und dass die Person Christi als Bestätigung der Verheißung Gottes zu sehen sei.

Die Antworten auf diesem Testbogen machten ihm keine Mühe, und er nutzte die Zeit, weniger über seine derzeitige Lage als über das Wesen der Theologie und die Ursprünge des Zweifels nachzudenken. Seiner Bibelkenntnisse war er sicher und war deshalb überrascht über Fechners Reaktion am nächsten Morgen.

»Wie ich sehe, sind Sie in Chemie erstaunlich bewandert.«

»Reiner Zufall. Meist habe ich geraten.«

»Und gut getroffen. Interessant, dass Sie sich auf diesem Gebiet besser geschlagen haben als bei einem Thema, das für Sie offenbar keinerlei Zweifel beinhaltet.«

»Ich vertraue auf die Verheißungen Christi.«

»Das hat unser Pfarrer bestätigt. Natürlich bekommen

Sie jetzt etwas zu essen, aber etliche Fragen sind noch offen.«

»Reicht das nicht langsam?«

»Sehr amüsant. Gestatten Sie, dass ich schmunzele.« Fechner stand auf, sah aus dem Fenster, umrundete wieder einmal seinen Schreibtisch und setzte sich, alles ohne ein Wort. Sidney begriff, dass er ihn mit dieser Technik zum Sprechen bringen wollte, und sagte nichts. Nach fünf Minuten fing Fechner wieder an. »Wir haben noch vielerlei zu besprechen, Canon Chambers, unter anderem Ihre Beziehung zu Dieter Hirsch – oder sollte ich lieber Rory Montague sagen?«

»Sie glauben, dass das sein richtiger Name ist?«

»Man hat gehört, wie Sie ihn so angeredet haben.«

»Vielleicht habe ich mich ja geirrt.«

»Warum hat er Ihnen vertrauliche Informationen übergeben?«

»Ich wusste nicht, was er mir gegeben hat.«

»Und was sollten Sie damit machen?«

»Sie in Cambridge zum Rektor meines College bringen. Ich nahm an, dass es sich um einen Brief handelte, eine Erklärung. Rory Montague ist vor ein paar Jahren spurlos verschwunden. Nachdem er mit einem Freund auf das Dach des King's College gestiegen war.«

»Ist das bei Ihnen die übliche Freizeitbeschäftigung für Studenten?«

»Eigentlich nicht.«

»Sollten sie nicht studieren?«

»Ganz recht.«

»Allerdings studieren sie bisweilen nicht die Fächer, die sie zu studieren vorgeben, nicht wahr, Canon Chambers? Sie könnten beispielsweise die industrielle Infrastruktur eines anderen Landes untersuchen. Sie könnten planen, den wissenschaftlichen Fortschritt dieses Landes zu sabotieren. Sie könnten gegen unsere ideologische Freiheit vorgehen, um an der Tyrannei kapitalistischer Ausbeutung festzuhalten.«

»Möglich«, gab Sidney zurück. »Aber nicht sehr wahrscheinlich, würde ich denken.«

»Ihre Meinung in Ehren, Canon Chambers, aber ich habe noch immer keine zufriedenstellende Erklärung dafür, warum Sie in der DDR sind und was Sie mit einer Kamera, die normalerweise von Spionen benutzt wird, und dem Foto eines unserer geheimsten Chemiewerke in jenem Zug gemacht haben. Ungewöhnlich für einen Priester, besonders einen, der ein so erstaunliches chemisches Wissen hat.«

»Ich verstehe so gut wie nichts von Chemie«, widersprach Sidney, »und umso mehr von meinem Priesteramt, wie ich hoffe.«

»Da sind meine Prüfer anderer Meinung. Pastor Krause findet, dass Ihre Argumente das Denken eines dekadenten Intellektuellen widerspiegeln und nicht die Geisteshaltung eines Mannes, der seine Zeit im Gebet oder mit seiner Herde verbringt.«

»Diese Schwäche gestehe ich ein.«

»Dann haben Sie sicher nichts dagegen, noch eine Weile bei uns zu bleiben. Die Unterbringung ist erträglich, fast mönchisch zu nennen. Vielleicht könnten Sie die Zeit nutzen, ein besserer Gottesmann zu werden?«

»Um mich auf meine Pflichten als Christenmensch zu besinnen, muss ich mich nicht einsperren lassen.«

»Aber leider wird Ihnen nichts weiter übrig bleiben, Canon Chambers. Ich habe mir erlaubt, *Die Regel des*

Heiligen Benedikt in der Bibliothek zu bestellen. Erstaunlich, dass wir sie noch haben, vieles ist ja entfernt worden. Allerdings ist sie nicht auf Deutsch.«

»Vermutlich auf Latein.«

»Allerdings. Sie sprechen Latein?«

»Ziemlich gut sogar.«

Fechner lächelte. »Eitelkeiten, Canon Chambers? Sie enttäuschen mich.«

Sidney wurde durch den dunklen Gang mit den unverkleideten Leitungen und den Nischen, die ihm den Blick auf andere Häftlinge versperrten, in seine Zelle zurückgeführt. Seit seiner Ankunft hatte er nur Wachpersonal und Vernehmungsbeamte zu Gesicht bekommen. Es roch nach Kloake, in der Hitze war der Geruch unerträglich. Man gab ihm eine Portion Eisbein und Sauerkraut. Das sei sehr gesund, sagte der Wachmann.

Dann kam Besuch – Kristian Krause, der Sidneys Theologiefragebogen durchgesehen und ihn als dekadenten Intellektuellen bezeichnet hatte. Sidney fand ihn auf Anhieb unsympathisch und hatte deswegen nicht einmal ein schlechtes Gewissen.

Pastor Krause brachte *Die Regel des Heiligen Benedikt* mit. »Die kommt Ihnen hier in der Zelle vielleicht gut zupass.«

»Sie meinen, ich sollte Mönch spielen?«

»Es gibt Schlimmeres.«

»Waren Sie mal im Kloster?«

»Ich sehe meine Aufgabe draußen in der Welt.«

»Sind Sie Kommunist?«

»Das lässt sich mit unserem Glauben durchaus vereinen. Vielleicht ist es sogar eine Chance.«

»Meinen Sie das im Ernst?«

»Selbstverständlich. Wir kämpfen für die Armen und Unterdrückten.«

»Und unterstützen den Unterdrücker.«

»Ihre Ansichten zur DDR sind naiv, Canon Chambers. Eine Zeit des Nachdenkens in der Stille wird Ihnen guttun, sie könnte sich sogar als Segen erweisen.«

»Bedaure, aber so kann ich das nicht sehen.«

Als Pastor Krause gegangen war, griff Sidney zu der *Regel des Heiligen Benedikt* und las aufs Geratewohl einen Absatz. »Wir glauben, dass die göttliche Präsenz überall ist und dass die Augen des Herrn allerorten die Guten und Bösen beobachten.«

»Ich hoffe«, betete Sidney, »dass Du auch über alle wachst, die an diesem Ort versammelt sind.« Es fiel ihm immer schwerer, das Beste aus seiner Situation zu machen oder aber von seinen Mitmenschen das Beste zu denken.

»Du darfst nicht stolz sein oder dir zu viel Wein geben lassen«, las Sidney. Als ob diese Gefahr hier bestünde!

»Enthalte dich zu reichlichen Essens oder Schlafens und der Trägheit.«

Sidney hielt inne. Jetzt war positives Denken angesagt. Er versuchte sich vorzustellen, dass er in einer wunderschönen, von Fra Angelico ausgemalten Renaissancezelle saß, aber das klappte nur, wenn er die Augen schloss. Sobald er sie wieder aufmachte, sah er sich mit der düsteren Realität konfrontiert. Wenn Gott beschlossen hatte, auf diese Weise einen besseren Christen aus ihm zu machen, würde das ein hartes Stück Arbeit werden.

»Murre nicht und sprich nicht schlecht von anderen«, mahnte der heilige Benedikt. »Hoffe allein auf Gott.«

Am nächsten Tag wurde Sidney erneut zu Fechner gebracht. »Sie haben sich also noch nicht aus dem Staub gemacht?«, begrüßte er ihn.

»Soll das ein Scherz sein?«

»Lockert das Ganze ein wenig auf, finden Sie nicht?«

»Was ist in Pieseritz passiert?«, fragte Sidney. »Hat es eine Explosion gegeben?«

»Vielen Dank für Ihr Interesse. Leider darf ich Ihnen dazu nichts sagen. Sie haben sicher nichts dagegen, dass ich den Lügendetektor habe kommen lassen? Wir müssen endlich herausbekommen, ob Sie lügen oder nicht.«

»Ich versuche nicht zu lügen.«

»Was bedeutet, dass Sie es hin und wieder doch tun. Sie könnten sogar lügen, was Ihre Gewohnheit zu lügen angeht.«

»Manchmal versuche ich jemanden vor der Wahrheit zu schützen. Das ist etwas anderes, denke ich.«

»Aber trotzdem eine Lüge. In unserem Land hat die Wahrheit Vorrang vor allem anderen.«

»Allerdings habe ich festgestellt«, erwiderte Sidney vorsichtig, »dass es verschiedene Wahrheiten gibt.«

Er hätte das gern genauer ausgeführt, aber eine anglikanische Meditation über das Wesen der Wahrheit würde nur zu weiteren Schwierigkeiten mit Lothar Fechner führen.

Nachdem man ihm Galvanometer an den Fingern, eine Blutdruckmanschette und Messgeräte für Brust und Bauch verpasst hatte, stellte ihm Fechner mehrere Fragen, um zu überprüfen, ob die Maschine ordnungsgemäß arbeitete, wollte zum Beispiel wissen, wie er hieß und wer der Premierminister von Großbritannien war. Die Fragen des eigentlichen Tests waren noch seltsamer, sie hatten nichts mit Spionage oder seinen Chemiekenntnissen zu tun, sondern kreisten fast ausschließlich um Hildegard. Offenbar wollte Fechner ihn verunsichern, indem er auf Persönliches abhob.

»Wie gut kennen Sie Mrs. Staunton?«, fragte er.

»Sie ist eine sehr gute Bekannte von mir.«

»Ist es eine körperliche Beziehung?«

»Das ist eine sehr persönliche Frage.«

»Bitte antworten Sie.«

»Ich wüsste nicht warum.«

»Ich muss Sie darauf hinweisen, dass Sie in Haft sind.«

»Und wie lautet die Anklage?«

»Das haben wir noch nicht entschieden, es gibt da zahlreiche Möglichkeiten. Wenn ich auf meine Frage zurückkommen dürfte.«

»Die Antwort lautet Nein.«

»Lieben Sie Mrs. Staunton?«

»Ich weiß es nicht. Was sollen diese Fragen, die nur meine Privatsphäre betreffen?«

»In unserem Land gibt es keine Privatsphäre.« Fechner zündete eine Zigarette an und ließ den Rauch über sein Gesicht ziehen. Dabei hatte er doch behauptet, Nichtraucher zu sein. »Geheimniskrämerei ist der Feind der Freiheit, ein Mensch mit reinem Gewissen hat nichts zu verbergen.«

»Das heißt aber noch nicht, dass sein Gewissen dem Staat gehört.«

»Der Staat kümmert sich um alles, das ist das Wesen des Sozialismus. Alles gehört allen – Freiheit und Gleichheit für jedermann.«

»Das habe ich hier noch nicht erlebt.«

»Weil wir noch im Aufbau sind, der braucht Zeit.«

»Und wann werden Sie diesen Traum verwirklichen?«

»Sobald Menschen wie Sie sich bequemen, die Wahrheit zu sagen.«

Das Verhör dauerte eine Stunde, und Sidney hätte nicht sagen können, ob er gut oder schlecht abgeschnitten hatte. Bei der Frage »Ist der Rektor Ihres College in Cambridge ein Spion?« hatte er gezögert und wusste nicht, ob er in eine Falle getappt war. Mittlerweile kam er sich vor wie in einem Roman von Kafka.

In seiner Zelle bekam er eine kleine Schüssel Soljanka. Plötzlich ging die Tür auf, ein Wachmann stellte Sidneys Aktentasche und seinen Koffer auf den Boden und blaffte: »Umziehen. Sie können gehen.«

Sidney konnte sein Glück kaum fassen. »Warum?«, fragte er.

»Wollen Sie lieber hierbleiben? Sparen Sie sich die Fragen, ziehen Sie sich um und gehen Sie.«

Der Wachmann führte ihn durch den Gang mit den Ampeln, die sämtlich auf Grün standen, zurück in die Eingangshalle, wo ihn Fechner erwartete.

»Hier sind Ihre Papiere. Wir entschuldigen uns für die Unannehmlichkeiten.«

»Ich bin frei?«

»Selbstverständlich.«

»Weshalb war ich dann hier?«

»Sie haben eine mächtige Freundin, mehr brauchen Sie nicht zu wissen. Schade, dass Sie uns das nicht schon früher erzählt haben.«

»Aber ich habe doch ...«

»Und schade, dass Sie nicht glaubhafter gewirkt haben.«

»Ich habe Ihnen die Wahrheit gesagt.«

»Das ist mir jetzt klar. Aber manchmal fällt es schwer, an die Wahrheit zu glauben. Besonders bei euch Geistlichen. Die Version der Wahrheit, die einem die Herren Pfarrer auftischen, hat häufig nichts mit der Wirklichkeit zu tun. Vielleicht sollte ich bei Ihnen in die Lehre gehen.«

»Ist das einer Ihrer beliebten Scherze?«

»Aber nein. Allerdings glaube ich kaum, dass ihr Engländer mir viel über sittliches Verhalten beibringen könnt. Schade. Ich hatte viel Spaß an unseren Gesprächen. Hoffentlich ging es Ihnen ebenso.«

Sidney wusste, dass er vorsichtig sein musste, das Ganze konnte immer noch eine Falle sein. »Ich werde sie nicht so schnell vergessen.«

Sie schüttelten sich die Hand, und ein Wachmann brachte ihn zum Eingang der Runden Ecke. Draußen stand Hildegard neben einem hellblauen Trabant.

»Warte«, sagte sie streng auf Englisch. »Berühr mich nicht. Wir werden beobachtet. Steig ein.«

Sidney gehorchte.

»Schau mich nicht an«, fuhr Hildegard fort. »Konzentrier dich auf die Straße.«

Sie drehte den Zündschlüssel und legte die freie Hand auf seinen Oberschenkel. »Schau nach vorn«, mahnte sie.

»Habe ich dir meine Entlassung zu verdanken?«

Hildegard lächelte flüchtig, sah in den Spiegel und fuhr los. »Wahrscheinlich folgen sie uns.«

»Müssten sie nicht allmählich genug von mir haben?«

»Das ist hier normal.«

Sie kamen in die Leipziger Außenbezirke. Auf den Straßen waren kaum Menschen, die Straßenbahnen waren fast leer. Nicht einmal die strahlende Sonne konnte die brutalistische Architektur mildern. Eine Bäuerin verkaufte Wassermelonen, die in einem primitiven hölzernen Anhänger eines Motorrads lagen. Ein Streichquartett – schon in Abendgarderoben – stand an einer Straßenecke, um den weiteren Weg zu beraten. Die Cellistin machte hörbar ihrem Ärger Luft, dass sie ihr schweres Instrument in der Hitze herumschleppen musste, weil sie sich verlaufen hatten. Hildegard, die jäh gebremst hatte, um einen Trupp Junger Pioniere über die Straße zu lassen, erinnerte Sidney daran, dass sie ihn heute zum ersten Mal chauffierte.

»Bist du eine gute Fahrerin?«, fragte er.

»Miserabel«, gab sie zu.

Ihr Ziel war das Hotel Merkur, ein klotziger moderner Bau, der die alte Stadtmitte beherrschte. Sie kamen am Hauptbahnhof vorbei, wo Sidney hätte aussteigen sollen. Er fragte, ob er nach Bachs Kirche Ausschau halten sollte.

Doch Hildegard beschäftigte anderes. »Hat man dich gefoltert?«

»Nein. Sie haben mich mit dem Lügendetektor getestet.«

»Das weiß ich von Fechner.«

»Du kennst ihn?«

»Er war einer der Studenten meines Vaters.«

»Das hat er mir nicht erzählt.«

»Sie haben gelernt, nichts preiszugeben.«

»Hat Fechner das auch von deinem Vater gelernt?«

»Die Antwort ist nein, Sidney, aber du solltest deine Wissbegier etwas im Zaum halten. Wir sind hier nicht in England.«

»Das ist mir auch schon aufgefallen. Aber nach deiner Mutter darf ich mich doch erkundigen?«

»Natürlich, das ist lieb von dir.«

»Ich bin ja ihretwegen hier.«

Hildegard überfuhr eine rote Ampel. »Ich bin dir dankbar, dass du gekommen bist, das hätte ich dir gleich zu Anfang sagen sollen.«

»Wie geht es denn deiner Mutter jetzt?«

»Du wirst sie heute Abend kennenlernen. Es ist nicht so schlimm, wie wir gedacht hatten, sie ist gestürzt, aber es war kein Schlaganfall. Jetzt ist sie verunsichert. Zu dumm, dass ich nicht da war, als du gekommen bist, dann wäre alles anders gelaufen.«

»Es war ein rechtes Abenteuer.«

»So nennst du das also?«

»Jetzt, wo die Quälerei vorbei ist, kann ich das Positive sehen.«

»Die Quälerei ist nie vorbei. Nicht in diesem Land.«

»Solltest du nicht etwas vorsichtiger mit deinen Aussagen sein?«

»Du lernst schnell. Aber ich glaube nicht, dass du ein Stasi-Mitarbeiter bist, es sei denn, sie hätten dich schon angeworben.«

»Auf einen wie mich legen sie bestimmt keinen Wert.«

»Du würdest dich wundern.«

»Inzwischen wundere ich mich über gar nichts mehr.«

»Dann warst du noch nicht lange genug in der DDR.«

Sie fuhren durch ein Wohngebiet. Hildegards Elternhaus war im östlichen Teil der Stadt gewesen, in der Gustav-Mahler-Straße, auch wenn, wie sie sagte, ihre Eltern mit Mahler nicht viel hatten anfangen können. Ein paar späte Kunden kamen mit Spreewaldgurken, Filinchen und Vita Cola aus einem Laden.

An einer Behörde hingen Plakate mit den Köpfen von Walter Ulbricht, dem Generalsekretär der SED, Wilhelm

Pieck, dem Präsidenten der DDR, und Otto Grotewohl, dem Ministerpräsidenten.

»Die Läden sind noch offen«, stellte Sidney fest.

»Ja, allerdings schließen sie manchmal sehr früh. Man erzählt sich hier den Witz, dass Juri Gagarin auf der Milchstraße mehr Milch hätte finden können als in der DDR.«

»Das ist ein Witz?«

»Ziemlich lahm, was?«

Hildegard parkte den Wagen vor dem Hotel, half Sidney bei der Anmeldung und mahnte, er solle sich mit Rasieren und Duschen beeilen, ehe das warme Wasser ausging. Sie werde unten in der Halle warten, dann würden sie zu ihrer Mutter zum Abendessen fahren. Ihre Schwester Trudi sei mit Freunden unterwegs, sie würden also nur zu dritt sein.

Sibilla Lebers Wohnung im zweiten Stock eines modernen Wohnblocks in der Konradstraße bestand aus einem Schlafzimmer, einem kleinen Wohn-Esszimmer und einer Kochnische. Die Gemeinschaftstoilette war auf dem Flur. »Zumindest sind die Heizkosten niedrig«, erklärte sie. »Nicht, dass man im Moment heizen müsste«

Sidney erinnerte sich an einen Ratschlag seines Vaters: »Wenn du eine Frau heiraten willst, schau dir gründlich ihre Mutter an, denn so wird sie später aussehen.«

Sibilla Leber hatte das gleiche blonde Haar wie ihre Tochter, nur dass ihres allmählich ergraute, dunkelgrüne Augen, die Andeutung einer Himmelfahrtsnase, das Gesicht war schmaler, und um den noch immer reizvollen Mund hatten sich Falten gebildet, die auf starkes Rauchen hindeuteten. Sie war kleiner als ihre Tochter und trug ein blaues Baumwollkostüm, das wirkte wie eine Uniform, die mal bessere Tage gesehen hatte. Ungeachtet dieser Äußerlichkeiten war Sibilla Leber eine unverwechselbare Persönlichkeit. Sie mochte jetzt Ende fünfzig sein, hatte ihre beiden Töchter sehr jung bekommen und war mit siebenundzwanzig Witwe geworden.

Die Erinnerungen an ihren Mann umgaben sie. Hans Leber war ein prominentes Mitglied der KPD gewesen, hatte den Hitlergruß verweigert und für die *Rote Fahne* geschrieben. Nach dem Reichstagsbrand setzte die Verfolgung ein. Die Braunhemden überfielen Zeitungsredaktionen, zertrümmerten Schreibmaschinen und Vervielfältiger, beschlagnahmten Propagandamaterial. Alle kommunistischen Aktivitäten wurden verboten, aber Hans Leber blieb standhaft. »Man kann sich leicht Kommunist nennen, wenn man kein Blut dafür vergießen muss. Woran du wirklich glaubst, weißt du erst in der Stunde der Bewährung«, erzählte Sibilla Leber.

An der Wand hing ein Propagandaplakat, das Hans Leber zeigte. Als Pionier der Freiheit marschierte er an der Spitze einer endlosen Reihe von Kämpfern, die er aus den Gewitterwolken des Faschismus und Kapitalismus in den neuen Morgen des Kommunismus führte. »Es geschah im April 1933. Mein Mann ist gestorben, wie er gelebt hat, als Streiter für den Klassenkampf.«

»Sie müssen sehr stolz auf ihn gewesen sein.«

»Heute ist alles anders, aber ich werde das, wofür er gekämpft hat, nie aufgeben. Es wird immer schlechte Kommunisten geben, so wie es auch unfähige Priester gibt. Es gilt, alle Missliebigen zu entfernen und seinen Idealen treu zu bleiben.«

Sidney war zwar nicht ganz dieser Meinung, versuchte

aber das Gespräch in Gang zu halten. »Das Gute im Menschen muss das Misstrauen ersetzen.«

»Ganz genau.«

»Auch wenn wir alle versagen.«

»Was ist eurer Meinung nach leichter«, fragte Hildegard, »ein guter Kommunist oder ein guter Christ zu sein?«

Ihre Mutter lehnte sich in ihrem Sessel zurück. »Kommunismus ist für diese, das Christentum für die nächste Welt. Ich fühle mich beiden zugehörig.«

Eine außergewöhnliche Frau, dachte Sidney, und dann erinnerte er sich an das, was seine Mutter auf Alec Chambers' Bonmot geantwortet hatte. »Ich würde den Ratschlag deines Vaters nicht allzu ernst nehmen. Nichts bringt eine Frau mehr in Rage als die Behauptung, sie werde allmählich wie ihre Mutter.«

Dann wurde gegessen, und Sibilla Leber erläuterte, es sei Teil der kommunistischen Ideologie, gut, viel und fettreich zu essen. Wer Sidney war und warum er hier war, schien sie nicht zu interessieren, sie fragte nicht nach dem, was er gerade durchgemacht hatte, sondern sah ihn nur als Zuhörer für ihre Lebensgeschichte und ihre politischen Überzeugungen. Einen völlig unschuldigen Priester aufgrund eines Spionageverdachts einzusperren, fand sie offenbar durchaus in Ordnung.

Nach dem Hauptgang brachte Hildegard noch eine Rote Grütze mit Vanillesoße. »Weil Sommer ist«, erläuterte sie. »Sonst gibt es nur den einen Gang.«

»Ich fühle mich geehrt«, meinte Sidney.

Hildegard legte ihm eine Hand auf die Schulter. »Du hast es dir verdient.«

Sibilla Leber erinnerte Sidney daran, dass Karl Marx

Deutscher gewesen war. »Dies ist Deutschlands gefährliches Jahrhundert«, mahnte sie, während sie ihre Rote Grütze löffelte. »Aber wir haben noch Zeit, alles wiedergutzumachen. Den Sünden des Nationalsozialismus folgt das reinigende Feuer revolutionärer Werte.«

Nach dem Essen setzte sich Hildegard ans Klavier. Leipzig, erläuterte ihre Mutter, war die Heimat des Klaviers, eins der ersten überhaupt war hier 1726 von Bartolomeo Cristofero angefertigt worden, und Anfang 1900 war die Firma Zimmermann der größte Klavierbauer Europas, der zwölftausend Instrumente im Jahr fertigte.

»Das hier ist mein Lieblingsklavier«, warf Hildegard ein, »die Mechanik ist ideal für Bach.«

»Ich dachte, dein Klavier steht in Berlin?«, fragte Sidney.

»Das ist geliehen.«

Sie spielte die Partita Nr. 1 B-Dur, eins von Sidneys Lieblingsstücken, das sie auch bei einer ihrer ersten Begegnungen gespielt hatte. Er hörte eine Weile zu, dann fragte er: »Und wie sieht die ideale Mechanik für Bach aus?«

»Sensibel und warmherzig, aber auch kraftvoll. Ein bisschen wie du, Sidney.«

»Wirklich?«

Hildegard unterbrach ihr Spiel. »Du brauchst nicht rot zu werden – das war ein Kompliment. Was stört dich daran?«

»Ich bin so was nicht gewöhnt.«

»Dann wird es langsam Zeit, kann sein, dass ich es später mal wieder sage.« Sie lachte ein wenig.

»Worüber lachst du?«, wollte Sibilla Leber wissen.

»Ach, über nichts«, wehrte die Tochter ab, aber Sidney wusste, dass dieser Augenblick alles andere als ein

Nichts war. Er sah ihr zu und bewunderte ihr versunkenes Spiel. Es war wie ein Gebet.

Am Sonntagmorgen machten sie sich auf den Weg nach Berlin. Sidney hatte gehofft, dass sie noch rechtzeitig zum Elf-Uhr-Gottesdienst in St. George's kommen würden, aber plötzlich hielt ihr Zug, und statt der Ansage *Sie verlassen jetzt den Demokratischen Sektor von Berlin* verkündete eine aufgeregte Stimme: *Alles aussteigen, der Zug endet hier.*

Im Bahnhof Treptower Park stand eine Reihe von Trapos – schwarz uniformierte Transportpolizisten – mit halbautomatischen Waffen über der Schulter. »Irgendetwas ist hier los«, sagte Hildegard.

Soldaten schlossen die Schalterhalle und scheuchten die Fahrgäste von den Bahnsteigen, an denen die Züge Richtung Westen hielten.

»Komm, hier können wir nicht bleiben«, sagte sie und zog Sidney mit sich auf die Straße. Mitglieder einer Betriebskampfgruppe waren in militärischer Formation vor einer Reihe von Wasserwerfern aufmarschiert. Lastwagen mit Stacheldrahtrollen fuhren vor.

Von einem Polizisten erfuhr Hildegard, dass die Grenze geschlossen war. Er deutete auf einen Mann, der eine weiße Linie auf der Straße zog: »Hier kommt die Mauer hin.«

In der ganzen Stadt hatten sich Sicherheitskräfte verteilt – Vopos, Bereitschaftspolizei, Kampfgruppen und Einheiten der Volksarmee. Sie durchsuchten Häuser an der Sektorengrenze, Treppenhäuser, Fenster, die oberen Geschosse. Sidney sah nach oben. Auch auf dem Dach waren Bewaffnete.

Vopos nahmen ihre zugewiesenen Stellungen ein, unterstützt vom Zoll. Wachposten wurden in Zweimeterabstand entlang der Sektorengrenze aufgestellt, um Fluchtversuche zu vereiteln, Grenztruppen, Paramilitär und Bautrupps barrikadierten die Straßen mit Stacheldraht, Panzersperren und Betonverstärkungen.

Hildegard übernahm das Kommando. »Hier sind wir nicht mehr sicher«, erklärte sie.

»Aber unsere Papiere sind doch in Ordnung.«

»Du warst in Haft, Sidney. Daraus werden sie dir einen Strick drehen.«

»Das Risiko muss ich wohl eingehen.«

»Du bist zu leichtsinnig. Komm mit.«

In einem kleinen Café machten sie halt, um das weitere Vorgehen zu beraten. Familien mit Kindern auf dem Arm und den Schultern zogen mit Kinderwagen vorbei, auf denen sie ihr Hab und Gut transportierten. Ein Mann trug eine Matratze auf dem Kopf.

Ein Passant blieb vor dem Fenster des Cafés stehen.

»Mein Gott!«, stieß Sidney hervor.

»Was ist?«

Der Mann hatte sich nicht von der Stelle bewegt. Es war Rory Montague. Jetzt nickte er kurz, dann ging er weiter.

»Das kann er nicht sein, und doch …«

»Wer?«

»Der Mann aus dem Zug, sie haben ihn auf der Flucht erschossen.«

»Hast du die Leiche gesehen? Vielleicht solltest du nur denken, dass er tot ist. Dann haben sie ihn entkommen lassen. Bedeutet das Gefahr für dich?«

»Vielleicht. Ich dachte, dass er für den SIS, den britischen Geheimdienst, arbeitet, ich habe dir ja erzählt, dass er mich gebeten hat, dem Rektor das Negativ zu geben.«

»Dann arbeitet er vielleicht nicht für den SIS, sondern für den KGB? Er hat dich hereingelegt.«

»Er wollte, dass ich verhaftet werde und denke, dass er tot ist.«

»Aber warum?«

»Damit ich in England den Rektor informiere.«

»Und auf wessen Seite steht der?«

»Das weiß ich nicht.«

»Aber du weißt, dass Rory Montague lebt, und das ist eine Bedrohung für dich. Wir müssen heute noch raus aus Ostdeutschland. Hier ist es zu gefährlich.«

Sidney überlegte. »Warum diese Umstände? Warum sollen die Briten denken, dass er tot ist?«

»Vielleicht hat er als verdeckter Ermittler gearbeitet und ist übergelaufen.«

»Und warum hat er mich verhaften lassen?«

»Um dich zu warnen.«

»Hätte er mich nicht einfach umbringen können?«

»Nicht in einem überfüllten Zug.«

»Sie hätten es bei meiner Verhaftung machen können, bei einem inszenierten Verkehrsunfall oder mit einer Lebensmittelvergiftung. Bestimmt hätte ein Arzt einen natürlichen Tod bescheinigt. Was hast du eigentlich zu Fechner gesagt?«

»Ich habe ihn an die Vergangenheit erinnert und ihm gesagt, dass ich noch immer wichtige Leute kenne und er gut daran täte, an seine Zukunft zu denken. Und dass du keine Gefahr für ihn bedeutest.«

»Du hast für mich gebürgt?«

»Ich habe ihm auch Geld gegeben.«

»Du hast mir die Freiheit erkauft?«

»So einfach ist das nicht ...«

Sidney überlegte, woher das Geld wohl kam und wie viel seine Freiheit gekostet hatte, aber da fragte sie ihn unvermittelt: »Du hast ihm gesagt, dass du mich liebst.«

»Das weißt du von Fechner?«

»Er hat mir von dem Lügendetektor erzählt. Es stimmt also?«

»Ja, Hildegard, es stimmt.«

»Warum hast du mir das nie gesagt?«

»Ich wusste nicht, ob du so weit bist.«

»Wir kennen einander jetzt schon lange. In Wirklichkeit, Sidney, warst du noch nicht so weit.«

»Mag sein.«

»Und jetzt?«

»Bin ich so weit.«

»Dann sollten wir schleunigst weg von hier, solange wir unseres Lebens noch sicher sind. Küss mich noch nicht. Dieser Mann hat uns gesehen, und deine Aufenthaltsgenehmigung ist abgelaufen. Wir müssen bis zum Abend irgendwo untertauchen.«

Auf dem Potsdamer Platz und vor dem Brandenburger Tor versammelte sich eine Menschenmenge, in den Nebenstraßen standen Panzer, die Gleise nördlich der Stadt waren abgesperrt. Panzer der Volksarmee parkten rechts und links von den Grenzzugängen, die Geschütztürme zeigten nach Westen. Uniformierte mit Stahlhelmen bewachten die Bauarbeiter, die Betonpfosten in das Kopfsteinpflaster rammten.

Die Autos wurden zum Kontrollpunkt Staaken umgeleitet. Einige Westberliner, die ihre Ausweise vorzeigten, durften nach langwierigen Befragungen die Grenze überschreiten und wurden auf der anderen Seite von Studenten begrüßt, die gegen diese brutale Teilung ihrer Stadt protestierten. Sie fühlten sich an die kommunistische Unterdrückung bei dem Aufstand in Ungarn erinnert und skandierten: *Ulbricht Mörder! Budapest! Budapest! Budapest!*

Ein alter Mann näherte sich dem Kontrollpunkt und warf eine Einkaufstasche in den Garten eines Wohnblocks. »Nicht, dass diese Schweinehunde denken, ich wollte Würste schmuggeln.«

»Ich kann mir nicht vorstellen, dass sie so schnell alles absperren können«, sagte Hildegard. »Irgendwo muss es eine Lücke geben.«

Sie überquerten die Spree an der Marschallbrücke, folgten dem Fluss in Richtung Norden und sahen auf der anderen Seite die Ruine des Reichstags. Hier bildete der Fluss die Sektorengrenze. Kein Stacheldraht war zu sehen. »Kannst du schwimmen?«, fragte Hildegard.

»Soll ich deinen Koffer tragen?«

»Wenn wir uns noch ein paar Sachen überziehen, wird er leichter.«

In der Ferne waren Schüsse zu hören. »Du glaubst doch nicht …«, setzte Sidney an.

»Dass sie auf Flüchtlinge schießen? Doch, genau das glaube ich.«

»Wäre es nicht einfacher, unsere Papiere vorzuzeigen?«

Hildegard nahm eine Bluse und einen Regenmantel aus dem Koffer. »Dieser Mann hat dich gesehen, die Stasi hat bestimmt schon die Grenzkontrollen verständigt.«

»Trotz deines Eingreifens?«

»Jemand hat uns geholfen, wir haben Glück gehabt, aber ich traue niemandem über den Weg. Ich nehme deine Aktentasche. Ob wir das im ersten Anlauf schaffen?«

Sidney fiel die Geschichte von dem Fuchs, dem Huhn und dem Sack Getreide ein, aber die würde er lieber später einmal erzählen. »Warum nicht?«

»Bist du ein guter Schwimmer?«

»Ich hab mal fast zur Spitzenmannschaft in Cambridge gehört.«

»Du machst Witze, Sidney.«

»Ich dachte, das könnte dich beruhigen. Gib mir deinen Koffer«, sagte er.

»Schaffst du denn beide mit einer Hand?«

»Wenn ich auf dem Rücken schwimme.« Sidney ließ sich ins Wasser gleiten. »Es ist sehr warm.«

»Sprich leise«, mahnte Hildegard, bevor sie selber hineinsprang. »Es ist nicht sehr weit. Wir müssen uns beeilen.« Die Koffer waren schwer, und Sidney kam nicht so schnell vorwärts, wie er gedacht hatte. Er probierte immer wieder, ob er stehen konnte, bekam jedoch keinen Boden unter den Füßen und fürchtete jedes Mal, unterzugehen.

»Lass die Koffer, wenn es sein muss«, sagte Hildegard. »Sie sind nicht wichtig. Die Hauptsache sind unsere Papiere.«

»Und die hast du?«

»Natürlich.«

Sie waren halb über den Fluss, als sie fragte: »Du liebst mich also wirklich?«

»Aber ja.«

»Ich wollte nur wissen, ob es etwas gibt, wofür es sich zu leben lohnt.«

Endlich konnte Sidney stehen. Er richtete sich auf und watete zum Ufer, Hildegard war schon angekommen. Sie kniete sich hin und nahm ihm die Koffer ab. Die Sachen klebten ihnen am Körper, und die Nacht war jetzt kalt. »Wie lange brauchen wir bis zu dir?«, fragte Sidney.

»Höchstens eine Stunde. Aber erst einmal müssen wir weg vom Ufer. Wenn wir es bis in den Tiergarten geschafft haben, sind wir in Sicherheit. Nachts soll es dort sehr romantisch sein.«

»Das höre ich gern. Im Augenblick ist mir nicht sehr romantisch zumute.«

»Nicht die Hoffnung aufgeben.«

Sie näherten sich dem Tiergarten durch die Ruinenlandschaft des Reichstags und setzten ihren Weg in westlicher Richtung fort. Als sie den Landwehrkanal erreicht hatten, tagte es schon.

»Müssen wir wieder schwimmen?«, wollte Sidney wissen. »Meine Sachen sind fast trocken.«

»Nein, hier gibt es eine Brücke. Hier an der TU habe ich studiert. Ich habe oft im Neuen See gebadet.«

»Schade, dass ich dich damals nicht gekannt habe.«

»Das braucht dir nicht leidzutun. Ich war viel zu ernsthaft.«

»Und das bist du jetzt nicht mehr?«

Die ersten Arbeiter strömten zum Bahnhof Zoo und kauften den *Tagesspiegel* und die *Morgenpost* mit der Schlagzeile *Wir rufen die Völker der Welt.*

Dann war es geschafft – sie waren in Hildegards Wohnung in der Schillerstraße. Matthias war schon bei der Arbeit, Trudi war in Leipzig. Als sie die Koffer aufmachten, stellten sie fest, dass alle Sachen feucht waren. Hildegard brachte Handtücher und holte ein Hemd und eine Hose aus dem Schrank ihres Schwagers. »Die passen dir nicht, ist ja nur, bis unsere Sachen trocken sind. Ich mache uns solange einen Kaffee.«

Sidney zog seine Jacke aus. »Mein Pass ist nicht gestempelt. Was ist mit deinen Papieren? Wirst du Schwierigkeiten bekommen, wenn du zurückgehst?«

»Wahrscheinlich.«

»Vielleicht brauchst du einen neuen Pass.«

»Den hätte ich sowieso gebraucht.«

»Am besten fahre ich zurück ins Pfarrhaus, sie warten sicher schon auf mich.«

»Du kannst hierbleiben.«

Sidney, der auf dem Weg ins Badezimmer war, um sich umzuziehen, machte in der Tür halt. »Wirklich?«

»Aber ja …«

»Matthias wird es wohl nichts ausmachen. Tagsüber.«

»Nein, Sidney, du kannst bei mir bleiben, in meinem Zimmer.« Hildegard half ihm, das Hemd auszuziehen. »Ich glaube, du hast vergessen, mich etwas zu fragen.«

»Mag sein. Bei der ganzen Aufregung …«

»Du glaubtest, dass du jetzt so weit seist, hast du gesagt. Ich kann mich nicht erinnern, dass du gefragt hast, ob es mir genauso geht.«

Sidney legte seine Hand an ihre Wange. »Ich will ganz ehrlich sein – ich hatte Angst, dass du Nein sagen könntest. Unsere Freundschaft ist mir überaus wichtig, ich möchte sie um keinen Preis gefährden. Und – ich liebe dich.«

»Das ist gut.«

»Dann … bist du also so weit?«

Hildegard sah ihm in die Augen. »Ich bin seit sieben Jahren so weit.«

Abends im Pfarrhaus erzählten sie Reverend Humphrey Turnbull von ihren Erlebnissen, allerdings noch nichts von ihren Heiratsplänen. »Das war ja richtig aufregend. Ihr solltet ein Buch über eure Eskapaden schreiben.«

Sidney räusperte sich. »Eskapaden ist wohl nicht ganz das richtige Wort.«

»Hauptsache, ihr seid wieder da. Was habt ihr jetzt vor?«

Hildegard sah Sidney an, der aber hielt dicht. »Ich werde in wenigen Tagen abreisen«, sagte er nur. »Heute aber muss gefeiert werden. Das Eric Dolphy Quintet spielt im Jazz Saloon. Willst du nicht mitkommen, Humphrey?«

»Danke, Sidney, aber Jazz ist nicht so mein Fall.«

»Du bist wohl eher ein Wagnerianer?«

»Nein, gar nicht, Operetten sind mir lieber.« Er warf Hildegard einen verschmitzten Blick zu. »*Die lustige Witwe* zum Beispiel …«

»Lustige Witwen sind mir suspekt«, erwiderte Hildegard.

»Nun, der Witwenstand ist hoffentlich nicht mehr von langer Dauer. Sidney schafft es bestimmt, in England einen passenden Partner für Sie zu finden.«

Hildegard lächelte. »Das denke ich auch.«

Dann machten sie sich auf den Rückweg, und sobald sie vom Pfarrhaus her nicht mehr zu sehen waren, hakte sich Hildegard bei Sidney ein.

»Dann sollte ich dir wohl einen Ring kaufen«, sagte er.

»Das meine ich auch.«

»Was für einen hättest du gern?«

»Ich lass mich überraschen.«

»Ich dachte, nach all dem kann dich nichts mehr überraschen?«

Der Club war überfüllt, und sie bekamen einen Tisch seitlich von der Bühne. Die Gäste redeten über die Mauer und ihre Angehörigen im Osten. Sidney griff nach der Speisekarte. Alles war teurer, als er gedacht hatte, aber Hildegard beruhigte ihn. Sie habe genug Geld – nicht für Champagner, aber immerhin für einen schönen Weißwein und ein kleines Wiener Schnitzel.

Eric Dolphys tonaler Bebop erinnerte Hildegard an Bartók und Strawinsky. Sidney staunte, wie rasch sie sich für Jazz hatte erwärmen können.

»Es ist alles Musik«, sagte sie. »Pepsi Auer am Klavier ist großartig, zu schade, dass ich nicht so spielen kann.«

»Das könntest du bestimmt.«

»Es ist nicht mein Stil.«

Sidney nahm ihre Hand. »Dein Stil ist der beste.«

Dolphy improvisierte auf dem Saxophon, dann auf der Bassklarinette, unter anderem präsentierte er eine unbegleitete Version von Billie Holidays *God Bless the Child.* Er dehnte die zentrale Melodie und experimentierte mit weiten Intervallen, verschlungenen Tonleitern und funkelnden Arpeggien, bis die ursprüngliche Melodie nur noch eine ferne Erinnerung war. Die Drinks kamen, als Dolphy sich gerade mit der Flöte an *Hi-Fly* versuchte und einer dynamischen Wiedergabe von *I'll Remember* April mit Buster Smith' leider sehr langem Schlagzeugsolo. Hildegard gestand, dass sie sich ein wenig geärgert hatte, als der anglikanische Pfarrer die nächtliche Flussüberquerung als Eskapade bezeichnet hatte.

»Er denkt, dass die Mauer und das daraus entstehende Leid unsere Schuld, die Schuld der Deutschen ist. Er schien sich über unseren Bericht ja fast zu amüsieren.«

»Er scheut sich, die Dinge allzu ernst zu nehmen. Er

hat in den Abgrund geschaut und meint nun, den Blick besser abwenden zu müssen.«

»Und stattdessen macht er Witze?«

»Für einen Priester ist Humor wichtig, Hildegard. Bedenke, dass Dante sein Werk *Die göttliche Komödie* genannt hat.«

»Weil sie ein Happyend hat? Wie steht es mit dem Leiden davor? Mit dem ›Kreuz‹, wie du es ausdrückst, dem Leiden, das Freude bringt? Ein Geistlicher, finde ich, sollte auch das Leiden auf sich nehmen.«

»Und du meinst, das sollte ich tun?«

»Ich meine, du solltest nicht oberflächlich sein. Ich wünsche mir kein Leichtgewicht als Ehemann.«

»Und ich wünsche mir keine leichtgewichtige Frau.«

»Dann passen wir gut zusammen. Nur solltest du meiner nie zu sicher sein.«

»Das fiele mir nie ein.«

»Wirklich nicht? Ich warne dich, Canon Chambers. Wenn du auf eine brave kleine Pfarrersfrau hoffst, dann hast du dich verrechnet. Ich werde dich immer beobachten.«

»Da bekomme ich ja eine Stasi-Agentin zur Frau!«

»Falsch.« Hildegard beugte sich vor und küsste ihn auf die Lippen. »Ich werde noch viel schlimmer sein.«

Anfang Oktober sollte geheiratet werden. Sidney hatte Leonard gebeten, sie zu trauen, Hildegards Schwester Trudi sollte die Braut zum Altar führen. Inspector Keating hatte sich bereit erklärt, die Lesung zu halten, nicht ohne seinem Freund vorher noch gehörig den Kopf zu waschen. Wie kam Sidney dazu, fragte er, Agenten des britischen Geheimdienstes zu jagen und Missionen im

Ausland zu gefährden? Durch seine Beziehungen zum Außenministerium hatte Keating in Erfahrung gebracht, dass die Erschießung Rory Montagues vom SIS als Finte inszeniert worden war. Dass die Geheimagenten dabei über einen Pfarrer stolpern würden, hatten sie sich nicht träumen lassen.

»Woher sollte ich das wissen?«, beschwerte sich Sidney.

»Du hättest dich ruhig verhalten müssen, als du Montague im Zug gesehen hast.«

»Mich hat niemand gewarnt.«

»Hat dir die Sache auf dem Dach der King's Chapel nicht zu denken gegeben? Du musstest doch ahnen, dass unsere Leute beteiligt waren, auch wenn es dir keiner haarklein auseinandergesetzt hat. Niemand konnte wissen, dass du dich in Ostdeutschland herumtreiben würdest.«

»Ich habe mich nicht ›herumgetrieben‹, Geordie, ich wollte zu der Frau, die ich liebe.«

»Ich dachte, du würdest in Westberlin bleiben, da konntest du nicht viel anstellen. Ein paar Wochen später wurde dann ja sogar eine Mauer gebaut, um dich in Grenzen zu halten. Wirklich, Sidney, was hast du dir dabei gedacht?«

»Ich darf dich daran erinnern, Geordie, dass ich um ein Haar hinter Gittern verschwunden wäre. Ich kann nichts dafür, dass ich in dem gleichen Zug saß wie ein SIS-Mann, der mir Geheimunterlagen über ein Chemiewerk in die Hand gedrückt hat.«

»Er muss die Nerven verloren haben.«

»Was für einen Auftrag hatte er denn?«

»Das weiß ich nicht genau. Sie erzählen mir immer nur das Nötigste. Manchmal ist es gut, wenn du nicht alles weißt.«

Sidney verzichtete darauf, eine andere Theorie ins Feld zu führen: Dass Rory Montague noch immer für die Russen arbeitete und die ganze Geschichte arrangiert hatte. Ob es so was wie einen Vierfachagenten gab? »Meinst du damit, dass ich nicht vertrauenswürdig bin?«

»Niemand zweifelt an deiner Loyalität. Aber manchmal …«

»Bin ich naiv oder indiskret? Das ist ziemlich unfair, finde ich.«

Keating legte seinem Freund eine Hand auf den Arm. »Komm, lass uns nicht streiten. Du bist wohlbehalten zurückgekommen und gehst glücklichen Zeiten entgegen. Ich nehme an, dass die künftige Mrs. Chambers hier bei uns leben wird?«

Über diesem unerwarteten Themenwechsel vergaß Sidney seinen Groll und konnte nur noch daran denken, wie wunderbar es war, dass er diese späte Liebe gefunden hatte und nun wirklich heiraten würde.

Der Tag neigte sich einem goldenen Nachmittag zu. Die Sonne schien, das Laub der Ulmen begann sich zu färben, in der kühlen Luft roch man den Herbst. In der St. Andrew and St. James Church drängten sich Verwandte und Freunde. Sidneys Eltern, Bruder Matt und Schwester Jennifer saßen mit Inspector Keating in der ersten Reihe. Amanda zwinkerte Sidney kurz zu. Entgegen seinen Befürchtungen hatte sie Hildegard warmherzig und uneingeschränkt ihren Segen gegeben. Nur Mrs. Maguire fand natürlich mal wieder ein Haar in der Suppe – sie sagte, Hildegard hätte eine weiße Braut sein müssen. Stattdessen hatte die künftige Mrs. Chambers für ihre zweite Hochzeit ein langes dunkelrotes Kleid mit ausgestellten

Ärmeln gewählt, was Mrs. Maguire zu spitzen Bemerkungen über sündige Frauen in Scharlachrot veranlasste.

»Es ist nicht scharlachrot, sondern burgunderfarben – wie ein guter Wein«, widersprach Amanda.

»Den man immer wieder gern genießt«, ergänzte Leonard Graham.

»Das reicht«, fauchte Mrs. Maguire und zog ab, um anderswo weiter zu mäkeln.

Orlando Richards spielte zu Beginn des Gottesdienstes Pachelbels Kanon auf der Orgel. Ein eigens zusammengestellter Chor hatte einige von Hildegards Lieblingsstücken vorbereitet – *Also heilig ist der Tag, Bist du bei mir* und Mozarts *Exsultate Jubilate.*

Leonard hielt die Predigt und brachte es fertig, dabei nicht – wie vorher angedroht – Dostojewski zu zitieren. Stattdessen sprach er von der Ehe als Geschenk und Segen, sie sei wie ein Garten, der liebevoll gepflegt werden müsse.

Der Gottesdienst endete mit dem Choral *Nun danket alle Gott* nach der Melodie aus Bachs Kantate. Dann wandten die frisch Vermählten sich um zu ihren Freunden.

Arm in Arm schritten Hildegard und Sidney den Gang hinunter. Ja, sagte sich Sidney, er hatte viel Grund zur Dankbarkeit – für sein Elternhaus, seine Gesundheit, seine Berufung, seine Freunde und jetzt seine Frau. Gewiss, das Leben hatte ihm schon den einen oder anderen Nackenschlag versetzt, und auch in Zukunft würden Prüfungen nicht ausbleiben, aber heute freute er sich aus vollem Herzen, dass ihm so ein wundersames Geschenk gemacht worden war – die Liebe seiner Hildegard.

James Runcie, geboren 1959, ist ein britischer Autor, Fernsehproduzent, Theaterregisseur, Dokumentarfilmer, und Leiter des Literaturprogramms im Southbank Centre. Sein Vater war Erzbischof von Canterbury, aber nicht als Detektiv tätig. Runcie lebt in London und Edinburgh. Im Atlantik Verlag erschien von ihm zuletzt *Der Schatten des Todes. Sidney Chambers ermittelt* (2016).

James Runcie
Der Schatten des Todes
Sidney Chambers ermittelt
Aus dem Englischen von Renate Orth-Guttmann
416 Seiten, Taschenbuch
ISBN 978-3-455-00045-0
Atlantik-Verlag

England, 1953. Als Pfarrer des kleinen Städtchens Grantchester hat Sidney Chambers mit seinen Schäfchen alle Hände voll zu tun. Und als wäre das nicht genug, betätigt er sich noch als Privatdetektiv – widerwillig allerdings. Gemeinsam mit seinem Freund Inspector Keating stößt er auf eine Reihe mysteriöser Kriminalfälle: den vermeintlichen Selbstmord eines Anwalts, einen Juwelenraub und einen Kunstfälscherskandal, der Sidneys beste Freundin in Lebensgefahr bringt ... Sidney ermittelt notgedrungen, aber immer mit viel Einfühlungsvermögen, Charme und großem Verständnis für das Allzumenschliche.

»Mit einem wohligen Seufzer lässt man sich in einen Sessel sinken und verfolgt, wie Sidney die Welt wieder in Ordnung bringt.«
Frankfurter Rundschau

James Runcie
Das Problem des Bösen
Sidney Chambers ermittelt
Aus dem Englischen von
Renate Orth-Guttmann und Valerie Schneider
320 Seiten, Pappband
ISBN 978-3-455-00061-0
Atlantik-Verlag

Sidney Chambers, Pfarrer mit einem Faible für Kriminalfälle, hat nach langem hin und her geheiratet und genießt das Eheleben. Man könnte meinen, es begännen ruhige Zeiten in Grantchester bei Cambridge. Doch dann bringt ein Serienkiller Geistliche um, ein Gemälde verschwindet aus dem Museum, ein Schauspieler ertrinkt während Dreharbeiten, und ein Baby wird aus einem Krankenhaus entführt. Es hilft alles nichts: Sidney muss wieder ermitteln und macht sich mit seinem Freund, Inspector Keating, an die Lösung der Fälle.

»Nur ein Narr könnte Sidney widerstehen.«
Kirkus Review

James Runcie
Die Vergebung der Sünden
Sidney Chambers ermittelt
Aus dem Englischen von Renate Orth-Guttmann
368 Seiten, Pappband
ISBN 978-3-455-00548-6
Atlantik-Verlag

Sidney Chambers ist zurück und geht weiter seinen etwas unfreiwilligen Ermittlungen nach. Ein mysteriöser Fremder sucht Zuflucht in der Kirche von Grantchester, ein Freund erhält mit giftiger Tinte geschriebene Briefe, ein Klavier fällt einem Musiker auf den Kopf, ein Cricket-Turnier findet ein explosives Ende und im Italienurlaub wird Sidney bezichtigt, ein Gemälde von unschätzbarem Wert gestohlen zu haben. Und auch sein Privatleben will nicht recht zur Ruhe kommen. Sein neuer Vikar wird zu Sidneys Missfallen immer beliebter bei der Gemeinde und seine kleine Tochter beginnt zu laufen und zu plappern.

»Lesenswert.«
Münchner Merkur